田中小実昌 哲学小説集成

I

田中小実昌

中央公論新社

PHILOSOPHICAL WORKS COLLECTION

目次

巻末資料

一、本書は、著者が一九八二年三月から九七年八月までの間に発表した「哲学小説」全三十五篇を集成したものです。編集にあたり、全三巻構成とし、第Ⅰ巻に単行本『カント節』『モナドは窓がない』、第Ⅱ巻に単行本『なやまない』『ないものの存在』、第Ⅲ巻に書籍未収録短篇を収録しました。

一、第Ⅰ巻は『カント節』(福武書店、一九八五年七月刊)と『モナドは窓がない』(筑摩書房、一九八六年二月刊)の十一篇を収録しました。『カント節』所収の短篇「ブラディ・バスタード」についてはテーマが異なるため、割愛しました。また、巻末資料として対談三篇を再録しました。

一、本文中、明らかな誤植と考えられる箇所は訂正し、ルビは整理しました。

一、本文中、今日の人権意識に照らして不適切な語句や表現が見られますが、著者が故人であること、発表当時の時代背景と作品の文化的価値に鑑みて、原文のままとしました。

田中小実昌哲学小説集成　I

カント節

ジョーシキ

……トイレ……トイレに……トイレを……トイレにいかなきゃ……

……トイレは……いった……トイレはいったよ……

トイレに……いこう……いこう……ぐずぐず……ぐずぐずしてても……しようがない……トイレに……

トイレはいった……でも、トイレにいく……？

（ギリシャの大昔からの理屈によれば、トイレにいったか、いかないかは、そのどちらかで、真偽は、すぐわかるはずなのに）

……いつ……いつ、トイレにいった？

いつって……トイレにはいったよう……

（トイレにいったか、いかないかは、どこで、いつ、トイレをしたかを検討すればいいんだけど、どこでは、トイレでトイレをしたのだろうか、いつはいつなのか？）

……いつ……いつ？

いつは……いつでも……トイレにはいった。

（トイレにいったか、いかないかという真偽と、トイレにいかなきゃ、トイレにいくべきか、どうかという判断とはちがうが、もしトイレにいってるのなら、もうトイレにはいかなくてもいいわけで……）

……トイレに……トイレに……

……トイレは……トイレは……

こんなのは、自分にはなしかけてる、自分どうしでしゃべってるなんて、ちゃんとしたものではなく、トイレ……トイレ……と、くだくだくりかえしてるのだろう。それでも、問答みたいなところがあり、つかれるんだよなあ。

……おれ、トイレにいってるよ……ああ、オシッコをしてる……

オシッコしてる？　事実ふうな言いかただが、事実なのか、それとも、これは、もう記憶みたいなものではないのか？

事実のない記憶があるだろうか？　C・G・ユングをひっぱりださなくても、わらわれそうだな。事実ってなんだ。物理的事実ばかりが事実じゃないぜ。それはジョーシキよ。

事実とか、まして真実とか、バカにしてんだよなあ。事実も真実も、だいいち文字面《づら》がこっ恥しいが、そんなのを、こっ恥しがってるのは、それこそ文学青年なのかもしれない。それとも屁理屈青年か。しかし、文学青年と理屈青年がわかれてるのが、なさけない。なんで、ごっちゃにいっしょにならないのか。文学青年は理屈青年のことを粗野だとバカにし、理屈青年は文学青年のことを頭がわるいとおもってるのか？　それは、そっくり逆のことが言えるかもしれないし、そんなことどうだっていいじゃないの。

　トイレにいかなきゃというのは、「トイレにいきたい！」というのとはちがう。うんとちがう。トイレにいきたくてたまらないのなら、もうトイレにいったか、まだトイレにいってないか、ぶつくさくりかえすことはない。でも、トイレにいきたくてたまらない、というのにも問題があるな。これも、判断じゃないか。いきたくてたまらないとは、どういうことか。そんな屁理屈をこねてるのは、ふつうに考えて、いきたくてたまらないとは言えないだろう。しかし、ふつうとはなにか？これはふつうか。いつだって、ふつうというのはないのではないか。だとすると、逆もどりして、ふつうというのがあるのではないか。

　しかし、いやにはっきり、トイレにいったもんだな。トイレにいったか、いかないかとナヤんでたのが、モロにトイレにいっちまった。

　……こんなにはっきりしてるのは、夢だ……夢だよ。

　でも、まだ夢をみてるのだろう。夢のなかで、これは夢だ、と言っている。めずらしいことじゃない。目がさめていて、これは夢だ、と言うバカはいない。

　目をつむったまま、ぼくはベッドのなかにいる。ベッドのなかにいるのはわかっている。ベッドに寝てるんだから、あたりまえのことだが、ちゃんと眠ってるときは、ベッドのなかにいるのはわからない。へへ、屁理屈が泣くよ。

　トイレにいかなきゃ……ベッドのなかにいる……トイレにいこう……うーん、めんどくせえなあ。

また、ぼくはトイレにいってる……この、またってのが、いけない……トイレにいこう……ベッドをでて……

トイレによろめいていく。両手をからだの脇にたれて、空気を犬かきするみたいに。なんで、こんなカッコをするのか？　あるいは、なんで、こんなカッコになるのか？　こんなカッコをするのと、こんなカッコになるのとはちがう、とヴィットゲンシュタインあたりが言いそうかどうか。

自分の腕があがるのと、自分の腕をあげるのとでは、もちろんちがい、「自分の腕をあげる」から「自分の腕があがる」を引算すると、自分（の意志？）――が残る、と単純な引算をしてたら、この引算は逆で、「自分の腕があがる」から「自分の腕をあげる」を引くみたいなことを読んだような気もし、こんがらがっている。

両手で空気を犬かきし、ぼくは演技してるのか？　だれにたいして演技をするのかというのは、どうだっていい。だが、だれかにたいして演技をしなければ、演技にはならない、と反論する人もいるだろう。けっこう。しかし、ぼくひとりで、ほかに見てる者もいないのだから、自分自身にたいして演技をしてる、とは言いませんよ。そんな言いかたが、こっ恥しいだけでなく、ウソっぽい。

でも、やっとこ、足もとが見えるくらいにしか目はあいてないのに、なぜ、ぼくは演技をするのか。しちくどいけど、ただトイレにいくのに、なんで演技を、というようなことは、これまた、どうでもいい。

ふらふら、両手で空気を犬かきするみたいにあるいてるのは、いわゆるふつうのあるきかたではなく、まるで演技してるようなので、演技してる、とおもったのか。カタチからココロってのもつまらないし、いんちき臭い。プラグマティズム哲学なのかねえ。舞台やテレビや映画で、俳優たちは演技をしてるとおもってるのか。バカもやすみやすみコケ、と叱られそうだが、俳優さんによっては、あんまり演技をしてる気はない者もいるんじゃないかな。ごく日常のことをやってる気持でさ。だって、俳優さんは演技をするのが日常だもの。これも、演技が日常のものになってはいけないとか、逆に、演技は日常の自然なものでなくちゃいけないとか、アホな演出家が言いそうだ。いや、悲しいから泣くのではなく、泣くから悲しい、みたいなことを言ってるらしいプラグマティズムの考えかたには、ひっくりかえりもあるのではないか。だって、プラグマティックな考えかたは、一定の考えかたをきめるのではなく、そのとき、そのときの現状によって判断するってことだろうから、ひっくりかえりも考えなきゃ、プラグマティックではない。しかし、そこまでいくと、プラグマティズム哲学ではなくなるのかな。だいいち、プラグマティック、プラグマティズム哲学ってのが、コトバとしてもおかしいんだよなあ。マルクスの考え（書いたもの）とマルキシズムとは矛盾するそうで、これも、たいへんなジョーシキみたいだけど、あんまりジョーシキになってるのが、ちょいと気にもなる。

ベッドのなかで、トイレにいかなきゃ……いかなきゃ……うーん、めんどくさい……トイレには……いったんじゃないのか……トイレ……トイレ……あ、おれはトイレにいってる……いや、それがヤバいんだ……トイレに……なんて、うつらうつらしてるのは、まるっきり、子供のときからおなじで、ほんとに進歩がないなあ、と、なさけない。

進歩がないなあ、とひとには言わないけど、これは、ぼくの口ぐせだ。そのくせ、進歩なんてことを、ぼくはバカにしてきたが、これも、ただ上《うわ》っぺらの文字面だけをバカにしてたのではないか。文学青年と理屈青年のガキじみた態度でさ。

なん年かまえの夏、アメリカのマサチューセッツ州のアマーストという町にいった。アマースト大学で、ニホンからいっしょにきた学生たちとサマー・スクールをしたのだ。

アマースト大学は、学生数はすくないらしいが、いわゆる東部の名門校で、内村鑑三も新渡戸稲造も、この大学をでている。ともかく、ここでのサマー・スクールがおわった日、ぼくたちが泊っていた大学の寮（ドーミトリ）の地下で、三、四人の講師がはなしをした。がらんとした広いコンクリートの地下室だった。

そのとき、このサマー・スクールにぼくをつれてきた友人が、「差別について」というはなしをしたのだが、はなしのあとの、学生たちとのやりとりが、嚙みあわずに、おかしなふうにこじれ、いささか、収拾がつかないようなぐあいになった。すると、大学教授のべつの講師がたずねた。

「あなたは進歩ってものを信じてるんですか？」

「信じてます」

ぼくの友人はこたえ、学生たちは、ほんとにどっとというようにわらい、それでおしまいになった。

ぼくの友人は、なん冊かの本も書き、放送関係の仕事もしていたのだが、その後、素人ばかりで農園をはじめた。しかし、借りた土地のことでゴタゴタがおき、一時は、農園をつづけるのは絶望的だったようだが、べつの土地にうつって、農園をやっている。

　いや、ぼくには進歩なんてことはわからない。でも……っても、なにも言えないが、たとえば、こんどの旅行にもってきて、ベッドサイドのテーブルの上にあるスピノザの『エチカ――倫理学――』下巻畠中尚志訳のいちばん最後のところには、こんなふうに書いてある。

〈備考　以上をもって私は、感情に対する精神の能力について、ならびに精神の自由について示そうと欲したすべてのことを終えた。これによって、賢者はいかに多くをなしうるか、また賢者は快楽にのみ駆られる無知者よりもいかに優れているかが明らかになる。すなわち無知者は、外部の諸原因からさまざまな仕方で揺り動かされて決して精神の真の満足を享有しないばかりではなく、その上自己、神および物をほとんど意識せずに生活し、そして彼は働きを受けることをやめるや否や同時にまた存在することもやめる。これに反して賢者は、賢者として見る限り、ほとんど心を乱されることがなく、自己、神および物をある永遠の必然性によって意識し、決して存在することをやめず、常に精神の真の満足を享有している。〉

　スピノザは、外部の諸原因からさまざまな仕方で揺り動かされる感情を制御して、自分の本性からのみでて、ほかのものにふりまわされない「知性を矯正し、出来るだけはじめにこれを浄化して、その結果、知性がものを首尾よく、誤りなしに、そして出来るだけ正しく理解するようになる方法を案出しなくてはならない。」（『知性改善論』畠中尚志訳）と言ってるようだ。

　いつものように、読んでる本にすぐカブれるぼくは、スピノザが書いてることは、しごくもっともなような気がしてきたのだが、これは、進歩みたいなことを言ってるのではないだろうか。ただし、ふつうの世の中の進歩のことではない。

それにしても、ある本、ある文章からの抜粋・引用は、ほんとに気がひける。スピノザの『エチカ』の訳を、上巻のはじめから読んできて、下巻のおわりになり、はじめて、ちゃんと、おわりのところが読めるのに、そこだけ、ひょいと引用するのは、たいへんに危険なことだ。危険どころか、翻訳は裏切行為である、というのなら、引用は、もっと悪質な、裏切行為の場合がおおいのではないか。

ぼくは、ほんの子供のころから、本の行に横線をひいたりするのをきらっていた。講談本に横線をひく者はいない。マジメそうな本に、マジメそうな大人やおにいさんが横線をひいている。はっきり、本を汚してるわけで、本のページをずたずたに切りさいてるようにも見えた。また、聖書のなかの好きな聖句、なんてのをきくと、ゾッとした。小学校も低学年ぐらいの、ちいさな子供なのに、どうして、そんな気がしたのだろう。だが、これは、そんなに疑問ではない。いまでも、おなじような気持だからだ。

この岩波文庫のスピノザ『エチカ』上下巻は、銀座スエヒロのよこの中村ビルのユニ・ジャパン映写室で、午後一時からの試写を見たあと、銀座通り（中央通りというらしい）の福家書店で買った。このあと、もとはデモの解散地だった土橋の近くの高速道路の下の立食いそば屋で、二三〇円のかき揚げそばをたべて、午後三時半からの新橋駅前第一ビルのヘラルドの試写にいった。

そして、一月十四日に成田空港をでるときに、この文庫本もバッグのなかにいれてきた。いまは二月のおわりだが、ほかの本ももってきたので、スピノザの『エチカ』上下巻は、ここのところ二十日ぐらい読んでいた。読んでる期間が長いほうではない。

ぼくは、見る映画があるときは、毎日みたいに映画を見にいく。でも、なんで、こんなに映画を見るのか。ぼくは映画批評家ではない。映画を見なきゃいけない義理もない。それに、おもしろい映画は、たまにしかない。それでも、映画を見にいく。だけど、こんなことも、それほどふしぎではないのかもしれない。世のなかにはよくあることで……いや、そうかなあ?

ともかく、映画を見にいくいきかえりの電車や地下鉄のなかで、ぼくは本を読む。たいてい文庫本で、いわゆる哲学書の翻訳がおおい。なぜ、そんなことになったのか、小説などを読んでいられなくなったからだろう。

わかりきったことだが、小説はストーリイやプロットもたのしいが、その書きっぷり、かたりかけかたをたのしんで読むものらしい。ところが、どうしたことか、小説の各行のしゃべりかた、息づかい、生あたたかいにおいなんかを、さっぱり感じなくなった。まえには、感じて、それをたのしんでたのだから、むこうさまの小説のほうのにおいがなくなったのではなく、こちらの感覚、目か鼻か耳がおかしくなったのか。

ところが、哲学の本はそれこそストーリイ(理屈)だけだとおもったら、逆に、哲学の本の各行のほうが、あれこれ、おかしなにおいがするんだなあ。これは、いわゆる哲学書に書いてある理屈が、なかなか理解できなくても、けっして複雑なものではないことに気がついたあたりから、哲学の本の文字がにおいだしたようだ。

だいたい、複雑な感情、複雑な気持というのはあっても、複雑な理屈はあるまい。感情や気持は、複雑という言葉がすでにおかしく、なにもかもいっしょくたになったものだ。

　理屈は、そのなにもかもいっしょくたになったものを、むりに単純にしようとする。そのむりかげんを、ぼくはたのしみだしたのではないか。

　死んだぼくの父は、小説はむつかしくて読めない、と言っていた。父には、世間の人たちが難解だとしている哲学書のほうが、うんとすらすら読めたようだ。

　畠中尚志訳のスピノザ『エチカ』上巻のさいしょのところには、幾何学的秩序に従って論証された・エチカ、と書いてある。これがもう大わらい、大においではないか。

　ジョーシキでは、幾何学的秩序に従って論証されるようなものは、なんにもない。強いて論証されるものがあるとすれば、その幾何学ぐらいだろう。ほかの幾何学では、もうダメだ。

　しかし、こんなジョーシキは、たいていのジョーシキがそうだが、わけしりの、したり顔をしたところがある。そんなジョーシキで、毎日をすごしていても、読む本は、ジョーシキをはずれた、大わらいで、大くさい本がおもしろい。だいいち、したり顔のジョーシキとちがって、こんな本は大マジメだ。

　くりかえすが、映画を見るいきかえりの電車や地下鉄のなかで、ぼくは本を読む。ぼくのうちから、映画を見るところまでは、ほぼ一時間だから、いきかえりで二時間は本を読む……とおもっていた。しかし、ぼくの家から私鉄の駅、国電にのりかえて、電車をおりた国電の駅から映画を見るところまであるいてる時間もあるのに気がついた。あるいてるときは、本を読んでない。いいかげんに計算してみても、映画を見るいきかえりに本を読んでるのは、せいぜい一時間ほどではないか。

一時間と二時間では、たいへんなちがいだ。でも、こんなまちがいも、よくあるのではないか。また、まわりがみんな考えちがいをしてると、気がつきもしない。

小説を読まなくなったのは、ぼくの感覚、目や鼻や口がおかしくなったなど、大げさなことを言ったが、飽きやすいたちだから、小説にも飽きたのか。それにしては、ずいぶん長いあいだ、小説を読んでるなあ。映画のいきかえりは、文庫本の哲学書の翻訳なんか読んでても、うちでは寝ころがって、いまでも、小説も読む。まえみたいにおもしろくないけど。いや、こういう言いかたはいけない。比較できないことを、比較したみたいな言いかたは、よろしくない。ま、つまりは、グチのようなもんだけどさ。

こんどもってきたスピノザ『エチカ』上下巻は、二十日ぐらいかかって読んだ。そのまえに、おなじ訳者（畠中尚志先生）のスピノザの『デカルトの哲学原理』を読んだから、ぼくとしては、読むのもはやかったのだろう。

ともかく、理屈を読むだけなら、一日でも読めるかもしれないが、ぼくは理屈を読むのが慣れないせいもあるけど、かなりえっちらおっちら、各行のにおいをかぎ、その本のしゃべりかたをたのしむ。

モノ真似をしてるようなところもあるかもしれない。たとえば、スピノザの、『エチカ』を畠中尚志先生の訳で読んで、そのしゃべりかたを真似ようとするのだ。もっとも、いくらかモノ真似ができるとウヌボレられれば、ひろいもので、なかなかそうはいかない。

また、毎日、えっちらおっちら読んで、時間をかければ、モノ真似ができるってわけではなく、いつか、ひょいと、モノ真似ができるようになっている。これは、モノ真似のきっかけをつかむというようなことではなく、あれ、おれはモノ真似をやってるよ、とうれしくなり、ところが、そのあとさっぱりモノ真似ができず、まえのもカンちがいだったんじゃないか、とがっかりするといったぐあいだ。

引用は、その本のモノ真似がうまい人がやればいいだろうが、モノ真似ができない者が、そこいらから、かってにやぶりとってくると、おかしなことになる。また、ホンモノを知らない者に、モノ真似をきかせても、なんにもならない。つまりは、『エチカ』をちゃんと読んでる相手以外には、引用を示しても意味ないってことになる。屁理屈だ、とジョーシキは言いそうだが、ジョーシキは毎日をすごしていくためのもので、毎日をすごしていくために、本を読むのではない。だったら、なんのために本を読むのか、とジョーシキはたずねるかもしれないけど、本を読みたいから読む、なんのためなんてカンケイない。しかし、どうして、本が読みたいのか？

犬かきは、からだの前のほうで水をひっかくけど、脇腹のよこで空気の水かきをしながら、バスルームにはいり、便器のところにいく。便器の前で空気の水かきをやめ、目はすこししかあいてないのに、ため息なんぞをつく。

便器までたどりついたという感じでもある。寝ぼけながら、ため息をつくなんて、バカらしい演技で、それに、たどりつくというのも、演技コトバだろう。

これも現象学かなにかのモノ真似だが、演技は意味とおなじようなものかもしれない。いや、意味は、なにかの意味だろうが、演技は、そのなにかをぬきにしたモロ意味で、だとすると、意味とそっくりの別なものか。

意味はなにかがあって、その意味が見えてくるというのが、ふつうに考えられてる順序だろう。だが、見えてくるといっても、ただ受動的に見えるのではなく、見ている自分が意味をつくることもふつうかもしれない。現象学の構成みたいなことか。だいいち、受動的な意味などあるだろうか。逆に、意味が見えたら、そのなにかが見えるってことも、またおおいだろう。順序としては、意味が見えるのと、そのなにかが見えるのは、同時というのがジョーシキではないか。ただ、同時というのは、可能性としてでもズレをふくんでるから同時で、屁理屈をコネると、あぶなっかしい同時なので、同時ってことになる。

また、こういうことは、これまた、あんまりジョーシキになってるので、油断はできない。そんな言いかたに慣れてきて、もうジョーシキよ、なんておもっちまうのはヤバい。

でも、言いかたなら、どうとでも言える、なんてのも安易な考えだろう。説明とか解釈ってことは、ジョーシキではけいべつされてるようだけど、こんなことは、言いかたしかないみたいな気もする。言いかたはべつにして、実際はどうなのかときかれても、その実際がわからない。実際なんて、スピノザふうに言うならば、まことに不確実、明瞭判然としないもので、われわれは実際のなかで、実際にうごかされ、ほとんど受身になっている。受身、受動は、それこそ実際に、おおくの人たちがそんなふうなのは、スピノザもみとめているけれども、受動は、スピノザがもっともきらってるもののようだ。受動は非妥当な観念にのみ依存する、とスピノザは『エチカ』のなかでも、なんどもくりかえしている。スピノザが非妥当な、いいかげんな観念が好きだったりしたら、もうスピノザではない。また、非妥当なウソの観念が好きな者などあるまい。非妥当な観念が気にいってるというのは、非妥当な観念は妥当な観念であるということで、これは、文のセンテンスとしてもなりたたないもの。だから……と、ここで、かなり不確実な飛躍をするのだが、実際なんて相手にしない、とはっきり言ったらどうだろう。

言いかたは、言った内容だけでなく、それこそ言いかたで、しゃべりかたの息づかいも感ずる。訳文などは、著者が直接書きならべた文字ではないけど、やはり、息づかいはつたわってくるものだ。

そして、その言いかたが、いきいきと自分をつつむときのうれしさは……ま、自分で自分をダマしていることもあるだろうが、でも、ほんとに生きてるものに浸《ひた》されてるうれしさは、たまらない。理屈の言いかたに、ぞくぞくするなんて、理屈青年のバカの見本みたいだな。

ともかく、ベッドからでてトイレにいくぼくのカッコが演技みたいだと言っても、寝ぼけてふらふら、なんて演技っぽい演技ではない。ただあるいてるのでも演技になる。ふつうあるいてるときは、あるいてることもおもわない。あるいてるとおもうだけで、演技になることもあるだろう。自分のカッコが見えるというのが、そもそも芝居のはじまりかもしれない。

便器の前で空気の水かきをやめ、と言ったが、ふつうのニホン語の言いかたを真似しただけで、やめる、という意志的なものはなかったのではないか。便器の前にきたので、足がとまったってところだろう。

べつに、便器がゴールってわけではない。ゴールなんて、演技のうえに筋書までついたみたいだ。だいいち、犬かきにゴールなんかあるものか。犬かきは、とつぜん、ばちゃばちゃ水をひっかきだし、また、いつか水かきはおわっている。

もっとも、浜べや岸に泳いできた犬は、じつに優美にすっと水からぬけていく。あんなのを優美というんだろうなあ。ひどい屁理屈だけど、犬には、犬かきはない。ニンゲンがやるから犬かきだ。関西には関西ストリップがないようにね。関西ストリップがあるのは、関西以外のところだ。関西には、ただのストリップか、あるならば、関東ストリップかなんかだろう、と、あちこちでしゃべったが、みんなわらってもくれなかったなあ。おかしな顔をするだけでさ。

便器のなかに、しょぼしょぼ小便をする。しょぼしょぼも芝居の効果音くさいが、そんな音がして、そんな泡がたつ。泡といっしょに、においもする。この小便のにおいは、ふしぎなにおいだ。酒を飲んだにおいにはちがいない。ところが、酒を飲んだひとの小便は酒くさいのに、自分の小便は、そんなにおいはしない。酒くさいとは言えないのだ。無機物のガスのようなにおいがして……。小便まで、ひとの小便と自分の小便はにおいがちがうようにおもうのか、わが身かわいさというか、ウヌボレもいいかげんにしろ、と叱られそうだが、この小便のにおいは、あんまりウヌボレに関係がありそうな気はしない。ただ、ほかの酔っぱらいの小便のにおいとは、はっきりちがっていて、ふしぎなのだ。しかし、ほかのひとが、ぼくの小便のにおいをかげば、ふつうの酔っぱらいの小便のにおいがするのではないか。だとすると、ひとの小便のにおいと自分の小便のにおいのちがいがでてくるのか。そのちがいは、どういうちがいなのか。

小便がおわり、水洗の水をながそうかどうしようかと考える。ああ、おれが考えるのは、それくらいのことか。いつも、なさけなくなるのだが、かつて、ぼくはなにかを考えたことがあったか。まてよ、考えるってのは、なにかを考えるのか。たぶん、そのなにかってのが、ぼくはへたというか、欠落してるんだろう。

いや、まだみんな寝てる時間だと、水洗の音がしないように、便器の水はながさないでおく。でも、もう朝ならば、水洗の水をながしてもいいだろう。水洗のコックにかけた手を、びくっとしてはなす。ベッドのある部屋にひきかえし、窓のカーテンの下からもれてくるあかりを見れば、もう朝かどうかわかるのだが……。しかし、水洗のコックをもった手を、びくっとはなすなんて、どういうことか。これも演技みたいなものだとしたら、ごくろうなことだ。

洗面台でグラスに水をいれ、飲もうとしたが、水が口からこぼれた。喉がふさがっているのだ。酔っぱらいは、夜中に喉がかわく。だから、ヤカンに水をいれ、枕もとにおいて寝たりする。ところが、飲みすぎて、脱水症状がひどいと、水が飲みたいのに、喉がふさがったみたいになる。そんなふうだと、水が飲みたいという単純そうな欲望までがいびつになってくる。

こんどは、グラスにすこし水をいれ、口のなかにふくんで喉の奥におしこむようにする。水にむせ、口のなかの水を洗面台に吐き、また、口に水をふくんで、となんどかくりかえす。目は、はっきりあいてないのに、まことにばかばかしい。

喉はすごく渇いてるはずだ、とおもうのが、よけいいけないのかもしれない。水もいがらっぽく、いやなまぬるさだ。水をながしっぱなしにしていても、まだなまぬるい。

つめたい水を飲んだなあ。どこで飲んだのか。つい最近のことか。しかし、ここの水ではない。ここの水で、つめたい水なんか頭にうかばない。

北海道の千歳で、つめたい水を飲んだ。でも、ずいぶんまえのことだ。十五年……二十年もまえのことか。東京は夏の暑い日だった。ところが、千歳の水はつめたくて……。

冬のつめたい水では、寒いばかりだ。夏のつめたい水で……。つめたさの実体は、なんて言ったらわらわれそうだが、だったら、つめたいというコトバは、どういうコトバだろう。

喉がうまくひらかないまま、水を飲むのはやめた。くりかえすが、ほんとにばかばかしい。

バスルームからでて、ベッドがある部屋の窓のカーテンの下を見た。うすぼんやりしたあかりがもれている。早朝のうすあかりだろうか。それとも、くもり日なのか。

昨日は雨だったか？　きのう雨だったことが、きょうのくもり日に、なにかカンケイがあるのか。

ベッドにはいって、枕もとのテーブルの上を手でさぐり、アイマスクをさがす。アイマスク、スリーピング・マスクのことを、目の蓋と言った女がいたっけ。いや、そういう言いかたは、女でないと似合わない。でも、ほんとに、それは女だったか。ぼくがウソばかりついてるので、ウソかホントかわからなくなった、なんて単純で安易なことではない。

判断のよりどころ、判断の素材ではなく、判断の形式、判断のルールがあやふやになっている。形式の張りがない。形式も力だなんて言うのはむちゃだが、形式が形式でいられるのには、やはり張りか、力がいるのではないか。

ベッドの枕もとのテーブルの上をさぐっていた手に、やわらかいものがさわる。アイマスクだ。

このテーブルの上にあるほかのものは、かたいものか。老眼鏡、時計、本もかたいのか。アイマスクを指さきでひっぱってるうちに、なにかが床におちた。時計だろう。懐中時計なので、ショックにはヨワいということだが……。

まえからおもってるのだが、目がさめるというのが、どうもはっきりしない。だから、目がさめるという文字もあまりつかわない。きょうはなん時ごろおきて、みたいな言いかたになる。眠るときは、いつ眠るか、どんなふうにして眠るか、その状態がわからないんだから、目がさめるときもおなじようなもので……いくらなんでも、そんなことはあるまい。眠るのと、目がさめるのはちがう。ところが、ぼくは、目ざめというのが、はっきりしない。

トイレにいく。やはり、空気の水かきみたいなことをしながら、あるいている。便器に腰かけている。子供のときから、背中がまがってる。姿勢がわるい、と母親に言われていた。父はそんなことは言わなかったな。父の背中は、まっすぐのびていた。背中はまっすぐなまま、父は死んだのだろう。でも、父は姿勢がよかった、とは言えない。背中がまっすぐのびてれば、姿勢がいいのだが、姿勢がいい、とは言えない。言いかたのちがいが、たいへんなちがいってよりも、比較ができないちがいみたいなことを、ぼくがくりかえすのも、こういうことなのか。

母の父、祖父は馬にのっても、背筋をしゃきんとたて、姿勢のいい人だったようだ。しかし、ぼくの父は背中はまっすぐのびていても、姿勢がいい、とは言えない。その言いかたのちがいは、祖父と父とが、ぜんぜんべつだというちがいではないのか。

この祖父は維新後に九州の盆地の代官になった。維新後の代官というのがおかしいが、そのとき、歳をごまかして、十六歳にしたという。この祖父は剣術がうまく、姿勢がよかった。くどいようだが、ぼくの父は、背中がまっすぐのびていても、背中をまっすぐのばしていたわけではなく、姿勢がいい、とは言えない。

　ぼくがくりかえす言いかたは、近ごろ、ニホンでやたら尊敬されてきた「言葉」とは、またちがうのだろう。すべては言葉だ、と言いきるひともいるが……。

　聖書のヨハネによる福音書の第一章第一節、「初《はじ》めに言《ことば》があった。言《ことば》は神《かみ》と共《とも》にあった。言《ことば》は神《かみ》であった。」の言《ことば》はイエスだというのがジョーシキだ。こんなコトバだってある。おなじヨハネによる福音書第一章十四節、「そして言《ことば》は肉体《にくたい》となり、わたしたちのうちに宿《やど》った。……」わたしたちのうちに宿ったなんてニホン語訳のそれこそ言いかただと、わたしたちの心のなかに宿ったみたいだが、これは、わたしたちのあいだにテントをはり、わたしたちといっしょに住んだ、わたしたちといっしょに暮したということだ、と、たしか、九大教授の猪城博之先輩が書いていた。こんなコトバはどうなるのか。コトバという文字がおなじだけで、コトバのうちにははいらない、とおっしゃるなら、なぜそんな文字になったのか。英訳の聖書も古い欽定訳でも、一九六一年のオックスフォード版でもWORDという文字だ。

　背中をまげて、便器に腰かけてたぼくは、よけい、からだを前にたおした。こんなカッコしてると、バスルームの床につんのめるかもしれない。ウンコをしながら、前につんのめるのか。

　ベッドのある部屋にいき、カーテンのあわせめを、そっとひらく。ひろい重いカーテンだ。窓も大きい。そっとひらいたのに、からだぜんたいにぶちあたるように、光がはいってきた。カーテンは、すこしあけたままにしておく。この町の人たちは、暑い日は家じゅうの窓をしめきり、カーテンをひいている。

ベッドの枕もとのちいさなテーブルを、なんどか、のろのろ見たが、懐中時計がない。ほかのところにも時計はなくて、ちくしょう、時計はどこにいったのか、とベッドに腰をおろしたら、素足に時計がさわった。ベッドの枕もとのテーブルからアイマスクをとるときに、なにかが床に落ちたのをおもいだした。時計は十一時前だった。

しかし、時計の音はしない。右の耳にあてても時計の音はきこえないし、左の耳にもっていっても、きこえなかった。耳におしあてるようにすると、かえってきこえないかとおもい、時計をすこし耳からはなしてみたがこれもだめだった。二日酔で頭ががんがんしてるのだろう。

でも、時計はたぶんうごいている。午前十一時前……うちでは、こんな時間まで寝ていない。うちからはなれて、毎晩、バカ飲みしてるからだ。いつものグチだが、どうして飲むのか。こんなことを言うと、みんなわらうだろうが、ぼくはわらってない。ただ、グチはでる。

バスルームにもどり、歯をみがく。歯がきいろく汚れている。醜い、なんて文字は、ほとんどつかったことがないが、こんなのが醜いっていうんだろう。歳をくって、歯がきいろくきたなくなるのは、しかたがないことのようで、しかたがないことに、醜いなんてのは酷みたいだが、やはり醜い。それに、歳をとるのは、自分のせいではないようだけど、そうだろうか。自分のことは、みんな自分のせいではないのか。なんにでもセキニンはあるんじゃないの。しかし、こんな口のききかたは、無セキニンだなあ。洗面台にうつった、きいろい歯のこの醜い顔も、無セキニンだから醜いのか。

電気ポットで湯をわかし、コップにティバッグをいれて、立ったまま、紅茶を飲む。いつも立ったままだ。なぜ、立ったまま紅茶を飲むのか。それに、ティバッグに湯をそそげば、紅茶と言えるのか。立ったまま飲むこいつを、ぼくは紅茶だとおもっているのではあるまい。では、なんなのか、という質問は、まるでべつのことを質問している。こいつは熱くて、すこしずつしか飲めない。まだ喉がふさがってるような状態でもある。

足もとまでのだらんと長い寝巻きを脱いで、晒《さら》し木綿の布をぐるぐるまきつけた腹巻きをとる。また、いつ腹が痛くなるか。腹がわるくて、腹が痛むのならまだいいけど、そうではないらしい。からだがおかしくなったときのために、この晒し木綿を長くきった腹巻きをもってきたのだが、この国の南のほうの町にいたころから、べつの国の町にいき、また、この国のこの町と、ずっと寝るときは、この晒し木綿を腹にまいている。

ズボンをはき、シャツをひっかぶり、エレベーターで地階におりて、ホテルをでる。陽の光がうずをまいている。樹木のみどりがあるから息もできるようだ。

ホテルの前の坂道をよこぎって、角の食料品店にいく。コーンビーフ二枚にボイルドエッグ（ゆで玉子）三コ。コーンビーフはニホンの缶詰みたいにハッシュ・ミートにはなってなくて、ローストビーフのように肉のままだ。ただ、ローストビーフよりも肉《み》がひきしまり、色もあかぐろい。そんなに塩けは感じないが、塩漬けにして肉の組織が濃密になってるのだろう。コーンビーフは幅広く、うすく切ってある。コーンビーフを買うのはいい。だから、この食料品店のガラスのケースのなかにならんでるもののなかから、コーンビーフを買う。でも、たべると、いくらかうんざりする。この食料品店のガラスのケースのなかで見たときのコーンビーフみたいな味は、けっしてしない。それに、うすく切ってあっても、コーンビーフを二枚はたべれない。一枚がやっとだろう。その一枚も、がちがち、歯でかんでるみたいになると、途中でたべるのをやめてしまう。

「スリー・ボイルドエッグズ？」

いつもの娘がききかえした。娘という文字がニホンではなくなって、こんなところででてくるのか。

「ノウ・ナット・ツー。スリー・ボイルドエッグズ（二つじゃない。ゆで玉子三つ）」

明日のぶんまで、ゆで玉子を買っておくことにしたのだ。娘はほほえんでいる。こぼれてのぞいた、すこし奥のほうの歯がちいさく、いくらか茶っぽい色で、こんなのを味噌っ歯というのか。ヨーロッパ系の若い娘に味噌っ歯という文字はどうかというより、やはり、この娘は味噌っ歯だな。

成長するときに栄養がわるかったような、青白い肌、血のけのうすい首すじ、なんてことがペーパーバック・ミステリあたりに書いてあったが……いまでは、アメリカなどは、貧乏人の子供のほうが、やたらにたべるので、ふとっているようだ。カリフォルニアの都市のバスのなかなんかで見かける、ぶりぶりふとった、はだしのメキシコ系の男の子や女の子。

この食料品店の三十すぎのむぎわら色の髪のぼさぼさ頭の男が東欧らしい言葉ではなしてるのをきいたことがある。この娘はその妹なのか。どうでもいいことだが、東欧、たぶんハンガリーあたりからきたユダヤ人の兄妹だろう。いや、兄妹かなあ。

「チャイニーズ?」娘はぼくにたずねた。

「ノウ、ジャパニーズ」

「ネクスト・ドア（となり）のチャイニーズ・レストランに、ユーがよくいくから、チャイニーズだとおもってた」

ネクスト・ドア（となり）といっても、三、四軒むこうにある中国料理店だ。

「あのチャイニーズ・レストランのなかには、ジャパニーズ・バーがあるんだよ」

「チャイニーズ・レストランのなかにジャパニーズ・バー?」

娘はポカンと口をあけるようにした。味噌っ歯がちまちまひかってる。

「ジャパニーズ・バーにいってみるかい?」

「ウェル……」

娘はうしろをふりかえるようにした。角の食料品店なので、べつの通りにも入口があり、そこのカウンターに、れいのぼさぼさ頭の男がいる。

「いつでも、つれていってあげるよ」

ぼくは二ドル札をわたし、娘はお釣りのコインを、ぼくのてのひらにまきこんでいれるようにした。娘の手の指はほそくてつめたく、じとじとするほど湿っていた。

あそんでる

目ざましのタイマーが鳴りだした。なさけないが、鳴りだしたのを知っている。いつも、こんなふうだ。もっと、とっぷり眠っていたい。

ユキは身うごきもしない。息もきこえない。タイマーの音をとめなきゃ、とおもう。でも、ぼくもじっとしていた。タイマーが鳴りだしたのは知ってたが、ねばっこいもののなかにいる。なさけないどころではなく、いつも二日酔だ。ユキとあうときは、また、よけい飲みすぎてしまう。ユキは一滴も酒は飲まないのに。

毎日、酒を飲んで、それをなさけながってるから、アル中なのではないか。どうせ、飲むなら、のほほんと飲んでれば、アル中ではないかもしれない。ニホン語には、晩酌というつごうのいい言葉がある。ぼくだって、晩酌をやればいいじゃないか。でも、これは冗談。ぼくには晩酌はできない。なんで、晩酌ができないのか、とみんなわらうだろう。それほど、おまえはとくべつな男かよ、ってね。ウヌボレるな、と叱られそうだ。でも、ぼくはほかのニンゲンにはなれない。まてよ、これだって、どういうことだ。なんにも意味のないことを言ってるのではないか。意味をバカにしてもいい。しかし、ほんとに、ぼくはほかのニンゲンにはなれないなど、なんのことだ。

飲んでは、なさけない気持でいる。アル中だ。小説のなかにでてくるアル中と、まるっきりぴったし。そんな小説を読んだせいで、そんなアル中になったのか。でも、テレビの見すぎ、映画の見すぎ、小説の読みすぎみたいなのも、ぼくはほかのニンゲンにはなれない、なんてのとおなじで、ただ、そういう言いかた、文字をならべただけではないのか。だって、小説を読みすぎたニンゲンなど、見たことがないもの。そして、見すぎ、読みすぎと言えば、量に関することみたいだが、たとえ量がおおくても、読みすぎってことにはならない。

ぼくの顔の上を、ユキの腕がのびていく。タイマーのスイッチをおして、音をとめるためだ。タイマーはダブルベッドのぼくの側のサイドテーブルについている。

目をあけて、ユキの腕を見たわけではない。ぼくは目をとじたままだ。ユキの腕のにおいがしたのでもない。ユキは、ほんとににおいのない女のコだ。体臭がうすいというのともちがう。この場合は、うすくても、体臭があることになる。しかし、ぜんぜん体臭のないニンゲン、生き物などいるだろうか。

それが、ユキは、まるっきりにおいがない。生き物なら、かならず、においがある。生き物でなくても、においはある。ものの表面や肌から、かすかににおいたつものがある。ユキにはそれがないというのは、逆に、においを無にするものが、たえず、全身の素肌からただよいでてるのか。

ユキの腕のあたたかみが、ぼくの顔の上を腕がのびていくときに、こちらにとびうつったのか。あたたかみを感じたのではない。感じたといえば、具体的に感じたことになる。ココロのあたたかさみたいなものか。これまた、冗談っぽくて、おセンチだ。ぼくの顔にふれたわけでもなく、においもない、ユキの腕のあたたかみなど、ぼくのとろとろのおセンチさ以外のなにものでもないのだろう。ユキの素肌がまったくにおいがないというのも、ほんのりあまいにおいなんかより、とろかげんがとろとろに甘ったれた、ぼくのおセンチさか。

タイマーの音がとまった。ユキの腕が、ぼくの顔の上をもどっていく。そっと、しずかなうごきだ。腕の腹のほうで、ぼくの鼻の頭をこすったりはしない。ユキはそんなあそびはやらない。ユキは、ぼくが眠りこんでるのではないのを知っていて、そっとしてるのではないか。こういう知りかたは、ふつうの知りかたとはちがうみたいだ。自分のことのように知っている。知るというより、見えてるのだ。だから、ユキは知っていても、だまってるのか。見えてるもののことは、いちいち言うまい。

ぼくはユキの腕にぱくっと鯉みたいにくちびるをあてた。口をひらいて、嚙みついたみたいなカッコだ。でも、歯はあてていない。

ユキの腕はまるい。腕はまるいものだろうが、また、腕がまるいってことはあるまい。腕には腕のひらったさがある。ユキの腕だって、肘の裏側あたりは、そこにだけてのひらをあてると、ひらったさのけはいはあるが、てのひらをずらして、腕のまわりをなでると、もうまるい。

肉《み》のやわらかさはそのままに、かたいまるさだ。ときには、水がかたく、おしてくるように、肉《み》が張りつめて、かたいのか。

ぼくは、ユキの腕にぱくぱく鯉みたいなことをやり、ユキはちいさな声で言った。

「ごめんね」

これは、ユキのあそびだろう。ユキは、ごめんね、とあやまるようなことはなにもやっていない。ぼくが眠りこんでないのも知っていて、そっと、ぼくの目をさまさないように、タイマーのスイッチに腕をのばし、その腕に、ぼくがくちびるをあてると、ごめんね、だ。

ぼくは、もういいや、というように、ユキの腕をぼくの顔の上をひきかえしていくうごきにもどしてやり、ユキはベッドのむこう側におりた。バスルームのトイレにいくのだ。

タイマーが鳴り、身うごきもせず、息もしないみたいに寝ているユキが、すこしして、ぼくの顔の上に腕をのばし、タイマーのスイッチをおして、音をとめ、またすこし、ぼくのそばでベッドにあおむけになっていたあと、ベッドからおり、トイレにいく……それが、パターンとして見えてきたのが、あまい気持にさせる。

たぶん、動物の動作のパターンを見つけて、その動物をかわいいとおもうのと似た気持だろう。パターンが見えるまでには、いくらかでも慣れなきゃいけない。慣れしたしむというふうだろうか、こちらが慣れなきゃ、相手のパターンは見えてこないけど、相手もこちらに慣れないと、パターンを見せない。

でも、だれかのパターンを見て、かわいくおもったりするのは、PITYみたいな気持ではないか。PITYなんて、こちらがずいぶんおもいあがってるみたいだけど、事実、そんなところがあるようだ。

慣れきってしまうと、また、相手のパターンが見えなくなるか。よけいなことだな。

トイレの水洗の音がして、ユキはバスルームからでると、ぼくのほうの側のベッドと壁とのあいだにはいってきて、からだをひくくしてしゃがんだ。ぼくのよこのサイドテーブルのタイマーの時間を見ている。サイドテーブルにはベッドランプのスイッチもある。だが、ユキはぼくがまぶしくないように、バスルームのドアをあけたままにして、バスルームからのあかりで、タイマーの時間を見ようとしてるのだ。そのため、ユキはタイマーの前のうすくらがりにしゃがみこんでいる。

ユキはベッドにもどった。あおむけに寝て、じっとしている。ぼくもしばらくじっとしていて、トイレにいった。いきおいのない小便だ。なさけないくりかえしだが、飲みすぎで、寝てるあいだに二度ぐらい小便にいった。

窓には厚いカーテンがひいてあり、部屋のなかはくらい。ユキはこんなくらがりは好きではないようだ。

「腹がへったなあ」

ぼくはユキのからだにはさわらないで言った。ユキはくっくっとわらった。すっかり目がさめたわらい声だった。

「ひとりで弁当をたべようかとおもったよ。バスルームの床にすわってね」

「弁当たべればよかったのに……」ユキはこちらにむいた。くらい濃い空間のはずなのに、寝息がこもったようなにおいもしない。「……バスルームで?」

「うん。昨夜《ゆんべ》、おれ寝ちゃったのか?」

「ええ、わたしまちがって、手をふんだのよ。それで、ごめんって言ったけど、寝てたわ」

これから、ユキは会社にいく、当分はあえない。だから昨夜《ゆうべ》は、ぼくはさもしい気持でいたはずだ。そんなガッついたような、さもしい気持だったくせに、ことんと眠ってしまったらしい。ユキとはそんなにあってないのに、こんなことがなんどかあった。ユキといると、ぼくはすっかり気持がゆるんでしまうのだろう。

昨夜は、海に近いもとの遊廓の飲屋にいった。ここの海をながめてふしぎなのは、アメリカ海軍の艦艇やニホンの自衛艦もいないことだ。

国鉄の駅をおりると、すぐアメリカの海軍基地があり、自衛艦もいる。まっ白な迎賓艦みたいな自衛艦も見たことがある。

ところが、国鉄の駅の前からバスでせいぜい十分ぐらいの、もとの遊廓のそばから見える海は、そんなものはまるでない。つまり、べつな浦なのだろう。湾とは言わない。国鉄の駅はトンネルをでたところにあって、トンネルのむこうは、もとは海軍航空隊があった、またべつな浦だ。ここは半島で、山が海にせまり、ちいさな浦がいくつもある。

もと遊廓の町も、海からの石垣の上にたっている家ならびと、道をへだてたむかいの家ならびの二すじだけがもとの遊廓で、それをこすと、もう台地になる。ひくい台地で、ななめに石段がついてるが、真鍮の手すりもくろずんで古く、石段もゆったりして幅がひろい。遊廓の町も、台地の町も戦災にあったが、この石段だけはもとのままのこったのかもしれない。

ふつうなら、台地の上のほうが高級そうだけど、ここでは逆だ。ここはもとは海軍さんの町の軍港で、軍港町の遊廓はにぎやかだった。海とならんで、りっぱな楼もあったかもしれない。でも、そんなのは二すじぐらいで、台地への崖ぎわには、道をへだてて、ちいさな店がむきあっていたのだろう。崖ぎわには店がなく、崖がむきだしになっていたところもあったにちがいない。

遊廓にも大店《おおだな》やちいさな店もある。ちいさな店は、あとからできた店だろうか。大店のうしろのほうに、そんな店が家ならびもはんぱに、ぽつんぽつんたってたのではないか。

ところが、ななめの石段をあがった台地の店は、もう遊廓の外で、そういったちいさな店でさえない。非合法のおんな屋、昔ふうに言うならば銘酒屋ってところか。赤線にたいする青線だ。それも、新宿・花園、いまはゴールデン街とよばれてるところみたいに、青線の店がならんでるというわけではなかっただろう。

おんな屋をはさんで安飲屋があったり、食堂や床屋や駄菓子屋もある。遊廓の楼のあいだに床屋なんかはない。遊廓の楼がならんだあたりなど、昼間は人どおりもすくなく、しずかだった。その道がきれいに掃いてあって、いやにひろく見えたものだ。

しかし、台地の上の町は、路地もせまく、店もちいさく、昼間でも酔っぱらいや犬がいた。オデンの鍋を路地にだした店のなかでは男たちが酒を飲み、子供が一銭玉をもってオデンを買いにきた。

こんな飲屋とも食堂ともわからない店（ウドンもあったりして）に、男とはいりこんでる女。こういう女は、一目見ればわかったものだ。背中から、そして乳房のあたりから、しろく塗りあげた襟おしろい。その襟おしろいが楕円形に、頤《おとがい》をとりかこみ、逆に、顔にはおしろいをつけていなかったりする。でも、こんなのは女が銭湯で襟おしろいを塗ったあとの、夕方のひとときだけかもしれず、おしろいがない顔も、いつもは厚い化粧におおわれた皮膚が、うす黄味をふくんだにぶい色で、古くなった玉子の殻のように、みょうにつるんとしている。

こんな女たちは、首に透きとおった生地のしなしなした襟巻をしていた。ボイルという生地だろうか。白とかピンクとかむらさきの色がおおかった。ちいさな女の子のお人形めかした、ふんわりした裾の子供服のボイル生地が、こうした女たちのしろく襟おしろいを塗った首にからまると、なんと、おんな屋の女っぽく見えたことだろう。

海べりの遊廓の町と台地の上の町とのあいだの崖にななめについた石段をあがりおりするのには、一分もかからない。しかし、その上と下とでは、まるっきりちがっていた。町の名前も、遊廓のほうは、おそらく、室町時代よりもまえの地名で、台の上の町は昭和のあたらしい名前だ。

もと遊廓の町のはずれには、海のなかにつきでた石の突堤がある。いまでは、魚釣りの舟がでるくらいだが、ずっとまえは、舟で遊廓にくる人もおおかったのではないか。

でも、このふたつの町のちがいなど、ぼくのおセンチな気持だけかもしれない。昨夜、もとの遊廓の町から石段をあがっていった路地の飲屋でユキのとなりにいた若い男は、台地の上の路地なのに、このあたりも××だ、ともとの遊廓の町の名前を言った。

福岡の人たちが、やたら博多と言うようなものだろうか。まえは、博多と福岡ははっきりちがい、それがあたりまえのことで、博多が福岡を名のったり、福岡が博多の名前をつかうことはなかった。この崖の下と上の町でも、台地の上の町の昭和のあたらしい名前は、新興の盛り場ということで、かたっぽうの室町以前の地名と、ちゃんと張り合っていたのだが。

ユキはこの町に住んで、もうなん年にもなるが、このあたりには、ぼくときたのがはじめてだという。このあたり、とくに石段をあがったところの路地と交差した通りには、昼間でもヤクザがぶらついていて、ひとりであるくのはこわい、とユキはきいていたからだが、ぼくがさそうと、いやだとか、こわいとかは言わなかった。

いや、どこにでも、ユキはついてくる。でも、ついてくるだけで、あとで、ひとりでこのあたりにくることはないだろう。ユキには縁のない町だ。ユキみたいな女のコだけでなく、ふつうの人にも縁のない町だ。ユキは好奇心がない女のコではあるまい。だが、だれでも、なんにでも好奇心があるってことはない。

しかし、くりかえすが、ほんとにどこにでも、ユキはついてくる。だから、ぼくともこんなふうになったのだろう。抵抗のない女だ。男と女とのあいだは、さからうという意味ではないが、ある種の抵抗の関係だとおもってる人もあるだろう。

だが、ぼくはそんなのはめんどくさい。横着なのだ。だから、抵抗のないユキなんかと、ふらふら甘ったれてる。

もとの遊廓の町のほうからあがっていく石段はひとつではない。一五〇メートルぐらいはなれて、二つ石段があるのは知ってるが、もっとあるかもしれない。そのひとつの石段をあがると、古くからの連込み旅館で、その前をきて、路地を右にまがる角はゲイバーだ。

ゲイバーといっても、女装をした男がいるわけではなく、それに、たいていマスターひとりだ。ごくたまにだが、ぼくがこのバーにきだしてから、もう十五年はたつ。

昨夜、ユキとここにきたとき、兵隊のときのはなしがでて、マスターになん年兵かとたずねたら、昭和十一年兵だということだった。マスターはいっぺん満期になり、そのあと一年ぐらいで召集され、シンガポール攻略戦の前線にいたらしい。マスターの順序でいくと、ぼくは昭和二十年兵だが、徴兵が一年くりあがり、昭和十九年の暮に入営し、すぐ中国にいった。ユキには兵隊のときのはなしなどまるっきりわかるまい。そんなはなしは、おそらく耳を素どおりしてるのだろうが、ユキはニコニコきいている。

女装した男がいるゲイバーではなくても、ユキはゲイバーにきたのもはじめてらしいけど、きょろきょろしたりはしなかった。度胸があるというのでもない。無神経なのともちがう。とにかく、よくついてくる。よくついてきて、ふわっとぼくといっしょにいる。

昨夜は、さいしょは、もとの遊廓の町の飲屋にいった。遊廓町の裏のほうのすこしはなれたところに、ここだけはいくらか客が混んでいる「一銭屋」みたいな名前の飲屋・めし屋があったものだが、そんなふうな飲屋で、だけどサカナはいろいろあるが、めしはない。それに、あの古びた「一銭屋」のようなのが、いまどき、どこに残ってるだろう。この店もカウンターだけで、店内はさっぱりし、あかるい。オヤジさんは飲屋のオヤジという顔をしてないこともないが、おかみさんは色白で頬がふっくらした奥さまふうのひとだ。頭がいいひとだろう。三十歳をこしてるかもしれない娘は、はっきり知的な顔だ。

この店で、ぼくはハスの天ぷらとネギぬたをたのみ、ビールと酒を飲んだ。ビールがいくらかなまぬるい。アメリカの海軍基地があるあたりのバーは、いまではすっかりさびれてしまったが、ビールはよく冷えていた。

グラスがぼくとユキの前におかれ、オヤジさんが、ビールをついでくれた。しかし、ユキはアルコール類はぜんぜん飲まない。……それなのに、よくついてくるなあ。ともかく、こんないわゆる大衆飲屋では、はなからお茶をくださいなんて言えず、ユキの前にもグラスがきて、ビールがつがれる。ユキは甘いジュースなんかもきらいだ。それで、ぼくのグラスのビールがからになると、ユキのグラスととりかえて飲むんだけど、そのビールがもともとすこしなまぬるく、よけいあったまったような気がする。

ユキはトリの唐揚げを注文したが、皿にのってきたトリの骨つき肉の唐揚げのなかに、トリのどこの部分なのか、ほとんど長方形のぶっとい消しゴムみたいなのが皿のまんなかに立っていた。

ユキはちいさな唐揚げを、箸でつまんでたべており、ぼくは酒といっしょにビールを喉におしこみぎみに飲みながら、なぜか、れいのぶっとい消しゴムみたいなトリの唐揚げを見ていると、みょうなことがおこった。

トリの唐揚げの上のほうのはしに、ぽちっ、とほんとにちいさなものがにじみ、それがまるで立体感がなく、これまたちいさく、点が点の輪を微小にひろげたみたいになったのだ。

色があって、ダークな色だが、そのちいさく凝固したような点が、真下にさがって線をひきだした。その線は透明な赤だ。ユキもそれをみつめており、ふたりとも見ていたというのはふしぎなことだった。

フランスやイタリーあたりの田舎の寺院で、マリアの像の片目が涙をながしたなんてことは、いまでも新聞にのったりするが、そんなことも、ぼくはおもったけど、こじつけまでもいかなかった。ただ、ちらっとそんなことが頭にうかんだだけだ。

透明な赤い線はトリの唐揚げの下のほうまでさがっていったが、皿の表面にとどいても、決定的な色にはならなかった。ユキはこまったような顔だ。かなしそうな、こまった顔で、わらってるみたいでもある。かなしそうなとか、わらってるとかきまってはいない。だから、こまったような顔なのだが……。

ぼくはそれでも、酒を飲み、ビールを飲んでいたが、ユキの顔を見ると、ユキもぼくの顔を見て、ぼくは決心した。ユキといっしょにいて、なにか決心したみたいなことは、このときがはじめてか。ぼくはなりゆきまかせの男で、決心のようなことはめったにしない。

でも、ユキといると、こんなふうに決心することもあるのかもしれない。決心と言えるようなことではないが、ユキはただついてくるんだもの。

「出ようか?」ぼくはちいさな声で言い、ユキもうなずいた。トリの唐揚げを箸でつまんだときも、ユキは唐揚げのちいさなやつを、そっととりあげたし、ユキの動作には、なにかそっとしたところがある。これは、ユキがしずかな女のコだというだけでなく、ずっとまえのポピュラーソングの“Bei mir bist du Shöne”(ぼくのそばにいて、きみは美しい)みたいに、ユキがぼくといて、そっとしてるみたいにおもうが、おセンチもいいかげんにしろと叱られそうだな。

表にでると、ぼくは「こまった?」とユキにきき、ユキは「あれ、なに?」とぼくの顔をのぞいた。

そして、石段をあがり、台地の路地のべつの飲屋にいったのだが、ここでも、ユキはほとんどたべなかった。

つまり、昨夜は、ふたりともたべそこねたみたいで、だから、さっき、ぼくはベッドのなかで、「腹がへったなあ」なんて言ったのだが、ぼくは、それでもいくらかたべてるけど、ユキはほとんどたべていない。


ユキはみじかい声をだした。それも、ほんのひと声だが、堰がきれたような声だった。くらがりのなかで、ならんであおむけに寝て、ユキは「きょう、会社はやすむわ」と言った。おもいがけないことだった。いままで、ユキは会社をやすんだことはない。でも、はじめて、ユキはそんなことを言ったのに、ぼくはほほえんで、とたんに、おもいがけないような気持ではなくなった。ユキが言ったことを疑い、疑ったとおりになったらブチこわしだ、というさもしい計算みたいなものも、自分では気がつかないではたらいていたのか。そんなふうだとしても、コドモっぽい。くらがりのなかで、ぼくはニコニコしていたのではないか。

ぼくはユキの首すじにくちびるでけんけんとびをし、腕を肩の下にとおして、ユキのからだをだきしめ、ゆさぶった。そして、靄がかかるみたいにねむくなると、ずず（る）っこしく手をぬいて、あおむけになった。

ぐっすり、というように眠ったらしい。こんなことは、めずらしい。腹はもっとすっからかんになっていた。

ユキは眠ってるが、おこすことにした。耳のうしろに鼻の頭をこすりつけ、腕をもちあげて、腋の下でくちびるをブラッシュし、乳房をつかむ。腋の下もなんのにおいもしない。よこにならんで寝ていて、乳房をつかむので、両手でユキの両方の乳房をってわけにはいかず、かたっぽうずつ、てのひらをかぶせる。ぱかっ、ぱかっ、と口のなかで言いながら……。

うーん、とユキは大きく息をはきだした。まだ目はとじている。まっすぐ上をむいたままだ。ニンゲンの女と男とではそんなに大きさのちがいはないが、子犬が母犬の腹のなかにもぐりこむような、笑話の snuggle みたいなことをやりそうな女のコにユキは見えるけど、実際には、あんまりそんなことはしない。子犬でさえする snuggle だって、なかば無意識のあそびだろうが、こういったことでは、ほんとに、ユキはあそびを知らない。知らないというのは、あそびをしないってことで、こんなのはティピカルな知行合一だな。

ソファにならんで、オニギリをたべた。弁当と言ったのは、オニギリのことだ。オニギリは三コで、ぼくよりもはやく、ユキはオニギリの一コをたべた。それで、残った一コのオニギリを、「たべなよ」とユキの前にうつしたが、ユキは「いいの」と首をふった。

ぼくは一コのオニギリをたべると、「じゃ、はんぶんずつにしよう」とユキの前のオニギリをはんぶんに割った。はんぶんのオニギリも、ユキはぼくよりはやくたべた。ユキもお腹がすいてたんだなあ。

ぼくたちはバスにのり、電車にのって、へんな支線にのりかえた。へんな、ぼろっちい支線だ。この支線は二駅ほどさきで、また支線がでていた。この駅のプラットホームでユキと待ってると、ホームの反対側に線路はあるけど、ぼくたちがきた線路とわかれ大きく右にまがって工場のトタン壁のむこうに消えてる線路からはなにもあらわれそうもない気がしたが、ひょいと、ちいさな電車がでてきた。まえの電車もちいさかったのに、これはもっとちいさく、冗談っぽいちいささだった。

　この電車はつぎが終点だった。無人駅で、駅の近くは雑草のはえた空地だが、なにかの倉庫か工場の建物みたいなのもある。だが、倉庫や工場みたいと言っても、人がいるようには見えない。

　ちいさな電車は折りかえしていってしまい、ぼくは高い声をだした。「へ、海だよ」

　電車がとまったところも、ぼくとユキがいるプラットホームも、海のなかにつきでていたのだ。

　木のプラットホームの隙間から海の水が見える。きれいな海の水ではないが、いやにあかるい。くもり日だったのが、急に陽がさしてきたためだろう。

　きれいでないと言っても、東京の晴海埠頭や竹芝桟橋のような、コーヒーみたいな海の色ではない。褐色よりもうすみどりに近い。あかるいという感じが、きいろさをくわえているのか、ブルーよりもうすみどりだ。ういたゴミや、海のなかのゴミまでが、陽の光にふわふわしろい。ゴミでもきれいに……いや、キュートに見えるのか。

　木のプラットホームを、なんどか靴の底で、とん、とん、とけって、ぼくは、海だよ、とくりかえした。ユキはわらっている。

　近ごろでは、バスにのっても、さっさとぼくは窓ぎわの席にすわる。ユキとはじめてあった翌日、やはり海のほうにかなり長い距離のバスにのったが、そのときはユキが窓ぎわで、かえりのバスでは、ユキはこっくりこっくり居眠りをした。でも、もうそのつぎあたりから、ぼくがバスの窓ぎわの席にすわるようになったのではないか。ちいさな男の子がおかあさんといっしょにバスにのってきて、窓ぎわの席にすわるのとおんなじね、とユキは言うが、ただそういう言いかたをするだけで、いくらなんでも、ユキには母親みたいな気持はあるまい。

　さっきの電車は、ぼくたちがおりると、すぐ折りかえしていったのに、なかなかやってこない。木のプラットホームの下の海の水は陽にあかるく、海のなかのゴミまでよく見えるけど、目の前の海は陽の光でぼやけ不透明な膜でもかぶってるみたいだ。プラットホームからでて、鉄線のなかの空地をぶらつき、ひょろっとのびた、きいろい花の雑草をひきぬこうとしたら、あんがい根がつよくて、てのひらに草の茎の青いすじがついた。よけいなことだが、どういう人たちがのる支線なのだろう。

　やっと電車がきた。電車がうごきだし、ぼくがしゃべってると、ユキがわらった。

「なにが、おかしい？」ぼくはきいた。

「だって、オジちゃんはさっきまで黙ってたのよ。お酒を飲みだしたときとおんなじね。お酒を飲むところにいくと、急に、はなしだす。安心するのかしら」

　ぼくがしゃべりかけてたのは、べつの軍港町、瀬戸内海にあるもと軍港町でのことだった。まだ大学に籍があるころ、ある夏、もとの海軍潜水学校のオーストラリア軍工兵隊ではたらいた。その工兵隊のオフィスや兵舎《バラック》なんかから、かなりはなれたところの海ぎわにトイレがあった。旧海軍潜水学校のころからのトイレだろう。帝国海軍のネービイ・カラーの灰色のペンキもそのままのこっていた。昭和二十二年ぐらいのことだ。

ちいさな木造のトイレで、トイレのなかがいやにあかるく、トイレのせまい壁やぼくの顔にもまぶしいかげみたいなものがちらつき、そのちらちらは、どうやら、しゃがんだ尻の下のトイレの穴のほうからきてるらしく、首をひねりながら、トイレの穴を見ると、その穴はすっぽぬけて下がなく、海の水が見えた。トイレは敷地のはしから海のなかに、つきでてつくってあったのだ。

そのときは、太陽の光線の角度のかげんで、陽の光が海面で反射し、ちょうど、トイレの穴のほうに、ちらちら、光のかげを投げかけていたのだろう。

ぽつんとはなれたトイレだし、わざわざ、このトイレをつかう者はなく、それでいて、このトイレはきれいだった。毎日、だれかが船の掃除のように、ロープをつけたバケツで海の水を汲みあげて、トイレの床や壁をごしごしこすってたのだろう。

オーストラリア軍の工兵隊でのぼくの仕事はヒマだったたし、ぼくは、自分の専用のトイレみたいに、このトイレでのんびりしていたが、トイレの穴のはるかかなたみたいに見えた海面が、だんだん近よってきた。その海の水がきれいに澄んで、うすみどりなのだ。夏の日で、陽はあかるく、海のなかまであかるくて、子供がクレヨン画で光をきいろい線でかくみたいに、陽の光が黄金色の無数の箭になって、たえまなく海の水をつきぬけ、その光の箭のために、海の水の青さがうすみどりに変ったのか。

そして、あかるい透明なうすみどりの海の水のなかに、ぼくのウンコがぽとんと落ちていくと、ちいさな魚があつまって、ちょこちょこつっつく。色とりどりの、それもシンプルだったり、縞があったり、強い色調のちいさな魚だ。そのころ、ぼくは熱帯魚という言葉も知らなかったが、日ごろ見なれたチヌとかボラとかいった魚とは、まるでちがう色だった。もっとも、こんなあざやかな美しい色の魚が大きかったら、ぞっとするだろう。

戦争に負け、帝国海軍がなくなって、この軍港の湾や、それをとりまく海軍工廠の残骸やそのうしろの山などは、あっけらかんとしたものになった。

もともと、このあたりの土地は花崗岩質で、夏の日などは、しろさがまぶしいほどだったが、軍港への爆撃ははげしかったようで、その地肌がむきだしになった。

ニンゲンとか鉄とかがぺしゃんこになり、自然というものはわからないけど、ニンゲンや鉄ではないものが、あっけらかんと姿をあらわしたようだ。

それでも、湾の反対側のほうは、倉庫らしいものが焼け残っていたり、そこにイギリス連邦軍の軍用船などもいるけど、こちらは、のっぺらぼうのしろい砂地で、このもと海軍潜水学校は湾のさきっちょが岬のようになった、そのいちばんはしのほうだ。湾の入口をでれば、だれもいかない(道もないだろうし)ちいさな砂浜もある。オーストラリア軍工兵隊のオフィスや兵舎からこのトイレまでも、しろく夢見るようにのびてる砂地で……。

ほかには乗客はいない、ちっこい電車のなかで、ぼくはそんなはなしをした。ウンコのところでも、ユキはだまってわらってた。ユキが生れるずっと前のことだ。ユキにはむかし話だな。しかし、ぼくにもむかし話か……こういうおセンチさはタチがわるい。

また、べつの電車にのり、その電車をおりたところで、「メシをくおうか」とぼくはつぶやき、

「イチゼンメシヤみたいなところでね」とユキは言った。一膳飯屋なんてコトバを、ユキはどこでおぼえたのか。テレビの時代物か。ユキは東京で生れて育ち、なにかで、この海上衛隊とアメリカ海軍の基地がある町にきたらしい。そのなにかはわからない。家出してこの町にきたということはきいた。でも、家出しっぱなしではなく、東京のうちには、ときどきかえってるようだ。

「一膳飯屋があるかな?」

ぼくはいじわるな口をきいたのだが、ユキはいじわるにはとらなかった。

「さあ……」

ユキは私鉄の駅をでて、きょろきょろ、あたりを見まわした。一、膳、飯屋をさがしてるのだろう。きょろきょろ、まわりを見まわすというのは、あそび、プレイだ。ユキはプレイをやらないコではない。むしろ、夢おおき乙女みたいに、プレイがおおいコだろう。ぼくのような男とあってるというのが、プレイではないか。噺家あたりから流行《はや》ってきた言いかたでは、シャレってところか。いや、女にはシャレなんかない、と言われそうだな。もっと通俗でひどい断定だと、女には生理はあってもシャレはないとかさ。でも、これも通俗でひどい断定だが、女と男とはまるでちがうけど、そんなにちがわないとかね。ルナールの日記ふうに言うなら、女と男とのちがいがだんだんなくなって、女と男の差になったとか。逆に、女と男とのちがいがだんだんひろがって、女と男の差になったとか。どうとでも言えることがおおいんだなあ。もちろん、こんなのはうすっぺらな考えだけど、シャレだと言ってみるのもシャレではないか。しかし、そうなると、ユキがシャレをやってるのではなく、ぼくがシャレになってしまう。ま、もともと、ぼくみたいなへんなオジンとあってるのは、ユキにはシャレみたいなものではないか、とぼくが言ってるのだから、はなから、ユキを材料（ダシ）にした、ぼくのシャレかもしれない。哲学ではうるさい論議があるところか。心理学の問題ではない。

駅前にはちいさなスーパーがあった。スーパーが、もろに夏の陽をうけている。ちいさな空地がふたつぐらいあって、自転車がたくさんおいてある。

すこしあるくと、「川エビあります」と書いた短冊みたいな紙をぶらさげた店があった。ちいさな魚屋だ。店さきの盤台の上の魚の数はすくなく、鰹の生節《なまり》や干若布なんかも盤台のはしにおいてある。

川エビのそばのポリバケツのなかに、アメリカ・ザリガニがいた。あざやかな紅色で、ごそごそうごいてる。盤台のよこのひらったい水盤のなかの雷魚も生きていた。あおぐろい雷魚の斑点はきみがわるい。こんなのも、非日常的などと言うのだろうか。

「これ、なに？」

額にたてすじができたみたいな顔で、ユキは雷魚をゆびさした。当然のことだが、ポルノ映画のからみのときの女優の額のたてのすじとはちがう。あれは、くるしそうな（というのがエクスタシーらしいが）額のたてすじだ。ユキは雷魚をゆびさして、まさかくるしんではいない。しかし、なんで、ぼくはこんなことを言うのか。

「雷魚って名前でね。中国にも雷魚がいたなあ。兵隊のときにね。でも、雷魚という名前だけがおなじで、おなじ魚かどうかはわからない」

中国で見た雷魚のことをおもいだそうとしたが、こんなきみのわるい斑点どころか、魚のかたちもなにも、目にはうかばなかった。目の前にショッキングな斑点と色の雷魚がいるので、その印象の強さに中国で見た雷魚の記憶が消されてしまったというのではあるまい。となると、どういうことか。中国で（湖南省あたりで）雷魚の名前はよくきいたが、実際は、ぼくは雷魚を見たことはなかったのかもしれない。

「雷魚はおいしいけど、こいつをたべると、からだじゅうに、ちいさなコブがたくさんできるってはなしでね」

「まあ、これをたべても、コブができるの？」

ユキは、もう一度雷魚をゆびさした。ゆびさきがうす赤かった。ゆびさきが上気してるみたいだ。魚屋に川エビがあったり、雷魚がいたり、この近くに大きな沼でもあるのだろうか。そうはおもえないのだが。

ソバ屋にはいり、ユキはざるソバを、ぼくはカツ丼をたべた。ぼくもユキみたいにざるソバにすればよかった。どこかで、ユキとなにかたべるときは、いつも、ユキがたべるもののほうがおいしそうに見える。

ソバ屋をでて、私鉄の駅の前にもどり、ぽつんととまってるみたいなバスにのった。「こんなバス、はじめて……」とユキは言う。この県におおい、県の名前がついたオレンジ色のバスとはちがう。バスのボディに赤い線や、なんだかヤボったい茶色の線もとおっている。行先はバスのおでこにでているが、その地名がどこかはわからない。

木のプラットホームの下が海だった電車にのったときも、電車がそんなところにいくとはおもってもいなかった。あの支線や支支線のことも知らなかった。

でも、世間で言う、あてもなくふらっとどこかにいく、というような気持は、ぼくはない。ユキもそうだろう。

ふらっとどこかへいく、なんてことは、きちんと勤めをしていて、それまでの旅行もやはりスケジュールどおりだった人たちの願望のようなものだろう。

ぼくはずっとふらふらしていて、どこにいくのかわからないバスにのったりするのは、ごくふつうのことだ。ふらふらしてる者が、ふらっとどこかへいくってことはない。

でも、こうして、ユキといっしょに電車にのり、バスにのっていると、だらしなく顔がほころびるほどココロが和《なご》むが、当然なことだけど、空しさはある。バスのなかでならんですわり、ぼくは窓ぎわにいて、「あ、あれ……」となにかを見つけたときなどは、もちろん、空しさは意識してなくても、空しさにはかわりはない。ぜんたいが空しいんだもの。ユキといっしょにいるのは、おセンチな言いかただがあったかい空気のようにたのしくて、あったかい空気みたいに空しい。

ぼくがユキとあそんでるのは、パスカルが言う慰戯かもしれない。ユキといても、たのしいばかりではない。すぐさみしくなるし、別れるときおもしろくない。だが、旅のさびしさは、しーんと深く旅のなにかを感じさせるように、いくらか手のこんだ慰戯かもしれない。

空しさや不安を自分から隠すのが慰戯だけど、空しさまでも慰戯にするようなところもある。ニホンではめずらしくないことだろう。

ぼくには慰戯でもけっこうという気持はない。でも、慰戯は慰戯でも、それはどういうことだろう。

三木清の『パスカルにおける人間の研究』（岩波文庫）を読んでいる。大正十五年（一九二六年）に出版された、三木清のさいしょの著作だということだ。ぼくが生れた翌年のことだが、文章に古さがない。こんなすっきりした文章を書く三木清は、それこそすっきり頭のいい人だったのだろう。ところが、なんだか、この本を読みつづけていられない。いままでにも、なんどか読んだ本かもしれず、二日ぐらいで読める本なのに、三カ月以上も机の上にあるのではないか。

なん年かまえ、もう空しさが生理みたいになっているとき、（意識すれば、空しさこそが生理だろう）パスカルの『パンセ』を読んだが、それまで考えていなかったことを、あれこれおもった。

理屈がおおい。おおいというより、理屈ばかり言っている。いや、理屈ふうの言いかたがおおい。パスカルは、なやみもかくさず、不安な状態が人間の状態だと言い、神の恵がなければどうにもならない、とくりかえし、ともかく正直なので、ものを見る目がひらいてる、みたいに人は言う。でも、パスカルは、自分はこうおもう、それを理屈として説明すると、こんなふうになる、みたいなことは言ってない。

とつじょ、インネンをつけるみたいだけど、パスカルにはユーモアがない。ふつうの人たちは、たいていユーモアを考えちがいしてるようだが、ユーモアは、あるひらかれた言いかたではないか。ユーモアは機知ではないが、知によってひらかれたものかもしれない。

パスカルの『パンセ』を読んで、ああ、やはり、とおもったのは、パスカル自身にはどうにもならないような、パスカルをつきあげてくるものがあることだ。理屈も、まずそれがあって、それをむりやり理屈にしようとしてるみたいだ。じつは、理屈はむりやり理屈にするのがおもしろい。でも理屈ふうの言いかたをしないで、どうして、まっさきに、私はつきあげられています、どうしようもありません、と書かなかったのか。ま、そんなふうだと、『パンセ』なんて名著はなかっただろうけどさ。いや、浅薄なことを言って、あいすみません。

バスの終点までいってしまった。いつものことだけど、すぐ悔む。「おまえさんは、よく悔む男だねえ。こんなに悔む男とはおもわなかったよ」ある女に言われた。うーん、べつの女にも言われたな。ユキは、ぼくがコボすのを、わらってる。ユキのほうが歳はうんと下でも、頭がひらいてるのか、レベルが上なのか。

バスの終点は山のなかで、なんにもないところだった。ぼくたちふたりをおろして、からっぽのバスは、つる草がさがり、えぐれた赤土がでている崖にボディをこすりつけるようにしてまわり、ひきかえしていった。ここしか、バスがUターンできるところがないので、終点になってるのかもしれない。

たいした勾配ではないが、道は上り坂だ。しかし、道の両側の木の梢が頭の上でかさなりあい、かげになってひんやり涼しい。平地よりは気温もひくいのだろう。山の冷気と言えば、これまた大げさでおセンチだが（そんなことをくりかえすほうがおセンチか）はっきり、気温のちがいを感じる。

ユキはローヒールのあまりカッコよくない靴をはいてる。一昨日あったとき、「また、その靴か……」と言ったら、「オジちゃんといると、あるくからね」とわらった。だが、ほんとは、ぼくはあまりあるけない。十年以上になる糖尿病のせいかどうか、血行障害があって、足がしびれている。

「まあ……あじさいだわ」

ユキは道のはしのひくい崖のところで手をのばした。崖の土の上の草が生えしげってるあいだに、ひょろっとのびたほそい茎がある。そのさきにブルーがかったちいさな花がついていた。直径一・五センチぐらいの花だが、あじさいの花だった。

こんなにちいさなあじさいの花を見たことがあるだろうか。平地では、あじさいはもう花の最後になっている。むらさきの色が赤みをまし、ぼろ雑巾を造花にしたみたいなのもある。

しかし、このあじさいの花は、ぽっちり咲きはじめたところだろう。ブルーの系統の色だが、あわく、みずみずしい。あわいけどこまかな色のかさなりがある。花の色に透明なかさなりってことはないが、あわい、ちいさな全体のようだ。

あじさいは根が株のようになっていて、わっと咲きだすものだとおもってたら、これは一本だけ、ほそい茎をのばしてる。

こぼれるようなみずみずしさではない。ちいさな花のかたちの全体に、やさしく、きちっと、みずみずしさがおさまっている。

崖といっても、たいした高さではなく、道のはしでユキがのばしてる手の、ほんのちょっと上にあるようで、あじさいの茎と花はすかっと高い。ユキは、「こんないい色のあじさいは……」とくりかえしている。

両側に赤土の崖があるところをとおり、陽の光があかるくしろい道にでて、ぽつりぽつりあるいていると、道ばたのガードレールのむこうに野いちごの実がなってるのを、ユキが見つけた。バスにのってると、なにか見つけるのはぼくだが、きょうは、ユキがひとりで見つけている。

野いちごはガードレールのすぐむこうにあるのに、ユキの手もぼくの手もとどかない。

「枝をひっぱればいいのよ」ユキは茎をつかみ、「あ、痛《ち》……」と言った。野いちごのトゲが指の腹にでもあたったのか。ぼくも野いちごの茎をひきよせたが、ルール違反みたいな気がした。それよりも、慎重に慎重に、ぼくが野いちごの茎をつまんでひっぱってるのが、自分でもおかしかった。

洞窟の比喩

プラトンの洞窟の比喩はたいへんに有名で、そのふかい寓意ははかりしることがむつかしい、などときいてきた。しかし、ふかい意味があるのかもしれないけど、プラトンの洞窟の比喩のはなしかた、書きかたは、べつにむつかしくないような気がする。

洞窟の比喩は、プラトンの『国家』の第七巻の一章から五章までのあいだにでてくるのだが、『国家』という本が、あたりまえのことを、あたりまえのように書いてるみたいにおもわれる。『国家』の主人公はソクラテスのようだが、ソクラテスが相手に話しかけ、相手が「そのとおりですよ、ソクラテス」とうなずいて、はなしがすすむといったぐあいで、こんな場合、びっくりするみたいな飛躍や議論のどんでんがえしはむりだろう。

この『国家』では、やはり哲学者が国家の統治をってことになるけど、これは、実際にはびっくりすることでも、この本のなかでは、当然そうなる、あたりまえのはなしで、読んで理解できないようなことではない。ま、そんなことで、すらすら読める。すらすら読めると退屈することもある。

ともかく、藤沢令夫訳の岩波文庫の『国家』のいわゆる洞窟の比喩のところは、こんなふうだ。

奥ゆきのふかい長い洞窟のなかにニンゲンたちがいる。このニンゲンたちは、洞窟のなかからでたことがなく、洞窟の外の世界はしらない。そして、洞窟の奥の壁のほうにむいて、手足や首もしばられてすわっており、そこの場からうごくこともできず、また、首をまわして、うしろをふりむくこともできない。

このニンゲンたちのずっとうしろ、洞窟の入口のほうの高いところに火が燃えていて、その火の光が、洞窟の囚人のニンゲンたちのうしろから照している。

そして、この火と囚人のニンゲンとのあいだにひくい壁があり、壁のうしろの道を、あらゆる種類の道具や、石や木やそのほかいろんな材料でつくったニンゲンやそのほかの像をもった人たちが、そういった物を壁の上にさしあげてとおっていく。

それを、そのまたうしろの火の光が照して、洞窟の奥の壁に影をうつす。これらの物を壁の上にさしあげて、はこんでいく人たちのなかには声をだす者もいるし、だまっている者もいるそうだ。

「奇妙な情景の譬《たと》え、奇妙な囚人たちのお話ですね」と彼。

「われわれ自身によく似た囚人たちのね」とぼくは言った、「つまり、まず第一に、そのような状態に置かれた囚人たちは、自分自身やお互いどうしについて、自分たちの正面にある洞窟の一部（奥）に火の光で投影される影のほかに、何か別のものを見たことがあると君は思うかね？」

藤沢令夫先生はこんなふうに訳していらっしゃる。ぼくというのはソクラテスで、彼は、ソクラテスがはなしてる相手のグラウコンだ。

ぼくたちニンゲンは、洞窟のなかで身うごきもできず奥のほうにむかっていて、洞窟の奥の壁にうつる道具とか人間や動物の像の影だけを見ており、そのほかのものは、なにも見てはいない。

こんな場合、洞窟の囚人たちが、おたがいはなしをすることができたら、この囚人たちにとって、たとえば、ハンマーという名前のもの、スズメという名前のものは、自分が見ている洞窟の奥の壁にうつったハンマーの影、スズメの像の影のことで、けっして、ハンマーそのもの、スズメの像のことではないだろう。

また、洞窟のなかでは、音も奥の壁に反響してきこえるとすれば、うしろの高いところの火と囚人たちのあいだのひくい壁の上に、これらのものをさしあげてあるいていく人たちの声も、奥の壁のほうからきこえ、奥の壁にうつる影が発する音だとおもうのではないか。

「こうして、このような囚人たちは」とぼくは言った、「あらゆる面において、ただもっぱらさまざまな器物の影だけを、真実のものと認めることになるだろう」

ところが、そんな囚人たちのうちでも、手足や首をしばられている縄をとかれ、うしろをふりむき、はじめはひどい目の苦痛でも、うしろで燃えている火をじかに見、洞窟の奥の壁にうつってる器物の影ではなく、ひくい壁の上にさしだされた器物そのものも目にし、光に慣れない者には、これまたたいへんな苦痛だろうが、やがては、洞窟の入口からでていき、じょじょにだが、洞窟の外のほんとの真実のものが見えてくる者があらわれる。

さて、プラトンの洞窟の比喩のことは、いろんな人が書いているのを読んだけど、K・ウィルバー編井上忠他訳『空像としての世界　ホログラフィのパラダイム』（青土社）のおしまいのほうのケン・ウィルバーと編集部との対話にもでてくる。こんなふうに――

編集部　そして久遠の哲学は、絶対者は世界に内在しかつ世界を完全に超えている、と主張するわけですね。

ウィルバー　そうです。プラトンの洞窟はいまでもすぐれた類比《アナロジー》です。それが逆説的な本性をもっていることを忘れなければの話ですが。洞窟のなかには顕在化されている（影ではあるけど、囚人たちにはちゃんと顕在化されて目の前に見える）さまざまな影がある。洞窟の先には真の実在の絶対的な光がある。そして究極のところ不二がある……

編集部　影と光……。

ウィルバー　そうです。しかしラーマナが言ったように、三つの点のどれひとつとして見逃すことはできない。そこで汎神論ですが、これの問題がどこにあるかといえば、宇宙の総体と宇宙よりも断然先で宇宙を断然超えるものとを取りちがえているところです。つまり、汎神論は洞窟内の影ぜんぶの総計と、洞窟を超えた光とを混同している。そしてこの哲学の危機は、ひとが神性はたんに宇宙内のものごとの総和にすぎないと思う場合、つまり、洞窟内の諸々の影の総和にすぎないと思う場合、洞窟から出ようと努めなくなる、ということです。ひとは自分自身が適応しているレベルを眺めることに拘泥し、その部分をふやそうとするだけになります。［……］

ケン・ウィルバーと編集部との対話には、こんなところもある。

ウィルバー　……プラトンの類比に戻るならば、洞窟内の対象があり洞窟を超えたところに光がある。しかし論点は、ある対象が洞窟の入口により近いところです。すなわち、存在論には段階差がありります。ハストン・スミスも世界の偉大な神秘主義的伝統の本質を次のようにまとめています。

「存在は段階差をもつ。そして、それに応じて、認識もそうである」と。つまり存在の諸レベルと知識の諸レベルがあるということです。そしてこれらのレベルはいわば洞窟の最奥部から入口へと上昇し、入口を通過してつらなっています。

編集部 そして絶対者はこの段階差の最高レベルなのですね。

ウィルバー 全くそのとおりというわけではありません。というのも、もしそうなら二元論になってしまうのでね。絶対者はここでも逆説的です。絶対者は真の実在の最高のレベルでもあり、かつ、すべての真の実在を成立させる条件もしくは真実の本性なのです。梯子の最上段であり、しかも梯子の素材たる木でもある。この梯子の各段は大規模な進化のそれぞれの段階であり、人間の成長と発達の諸段階でもある。そのようにヘーゲルとオーロビンドとテイヤール・ド・シャルダンは言っています。進化は「存在の大いなる連鎖」の節目をこえて動いています。最下の物質からはじまり、生物学的構造へと動きます。そのつぎには心へと動き、つぎに微細で原因的な領域へ、そして最後には心を超えた最終点へと動いてゆきます。絶対者ないし、超心者はなにも最終段階でのみ存在しはじめるわけではありません。絶対者はずっと存在していたのだが、意識そのものがその最高状態にまで進化したときのみ了解されえたのです。いったん洞窟の外に出ると、われわれは光のみがあり、かつありつづけたのだと分ります。この最終・最高段階以前には影しかないように思える。しかしわれわれはこれらが影であるとは了解しないのです。われわれには比較しようがないからです。

（以下略）

うーん……ある対象が洞窟の入口により近い、というのは、どういうことなのか。ハストン・スミスが言った「存在は段階差をもつ。そして、それに応じて、認識もそうである」ってのはわかる。石とニンゲンとはちがう。石もニンゲンもおなじだという気はしない。ウィルバーは最下の物質からはじまり、生物学的構造へ動き、そのつぎは心へと動き、と言っており、ニンゲンは心をもったもので、石は最下の物質なのだろう。ぼくには、石がニンゲン以下の最下のものかどうかはわからないけど、石とニンゲンとはちがうとおもう。

また、存在の段階差に応じて、認識も段階差をもつというのは、絶対者はずっと存在していたのだが、意識そのものがその最高状態にまで進化したときのみ（絶対者を）了解されえたのです、というところでも、ウィルバーはかさねて説明している。

でも、そんなふうならば、神については、神にしかわからないってことにはならないだろうか。

一コの石にも、神の愛はみちあふれているだろう。でも、石は、ニンゲンみたいには、それを認識してはいまい。認識にも段階差があるってわけだ。しかし、ニンゲンだって、神の愛を認識するには、それこそニンゲンとしての限界がある。

こうやって、だんだんすすんでいくと、神をちゃんと認識できるのは、神だけだってことになる……ぼくは大ジョークを発見したような気になった。

でも、ジョークとしても、たいしたものではないかもしれない。こんなことは、どこかの国の人が、とっくに言ってるのではないか。それに、もっとはやくに気がついてよかったのだが、ケン・ウィルバーは仏教を勉強し、修行したひとで、意識そのものがその最高状態にまで進化したときにのみ（絶対者を）了解され得たのです、というのは、ウィルバー自身の意識が、そんな最高の状態にまで進化しているのだろう。ウィルバーはこんな図をかいて、こう言っている。

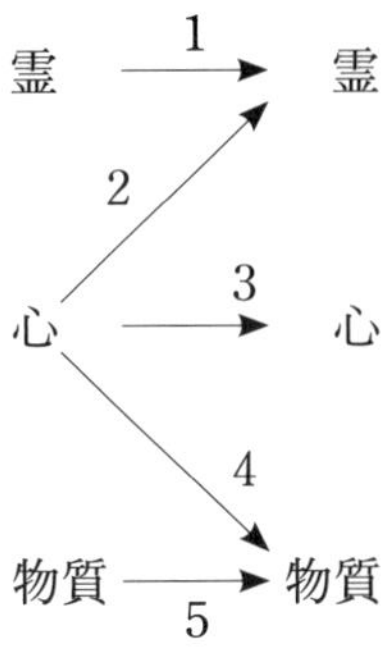

ウィルバー　……われわれには少くとも三つの知りかたがある。感覚的なものと象徴的なものと瞑想的なものです。これらの知りかたは物体と心と霊に対応しています。これだけなら単純ですが、例えば心は自己のレベルのみならず他の二つのレベルをも同様に見ることができると分かれば、もう少し複雑になります。そしてそれぞれの場合であなたは基本的に相異なる型《タイプ》の知識をうることになります。……5は単純な感覚的物質的な知覚です。4は経験的分析的知識です。すなわち、感覚的物質的世界についての心の観念です。3は解釈学的、内省的、現象学的知識です。つまり、心についての心の知識です。2は逆説的もしくは曼陀羅的理性です。つまり、霊について考えようとする心の努力です。1は霊の、霊についての直接的知識です。これは媒介されず非記号的な知識で、直観的で瞑想的です。［……］

ウィルバーは修行によってか、恩寵（慈悲）によってかはわからないが、1の霊の、霊についての直接的知識にまでいったひとなのだろう。しかし、この真実の直接的知識は非記号的な知識だから、言葉にはならない。だから、もともと口で言ったり、文字に書いたりして説明はできないが、2の霊について考えようとする心の努力の逆方向に、霊のほうから心にかたりかける努力みたいなことを、ウィルバーはしてるのかもしれない。こんなことにカンケイがあるのかどうか――

ウィルバー　……それぞれ高次のレベルは低次のレベルによっては十全に説明することはできません。高次のレベルには、低次のレベルには見出せない能力と特徴があります。進化においてこの事実は、創造的な創発現象としてあらわれます。同じ事実はさまざまのレベルが共同して作用する場面の背後にもかくれています。しかしもしこの、高いレベルが低いレベルからは導出できないという基礎事実を認識しないとすれば、還元主義の誤まりに陥ることになります。例えば生物学は物理学によってのみ説明されうるとすれば誤まりであるし、心理学は生物学によってのみ説明されうるものだとしても誤まりになります。それぞれ年長の段階は年少段階を要素として含むが、同時に、それ自身を限定する諸属性を付加することにより年少段階を超えるのです。

編集部　そしてそのことが階層を生む……

ウィルバー　そうです。低いものすべては高いもののうちにあるが、高いもののすべてが低いもののうちにあるわけではない。三次元の立方体は二次元の正方形を含むが、その逆ではない。そして、この「その逆ではない」ということこそが階層を生むものなのです。植物は鉱物を含むがその逆ではない、といったように。どの進化段階も先行段階を超えるにかかわらず先行段階を含みます。ヘーゲルがかつて語ったように、「止揚するとは、否定しかつ同時に維持すること」なのです。

編集部　しかしそれは神性や絶対者には適用されないのではありませんか。
ウィルバー　神には、すべての存在レベルのうちでは最高のものであるという逆説的な側面があり、この側面には適用されます。神はすべてのものを含むが、すべてのものがそれだけで神を含むわけではない。含むなどと言えば、汎神論になってしまいます。［……］
　生物学が物理学のみによって説明されるとすれば誤りであるならば、物理学で神の説明がつくというのも、大きな誤りだろう。ところが、みんな、物理学から神を解明したりするのが好きなんだなあ。そして、まったく決定論的のような物理世界に、わずかでも不確定性を見つけると、神を見つけたようにおもいこむ。決定論から自由なんてものはでてこないが、ぼくたちには慣れない考えだけど、ヨーロッパ系の人たちは、自由と言えば、すぐ神とくる。カントあたりもそうらしいが、ニンゲンの自由は神の自由に根拠があるみたいな言いかたなのだ。ウィルバーと編集部の対話にもどる。
ウィルバー　……ともあれホワイトヘッドは、年少の諸次元が年長の諸次元の本質的に減縮還元された改訂版であると考え、真の実在への典型的な接近方法を完全に逆転させたのです。つまり、もしひとが一般的な存在原理を知りたいなら、最高のものからはじめ、最低のものを解明する最高の出来事を利用するのでなければならず、その逆方向であってはならない、とかれは言ってます。逆方向とは、もちろん通常の還元主義者のとる反対方向のみちです。それで物理学から学べる以上のことを生物学から学びうるとかれは言ったのです。そしてそれゆえかれは有機体的な視点を導入し、これが哲学に革命をひきおこしたのです。またかれは生物学より社会心理学から多くのことを学べると語り、それぞれのものはもろもろの出来事からなる社会であり、したがっておのおのの個体は社会の社会なのだという考え、つまり、複合的な個体性の考えを導入した。もちろんホワイトヘッドの考えでは模範的パターンの頂点は神です。かれによれば、究極の複合的個体、つまりすべての社会のなかで最も偉大な社会たる神のうちにこそ、すべての法則やパターンが根拠づけられるのです。その法則やパターンは、心理学、生物学、物理学というふうに下がる下位次元の、減縮還元された改訂版に反映されて、発見されるものです。以上の言明で非常にすぐれた見解が述べられています。それは、一般的存在原理を探すのにはまず高いレベルを見て、それから引き算すればどのくらい下まで階層がのびているか分る、ということです。底部からはじめ、低い部分を足し算して上昇しようとしてはなりません。高い部分のなかには梯子の低い段では、よく姿をあらわさなかったり全然姿をあらわさなかったりするものがあるからです。ホワイトヘッドにとって、神とはとりわけ愛と創造でした。しかし下の次元においては創造は減縮還元されます。そしてそれは、例えば人間ではほんのすこしの自由意志としてあらわれるが、原子的粒子にまでいけば（自由意志は）ほとんど完全になくなってるように思われるのです。ハイゼンベルクの不確定性原理は、神の全き自由のうち物理的地平に残されたものを、まるごとあらわすものと言えるかもしれません。しかし原子からはじめて逆方向から宇宙を理解しようとするならば、ひとは、自由意志や創造や選択や、一般に、ほぼ決定論的な宇宙以外のなにかを説明する際、当惑してしまうにきまっています。ハイゼンベルクの不確定性がほんの少しまぎれこんだところで、物理的宇宙はレベル2の生物学的存在に比べてもはるかに決定論的である、というのが事実です。よほどのことがなければ、優秀な物理学者は木星が十年後にどこにあるか教えられるが、生物学者は犬が二分後にどこにいるか教えることができません。そこでホワイトヘッドも、低いものを高いものによって解明しようと見て、その逆はしなかったからこそ、創造を一般原理とすることができ、したがってまた、決定論は原初的創造の部分的制限もしくは還元なのだと理解することができたのです。もしいちばん底からはじめるとすれば、ひとは自由意志と創造を（そこいらにある）岩（石）から得るための方法を計算ではじき出さなければならないが、そんなことは決してうまくゆかないのです。このような接近方法について評言するなら、還元主義的であると言うのがもっとも適切な言い方でしょう。

編集部　それはずいぶんかわった意見ですね。というのも新時代の思想家たちが、電子の不確定性から人間の自由意志を導こうとしたり、人間の意志が自由であるのは人間の細胞内構成要素の不確定的な波動性によるのだと言おうとしたり、といったことをわたしはしばしば経験してきたものですから。

ウィルバー　そうです。ことはそうなるはずだというふうに見える。しかしそれではことは進むべき方向の逆なのです。結局のところ、何十年ものあいだ物理的宇宙は決定論的で、したがって人間の選択は幻想なのだと口にしたあとで、物理学の領域にほんの少し不確定性を見つけて、気狂いざたになっているのです。このような場合、人間の自由も、そして神の自由さえも、最下レベルを膨らませたものとして説明しようとするのは、自然といえば自然です。人びとはあまりにも興奮しているので、百年にわたる還元主義的な偉業を引き伸ばしたにすぎないことを忘れています。神は空にあるあの大きな電子であるというわけです。意図はよいのですが、方針たる哲学は有害です。よく考えてほしいことは次のことです。物理的領域は本当は純粋に決定論的であると感じ（例えばアインシュタインはそうですが）、将来の研究は、原子以下《サブアトミック》の変項が純粋に因果的であるのを明らかにするかもしれない、と感じている多数の物理学者がいるのです。わたしが言っているのは、なにも将来こんなことが本当に起るかどうかということではないのですよ。理論的にみて、もしそうなったらどういうことになるか、ということです。かわいそうなことに、神はそのとき創造力を失なうのでしょうか。決定論的な変項が発見される日に、人間は蒸発するのでしょうか。あなたはこの問題が分かりますか。［……］

ぼくたちがコドモのころには、逆に、決定論的な宇宙に整然とした神の摂理を見るなんてことを、よくきかされたなあ。きちんとした天体の運行に、毎日、太陽が東からでて西にしずむことに、四季のうつりかわりに、神のはたらきを見るってわけだ。神がなかったら、複雑な宇宙が、こんなにも決定的にうまくいくはずがないとかさ。コドモごころにも、こんなのは理屈だけとしても、つまらない理屈だとおもっていた。

だいたい、なにかほかのことで、神を説明するなんてむりだもんな。やはり、神を語るのは、神自身によってしかないのか。これも、つまらない理屈のようだ。どこの派にも属さない独立教会の牧師だった父は、よく、直接ということを言った。神直接と言ったかどうかしらないが、イエス直接、十字架直接ってね。イエスが直接臨《のぞ》んでくる。十字架が直接臨んでくる。物理学や集団無意識の心理学や宗教さえも介さないで、イエスが直接臨んでくる、それを受ける、受けさせられる、虚心坦懐に受けいれるなんてことでもなく、信仰ももちえず、拒んでも、拒んでも受けさせられる……。

さて、プラトンの洞窟の比喩の洞窟内でしばられ身うごきできないでいる囚人たちのうち、洞窟からでて、ついには真実の光を見る者がいるのだが、それは、どういう人だろう。ウィルバーは、しかし論点は、ある対象が洞窟の入口により近いというところです、と言ってるのだが、どうも、ぼくにはわからない。ウィルバーはつづいて、存在論には段階差があります、と言っており、こういった一般的な理屈のほうがわかりやすいけど、洞窟のなかの囚人の場合には、具体的にどんなことなのか？

藤沢令夫訳の岩波文庫のプラトン『国家』では、こんなふうに書いてある。

――彼らの一人が、あるとき縛めを解かれたとしよう。そして急に立ちあがって首をめぐらすようにと、また歩いて火の光のほうを仰ぎ見るようにと、強制されるとしよう。そういったことをするのは、彼にとって、どれもこれも苦痛であろうし、以前には影だけを見ていたものの実物を見ようとしても、目がくらんでよく見定めることができないだろう。

洞窟内の囚人は、自分の意志と努力によって、手足や首をしばられた縛めを解いたのではないようだ。あるとき縛めを解かれ……そして急に立ちあがって首をめぐらすようにと、また歩いて火の光のほうを仰ぎ見るようにと、強制されるとしよう、と訳文はなっている。強制されたのだ。そして、以前は洞窟の奥の壁にうつっていた影しか見ていなかったが、立ちあがって、うしろをふりむき、影ではなく、実物が見れるのに、目がくらんでよく見定めることができず、また、こういったことは、彼にとって、どれもこれも苦痛であろうし……という。

以下、束縛から解放された者の苦痛が、わりとくりかえし語られている。

「そのとき、ある人が彼に向って、『お前が以前に見ていたのは、愚にもつかぬものだった。しかしいまは、お前は以前よりも実物に近づいて、もっと実在性のあるもののほうに向っているのだから、前よりも正しく、ものを見ているんだ』と説明するとしたら、彼はいったい何と言うと思うかね？　そしてさらにその人が、通りすぎて行く事物のひとつひとつを彼に指し示して、それが何であるかをたずね、むりやりにでも答えさせるとしたらどうだろう？　彼は困惑して、以前に見ていたもの〔影〕のほうが、いま指し示されているものよりも真実性があると、そう考えるだろうとは思わないかね？」

「ええ、大いに」と彼は答えた。

ここで藤沢令夫訳のプラトン『国家』は第七巻一章から二章にうつる。

「それならまた、もし直接火の光そのものを見つめるように強制したとしたら、彼は目が痛くなり、向き返って、自分がよく見ることのできるもののほうへと逃げようとするのではないか。そして、やっぱりこれらのもののほうが、いま指し示されている事実よりも、実際に明確なのだと考えるのではなかろうか？」

「そのとおりです」と彼。

「そこで」とぼくは言った、「もし誰かが彼をその地下の住いから、粗く急な登り道を力ずくで引っぱって行って、太陽の光の中へと引き出すまでは放さないとしたら、彼は苦しがって、引っぱって行かれるのを嫌がり、そして太陽の光のもとまでやってくると、目はぎらぎらした輝きでいっぱいになって、いまや真実であると語られるものを何ひとつとして、見ることができないのではなかろうか？」

でも、地上にでた彼は、じょじょに目を慣らし、最後には、昼間、空をふりあおぎ、太陽そのものを、直接しかと見てとれるようになる。

さて、地下の洞窟では、洞窟の奥の壁にうつる影をよく観察していて、とおりすぎる影の前後などを推測する能力のある者は、洞窟のなかでの栄誉をうける。ただ、地上にでることができ、太陽を見ることができた者は、もう、洞窟のなかの囚人のあいだでの名誉や権勢はうらやましがったりはすまい。

しかし、いっぺん地上に出た者が洞窟にもどり、また、洞窟の奥の壁にうつる影の判別をしなければいけないとしたら、あかるいところからくらい洞窟のなかにきたので、目も慣れなくて、みんなにわらわれるだろう。また、太陽の光の下でほんものを見た者には、影はやはりバカらしく、影なんかで争う気はしないというのは、通俗読み物的すぎるかな。

洞窟のなかの囚人たちは「……あの男は上に登って行ったために、目をすっかりだめにして帰ってきたのだと言い、上に登って行くなどということは、試みるだけの値打さえもない、と言うのではなかろうか。こうして彼らは、囚人を解放して上のほうへ連れて行こうと企てる者に対して、もしこれを何とかして手のうちに捕えて殺すことができるならば、殺してしまうのではないだろうか？」

そうはなしているのはソクラテスで、みんなに殺されたソクラテスが言ってることだから、まちがいないか。

囚人たちがいる洞窟のなかは、視覚を通して現れる領域で、洞窟のうしろのほうの火の光は太陽の機能に比すべきものと考え、洞窟から上へ登って行って上方の事物を観ることは、魂が〈思惟によって知られる世界〉へと上昇して行くことだと考えてほしい……ただし、これが真実にまさしくこのとおりであるかどうかということは、神だけが知りたもうところだろう、とソクラテスは言う。

プラトンの洞窟の比喩はむつかしい、というのは、こんなところからもきているのか。「神だけが知りたもうところだろう」とは、ニホン語の言いかたにもある、神のみぞ知る、みたいな慣用的なおしゃべりと見れば、むつかしいことではないが、ここで、プラトンが神と言ってるのは、どんなものなのかと考えると、たしかにむつかしい。

プラトンには神があったような気がする。俗な考えでは、プラトンには神があり、アリストテレスには神がないみたいだが、アリストテレスにも神はあったのではないか。しかも、それをはっきり見て、ふつうの言葉ではかたれないことがわかっていたために、カントなんかとおなじように、アリストテレスは神については、あまりしゃべらなかったのではないか。

この『国家』ではそんなでもないが、プラトンが書いたもの（ほんとに、書いたのかなあ）にでてくるソクラテスは、井上忠さんも言ってるように、よくたたずむ人だ。みんなといっしょにあるいていても、ひょいとソクラテスの姿が見えなくなり、つれの人たちがあたりを見まわすと、ソクラテスがなにかの建物の戸口なんかによりかかって、たたずんでいる。たたずむというニホン語は静的なようだが、ソクラテスはしずかにたたずんでいたのではなく、たとえじっとうごかなくても、そのからだも口のなかも、たいへんに電圧が高くなってるようなぐあいではなかったのか。そして、これは、ごく常識的に考えれば、ソクラテスはあるきながら霊感にうたれ、だから、みんなといっしょにあるいていられずに、たたずんだのだろう。

よけいなことだが、ソクラテスはやせてはいても、骨ぶといがっしりしたからだで、そのあるきかたも力強かったようだ。えらい人で、からだのがっしりした人など、ソクラテスぐらいではないか。また、自分ではなにひとつ書きのこさず、語りつがれるだけで、いわば神話か伝説の人物のようなソクラテスが、語りついだほかの人たちよりも、もっと生身のニンゲン、肉体的（？）に見えるのは、どういうことか。

いや、プラトンの洞窟の比喩にもどろう。ソクラテスはつづけた。

——知的世界には、最後にかろうじて見てとられるものとして、〈善〉の実相（イデア）がある。いったんこれが見てとられたならば、この〈善〉の実相こそはあらゆるものにとって、すべて正しく美しいものを生み出す原因であるという結論へ、考えが至らなければならぬ。すなわちそれは、〈見られる世界〉においては、光と光の主とを生み出し、〈思惟によって知られる世界〉においては、みずからが主となって君臨しつつ、真実性と知性とを提供するものであるのだ……

——上の世界に行ったことのある人は、世俗のことを行う気にならず、彼らの魂はいつも、上方で時を過ごすことを切望する……

「神的なものを観照していた人が、そこを離れて、みじめな人間界へと立ちもどり、その場の暗闇にじゅうぶん慣れないで、まだ目がぼんやりとしか見えないうちに、法廷その他の場所で、正義の影あるいはその影の元にある像について、裁判上の争いをしなければならないようなとき、そしてそういった影や像が〈正義〉そのものをまだ一度も見たことのないような者たちによって、どのように解されているかをめぐって争わなければならないようなときに、へまなことをして、ひどく滑稽に見えたとしても、これは驚くに足ることだろうか？」

「……そもそも教育というものは、ある人々が世に宣言しながら主張しているような、そんなものではないということだ。彼らの主張によれば、魂のなかに知識がないから、自分たちが知識をなかに入れてやるのだ、ということらしい――あたかも盲人の目のなかに、視力を外から植えつけるかのようにね」

「ところがしかし、……ひとりひとりの人間がもっているそのような〔真理を知るための〕機能と各人がそれによって学び知るところの器官とは、はじめから魂のなかに内在しているのであって、ただそれを――あたかも目を暗闇から光明へ転向させるのには、身体の全体といっしょに転向させるのでなければ不可能であったように――魂の全体といっしょに生成流転する世界から一転させて、実在および実在のうち最も光り輝くものを観ることに堪えうるようになるまで、導いて行かなければならないのだ。そして、その最も光り輝くものというのは、われわれの主張では、〈善〉にほかならぬ。そうではないかね？」

洞窟をでて、真実を見た人たちは、もう洞窟にもどる気はないだろうが、それでは、生きているうちから〈幸福者の島〉に移住してしまったようなものだ。しかし、地上にでて〈善〉を見た人たちも、「……各人が順番に下へ降りて来て、他の人たちといっしょに住まなければならぬ。そして、暗闇のなかの事物を見ることに、慣れてもらわねばならぬ。……」

　順番にもとの囚人仲間のところにおりていくというのがおもしろい。仏教でも、救われた人が、救われない人たちのところにもどっていく、ということがあるらしい。キリスト教も順番みたいなことを言ってるだろうか。使命という言葉はあるにちがいない。ただ、ふつうは、順番とか義務とか使命なんてことよりも、救われた、神を知ったよろこびにみちあふれ、それを、自分ひとりだけのものにしていることができず、このよろこびをほかの人たちにもつたえたい、なんてのがキリスト教の教会ではジョーシキになっているようだ。福音をつたえるとか伝道とかは、そんなのがいちばん純粋なほうかもしれないが、つたえられる無知な者、不信心な者たちにとっては、うるさくてしようがない。洞窟のなかの囚人どももみたいに、とっつかまえて殺せるものなら殺してやりたいとおもう。平安《ピース》、平安《ピース》、と耳もとでがんがんやられるようなものだ。殺してやりたいではなくて、ソクラテスは殺された。ソクラテスが殺されたのは、なにかの比喩なんかではない。イエスも殺された。ポウロも殺された。このひとたちには、おまえの敵を愛せよ、というのは逆説でもなんでもなく、ごくあたりまえのことだろう。敵のために伝道をしてるのではないか。

　プラトンの洞窟の比喩には、「……その国において支配者となるべき人たちが、支配権力を積極的に求めることの最も少ない人間であるような国家、そういう国家こそが、最もよく、内部的な抗争の最も少ない状態で、治まるのであり、これと反対の人間を支配者としてもった国家は、その反対であるというのが、動かぬ必然なのだ」というところもある。

まことにごもっともで、大昔のプラトンが、動かぬ必然なのだ、と言いきったことが、いまだに、ぼくたちのまわりでは、ほど遠い夢のようだ。支配権力とは、いったいどういうこと（もの）なのか。支配権力の魅力は、なかなかすてさることができない、なんて説明ではかたづかないなにかがあるのか。

それはともかく、洞窟のなかの囚人たちのうち、縛めを解かれ、強制されながら、洞窟の外にひきずりだされた者は、いったい、どんなニンゲンだろう。くりかえすが、その人は洞窟の奥の壁にうつる影にあきたらず、自分で手足や首をしばられた縄をとき、苦痛ではあっても、自分で洞窟の外にはいだした人ではないみたいだ。

だったら、これは神の恩寵のようなものか。神の恩寵ってのは、理屈にはまことにつごうがいいみたいだ。どんなへんてこなことでも、みんな神の恩寵でカタがつく。それに、恩寵を言う人は、それこそ、みんな、なにもかも神の恩寵だという。ニンゲンの考えでは、はかり知れないことでも、神の恩寵により……というわけだ。恩寵は宗教の切り札みたいでもある。こんな粗雑なことを言うと、ちゃんと神学をやった人にわらわれるかもしれないが、そんなふうに屁理屈では考えられる。

でも、これも屁理屈だが、神の恩寵には、出力の限度みたいなものがあるわけではないから、恩寵は、いくらでも、かぎりなくあふれでるはずで、だったら、どうして、洞窟のなかの囚人ぜんぶに、むりにでも、洞窟のなかからひっぱりだす恩寵がおよばなかったのか。こんな屁理屈は、たぶん汎神論に似たインチキ屁理屈で、ぼくがそうおもってるわけではないが……。

じつは、新約聖書のマタイによる福音書第二〇章の有名なぶどう園にはたらく労働者のたとえを、神の恩寵にからませて書いたものを、なんどか読んだようにおもったので、今、日本聖書協会訳の新約聖書のマタイによる福音書の第二〇章をひらいてみた。

天国は、という書きだしで、こんなふうに書いてある。「ある家の主人が、自分のぶどう園に労働者をやとうため、夜が明けると同時に市場に出かけていった。主人は労働者たちと一日一デナリの約束をして、彼らをぶどう園に送った。主人は九時ごろにも市場にいき、ほかの人たちがなにもせずに立ってたので、『相当な賃銀を払うから』とぶどう園にやった。ぶどう園の主人は十二時ごろと三時ごろとに出かけていき、おなじようにした。そして五時ごろまた出かけていくと、まだ立ってた人々がいて、「なぜ、なにもしないで、一日じゅうここに立っていたのか』と主人が言うと、『だれもわたしたちをやとってくれないから』とこたえたので、その人たちもぶどう園にやった。さて、夕方になって、ぶどう園の主人は管理人に言った。『労働者たちを呼びなさい。そして、最後にきた人々からはじめて順々に最初にきた人々にわたるように、賃銀を払ってやりなさい』。そこで、五時ごろ雇われた人々がきて、それぞれ一デナリずつもらった。ところが、最初の人々がきて、もっと多くもらえるだろうと思っていたのに、彼らも一デナリずつもらっただけであった。もらったとき、家の主人にむかって不平をもらして言った。『この最後の者たちは一時間しか働かなかったのに、あなたは一日じゅう、労苦と暑さを辛抱したわたしたちと同じ扱いをなさいました』そこで彼はそのひとりに答えて言った。「友よ。わたしはあなたに対して不正をしてはいない。あなたはわたしと一デナリの約束をしたではないか。自分の賃銀をもらって行きなさい。わたしは、この最後の者にもあなたと同様に払ってやりたいのだ。自分の物を自分がしたいようにするのは、当りまえではないか。それともわたしが気前よくしているので、ねたましく思うのか』このように、あとの者は先になり、先の者はあとになるだろう」。

神の恩寵をうける者が、自分のうける恩寵を計算して、神に請求したら、もうそれは、神の恩寵ではないだろう。ところが、実際には、自分はこんなにいいことをしました、教会にもいきました、たくさんお祈りもし、あなたをほめたたえ、信心ぶかく生きております、だから神さま、どうか……と請求してるのがふつうだろう。努力すれば報われる、というのはジョーシキだもの。努力して報われなければ、それこそ神も仏もあるものか。神や仏は、ニンゲンの努力と誠意にたいする保証人だ。

しかし、恩寵は、それこそ神の御意《みこころ》のままで、自分の物を自分がしたいようにするのは、当りまえのことではないか、ってことになる……みたいな解釈を、マタイ伝二〇章のこのぶどう園の主人と労働者のたとえについて、あちこちできかされた。

でも、いま、読みかえしてみて、ぶどう園のたとえの最後にある、マタイ伝二〇章一六節の「このように、あとの者は先になり、先の者はあとになるだろう」というイエスの言葉に、あれ、とおもった。（これは福音書記者の編集句だというのが定説のようだが）

おなじようなことが、マタイによる福音書のすぐ前の章のおわり、一九章三〇節やマルコによる福音書一〇章三一節にもでている。「……しかし、多くの先の者はあとになり、あとの者は先になるであろう」

恩寵論議などは、ぼくにはさっぱりわからないが、「このように、あとの者は先になり、先の者はあとになるだろう」というのはおもしろい。イエスはごくあたりまえのことを言ったのだろうが、この言葉をきいて、弟子たちもめんくらっただろう。このイエスの言葉は、これまでの解釈とはちがい、恩寵なんておもおもしいものではなく、なにか、かるくひっくりかえしてるのではないか。ある日曜日の集会で、父がここのところをはなしたとき、ア、ハ、ハとわらったような気がする。父は祈ってるときでもよくわらった。

K・ウィルバー編井上忠他訳『空像としての世界　ホログラフィのパラダイム』（青土社）は、かなり厚い本で、おもに、スタンフォード大学の神経科学者カール・プリブラムとロンドン大学の物理学者デイヴィッド・ボームなどの理論について書いてある。たとえば、この本のはじめのほうで、マリリン・ファーガスンというひとが、こんなふうに言っている。

……プリブラムは、物理学の新段階を促すボームの、核心をなす幾つかの論文に目を通した。激しいショックが走った。ボームは（プリブラムとおなじように）ホログラフ的な宇宙を述べていたのである。

固定した、触れられ、見られ、聞かれる世界は幻覚なのだ、とボームは言っていた。それはダイナミックで万華鏡のようにきらびやかではある――けれど本当に「そこ」にあるのではない。通常われわれが見ているのは、物の表示化《エクスプリシツ》され、抜き出された《アンフォールデッド》秩序であって、むしろ映画を見ているようなものである。しかしこの第二次世代の実在にとっては母であり父である基底に、かくれた秩序がある。この別の秩序をプリブラムは、内蔵されている《インプリケイト》、もしくはたたみ込まれ包蔵されて《エンフォルデッド》いる秩序と呼んだ。この内蔵されている秩序は、われわれの真の実在を内に宿しており、ちょうど、細胞核にあるDNA（デオキシリボ核酸）が生の可能性を内に宿していて、その生を展開させる本性を管理しているのと同じである。

ま、こんなふうに、理論の説明がつづき、K・ウィルバー自身が書いたものもはいっているけど、おもしろいのは、この本のいちばん最後の編集部との対談で、編集のK・ウィルバーは、ホログラフィック・パラダイムについて疑問をもっている、いや、はっきり反対してるみたいなのだ。たとえば――

ウィルバー　……ホログラフィック・パラダイム（完全写像法による枠組）は、初めてそれに接するときには非常にひとを興奮させるものだと思いますが、くわしく立ち入って検討するにつれ、その魅力は次第に消えはじめます。その際ひとは、認識論的にも、方法論的にも、存在論的にも、問題を織り成しているあらゆる種類の糸筋をとりあげ、それを導きの糸としてどこまでも追求してゆくのでなければなりません。

編集部　すると先生は、例えばスタンフォード研究所のピーター・スウォーツのような論者に同意して、ホログラフィック・パラダイムは真の実在のよい比喩《メタファー》ではあるが悪いモデルである、と主張されるわけですね。

ウィルバー　これはわるいモデルです。しかしわたしはこれがよい比喩であることさえ確信できないのです。ホログラフィック・パラダイムは汎神論（もしくは万有内在神論）にとってはよい比喩ですが、久遠の哲学の記述する真の実在にとってはよい比喩でありません。［……］

そしてウィルバーは汎神論について、こんなふうに言う。

ウィルバー　汎神論は、例えばあなた自身を現実に変容することをなんら要求することなしに「神性」について考える方法だからです。神がたんに経験的宇宙の総計であれば、その神を見るために、あなたは自分自身を根本から照射してみる必要はないことになる。その神は現にあなたの視野のなかをうろついているのですから。汎神論は経験論者たちのお好みの神です。経験論者は、プラトンなら「それ以上のものはなにもない主義者」とよぶような人たちで、手で摑むことのできるもの「以上のものはなにもない」と思っているのです。[……]

この本で、ぼくは軽《ポップ》神秘主義という言葉を知った。音楽や絵画にポップ・アートなどがあるように、神秘主義にもポップがつくとはおもしろい。しかし、くらいところにかくされた、ヒミツめいた神秘主義みたいなのもいんちきくさく、いわば真昼の太陽のもとでの神秘主義のほうが、ぼくの性にはあってるみたいだけど、科学的神秘主義のようなのは、一般向けするしないとはべつに、やはり、似て非なるもので、こまったものだろう。それに、コドモみたいなことをくりかえすが、神秘主義ってのは、どういうことなのか。ぼくは主義ぎらいだが、神秘主義ってのは、そんな言いかただけでも、へんな言いかたではないのか。

ウィルバーは、ホログラフィック・パラダイムは本来それだけでは軽神秘主義に陥るにきまってると言い、つぎの対話になる。

編集部　さて、ホログラフィック・パラダイムにおいて起こる階層の崩壊ですが、これは汎神論の誤まりと関係する、と言ってもよいでしょうか。

ウィルバー　そうです。ほとんど同じ誤まりですよ。幻想の総和を真の実在と誤解しているのです。現象たる影をとりあげ、これらがすべて一であると主張し、さまざまな影の総計を超越的な光と混同しています。シュオンが激しい攻撃をしながらそう言っていますが、汎神論はまさにさまざまな区別が真実のものであるような地平に立ちながら、それらの区別を否定しているのです。汎神論は、超越的な光と影の本質的同一性を影の水準での実体的同一性と混同しています。この点でホログラフィック・パラダイムも全く同じことをしています。［……］

　この対話で、ウィルバーはたいへんおもしろいことを、あちこちではなしてるが、もうすこし引用してみよう。

ウィルバー　……ただ新しい理解によると、自己《セルフ》とは現在おこっている生物物理学的事象というよりも、むしろ来歴物語ないし歴史であるといいます。自己――いずれにせよ心的自己ですが（霊的自己とはちがう）――とは言語的構造体です。つまり歴史の創出物であると同時に歴史の創出者なのです。自己は伝達ないし対話を通して生きるもので、意味ないし記号の単位から構成されており、時間における過程つまり歴史を生きてゆくのです。それは一つの来歴物語《ストーリー》です。それは原本《テクスト》なのです。原本を理解する唯一の方法は、よい解釈をすることです。例えば『戦争と平和』を理解する唯一の方法は、よい解釈をすることだというのと同じです。それが本当に意味するのは何か。わたしの生の意味は何か。それはどこに行くのか。なぜわたしはこれをしているのか。これはわたしにとってどんな価値があるのか。それが解釈学なのです。

ウィルバー　記号が物質や生物の圏層――レベル1とレベル2――を創るのではなく、文字通りに、心の圏層――レベル3とレベル4の一部――を創るのです。けれども、この説が主張するのは、これら心の高次レベルがあり、また記号〔象徴〕はそういうレベルを反映する、というだけではないのです。これらの心の高次レベルこそもろもろの記号なのです。こういうレベルは記号からつくられていて、それは木が木質部からつくられているのと同様です。だから気をつけて下さいよ、わたしたちが話し合っているのはこういう二つの一般的な領界――心の領界と心より以下の領界――であり、記号はこの二つでは別々の役割を演じるということにね。つまり基本的には心より以下の世界を反映するのですが、心の世界を創る役にも立っているのです。第一の場合、それぞれの記号は基本的に写像するが、第二の場合、それらは像出もまた行なうということです。例えば、「岩」（石と訳していいんじゃないかなあ）という記号は一個の独立に現存する岩を写像します。その記号を取り去ってごらんなさい。それでも、その岩、というよりそこに在るものは、やはりそこに在るでしょう。言語は世界を創りはしません。けれども嫉妬、高慢、詩情、正義、同情、目標、価値、徳性のようなもろもろの実体は、ただ記号の流れのうちにおいてだけ、またそれとしてだけ存在するのです。こういう記号を取り去ってしまえば、それらの実体も消えてしまうでしょう。それらの記号を替えてごらんなさい、そうすればこれらの実体の意味も変わってしまうのです。……

　そして、この対話の最後で、ウィルバーは言う。

ウィルバー　……禅についての本というものになにか効果があるとすれば、それはただその本を読んだ人に座禅に参ずるように説得し、すでに座禅をはじめた人びとには、それを続けその努力をいっそう深めるように勇気づけること以外ではないでしょう。同じように、神秘主義についての本のただ一つの主目的は、神秘主義の実践に参加するように読者を説得すること以外にはないはずです。料理の本と全く同じことです。あなたが料理の本を書くとすれば、やり方を教え、読者にさあここへきて、そのやり方をまね、実際にやってみて、その結果を味わってみるようにすすめるはずです。ただ作り方を習い、それを暗記しただけで、料理人でございと胸を張って言えるとはだれも思わない。けれどもこれが、まさに多数の――全部ではないですが――新しいパラダイムの信奉者たちが、心に思っていることなのです。ワッツ自身も言いそうなことですが、それは食事の替りにメニューを食べるようなものです。新しいパラダイムはただの新しいメニューなのに、だれももう食事のことは話そうとはしません。それでわたしは困るのです。［……］

なーんだ、結局はオーソドックスな神秘主義のすすめか、なんておもったら、長々と読んできた甲斐がない。物理学的世界は、物理学でさぐれるかもしれず（それでじゅうぶんだとウィルバーはおもってるかどうか）生物学的世界や心理学的世界もおなじようなものかもしれないが、真実在なんてことになると、やはり霊と霊とのレベル1までいかないとダメだ、とウィルバーは言ってるのだろう。

ホログラフィのパラダイムについて、びっしり書かれ、かたられてきたこの本が、おしまいのほうで、おかしなこと、おもしろいことになった。だいたい、パラダイム、枠組みというのが、ただの世界の見方で、そんなんじゃつまらないということとか。

ただし、ウィルバーの段階は、ぼくは好きではない。なにかを、たとえば宇宙なんかを説明するのに、段階の考えも便利かもしれないが、それこそ、そういう見方、パラダイムというだけではないのか。もっと、直接にいかないのか。まだ、宇宙が直接、ぼくにぶつかってきたことはない。宇宙みたいなことは、ぼくにはやはり観念なのだろう。観念を解明するには、それこそ観念的な考えでもいいかもしれないが、ぞくぞくするようなおもしろさはない。

ところがこの本は、それよりもっとおしまいの「訳者あとがき」で、井上忠さんが、まことに重大で、だいじな、そしてしごくあたりまえのことを、ちょろっと言っている。こんなふうにだ。

〈(前略) けれども、いま問いたいのは、これまで誰も問題にすることのなかった、そしてこれら文化現象がたんに先言措定《せんげんそてい》して怪しまなかった地平である。つまりわれわれの日常生活の現場そのものである。この現場に比べると、思想はもとより、科学も宗教も芸術も、いわば外なるもの、つけ加わるものにほかならない。共にめしを食べ、性の悦び頒ちあう生活現場は、科学技術や文化の表層の変移にかかわらず、ギリシアの昔も、現代もその本質を変えてはいない。ソクラテスが哲学し、道元が只管打坐《しかんだざ》しても、世の中の大多数の生活者は、哲学にも禅仏教にもカンケイなく生きている。アインシュタインがいてもいなくても、このいみの生活現場は不動であるかに見える。

そして科学も哲学も宗教も芸術も、この生活の大地を無《な》みし拒否して、日常生活の現場がもつ公共性を否定し、〈わたし〉にだけ見えているいみでの〈こころ〉の天地をひらくところに発生しえた。生活の大地を拒否する〈こころ〉の論理の成立と性格を、われわれは、例えば古代ギリシアのパルメニデスにおいて、この上なく鋭利な姿で見ることができる。一切の科学、宗教、芸術は、いかにそれが公共性の仮面をつけようと、その本質においてパルメニデス型の言語空間を踏み出ることはない。

そしてこの点で、まるで物の言葉の代表のように錯覚されがちな科学の言語も、〈こころ〉の言語であることは、例えば相対性理論はアインシュタイン、あるいは他のだれかの〈こころ〉に生じてきたことであって、いく百億の人びとの生活現場から生まれたものでは決してないことが、歴然と示していよう。科学の言葉が生活現場に密着するかに想われるのは、それが本来物の言語たる技術と結びついて、技術が物の地平を変貌させる場合からの錯覚である。

〈こころ〉は、〈わたし〉という閉鎖系を示す標語にほかならず、言語がなによりも情報伝達の道具として捉えられてきたのは、それが〈こころ〉と〈こころ〉をつなぐ必要場面で、まず注目されたからである。しかしわれわれは現在もまだ〈こころ〉と〈こころ〉を充分に連結する言葉をもっていない。かつて対話法によってとことんまで〈こころ〉と〈こころ〉を擦り合わせ、知の打通を企図したプラトンも、ついにその言葉を見つけえなかった。

けれども日常生活の現場は、〈こころ〉の閉鎖系とかかわりなく、われわれの協同生活、そこでの反応行動に結びつく物の明るい公共性を基底とする。「神がみのごとき」人びとの高踏な議論とカンケイなく、生活者たちの大地は揺ぎもしなかった。

だがこの大地を支えるものは何であったのか？　古来、〈こころ〉言語の限界を明晰に診断して、生活現場の言葉、そのいみでの公共の大地を支える言語機能に注目し、解明して見せたのは、ひとり、アリストテレスだけであった。（以下略）〉

このなかにでてくる先言措定という言葉は、井上忠さんがつくった。井上忠さんが書いた『根拠よりの挑戦　ギリシア哲学究攻』（東京大学出版会）のアリストテレスの言語空間から、そこのところをぬきだしてみる。

〈まず従来「主語」「基体」と訳された「ヒュポケイメノン」(*ὑποκείμενον*)を試みに、「先言措定」と訳したい。「先言措定」とは、Lnの言語空間において、わたしが言語によって存在を抜く際に、その都度、言葉による抜きに先立って、Lnという言葉の明るみに未だ立ち現われぬある存在位相が、すでに措定されてある、との謂である(「ヒュポ」*ὑπό* によって言語空間外の「事実」の地平が指示される例としては Cat.12^b 5-16 参照)。ただこの場合に、(a)言葉による抜きの基点として、わたしがみずからそこに(おのれの前に)投げ置く、ないしはわたしみずからにそこに(おのれの前に)投げ置かざるをえないように、未だ言葉の明るみの外にあるなにものかが、わたしに訴える(*κατηγορεῖν* cf. Anal. Pr. 47^b 1-3) 場合と、(b)ある言葉によって存在が開披される場合、開披された存在が必ずそれに依拠しそこにおいてある他の存在をすでに想定している場合(とくに「言外措定」とも呼びたい)とが区別されることは否めない。(a)が従来「主語」、(b)が「基体」と訳された場合である。〉


言葉をつくるのはたいへんなことだが、それが、ものごとの根本になる言葉だと、がらっと世界をかえてしまうようなことだろう。しかも、言葉にもったいぶったおもおもしさを塗りつけるのではなく、井上忠さんは根本を、こんなことじゃないの、とさらっと解き描いてみせた。

また、「『空像としての世界』の訳者あとがき」で、井上忠さんは、アリストテレス以外、これまでだれも語ろうとしなかった、語れなかった日常生活の現場と、生活現場の言葉について言ってるが、井上忠さんは、日常生活にとっぷりひたりきってる人ではない。逆に、日常生活がはっきり見えるのは、そのまんまんなかに、ちゃんとした生活者としてありながら、同時に、根拠のせまりと根拠の近みとにつつまれている人なのだろう。『根拠よりの挑戦』という本の題名も、それをしめしている。ふつうならば、せいぜい、「根拠への挑戦」なのが、「根拠よりの挑戦」になっている。根拠が臨んでくるのだ。根拠が挑戦してくる。そこに、井上忠さんの哲学のわきかえるよろこびがある。戦慄がある。よろこびと戦慄がない哲学など、哲学とは言えないのではないか。『根拠よりの挑戦』のおなじアリストテレスの言語空間から、もうすこし、井上忠さんのはなしをきこう。

〈アリストテレスがしばしば誤解された（むしろアリストテレスを読まなかったひとびとによって空想された）ごとき、「形而上学」の建設者ではなく、感覚のうちになかったものは理性のうちにない、その確信のもとに（cf. 432^{a} 4-6）、ひたすらおのれに見え、立ち現れるものの記述者であり、妙な、実証主義や、物言語への「還元主義」あるいは「論理主義」などへ陥ることなく、おのが近みに立ち現れるものを、死角なき視野のうちに、つねにその全体性において（もとより個々の視野の種別を、抹殺するのではなく、かえっていか様にも明確に際立たせうる全体性において）記述しぬいた報告者であるかぎり、この不死永遠性は、無為な仮定ではない。それは、われわれがその存在をいかにしても否定しえないもの、たとえおのが身の死滅を想定しようと、おのが全経験内容を幻想と自嘲しようと、少くともそれだけは抹殺できぬ一点、わたしが存在する、をその自己射影点としてみずからを標示する根拠（わたしを含む全存在存立の根拠）を、「それだけ切り離せばただそれとしてしかない」（430^{a} 22）が、「それなくしてはいかなる理性の明るみも抜けない」（a25）と基礎定立しているのである。そしてこの基礎定立の上に、理性の抜く近みとしての身が、一切の

存在解明の座標軸として基本前提されているのである〈言葉におけるこの近みのレヴェルをLnと呼ぼう〉。〉

井上忠さんは東大の哲学の教授だが、広島県の軍港町呉の旧制中学で、中国での戦争と太平洋戦争のはじめにかけて、ぼくと同学年だった。中学生のチュウさんは自分が大秀才なのがゆううつそうに見えた。戦後、チュウさんにあった同級生たちは、みんな、チュウさんがうんと背ものびて、大男になってるのにおどろいた。

カント節

京橋のワーナー支社で映画を見て、築地の松竹本社にいった。ワーナーの映画は午後一時からはじまり上映時間は一時間五十六分。松竹本社の映画は三時三十分開演だ。

京橋から銀座をとおりこして築地へ、ぼくはいそぎ足であるいた。もっとも、ぼくは足がのろい。それに両足ともしびれている。この足のしびれはなおることはあるまい。もっとしびれて死ぬのだろう。

ぼくの父は足がはやかった。まっすぐ、ずんずんあるいた。ところが、息子のぼくは足がのろく、ふらふらしている。これは、あるきかただけではなく、父とぼくはうんとちがう。まるっきりちがえば、ウラとオモテでぴったりかさなるなんてのは、安ロマンチックすぎる。

途中、銀座松屋の角をまがったさきで、立喰いソバをたべた。くらくて、煤けたような店だ。銀座のまんなかにもこんな店がある。

野菜のかき揚げソバで二六〇円。たいてい二三〇円のかき揚げの立喰いソバをたべるのだが、京橋から築地の松竹本社にいくあいだには、この立喰いソバ屋しかない。

でも、いつも、野菜のかき揚げの立喰いソバを食べるのは、どういうことだろう。おなじ安天ぷらでも、イカの天ぷらやアジの天ぷらもある。ほかのものをたべてみようとおもうのだが、声にだして注文すると、かき揚げ天ぷらソバになっている。いつも、おなじものばかりをたべるという人はいる。しかし、そういった人たちとはちがうようだ。ぼくはおなじことをやらないと気がすまないといったふうではない。めんどくさいからでもなさそうだ。そんなにさらっとノンシャランでもない。また、かき揚げの立喰いソバか、とぐずぐずグチリながら、立喰いソバ屋にはいり、かき揚げソバを注文する。ぼくはなにかを恐れ、あるいは不安で、いつもかき揚げ立喰いソバをたべているのだろう。強迫観念ともちがう。もっと漠然とした不安で、痛みを感じないだけ、まんべんなくしみとおり、ひきはがしにくい。いや、そいつをひきはがしたら、ぼく自身をひきはがし、あとにはなんにものこらないのではないか。でも、もちろん、ぼく自身なんてはっきりしたものはない。ただ、漠然とした不安がぼく自身、と言うのも安ロマンチックだな。

のろい足ながら、いそいであるいたのは、途中、立喰いソバをたべるためもあった。それに、映画がはじまるギリギリにいくのはいやだ。これも、余裕をもってなんてのとはちがう。では、なにか。

松竹本社での映画は約二時間二十分。でも、おわってもまだあかるい。映画を見て外にでてくらくなってるとうれしい。これも、なぜか。ま、ぼくはかなりセンチメンタルなんだろうが。見る映画があるときは、毎日でも映画を見にいく。見たい映画ではない。見ない前から見たい映画なんか、そんなにあるものではない。

ところが、あるとき、若い女のコに、ぼくは映画をバカにしている、と言われた。とつぜんのことだった。ぼくは、バカにしてなんかいない、ともごもごこたえたが、もごもごだった。

その若い女のコのほうが、ぼくよりも映画をたくさん見ていて、映画にしんけんだからではない。その女のコは、ただ事実を言っただけみたいだった。

ある映画監督が、どんなものでも映画になる、たとえばマルクスの『資本論』でも映画になると言ったそうだ。つまり、そんな人と比較して、ぼくは映画をバカにしている、とその女のコは言ったのでもなさそうだ。

だけど、こんなにたくさん映画を見ていて、映画をバカにしてると言われ、もごもごとしかこたえられないのは、これまたどういうことか。

松竹本社をでて、東銀座から五反田へ地下鉄にのる。この地下鉄は空いており、たいていシートに腰かけられ、文庫本を読む。電車や地下鉄で腰かけられたのに、老眼鏡をわすれて、本が読めないときは、どうしようもない気がする。

また、映画のかえりに疲れていて、本を読んでいられないときは、本をとじてバッグにいれ、またとりだして本をひらき……となんどもくりかえし、やはりどうしようもない気持になる。

ともかく、映画を見るいきかえりの、五反田への私鉄の電車、山手線の国電や地下鉄のなかで本を読む。たいてい文庫本で、ショルダーバッグにいれてあり、このなん年か、あるいは十年以上も、いわゆる哲学の翻訳の文庫本を読んでいる。

十二時十五分前ごろうちを出て、映画を見にいき、かえってきてからも、寝ころんで本を読むが、そのときはべつの本を読む。いまは、中公文庫の宇野浩二著『芥川龍之介』の下巻を読んでいる。小説を読むことは、ほとんどない。

まえは、わくわくして読んだミステリなどが、なぜ読めないのか。No Dull Moment みたいな本は、手にとる気さえしない。宇野浩二は Dull を売りものにしてるみたいだけど、こういう本などが、かろうじて読める。気取ってるのではない。小説を読めないのが、なさけない。どうしてこんなことになったのか。

二年ぐらい前、カントの『純粋理性批判』（篠田英雄訳）を読みだして、一年ぐらいかかって読んだ。岩波文庫で上・中・下巻。各巻とも星五つの厚い文庫本だ。でも、実際は半年ばかりで読みおわったのかな。たった一、二年ほど前のことなのに、てんでアテにならない。ボケたせいか。まえからそんなふうだったのか。でも、なんでもボケたせいにするのはやめよう。

ただし、読んだと言えるものではあるまい。各行に目をおいていったというところか。『純粋理性批判』のまえに、おなじ篠田英雄訳のカントの『プロレゴメナ』を読んだ。そして、これが意外に（すらすらとではないが）読めて、うれしかった。しかし、中学生や高校生のころも、むつかしいとされてる本が読めるとうれしかったが、そんなうれしさとは、またちがう。これも、ぼく自身がそのころとはちがうんだから、ちがってあたりまえ、みたいにカンタンにはいくまい。中学生、高校生のころは、むつかしいとされてる本を読むことができるとホッとした。このごろは、そんな気持はない。『純粋理性批判』のまえに『プロレゴメナ』を読んだと言ったが、すぐまえではない。『プロレゴメナ』のあと、二、三年して『純粋理性批判』を読みだしたのではないか。そのあいだ、どんな本を電車のなかで読んでいたのか？　興味があるのが、おかしい。こんなとき、興味という文字をつかうのにも興味があり、おかしい。
『プロレゴメナ』は東大にいきだしたころ、哲学科の池上謙三教授のゼミのテキストだった。ぼくは訳本とくらべながら原文の行をたどったが、どうにもならなかった。

太平洋戦争がはじまった翌年の昭和十七年四月、ぼくは旧制福岡高等学校の文科丙類にはいった。第一外国語がフランス語のクラスだ。そして、一年生で落第し、フランス語のクラスがなくなり、ドイツ語のクラスになった。しかし、フランス語みたいには、ドイツ語には熱はなかった。その翌年の昭和十九年には勤労動員もあり、年の暮れに兵隊にとられた。入営後すぐ中国にもっていかれ、昭和二十一年の七月に上海から復員し、広島県のもとの軍港町の呉のうちにかえってきたのは八月だった。

そして、そのあいだに、ドイツ語もフランス語もパアになった。こんなことは、なかなかわかってもらえないのではないか。ドイツ語やフランス語もパアになったが、ぼくは歌もうたえなくなっていた。しかも、復員してうちにかえり、すぐアメリカ軍政府の兵舎《バラック》の炊事場《キッチン》ではたらきだし、はじめは、ニホン人のコックがあさましがるぐらい、ガッついてたべてたが、それもおちついたころになって、ぼくは声がでないのに気がついた。まえみたいに歌がうたえるようになるまでには、二年はかかったのではないか。ドイツ語やフランス語がパアになっても、あたりまえだろう。

また、パアになっても、大学の入試のために語学を勉強しなおした人もおおいが、ぼくは昭和二十年三月に本人はいないのに、旧制高校をくり上げ卒業し、四月には東大文学部にはいっていた。

昭和二十二年の四月、ぼくは東大に復学したが（と言っても、講義をきくのははじめて）パアになったまま勉強もしないのだから、カントの『プロレゴメナ』についていけるわけがない。

いや、そうおもって、池上教授の『プロレゴメナ』のゼミにいかなくなったのが、いちばんいけなかったのだろう。それに、あれこれ気をとられることがたくさんあった。腹もへっていた。ともかく、なにか腹にいれなきゃいけない。でもほとんどの人が腹がへっていた。そして、学生は腹をへらして学校にいった。

だけど、そんなことで、なん十年もあとに、『プロレゴメナ』の訳本を読む気になったのではない。くりかえすが、ミステリなんかだけでなく、小説が読めなくなった。ふしぎなことで、それになさけないが、どうしようもない。

しかし、だから、哲学の翻訳書を読むことがおおくなった、などと言ってはいけない。だいいち、こういうことで、おおいとかすくないとか言えるだろうか。また、ベルクソンなんかは、ずっと読んでいた。コドモのころ、広瀬哲士という人の訳のベルクソンの『笑い』がうちにあった。河野与一訳の岩波文庫『哲学入門・変化の知覚——思想と動くものⅠ——』や『哲学的直観・他四篇——思想と動くものⅡ——』や『哲学の方法——思想と動くものⅢ——』などは三冊とも星一つのうすい文庫本で、うすい本だと本のかたちまでちんまりちいさく見える。ショルダーバッグのなかにいれてもちあるいたり、いまではないことだが、机の上において読んだりもした。『哲学入門』は旧制高校の文丙（フランス語）のクラスにはいったとき、原書の翻刻本を買ってきた。あの本はどこにいったのだろう。白い本だった。白い本、装丁のない本というのが翻刻本らしい。

真方敬道訳の岩波文庫『創造的進化』はとてもおもしろかった。だから、しばらくおいて読みかえした。すぐ読みかえすと、おもしろさがうすれるような気がしたからだ。でも、しばらくおいとくと、おもしろさが熟してくる。ところが、おなじベルクソンの『道徳と宗教の二源泉』は、あまりおもしろくなかった。

ともかく、ベルクソンはずっと読んでいた。小説が読めなくなった、と急にそんなふうになったみたいに言ったが、やはり、だんだん読めなくなったのだろう。そして、ベルクソンの『創造的進化』をとてもおもしろく読んだあたりから、近ごろ、小説が読めないなあ、と気がついたのではないか。ま、読めないと言っても、まるっきり読まないわけではないが。

さて、篠田英雄訳のカントの『プロレゴメナ』のさいしょのほうのページから、目についたところを書きうつしてみる。

「私は率直に告白するが、上に述べたデーヴィド・ヒュームの警告こそ十数年前に初めて私を独断論の微睡から眼ざめさせ（一）、思弁哲学の領域における私の研究に、それまでとはまったく異なる方向を与えてくれたところのものである。」訳者の篠田英雄先生による（一）の註は〈カントがヒュームからこの重大な示唆を受けた時期については諸説があり（例えば一七六〇、六三、六六、七〇、七二年）一定していない。しかし一七六〇年―七〇年のあいだと見なしてよさそうである。或る哲学者は、更に近似を求めて、この時期を遅くも六三年頃と措定するリール（Alois Riehl）に従って、これを「だいたい正当」と見なしている（桑木厳翼『カントとその周辺の哲学』五四頁。一九四九年、春秋社刊）。〉

それまでの形而上学に決定的とも言える攻撃をくわえたデーヴィド・ヒュームについて、カントは、この『プロレゴメナ』のもっと前のほうで、こう書いている。(以下、篠田英雄訳)

「ヒュームは、形而上学だけにある唯一の、しかしこの学にとって重要な概念――すなわち原因と結果との必然的連結という概念(従ってまたそれから生じる力および作用の概念等)を、彼の考察の主たる出発点とした。そして彼は、この〔因果的連結の〕概念を自分自身のうちから産出したと称する理性に対して弁明を要求した、つまり理性は、何か或るもの〔原因〕が設定されるとそれによってまた何か他の或るもの〔結果〕が必然的に設定されると言うが、しかし、理性はいかなる権利をもって、最初の何か或るものがこのような性質をもち得ると思いなすのか、と問うのである、なぜなら――これがすなわち原因の概念だからである。ヒュームの証明はこうである、――概念だけからア・プリオリにかかる〔因果的〕結合を考え出すことは、理性にはまったく不可能である、この結合は必然性を含むからである、とにかく何か或るものが存在するからといって、何か他の或るものまでが存在せねばならないという理由や、それだからまたかかる必然的連結の概念がア・プリオリに導入せられるという理由は、まったく理解できないことである。ヒュームのこの証明は、反論の余地のないものであった。ついでヒュームは、このことから次のように推論した、――理性は、〔必然的連結という〕この概念をもって、みずから欺いているのだ、かかる概念は想像力の産んだ私生児にすぎないのに、理性はこれを誤って嫡出子と認めているのである、或る種の表象に連想の法則を適用し、そこから生じる主観的必然性すなわち習慣を、〔ア・プリオリな〕洞察にもとづく客観的必然性とすり換えたのである、と。更にまたヒュームは、こうも推論したのである、

――理性は、このような必然的連結を、一般的にすら考える能力をまったく持合わせていないのである、そうだとしたら、かかる事柄に関する理性の概念なるものは、単なる仮構にすぎないであろう。そして理性がア・プリオリに存立する認識と称するものは、けっきょく偽印《にせいん》を捺《お》した普通の経験でしかないだろう、と。彼のこの推論は――およそ形而上学なるものは存在しない、またいかなる形而上学も存在し得るものではない、と言うに等しい。*」＊それにも拘らずヒュームは、実にこの破壊的哲学そのものを形而上学と呼んで、これに高い価値を与えた（以下略）

すべてのものに原因と結果がある、と形而上学は言っていたのだろうか。ある場合には原因・結果があるが、そんなものがないこともあるなんてことでは、必然的みたいな言葉はつかえまい。また、ある場合にはなんて言ったら、形而上学ではなくなるのかもしれない。

さて、ヒュームの反論とはすれちがった、バカな考えかもしれないが、結果というコトバをつかうときには、だいたい原因というコトバがむすびつくのではないか。原因・結果、結果・原因は、それこそ連結したコトバのようにおもわれる。このコトバが概念と言えるものかどうかはわからない。そして、常識だと、結果はまたほかのものへの原因だろう。結果がほかのものの原因ではなく、その結果を生じた原因の原因になることがあるか。そういうたんなる考えかたではなく、あんがい実証科学あたりに、そんな結果・原因があるのではないか。

また、ヒュームは、〈何か或るものが存在するからといって、何か他の或るものまでが存在せねばならないという理由、（中略）はまったく理解できないことである〉、と言ったらしい。ヒュームのこの証明は、反論の余地のないものであった、とカントは書いている。

だが、常識では、原因・結果というコトバをつかうときは、なにかあるものが存在するからといって、なにかほかのあるものまでが存在せねばならぬ理由があるのか、と理屈をこねるのとは逆に（その理屈は理屈としては正しいだろう）あるものが存在するから、なにかほかのあるものもあるのではないか、とさがしてる場合がおおいのではないか。たとえば、あることがおきてこまってる、だから、そのあることを結果と見て、原因をさがすといったふうにだ。

また、うまいことがおきたのを、やはり、あることの結果と見て、その原因をつきとめ、原因・結果のセンで、ふたたび、そのうまいことにあずかろうとする。

故障がおきたら、その原因を見つけ、故障の原因をなくせば、結果の故障もなおる。ただし、まず、そのことが故障だと見えなくてはいけない。しかし、ふつうの場合は、あるものの正体をおっぽがしたら、それは故障だったといったことはすくなく、故障はすぐわかる。こんなふうに、故障だとすぐわかる、故障がはっきり見える世界、構造を、形而上学になぞらえることができるかどうか。

「（前略）しかし、理性はいかなる権利をもって、最初の何か或るものがこのような性質（原因と結果との必然的連結）をもち得ると思いなすのか、と問うのである。（以下略）」

これはヒュームの考えをのべたのだが、理性に問うのは、カントのおはこだとされている。それまでは、理性に理性自身のことを問うなど、ほとんどやらなかった。これだって、カントが、……と問うのである、と書いてるわけで、ヒュームは、理性に問う、なんて実際に言ったかどうか。

でも、考えなんてことよりも、言いかたがだいじで、言いかたのほかに考えはない、なんてのも安易すぎるのではないか。「しかし理性はいかなる権利をもって……」こんな言いかたをユーモアというのだろう。ユーモアは、おかしなはなしみたいな内容ではなく、そのはなしかただというのはジョーシキだ。もちろん、内容とはなしかたなんてわけられるものではない。ただこれも、あんまりジョーシキになってるから、また考えなおすべきか。

でも、しかし理性はいかなる権利をもって、みたいな言いかたは、ヨーロッパやイギリスではごくふつうの言いかたで、とおっしゃるかもしれないが、かの地ではごくふつうの言いかたがユーモアで、ユーモアは言いかた、書きかたのつまりは嫡出子だ……みたいなことを吉田健一あたりが言いそうだな。いや、言わないか。『プロレゴメナ』の序言からの引用をつづける。

「そこで私は、従来の形而上学に対するヒュームの抗議が更に一般的に考えられるかどうかということを究明してみた。そして原因と結果との必然的連結という概念は、悟性がア・プリオリに物の連結を考えてみるための唯一の概念というだけではなくて、実に形而上学そのものの本来の意義がまったくこの種の概念にあることを知った。そこで私は、これらの概念の数がいくつあるかを確めてみた、そしてこのことが私の希望した通りに、すなわちただ一個の原理〔ア・プリオリな綜合的統一という〕にもとづいてなされ得たので、私は次にこれらの概念〔カテゴリー〕の〔先験的〕演繹（二）に着手した。こうして私は、かかる概念がヒュームの気遣ったように経験から導来されたものではなくて、純粋悟性から発生したものであることを確認できたのである。この演繹は、私の先覚者である明敏なヒュームにさえ不可能と思われていたものである、しかし彼以外には、何びともこれに思いつくことさえなかった、誰もがこれらの概念を平気で使用していたにも拘らず、一人としてかかる概念の客観的妥当性の根拠を問題にした者がなかった。実際、この演繹はこれまで形而上学の為に企てられ得た試みのうちで、最も困難なものであった。ところで私が、この演繹を試みるに当ってひどく困ったのは、形而上学なるものはどこにでもまたいくらでもあるのに、どれもこれも私のこの仕事にはひとつも助けにならなかったことである。それというのも、この先験的演繹がなされたうえで、形而上学というものが初めて可能になるからである。いまや私は、ヒュームの問題を一つの特殊な場合〔原因と結果との必然的連結という〕について解決し得たばかりでなく、実に純粋理性の能力全体に関しても解決できたのである。そして私は、たとえ緩慢にもせよ、しかし確実な歩みを進めて、ついに純粋理性の全範囲を、この理性の限界ならびに内容に関して、いくつかの普遍的原理に従って間然するところなく規定できた。このことこそ形而上学が、信頼し得る設計図通りにその体系を建設するために必要としたところのものである。」

——（一）の訳註は〈「純粋悟性概念〔カテゴリー〕がア・プリオリに対象に関係する仕方の説明を先験的演繹（transzendentale Deduktion）と名づける」（『純理』・一一七）（二）。「ア・プリオリな概念は、その先験的演繹が成立してからでないと、確実に使用せられ得ない」（同上・六九七）〉。（二）の訳註は〈『純理』は、「純粋理性批判」の略。その下の数字は、同書第二版の頁付けであり、訳書（岩波文庫版）では、頁の上欄に記載されている。以下これに準ずる。〉——

　こんなことを言ってるカントは、自分の発言がうれしくってしようがなかっただろう。『純粋理性批判』（篠田英雄訳）の第二版序文（一七八七年）には、「……私が批判で述べている考え方の転換は、コペルニクスの仮説に類似している。（以下略）」とある。カントの考えかたのコペルニクス的転換というのはたいへん有名で、ぼくは、カントがコペルニクス的な大発見を自負してるとおもって、このあたりを読みかえしたのだが、カントは自慢してそんなことを言ってるのではないのに気がついた。カントはちゃんと、コペルニクスの仮説に類似していると言ってるではないか。おなじ序文のすこし前のほうに――

「……コペルニクスは、すべての天体が観察者の周囲を運行するというふうに想定すると、天体の運動の説明がなかなかうまく運ばなかったので、今度は天体を静止させ、その周囲を観察者に廻らせたらもっとうまくいきはしないかと思って、このことを試みたのである。ところが形而上学においても、対象の直観に関しては、これと同じような仕方を試みることができる。もし直観が、対象の性質に従って規定されねばならないとすると、私はこの性質についてどうしてア・プリオリに、何ごとかを知り得るのか判らなくなる。これに反して（感官の対象としての）対象が、我々の直観能力の性質に従って規定されるというのなら、私は直ちにこのことの可能がよく判るのである。」

この「直観」は、ぼくたちがふつうつかってる、あいつは直観的だなんて言いかたの直観ではなく、「我々には直観によってのみ対象が与えられる。そしてこの直観一般が我々の可能的経験をなすのである。」また、やはり『純粋理性批判』の第一部門先験的感性論の緒言のはじめにある「認識がどんな仕方で、またどんな手段によって対象に関係するにもせよ、認識が直接に対象と関係するための方法、また一切の思惟が手段として求めるところの方法は直観（Anschauung）である。」という直観だ。カントが直観を重くみた、なんて言うと、へえ、とおもわれそうだが、こんな言いかたもウソで、直観は、これなしにはどうにもならないものだ。

すこしまえの『プロレゴメナ』の序言からの引用のなかにある客観的妥当性ということを、わらっちまう人があるにちがいない。ぼくもそういう男だろう。客観的妥当性なんかどうだっていい。だいたい、そんなものが世の中にあるのか、ってね。ところが、世の中は、みんな客観的妥当性によってうごいている。いや、それはタテマエだと言っても、このタテマエがないと、電車もうごかない。メシもくえない。はなすこともできない。客観的妥当性なんてバカらしい、と言っても、そのバカらしいという言いかたに客観的妥当性がなければ、はなしはつうじない。いや、客観的妥当性なんて……という述べかたが客観的妥当性をふまえてできてるのだろう。

　原因と結果との必然的連結ってことも、原因・結果という考えかたがなければ、世の中はうごかない。世の中ってものもない。しかし、みんなこの概念を平気でつかっていたが、だれひとりとして、こんな概念の客観的妥当性の根拠を問題にした者はいなかった、とカントは言う。だが、あらゆることが原因・結果からできてれば、気がつかないのがあたりまえだろう。引力はずっと前からあったのに、みんな引力に気がつかなかったのは、どこにでも引力はあり、高いところから物がおちるのはあたりまえのことだったからだ。

　でも、だれでもこの概念を平気で使用していたのは、じつは、この概念の客観的妥当性をうたがわなかったからだろう。ところが、ヒュームはこれを疑い、原因と結果には必然的連結というような客観的妥当性はないと言った。経験から導来された習慣みたいなものだ、と。それをまた、カントは〔原因と結果との必然的連結〕の客観的妥当性を、経験によらず、先験的に演繹した。経験はあてにならない。すべてを経験できるなら、経験もあてになるかもしれない。だが、すべてを経験することはできない。経験とはそういうものだ。しかし、そんな経験のあてにならないところが好きだ、という人もあるだろう。また、あてにならなくても、経験以外になにがあるのか、という人も。

客観的妥当性なんて、神聖ニシテ侵スベカラズみたいなものより、習慣のほうがいいという人もあるにちがいない。法でも客観的妥当性にもとづくような法と、習慣法とがあるときいた。英米法はだいたい習慣法とか、陪審員制度は習慣法にもとづくとかさ。ヒュームはイギリスの人だ。

哲学史あたりでは、ヒュームをこえてカント、みたいになっている。すくなくとも、カント自身はそうおもった。しかし、そのカントをのりこえて、また、ヒュームにかえる人もいるのではないか。

ぼくはカントの『プロレゴメナ』と二、三年あとに『純粋理性批判』を訳本で読み、わからないけど、おもしろかったので、また、二、三年たち、こうしてページをめくりかえしているのだが、読んでるあいだは、いちいち、ごもっともだとおもう。そんなふうでないと、おもしろくない。

ところが、書いてあることはよくわかるが、さっぱりおもしろくない本がある。たとえば、ジョン・デューウィの『哲学の改造』（清水幾太郎・清水禮子訳、岩波文庫）はすらすら読んだが、おもしろくない。「……カントは、或る概念――これが重要な概念である――はア・プリオリであること、それらは経験から生まれず、経験によって検証もテストもされ得ないこと、こういう既成の注入物がない限り、経験は無政府的であり、混沌であることを説いたが、こうして、彼は、技術的には絶対者の可能性を否定しながら、絶対主義の精神を育成したのである。カントの後継者たちは、彼の言葉よりも、彼の精神に忠実であったから、絶対主義を徹底的に説くことになった。（以下略）」「経験の中へ一般性と規則性とを導きいれるというカント的な能力としての理性というのは、ますます余計なもの――伝統的な形式主義と精巧な術語とに溺れた人たちの空しい創作――に思われて来る。（以下略）」「……なぜなら、理性とは、実験的知性であり、科学を手本として考えられ、社会生活の技術を作るのに使われるものであるから。（以下略）」なんてところなどは、近ごろの言葉でいうと刺激的みたいで、言ってることもよくわかるが、おもしろくない。

こんなふうに、カントをけなす人たちが書いたものはわかりやすいけど、そのわかりやすさには、わけ知りの大人《おとな》みたいなところがあり、おもしろくない。

『プロレゴメナ』の序言からの、さっきのつづき。

「私はヒュームが問題としたところのものを最大限に拡張して、これを一書（すなわち『純粋理性批判』）に仕立てはしたものの、しかしこの『批判』は、ヒュームが彼の問題を提起したときに、この問題そのものが出合ったのとまったく同じ〔ようなひどい〕目に合いはしないかと気遣っている。世人は、私の『批判』に不当な判断を下すだろう、彼等は『批判』を理解しないからである。世人は私の『批判』を理解しないだろう、なるほど彼等は、この書物の頁をそそくさとめくってみる気はあるにしても、しかし自分でみっちり考えぬく気がないからである。それにまた彼等は、それほどの労をとろうとはしないだろう、この書物は無味乾燥だから、晦渋《かいじゅう》だから、およそ慣用の概念に反するから、またそのうえに内容が広汎多岐にわたるからである。だが今にして私に、率直に言わせて頂きたい、――およそ人類にとって不可欠であり、その価値がいたく賞讃されているような認識（形而上学）そのものが問題とされている場合に、私の著書が通俗性に欠けているとか、読んで面白くないとか、或るいは気楽に読めないないなどという不平を、余人ならいざ知らず哲学者の口から聞くのは、私にとってまことに心外である。この種の認識は、学問的な正確さを具えている極めて厳格な規則に従うのでなければ、成立し得るものではない。（以下略）」

カントは歯がゆそうだ。どこにでも尊大なやつがいて、わかりもしないのに、よけいな口をきく。また、こんなのが出世して、学会でもいばってる。こんな連中には、慣用の概念に反するようなことはわかりっこない。もっとも、そういう連中は、あとの時代ではカントのことを大カントなんて言う連中だ。

ベルクソンの『創造的進化』（岩波文庫）の解説のなかで、訳者の真方敬道先生はこう書いている。

――（ベルクソンは）一八七八年に高等師範学校にすすみ、そこには「弟子達をすべてカント派につくりあげる」Boutroux、ベルクソンが敬意を生涯いだきつづけたLachelier『ラヴェッソン論』をささげたRavaissonなどすぐれたカント学者がいましたが、ベルクソンが「ほとんど完全に」カントの影響を受けないですんだことは既述したとおりです。（以下略）

――……もっともベルクソン自身は高等師範学校に在学していたあいだ師友のなかでただひとりカント色に染らなかったことを誇りにしていました（前の世界大戦中フランスに反カント熱が高まったさいは逆にカント擁護にまわりました）。事実ベルクソンはカントが空間性に度合をみとめなかったことや、カントの時間がありのままの具体的な時間ではなく空間化され均質化された抽象時間

にすぎないことに不満でした。（以下略）

この反カント熱を高めた人たちは、前には、カント熱の人たちだったのかもしれない。それが、ドイツと戦争がはじまると（第一次大戦）カントは敵国ドイツの哲学者だから、と反カント熱を高める。戦争中（ニホンの）、こんどの戦争は思想戦でもあるとやかましく言いたてたのをおもいだす。カント学者のある教授が、戦争末期に、山鹿素行にうつった。ところが、そのあとしばらくして戦争は負けてしまい、もうちょっとカントでがまんしていたら……と笑い話になった。（カント学者というコトバがあったんだよねえ）しかし、こんな人をそうカンタンにわらえるだろうか。

時流にのるというのは、ほめ言葉でもある。ビジネスなどでは、時流にのるのはだいじなことだろう。また、考えがかわらなくて、どうしようもない人もいる。

ベルクソンは、そのどちらでもなく、高等師範学校の学生のときから、ちゃんとカントが見えていて、だからカント熱にもうかされず、また、第一次大戦でフランスに反カント熱がおこると、カントを擁護したのだろう。『プロレゴメナ』のページをめくって、いくつかいきあたりばったりに書きうつしてみよう。「先験的主要問題」の「第一章　純粋数学はどうして可能か」の第七節。

「ところで我々は、数学的認識がすべて次のような特性（二）を具えていることを知るのである、それは――数学的認識はその概念をまず直観において、それもア・プリオリな直観において、従ってまた経験的直観においてではなく純粋直観において現示せねばならない、こういう手段によらないと、この認識は一歩も進み得ない、ということである。それだから数学的判断は、常に直観的である、これに反して哲学は、単なる概念にもとづく論理的判断をもっと満足せねばならないし、またその確然的命題を確かに直観によって説明することはできるが、しかし直観から導来することはできない。数学の本性に関するこのような観察はすでにそれだけで、数学を可能ならしめる第一の、しかも最高の条件を指示している、すなわち数学の根底には、なんらかの純粋直観が存しなければならない、数学はその一切の概念を純粋直観において具体的に、しかもア・プリオリに現示し得る――或いはよく言われるように、概念を構成し得るのである。もし我々がこのような純粋直観と、この純粋直観の可能性とを発見できれば、それによって純粋数学におけるア・プリオリな綜合的命題がどうして可能かということも、従ってまたこの学そのものがどうして可能かということも容易に説明できるわけである。経験的直観は、我々が直観の対象についてもつところの〔主語〕概念に直観そのものの提供する新しい述語によって、この概念を経験において綜合的に拡張することをなんの苦もなく成就するが、純粋直観もまたこのことを為すからである。ただ両者の相違は、――純粋直観においては、ア・プリオリな綜合的判断は確然的に確実であるが、しかし経験的直観における綜合的判断はア・ポステリオリであるから、単に経験的に確実であるにすぎないというところにある。この第二の場合には、綜合的判断は偶然的な経験的直観において見出されるところのものを含むにすぎないのに、第一の場合には、純粋直観において必然的に見出されねばならないところのものを含むからである。つまり純粋直観は、ア・プリオリな直観としてすべての経験に先立って――すなわち個々の知覚に先立って、概念と不可分離的に結びついているからである。」

（一）の註「数学の諸概念は、純粋直観によって直ちに具体的に現示されねばならない」（『純理』・七三九）。「数学的概念の構成には、非感性的な（純粋な）直観を必要とする」（同上・七四一）。

「数学的認識は、概念の構成による理性認識である」（同上・七四一）。

　数学も直観からなりたっており、それもカントが言うような非感性的な直観ではなく、感性的な直観だ、という人もいる。ぼくの考えちがいかもしれないが、柄谷行人さんなんかも、そんなことを言ってるようだ。

　しかし、柄谷さんはカントの説に反対というのではあるまい。カントの理屈からいくと、数学のもとになる直観が感性的直観だなど、とんでもないことだ。どうしたって、非感性的直観でなければならない。カントはガチガチ理屈をおしていく。柄谷さんはそれとはだいぶちがう。どちらが正しいということはない。ぼくはカントのガチガチ理屈がおもしろくて、こうして、あちこちページをめくって書きうつしてるのだ。数学については、『純粋理性批判』の第二版序文のはじめのほうで、カントはこんなことを言っている。

「……数学には長い模索の時期があった（特にエジプト人の間では）、それが急転して一個の堅実な学になったのは、一つの革新を経たお蔭である。（中略）……要するに二等辺三角形を初めて論証した人（その人の名がタレスであろうと、或はほかの何びとかの名であろうと）の心に一条の光が閃いたのである。彼は、自分がこの図形において現に見ているところのものや或は図形の単なる概念などを追求して、これらのものから図形のさまざまな性質を学び取るというのではなくて、彼が概念に従って自分でア・プリオリに件の図形のなかへいわば考え入れ、また（構成によって）〔概念に対応する直観をア・プリオリに現示することによって〕）現示したところのものによって、〔この概念に対応するところの対象を〕産出せねばならないということ、――また彼が何ごとかを確実にかつア・プリオリに知ろうとするならば、彼は自分の概念に従ってみずから対象のなかへ入れたところのものから必然的に生じる以外のものを、この対象に付け加えてはならないということを知ったからである。（以下略）」

……彼は、自分がこの図形において現に見ているところのものや或は図形の単なる概念などを追求して、これらのものから図形のさまざまな性質を学び取るというのではなくて、……また彼は何ごとかを確実にかつア・プリオリに知ろうとするならば、彼は自分の概念にしたがってみずから対象のなかへ入れたところのものから必然的に生じる以外のものを、この対象に付け加えてはならない、ということを知ったからである。

ああ、またいつものカント節だ。コペルニクスの仮説に類似しているとカント自身が言う考えかたの転換がくりかえされている。

『純粋理性批判』下巻の付録Ⅰで、つぎのように書かれてるのを見たときはびっくりしたが、これも、いつものカント節だ。

「それだから我々が自然と名づけている現象における秩序と規則正しさとは、我々が自分で自然のなかへ持ちこんだものなのである、もし我々がこれを自分のうちにもっていなかったなら、或は我々の心の自然を現象として自然のなかへもともと入れておかなかったなら、我々は秩序も規則正しさも自然のなかで再び見出すことができないだろう。（以下略）」

さっきの図形を自然におきかえるのはむりのようだが、カントの言いかたは、まるでおなじみたいだ。それにしても、ぼくなどがおもっている自然とカントのこの自然は、ぜんぜんちがう。でも、カントみたいにガチガチ考えていけば、自然もこんなふうになるのか。いや、ぼくなどには自然とは考えるものではなかったのだろう。自然とは……と考えはじめると、もう自然ではなくなってしまうような気がする。『純粋理性批判』下巻のおなじ付録のなかには、自然について、こんなところもある。

「自然のほうが我々の統覚の主観的根拠に則らねばならないということ、それどころか自然は、その合法則性に関してはまったく我々の主観的根拠に依存せねばならないということは、いかにも常識に反した奇体なことのように思われるかも知れない。しかしこの自然そのものが、現象の総括にほかならないこと、従ってまた物自体ではなく我々の心意識の表象の総体にすぎないということを思い合わせるならば、かかる自然を我々の一切の認識の根本能力即ち先験的統覚において、また一切の可能的経験の対象即ち自然と呼ばれるところのものを可能ならしめる統一において眺めるのは、毫も怪しむに足りないだろう。(以下略)」

常識に反した奇体なことのように思われるかも知れないが、とカント自身も言っている。カントのことを常識の人だという説もある。でも、世のなかのある人々のように、カントがなによりも常識をおもんじたとはおもわれない。やはり、理屈の正しさを追いつづけた人だろう。

さて、ここには有名なカントの物自体がでてくる。物ぐらいはっきりしたものはないみたいだが、カントは物自体は可想的存在であると言う。目で見、手でさわり、あるいは口にふくんで味わっても、それは感性によるもので、感性は物自体ではなく、自分のほうに属する。『純粋理性批判』上巻には、「我々が、感性的直観の達し得ない物、即ち物自体を可想的存在と名づけるのは、およそ感性的認識は悟性の思惟する一切のものを越えてその領域を拡げることはできない、ということを示すためにほかならない。」とも書いてある。また――

「……かかる物の現れであるところの現象の形式については、多くのことをア・プリオリに言い得るけれども、しかしかかる現象の根底にあると思われる物自体については何ごとも言い得ない、……（以下略）」

物自体については何ごとも言い得ない。物自体はわからない。物ぐらいはっきりしたものはないはずなのに、カントは物自体についてなんにも言えないという。なにかの物がぶつかってきて、死んじまっても、物自体はわからないのだろうか、とコドモのころ、ぼくはおかしかった。まさか、ぼくたちは自分の感性でおしつぶされて死ぬのでもあるまい。物自体なんて、それこそカ、ン、ト、の可想的存在なのではないのか。しかし、これだって、カントの理屈でいくと、こうなってしまう。

『プロレゴメナ』の「先験的主要問題」の第五六節〈先験的理念に対する一般的注〉。

「経験によって我々に与えられる対象は、いろんな点で我々に不可解である。我々は、自然法則を究めるにつれて多くの問題に逢着するが、これらの問題を或る程度の高さまで――と言っても、もちろん自然法則に従って、追求していくと、まったく解決できなくなることがある。『物質はどうして互に引き合うのか』という問題もその一例である。ところが自然からまるきり離れてしまえば、すなわち自然における必然的連結にあきたらなくなって、ついに一切の可能的経験を超出してしまえば、従ってまた単なる理念のなかへすっかり沈潜してしまえば、もう対象が我々に不可解であるとか、物の本性は我々に解決できない多くの課題を提示するなどと言うわけにいかなくなる。そうなると我々が携わるのは自然や、また何によらず与えられた客観などではなくて、もっぱら我々の理性のうちにその起源をもつような〔理性〕概念であり、単なる思惟の所産にすぎない思惟的存在者だからである。このような思惟的存在者に関しては、その者の概念から生じる限りの課題は、すべて解決せられ得ねばならない、理性は自分自身の遣り方については、何からなにまで申し開きができる筈だし、また申し開きせねばならないからである。心理学的理念、宇宙論的理念および神学的理念は、いずれも純粋な理性概念であり、これらの理性概念は、経験において与えられ得るものでない。それだから理性がかかる理性概念に関して我々に提起する問題は、対象によって我々に課せられたものではなくて、理性が自分自身を納得させるために我々に課したものであるから、すべて理性の単なる格律によって、満足のいくような解答が与えられねばならない。そのためには、我々は次のことを証示すればよい、それは——理念（二）は、我々の悟性使用の全般にわたる調和的一致および綜合的統一を余すところなく完全に達成せしめる原則であり、またその限りにおいて経験だけに——とはいえ全体としての経験に——妥当する、ということである。ところで経験の絶対的全体〔を認識すること〕は不可能であるにせよ、しかし原理一般に従う認識の全体という理念は、認識に或る特殊な種類の統一すなわち体系的統一を与える唯一のものである、この統一を欠くと我々の認識は不完全な半端ものでしかなく、最高目的（この目的があるからこそ、一切の目的の体系が成立するのである）のために使用せられ得ないのである。しかし私がここでいうところの最高目的とは、理性の実践的目的ばかりでなく、また理性の思弁的使用の最高目的のことでもある。（以下略）」

この文中に、自然からまるきりはなれ、自然の必然的連結にあきたらず、一切の可能的経験を超出して、単なる理念のなかに沈潜してしまえば……というところがある。また、心理学的理念、宇宙論的理念および神学的理念は、いずれも純粋な理性概念であり、これらの理性概念は、経験において与えられ得るものではない、と書いてある。

理念については、『純粋理性批判』のなかに、あれこれ、なんどもでてくる。『純理』中巻の「先験的弁証論・付録」の〈純粋理性の理念の統整的使用について〉では、こんなふうだ。

「……しかし先験的理念の意義が誤解されて、理念が現実的な物の概念と取り違えられると、かかる理念はその適用において超越的となり、従ってまたごまかしになることがあり得る。（以下略）」

おなじ付録の〈人間理性にもちまえの自然的弁証法の究極意図について〉では——

「……我々は原理としてのこれらの理念に従って、第一に（心理学において）我々の心のあらゆる現象、作用および感受した印象などを内的経験の手引きに従って結合するのであるが、その場合に心はあたかも単純な実体であるかのように見なされる、つまり心は人格的同一性を具え、（少なくとも此世の生においては）常住不変に実在する実体であり、これに対して実体〔心〕の状態は不断に変易するものと見なされるのである。なおこの場合に身体の状態は、外的条件としてのみ実体の状態に属するのである。第二に（宇宙論において）我々は、一切の内的ならびに外的な自然的現象の条件を、決して完結することのない研究によって追求するのであるが、その場合にこの条件の系列自体は無限であって第一の、即ち最上位の項を有しないかのように見なされるのである。しかし我々は、それだからといっておよそ現象のそとにあるところのまったく可想的な根拠、即ち一切の現象の第一根拠を否定するわけではない、ただ自然説明の連関のなかへ、これを持ちこまないだけである。我々はかかるものをまったく認識し得ないからである。また第三に、我々は（神学に関して言えば）およそ可能的経験の連関に属する限りのものはすべて絶対的統一――と言っても、結局はどこまでも依存的で、やはり感性的条件のもとにある統一をなすかのように見なさねばならぬ。しかしまたそれと同時に、一切の現象の総括（感覚界そのもの）は、一切を充足する唯一の第一根拠を現象界のそとにもつかのように見なされねばならぬ。この第一根拠とは、いわばそれ自体独立に存在するような根原的、創造的理性のことである。つまり我々は、かかる理性に関係することによって我々の理性の一切の経験的使用を最大限に拡張し、あたかも対象そのものがあらゆる理性の原型であるところのこの創造的理性から発生したものであるかのように仕向けるのである。以上のことを別の言葉で言い現わすと、――第一に、我々の心の内的現象を思惟する単純な実体から導来するのではなくて、単純な存在者という理念に従ってこれらの現象を互に導来し合わねばならない。――また第二に、世界秩序とその体系的統一とを最高叡知者から導来するのではなくて、最高の賢明な原因という理念から理性使用の規則を導来せねばならない、そうすれば理性は、世界における原因と結果とを結合する場合に、自分に満足のいくまで存分に使用せられ得る、ということである。

ところで我々が、これらの理念〔霊魂、神〕を実体化したものの客観的実在を想定することは一向に差支えない、もっとも宇宙論的理念だけは別である。理性は、宇宙論的理念を成立させようとするとアンチノミーに陥いらざるを得ない（心理学的理念と神学的理念とはかかるアンチノミーをまったく含んでいない）。これに反して心理学的および神学的理念には、矛盾が存しないからである。（以下略）」

　こんなのが大好きなぼくは、「ほうら、でた！」とうれしくてしようがない。また長々と書きうつしたが、カント節のさわりのうなりかたをきいてもらいたかったからだ。

「……その場合に心はあたかも単純な実体であるかのように見なされる……」とか「……（自然的現象の条件が）……最上位の項を有しないかのように見なされる……」また「……一切を充足する唯一の第一根拠を現象界のそとにもつかのように見なさねばならぬ。……」なんて言いかたがおもしろいので、つい書きうつしてしまう。

「……およそ現象のそとにあるところのまったく可想的な根拠、即ち一切の現象の第一根拠を否定するわけではない。ただ自然説明の連関のなかへこれを持ちこまないだけである、……」とは、物理学に神をもちこまない、といったようなことか。ところがいまでも、最先端の物理学とやらが神を発見したりするようだ。もっとも、この場合の神は、およそ現象のそとにあるものではなく、現象そのものなのだろう。

「……これらの理念〔霊魂、神〕を実体化したものの客観的実在を想定することは一向に差支えない、……」こんな言いかたも、いかにもカントらしい。一向に差支えない……みたいなことは、哲学には、あんまりないからだ。これは、なにごとにも厳密だったカントだからこそ、逆に、こういう言いかたになったのだろう。いまでは、厳密さなど幼稚におもわれる。でも、カントは大マジメに厳密で、だから、わからなくても、けっこうたのしく読んでいける。

　しかし、哲学者が書いたものには神はでてきても、どうしてイエスはでてこないのだろう。それとも、これらの哲学者にとっては、神もイエスもひとつのものなのか。

I・Dカード

アイデンティティということがよく言われたが、ぼくはどうもわからなかった。英和辞典で見ると、全く同一であること、同一状態、一致、the law of identity 自同律、その人（物）に相違ないこと、同一人（物）であること、本人であること、正体、身元などと訳語がでている。

でも、いわゆる文芸誌などでアイデンティティという文字を見て、英和辞典をひくというのが、わらわれるかもしれない。

ともかく、英和辞典の identity の訳語はごくふつうにわかるのだが、文芸誌などにでてくるアイデンティティは、どうもわからない。ただ、そんなことを言ってるから、わらわれるのだろう。文芸誌などでアイデンティティの文字を見て、英和辞典をひくというのが、てんでまちがったことをしているのか。

文芸誌などのアイデンティティはわからないが、アイデンティフィケーション・カードなら知っている。英和辞典のこの訳語は身分証明書だが、ぼくがもってたのはやはりカードだった。

米軍ではたらいてたときは、このI・Dカードがないと米軍施設にいれてくれなかった。朝の六時すぎにうちをでて、二時間ちかくかかって米軍施設につき、ゲートでI・Dカードを見せようとしたら、もってくるのを忘れてた、なんてことがなんどもあって、ほんとにうんざりした。

I・Dカードがなくても、ぼく本人であることはまちがいなく、また、カードをしらべる者にもそれはよくわかっていても、カードがないと、ぜったいに施設のなかにいれてくれない。だったら、それこそアイデンティティとは、どういうことなのだろう。ひどく低次元のいやみだが、ぼくのアイデンティティはカードなのか。だって、朝はやく、冬などはまだまっくらで、空気もべちゃっとつめたくからだにまといつくようななかを出かけてきて、米軍施設のゲートの前でI・Dカードがない、ではまったくバカみたいだ。欠勤すれば職場でもこまるし、翌日のぼくの仕事もふえる。その日の給料ももらえない。

ぼくはあちこちの米軍施設にいたが、小田急沿線の相模大野の米軍の医学研究所でのI・Dカードには、姓名、職種、生年月日などのほかに、身長五フィート四インチ、体重一七五ポンド……あのころはデブだったんだなあ、ほとんど八〇キロだ……髪の色は黒（ハゲなのに）、目の色は褐色《ブラウン》とタイプしてあった。

ぼくの母も目は茶色だった。母は明治十二年かあるいはもっとまえに、九州の日田から奥にはいった山あいの村で生れた。ほそい川をはさんで両側に山がせまり、その川がだんだんせまくるしくなり、山からのちょろちょろ水にかわり、山にぶつかる。いや、村の入口からかなりの勾配で、山々のなかにかしがってへばりついてるような村だ。ぶつかる山は英彦山だけど、母が生れた村からは英彦山に登れる道などはなかった。

母はその山あいの村の庄屋の娘だが、家の裏はもう崖になってるようなところで、男の子といっしょにあそんだという。この場合、近所の男の子と言うところだけど、ぼくもこどものころ、この母の実家にいったが、山あいのほそい川が、山から流れおちるちょろちょろ水にかわる、いきづまりに家があり、そのあたりだけ水たまりみたいにすこし広くなってるが、ご近所といったものはない。母の実家だけが、なんだか滑稽などでっかさで山をけずった台地にのっかっていた。ちいさな山城といったぐあいだ。事実、もとは山のなかの城みたいなものだったらしい。そんなわけで、近所はなくても、おなじ敷地にすんでる家来すじの家族に、母の遊び相手の男の子もいたかもしれない。ともかく、そのころ母は茶色目と言われてたらしい。I・Dカードで、ぼくの目の色はブラウン（褐色）となっていたように、当時としてはめずらしく、母の目の色は黒ではなく、茶色っぽい色だったのだろう。また肌の白い北国のひとたちとちがい、九州ではとくに茶色目はすくなかったのではないか。

それに、母は目がおおきかった。コドモのころは、その目がくりくり大きくて、男の子といっしょにはしりまわったりし、「わあ、茶色目！」とはやしたてられたのだろう。

さて、ぼくのI・Dカードだが、国籍はジャパンだが、人種はモンゴリアンだった。ニホン人はモンゴリアン（蒙古系）になってたのだ。これは、おなじ東洋人でも、チャイニーズ（漢民族）とはちがうということかもしれない。ニホン人の赤ん坊にはモンゴリアン・スポット（蒙古斑）もあるしさ。日本人旅券の人種はモンゴリアンではなくニホン人だが……と書きかけて、いま、旅券を見たら、人種なんて欄はなかった。国籍もない。ニホン人にだす旅券だから、国籍の欄もないのはあたりまえか。でも、あたりまえでない国もあるんじゃないかな。

いまでも、ヨーロッパやアメリカの人たちはニホン人の人種はモンゴリアン（蒙古系）だとおもってるだろう。ニホン人はモンゴリアンってことになってるんだもの。

いわゆる白人はコーケージョンとよばれる。caucasian コーカサス人だ。アメリカのテレビなどでも、犯人はコーケージョン、年齢は三十歳ぐらいなどとよくでてくる。白人がコーケージョン、コーカサス人というのはおもしろい。スペイン人やポルトガル人を白人のうちにいれないことがある。イタリア人でもシシリア島や南部には、白人ではないみたいな人がいる。ギリシア人はギリシア人で白人ではないようだが、まるっきり白人みたいなのがいて、へえ、とおもったりする。もっとも、母親はイギリス人なんて男にも、なん人かあった。こんなのが白人っぽくてもふしぎではない。ナポレオンはモスクワのことをアジアの都と言ったとか。ただし、ロシア人は自分たちをアジア人とはおもっていなかっただろう。自分たちの国のなかに、げんに自分たちとはちがうアジア人がいたんだから。ところが、ほかのヨーロッパ人にとっては、ロシア人はどう見てもヨーロッパ人とはかけはなれてるから、アジア人だとおもったり……。

近ごろ「差異」というのもよくきく。差異の見方から、これまで気がつかなかったものがあらわれてくるなんてぐあいにね。アイデンティティなんてことより、差異のほうがぼくにはわかりやすそうだ。しかし、差異では説明しにくい……説明なんて言ってはいけないんだな、差異ではとらえにくいことはいろいろある。神とか実体とか本質とかさ。神と差異ではどうも似合わない。だから、差異みたいなのは、神が死んだあたりからでてきたものだろうか。神が死んで、ついでに実体とか本質なんてものも死んじまったころから。

しかし、日常生活では差異はあたりまえのことだ。なんでも差異からなりたっている。それを哲学などの考えかたにもちこんだだけだというところかもしれない。

でも、日常生活とはなんだろう。いま、ぼくは日常生活と哲学とはちがうみたいなことを言ったが、いわゆる哲学をやる人たちは、日常生活と哲学とはけっしてはなれていないと主張するにちがいない。日常生活に根をもってない哲学は哲学ではないってね。しかし、哲学なんかは知らないで、日常生活をおくってるひとたちは哲学などは日常生活とはほど遠いとおもってるのではないか。哲学をやってる人の日常生活と哲学とは根がおなじでも……。

それはともかく、ヨーロッパの人たちがロシア人はアジア人だとおもってるようなときに、白人がコーケージョン、コーカサス人だとはねえ。文字のスペルはおんなじでも白人はコーケージョンであって、コーカサス人ではない、という理屈もある。いや、理屈ではなく、事実がそうなっている。(事実と理屈はべつのものか?)

アイデンティティもわからないが、歴史もわからない。みんなが言う歴史がわからないとおもいだしたのは、中学生のころだろう。そして、昭和十九年の暮に山口連隊に入営するまで、まわりで歴史、歴史と言ってるのに、どうにもわからなくて、もどかしいおもいがした。

ぼくに縁のないような人たちが、歴史をもちあげるのはバカげた気がしたが、旧制高校での先輩などでぼくが尊敬してる人なども、友だちどうし歴史のことをはなしていて、なにか感動みたいなものさえかよいあってるのに、こっちはさっぱりその歴史がわからない。

いまは、アイデンティティがわからなくて、なさけない気はするが、わからないことはおおいんだから、とおもう。でも、十六歳から十九歳ぐらいの歳ごろで、たんなる皇国史観なんてものではなく、もっと根本的らしい歴史がどうしてもわからないのは、ほんとにもどかしかった。だいいち、なんにでも口をはさむぼくが、先輩たちのおしゃべりの仲間になれないではないか。そのころでも、ぼくは感動なんてのはきらいだったが、歴史がわからなくては、茶化すこともできない。

戦争もおわり、だいぶたってからだが、ぼくが歴史がわからないのは、ぼくのうちに歴史がなかったからではないか、とおもったりした。ぼくのうちは両親と妹とぼくだけだ。祖父、祖母はいない。ひとつうちの身内が、歳の順に順ぐりに死んでいって、はじめて歴史がわかるみたいなことを、どこかで読んだ。また、歴史がしみついてるようなうちもあるだろう。それほどではなくても、ふつう、お墓まいりぐらいはする。また、うちに仏壇があって、ご先祖の位牌があるというのも、ぼくが十代のころには、ふつうのことだった。しかし、どこの派にも属さないヤソの教会のぼくのうちでは、そんなものもまるでない。

もっとも、こんなのは外的なことで、ものごとの上っつらみたいなものだと言われるかもしれない。ところが、上っつらの下にかくされている本質なんて見方がまちがっていて、本質などというものはなく、従来は上っつらと考えられていた、げんにここにあるものしかない、とも言えるだろう。だから、ここにあるものの差異がだいじだとかさ。

ともかく、ぼくのうちは歴史のないうちだった。なによりも、ぼくの父に歴史がなかった。どこの派にも属さない自分たちでつくった教会の牧師だった父は、イエス直接、ということをよく言った。直接イエスを受ける。直接イエスの十字架を受けろ。イエスをキリストと信じ、信じることによって救われるなんてのではなく、せまってくるイエスを、ただ受けさせられる。

キリスト教の伝統というものがある。それは、キリスト教とよばれるものがはじまるまえからの伝統かもしれない。しかし、われわれはまったくの異端者で、キリスト教の伝統のなかにはいない、また、伝統もわからない、だったらキリスト教徒ではないと言われれば、キリスト教徒ではない、みたいなことを父は言っている。いや、父はそうは言わなかったかもしれないが、ぼくがわかりやすく説明すると、こんなことになる。このわかりやすくというのが、たいへん、こまったことで、わかりやすくて別のものになってしまう。

父はキリスト教という文字も好きではなかった。なにがおしえ（教え）か、おしえではなく生命だ、十字架だ、と父は言った。でも、いつも、父はこんなことを言ってたのではない。ぼくがきいたのも、いっぺんぐらいかな。キリスト教ではない、とスローガンみたいに言ってれば、それこそわかりやすかっただろう。でも、別のものになってしまう。

直接のところには、やはり歴史がない。直接だから歴史がはいってこれない。信仰にも歴史というか時間性があるかもしれない。持続性がないと信仰とはよべない。父は信仰をあやしくおもいだして、なやんだ。そのころ、父は東京市民教会という教会の牧師だったが、牧師が信仰があやしくなってはこまる。

でも、直接受けるところには、信仰もはいってこれないのではないか。信仰がじゃまになる。信仰がウソになる。そんなことを言ってる人は、ほかにはいないようにおもってたら、マルティン・

ブーバー著『我と汝・対話』（植田重雄訳、岩波文庫）のなかに、こんなところがあった。

――〈われ―なんじ〉の純粋な関係の生命のリズムやただわれわれの関係の力や、その現存による現実性と可能性の交替のリズムだけでは、永遠の〈なんじ〉の根源的現存は変らないにしても、人間の連続への強い渇望を満足させてはくれない。人間は時間的広がりとしての持続を願う。かくして、神は信仰の対象となる。はじめのうちは、信仰がしばらく関係の行為を補塡しているが、やがて信仰がこの関係の行為にとってかわる。たえず集中と出発の更新を行う〈われ―なんじ〉の本質運動の場に、〈それ〉への信仰がはいってきて、この運動を止めてしまう。それゆえ、神の遠さと近さをよくわきまえている精神の苦闘者の、〈それにもかかわらずわれ信ず〉という期待が、やがて唯一なる神がいたもうがゆえに、なにごとも起り得ないし、すべては安穏であると考える不当利得者風の確信に変ってしまうのである。

神の遠さと近さ、なんてのもよくきく。神は遠くにあるとおもうときに、近みにあり、近くにあるとおもうと、遠のいていく、なんてね。グノーシス派の人たちがそんなことを言ったという本のゲラ刷りを、つい最近ぱらぱらめくった。なぜ、そんなものがぼくのところにまわってきたか、ふしぎなはなしだ。宗教は逆説だというのもよくきく。だがドイツ人の牧師ブルームハルトは、「宗教ではない。神の国だ」と言ったという。宗教というのは、なんだかうさんくさい。浅薄な考えだが、やはり宗教はニンゲンがつくったものではないか。宗教という言いかたをすると、文化のうちみたいな気がする。ほかの人たちは宗教とか文化とか、宗教文化なんてのも平気で言えるかもしれないが、ぼくはこまる。

じつは、神の遠さと近さなんてのは、ぼくにはカンケイない。また、言葉尻をとるようだが、神の遠さと近さをよくわきまえてたら、イエスなんかいらないのではないか。もっとも、この本の著者のマルティン・ブーバーはユダヤ人で、キリスト教徒ではない。だから、そのとおり、イエスなんかいらない人のことを言ってるのかもしれない。しかし、ブーバー自身はイエスをきらってはいないようだ。

ともかく、キリスト教の教会でもユダヤ教の教会でも、あれだけだいじにしている信仰を、ブーバーはとってかわるものにしている。「かくして、神は信仰の対象となる。」というのは悪口とまではいかなくても、たいていそういうふうになる事実を言ったのだろう。

しかし、〈それにもかかわらずわれ信ず〉といったものこそ、いい伝統、ちゃんとした伝統なのだろう。どうしようもなく神はいるのだ。父はこんな伝統のなかにはいなかった。でも、伝統のなかにいなかったことも恵みだなんてのも、それこそ物語的すぎるか。

マルティン・ブーバー著『我と汝・対話』のもうすこしまえのところをかってに引用してみる。

――けれども、われわれ人間は、本質上、やむをえず永遠の〈なんじ〉をいく度も〈それ〉に変え、〈あるもの〉としてしまい、神をも〈もの〉と変えてしまう。このことは、われわれの勝手な恣意によるものではない。神が〈もの〉と化する歴史、神より〈もの〉への過程は、宗教および宗教を取り囲む文化の諸領域にはいり、その光明化と暗黒化を通り抜け、生命の高揚と破壊をくぐり、生ける神からはなれて〈もの〉へと化し、ふたたび〈もの〉から神へと帰ってゆく過程をたどる。現存から多様な形体化、対象化、概念化がおこなわれ、最後に解体を経過して、ふたたび新に復活すること、これは一つの道であり、しかもただ一つの道である。
「……ふたたび〈もの〉から神へと帰ってゆく過程をたどる。」とブーバーは言うけれど、はたしてそううまくいくかどうか。でも、くりかえすが、ブーバーはこれまた事実を言ってるのだろう。しかし、神をも〈もの〉と変えてしまうのは人間の本質だとしても、ふたたび〈もの〉から神へと帰っていくのも、人間の本質か。わかりやすく言うと（ヤバい、ヤバい）たとえば啓示にみちびかれても、ふたたび神にかえっていくのが、ニンゲンの本質なのか。それに、ただ一つの道だろうとなんだろうと、道ってのは、ぼくは好きではない。引用をつづける。
――既成の諸宗教で説く教えや、定められた行いは、どこから生じたものであるか。それは啓示の現存と力から生じたのである。（なぜならば、すべて宗教は、言葉によるものであろうと、自然によるものであろうと、魂によって会得される啓示であろうと、とにかく、なんらかの啓示によって成り立っているからである。――厳密には宗教はただ啓示宗教だけしか存在し得ない。）人間が啓示の中に受けとる現存と力が、どうして〈内容〉といったようなものにまで成りさがるのであろうか。

　啓示宗教だけしか存在し得ない。と言うと、仏教の人、禅の人なんかがおこるかな。もっとも、宗教ではない、と言われたって、おこることもないか。「宗教ではない。神の国だ」はブルームハルトだが、禅の人たちは、宗教や神の国なんてのもとおりこした、とこたえるかもしれない。

　啓示のことを父が言ったのはおぼえていない。なにしろ直接だ。あんまり直接で、啓示も言わないのか。啓示があるのはわかってるが、よけいな口をきいて、啓示がイエスにすりかわっちゃこまる……と、これはぼくが無責任に言ってることだが。
この引用の最後に、「人間が啓示の中に受けとる現存と力が、どうして〈内容〉といったようなものにまで成りさがるのであろうか。」とある。まったく、〈内容〉には気をつけなくちゃ。内容がない、というのは悪口だけど、世間では内容をだいじにしすぎる。ここに書いてあるように、現存と力が内容になりさがることがあるのだ。現存や力は、いきいきとなんて文字もじゃまなくらい生きてるのに、内容になると死んじまう。内容は、たとえ中身がつまってても、生きてなきゃつまらない。

ある人があることをぼくにはなすと、ぼくはすぐ、それをはなしの内容にしてしまう。内容なんかより、そのとき、その人がぼくにはなしたというのがすべてなのに、すぐ内容にする。そのほうが、そのはなしをほかの人につたえるのにも便利だ。ほら、はなし（内容）にしてしまう。はなしの内容よりも、その人がぼくだけにはなしたこととか、はなしたそのときつまりタイミングとかの問題でもない。ただ、そのとき、その人がぼくにはなした……そのことがだいじで、なんて言っても、また内容ではないが、内容みたいになってしまう。だいじがよけいなことで、ブーバー流に言うと現存をぶちこわす。こんなことを、ぼくは『ポロポロ』という本のなかの短篇にも書いた。ブーバーが内容のわる口を言ってるので、ちょっといい気分になる。

マルティン・ブーバーがどういうひとかは知らなかった。書店の文庫本の棚のところで、へえ、こんな本が、と目についで買ってきたが、でもブーバーは、ぼくが知らないだけで、有名な人らしい。平凡社の世界大百科事典によると、マルティン・ブーバー（一八七八―一九六五）はウィーン生れのユダヤ人で、ハシディズムや東洋哲学を研究、ヘブライ語聖書をドイツ訳し、一九二三年から三三年までフランクフルト・アム・マイン大学で比較宗教学を教え、一九三八年から五一年まで、エルサレムのヘブライ大学で社会哲学教授、とある。

『我と汝・対話』の訳者の植田重雄先生の解説に、「(ブーバーが)あれほど愛情をこめていたドイツを石をもて追われるごとくして去らざるを得なかったこと、各国を放浪しながらも、自己の思索を深めていったこと、さらにイスラエルのヘブライ大学において、ブーバーは社会哲学を講じ正当な講座も与えられなかったことなど……」と書いてある。また、ブーバーの『我と汝』は小冊子だが「世界の神学、宗教哲学、教育学、病理学に与えた影響は少くない。同時にこれほど無視されながら、知らず知らずの間に滲透したものも珍しい。」と植田先生の解説にはある。

ブーバーがヘブライ大学で正当な講座を与えられず、また、その著作が学界で無視されたというのはおもしろい。それは、たぶんブーバーがありきたりの哲学コトバをつかわなかったからだろう。学界の権威者たちはブーバーが書いたものを文学的にすぎるとし、うさんくさがったのではないか。文学的な哲学なんてのは通俗《ポップ》哲学におもわれる。文学的な絵画みたいなのもインチキじみている。ぼくも好きではない。ただ、文学は絵画とちがい、文学も哲学も言葉による。そのあたりはどうなるのか。哲学が数学みたいでなく言葉でなりたってるのを、もどかしがった哲学者はおおいだろう。いや、ほとんどの哲学者がそうだったのではないか。言葉はどうしても明晰ではないもの。明晰さこそ哲学のミソなのに。ところが、近ごろは言葉をおぞましがってる哲学者はいないみたいなんだなあ。逆に、言葉のなかに哲学をさぐったりしてさ。言葉が哲学の神になってしまったのか。

ブーバーが文学的だというようなところを、『我と汝』のなかからひろってみようか。

——だが、真理のもつあらゆる厳粛さをこめて、あなたにつぎのようにいおう。人間は〈それ〉なくしては生きることができない。しかし、〈それ〉のみで生きるものは、真の人間ではない。

この〈それ〉は、マタイによる福音書四章四節の『人はパンだけで生きるものではなく……』のパンに似てるなあ。また、レイモンド・チャンドラーのハードボイルド・ミステリの私立探偵の有名な文句、「タフでなければ生きられない。優しくなければ生きる資格がない」は、これをもっとポップにセンチメンタルにしたものだろうか。

——……言葉は人間のうちに宿らず、人間が言葉のうちに宿り、そこから語りかけるからである。

——すべての言語がそうであり、すべての精神がそうである。精神は〈われ〉のなかにあるのではなく、〈われ〉と〈なんじ〉の間にある。精神は身体を流れる血液のようなものではなく、あなたが呼吸する空気のようなものである。人間は〈なんじ〉に応答できるとき、精神のなかに生きる。全存在をもって、〈なんじ〉との関係にはいってゆくとき、人間は精神のなかに生きることができる。人間が精神のなかに生きることができるのは、ひとえに〈なんじ〉と関係する力に応じてきまる。

ブーバーはこの引用のすこしまえのほうで、精神について、こう書いている。「……精神は自然の産物、いや自然の副産物のごとくに、時間の中に現れるが、じつは、精神こそ時間を超え自然を包括しているのである。」

この精神はまるで汎神論の神みたいだけど、ほかの西洋の本でも精神と訳されている言葉は、まったくわかりにくい。これは、ぼくが異邦人だからだろうか。まえの引用につづくところも、当時の哲学者たちには文学的で、だから、なんとも言いようがなく、無視みたいなことになったのではないか。

——……ただ〈なんじ〉への沈黙、すべての言葉の沈黙、まだ形をなさず、分離せず、声とならぬ言葉の沈黙における待望のみが〈なんじ〉を自由にする。精神みずからは告知せず、それゆえ精神が、どこかにひそんでいるという抑制の想いをもって〈なんじ〉とともにあることのみが〈なんじ〉を自由にする。応答はすべて〈それ〉の世界に〈なんじ〉を閉じこめてしまう。これは人間の悲哀であり、また偉大さでもある。なぜならば、〈なんじ〉が〈それ〉の世界につなぎとめられてはじめて、〈なんじ〉は生きる人々の間の知識となり、作品となり、形象となり、象徴となるからである。

ブーバーの『我と汝』のいちばんさいしょに、人間には二つの根源語があり、〈われ—なんじ〉と〈われ—それ〉だと書いてある。これは単独語ではなく対応語で、〈それ〉はその代りに〈彼〉〈彼女〉などをおいてもいい。また、人間の〈われ〉も二つとなる、根源語〈われ—なんじ〉の〈われ〉は根源語〈われ—それ〉の〈われ〉と異ったものだから、とブーバーは言う。

まことにカンタンでわかりやすく、こんなのはポップ哲学ではないのかな、とぼくもおもった。近ごろでは、ポップ神秘主義まであるというが、そんな言い方が新しいだけで、神秘主義もポップでなきゃ、たくさんの信者はあつまらない。宗教でもポップ宗教でないと大宗教にはならないだろう。コドモっぽい言いかただが大寺院で、おごそかな儀式などやるのはポップ宗教の証拠だろう。

おもおもしくて、おごそかみたいなのは、ふつう考えられるのとはちがいポップだ。コドモっぽい言いがかりをつづけると、ニンゲンにでこでこ箔をつけてもらってる神などは、まことにポップ神ではないか。

いや、ブーバーのこの本をポップ哲学などときめつけることはできない。でも、哲学の人たちはいやがるかもしれないが、軽哲学なんてのもいいじゃないの。かろやかで、のびのびとした哲学。

さて、〈われ—なんじ〉については、ブーバーは原始人の例をひいて、こう言っている。

——……いかに素朴な形であれ、経験の主体がどんなに子供らしい観念であろうとも、原始人の認識活動には〈われ認む、ゆえにわれあり〉ということは見出しがたい。〈なんじに働きかけつつあるわれ〉、〈われに働きかけつつあるなんじ〉という生き生きした根源語の根源体験の分裂から、〈働きつつある〉という分詞の名詞化、概念の実体化が行われたのちに、はじめて〈われ〉が現れるのである。

訳註によると、〈われ認む、ゆえにわれあり〉(cognoscoergo sum)は有名なコギト・エルゴ・スムに同じだそうだ。どちらも、デカルトの『哲学原理』と『方法叙説』のなかにあるらしい。

〈われ—なんじ〉〈われ—それ〉についての引用をつづける。

——二つの根源語の根本的差異は、原始人のたどった精神の歩みに明らかである。原初的な関係の出来事において、まだ自己を〈われ〉として認める以前に、前形体的在り方ではあるが、彼らはすでに根源語〈われ—なんじ〉をきわめて自然に語っている。これに反して、根源語〈われ—それ〉は、おそらく自己を〈われ〉と認識して、すなわち〈われ〉の分離によって、はじめて可能となる。

ブーバーの『我と汝』は一九二三年の発刊で、いまではごくふつうの見方みたいになってることも、そのころはめずらしかったのではないか。ハイデガーの『存在と時間』は一九二七年あたりに世にでたようだが、ブーバーは言いかたはちがうが、つぎの引用なども似かよったところがあるのではないか。

――現在とは、しばしば思惟の中で〈経過していった〉時間を措定し、その結果生ずる一点とか、固定し経過の見せかけが示すにすぎないような時点ではない。それは、現存、出合い、関係があるかぎりかならず存在する真に充実した時間である。ただ〈なんじ〉が現存していることによってのみ、現在は現在となる。

中公新書の木村敏著『時間と自己』のなかには、「このようないまは、なにかあるものではない。それはむしろ、そのつどの私自身のことである」と書いてある。こういう考えかたは、おそらくハイデガーに近いのだろうが、ブーバーの、『我と汝』からのさっきの引用に似ている。ここでのそのつどの私自身は、ブーバーの〈なんじ〉に現存している〈なんじ〉とおなじようなものではないのか。〈われ〉は〈われ―なんじ〉から離れて意識することはあっても、〈なんじ〉が〈われ―なんじ〉から離れることはあるまい。だったら、この〈なんじ〉も〈われ―なんじ〉の〈なんじ〉で、木村敏先生が言う、私自身と似ている。

〈われ―なんじ〉ではなく〈われ―それ〉の環境は、ブーバーによると、人間が経験し利用するような環境だそうだ。経験し利用するのはだいじなことで、だいじ以上に、それしかないみたいだけど、ブーバーは人間の根本ではないという。

経験をかさねていかなければ生きられないが、経験がすべてだろうか。たとえば戦争体験みたいなのも、ぼくはインチキくさいとおもう。なんだか固定されてるみたいだからだ。体験や経験は、体験をもち、経験をもつ。ところが、もつというのを、ぼくは信用しない。もっていられるものもウソっぽい。ブーバーが言う内容みたいなものだろうか。この手でしっかりもってるものしか信用できない、と言う人はおおいだろう。しかし、くりかえすけど、そういうものがなくては生きられないかもしれないが、ものではウソになることもあるのではないか。

戦争体験なんてことをきくと、源頼朝十六歳のみぎりのシャレコウベみたいに、自分の二十歳《はたち》ごろのシャレコウベをもちだされたようで、テキヤの口上《たく》をきいてるみたいだ。

宗教経験というのも、ぼくには奇怪なグロテスクな文字に見える。ドグマや観念なんかから宗教にはいるより、宗教経験みたいなことから、はっと目ざめたり、回心したりするほうが、まっとうですなおみたいだけど、宗教経験ももってしまうから、信用できない。

自分でつくってもってる経験ではなく、身に鎧をつけ、拒んで拒んでいた者が、あるとき聖霊にうちくだかれなんてことでも、それをとうとい経験、ありがたい経験としてもってると、生きてはたらく聖霊とはべつのものになってしまうのではないか。

ブーバーの『我と汝』のなかに、人間は神を所有したがる、ということがなんどもでてくる。守護神なんてのんきなことを言ってるうちはいいが、人間に所有された神なんて、神さまがおかわいそう。部屋のなかで飼っているチンみたいだもの。神を所有したつもりでいる人間もかわいそうだな。もっともこういう連中は自信があって力も強いから、こっちはへいこらしてなきゃいけない。

えーっと、なにを言おうとしてたのか。あ、アイデンティティというのが、どうもわからないってことだった。こんなふうにしゃべっていて、自分がなにをしゃべってるかわからないのが、アイデンティティのない証拠だな。アイデンティティというのは、本人であること、自己が自己であることとされてるが、それは持続しなければいけない。ずっと自分で、自分でありつづけなければ、アイデンティティはでてこないのだろう。

　自分がしゃべってることが、ふらふら、あっちにとんだり、こっちにいったり、行方がわからないのでは、自分でありつづけてるとは言えまい。アイデンティティがどうもわからないなどと言ったが、本人にアイデンティティがないんだもの、アイデンティティなんてことがわかるわけがないか。

　それでも、ちょいとアイデンティティってやつをのぞいてみようとしたが、英和辞典にはあったけど、百科事典や哲学辞典には、「アイデンティティ」はのってなくて、いま、ショルダーバッグのなかにいれてもちあるき、電車のなかなどで読んでいる中村雄二郎著の『西田幾多郎』のさきのほうのページをめくってみた。すると、第六章が「超越——〈絶対矛盾的自己同一〉」となっていた。自己同一もアイデンティティかその動詞のことだろう。

　ところが、そのさいしょに「ゲーデルの定理」がでてきた。〈ある一定の条件を備えた無矛盾な形式的体系の無矛盾性はその体系のなかでは証明できない〉って定理だ。形式的には、あるシステムの自己根拠づけはそのシステムを超えたシステムによることとなしには不可能である、と中村雄二郎さんは書いている。

「ゲーデルの定理」も近ごろよくきくが、もう五十年もまえに、森敦さんなんかは言ってたらしい。そのころ、森敦さんはたぶん十代だというのがうれしい。中村雄二郎著『西田幾多郎』の第六章のはじめのほうの二ページばかりあとを書きうつす。

――その点で、哲学的自己認識の原型ともいうべきソクラテスの《汝自身を知れ》の教えがもともとデルフォイの神殿の柱に刻まれたことばであったことは、自覚の主体としての人間的自我が己れを超えた何かと結びついていることを示していて興味深い。まことに自覚とか自己意識とかいうことは、《自己は自己である》同語反復的な自己同一性が典型的に示すような、単なる閉じられたシステムのなかでは不可能なのである。

ギリシアの神々はそんなに超越神のようではないが、神は人ではなく、〈汝自身を知れ〉はその神殿の柱に刻まれてたのか。それに、〈汝自身を知れ〉というのが、アイデンティティのことだったんだなあ。「自分自身のことを知りたい」「自分をはっきりさせたい」「この自分はいったいなんなのか?」「いや、自分はなんなのかと問えるようなものだろうか?」なんてぐあいにね。

でも、こんなのは、だまってひとりでいて、ふっとおもうことだろうか? ぼくの場合は、ひとしゃべっていて(と言っても、たいてい、ぼくひとりでしゃべりまくっていて、相手の言うことも、ほとんどきいていないのだが)しゃべりながら、「あれ、おれがしゃべってることは、なんだかおかしいな」とおもうことがあり、そんなとき、しゃべってる自分が、ちらっと気になった。

あやふやな、根もとがしっかりしてないことをしゃべってるのは、ぼく自身に根もとがあるのかないのかはっきりしてないからで……と。

〈汝自身を知れ〉と通りでぱったりあった知らない人に言ったって、その人はポカンとするだけだろう。

それこそソクラテスみたいな相手と対話をかさねて、ぎゅっと言葉がつまったときなどに、〈汝自身を知れ〉と言われると、身にしみる。

でも、実際には、当時のアテネでは、ソクラテスをただの変り者だとおもってる人のほうがおおく、ソクラテスの言うことはききいれられずに、多数決でソクラテスは死刑の宣告をうけた。

ただ、この実際にはというのは、いったい、どんなことだろう。実際などとよばれるものは幻想ではないのか。

それはともかく、ぼくはしゃべっていて、自分の言うことがおかしいなとおもっても、そのまましゃべってる。意地でしゃべってるのではない。意地などない男だ。だまっていられないのだろう。だまってるのがこわい、なんてのも安小説めいてウソっぽいが、べらべらしゃべりつづける。いや、それだからアイデンティティもはっきりせず、わからないのか。言葉をきり、じっとスピーカーをみつめるようでなくては、アイデンティティもでてこないのだろう。現象だけの、現象ニンゲンにはアイデンティティなんかあるまい。

それにしても、よほどぼくは太平楽な男なのか。アイデンティティもわからないが、歴史もわからないとぼくは言ったけど、わからないのがもどかしくても、それですませていたのも、ぼくが太平楽だったからか。

だれでも歳をとり、おじいさんやおばあさんになる。だが、ここにいるこの中学三年の女の子がおばあさんになるなど考えられない。だって、この中学三年の女の子とおばあさんとは、ぜんぜんべつなものだし。おなじニンゲンが（ニンゲン以外のものでも）まるっきりべつのものになるなんて、奇蹟かなにか名前のつかないことだ。ところが、それがふつうにおこる。どんな中学三年生の女の子もおばあさんになる。奇蹟がふつうのことに、いやそれ以上に当然のことになる。奇蹟がふつうのことになるのが見えるのが歴史かな、とぼくはおもったことがある。こんな考えもセンチメンタルで、歴史はぜんぜんちがうものかもしれない。ただ、もし、こんなふうだとしたら、ふつうの中学三年生の女の子には、歴史はなかなかわかるまい。

だが、ぼくたちが十代で、長くつづいた戦争のころは、ぼくたちはみんな兵隊にとられるのはわかっていて、兵隊にいき戦地にいけば、当然死ぬことを考えなきゃいけない。とみんなおもっていた。

　つまり、ぼくたちはまだ十代なのに、死ぬことを考えてたのだ。死も、げんに生きているここにはない。まして、ぼくたちは十代だ。死も奇蹟のようなものだろう。ところが、その死がせまってる。歴史があらわれても不自然ではない。歴史を考えなきゃ、死にきれないってこともあっただろう。

　ところが、みんなそうおもってるのに、ぼくは死ぬことなんか、これっぽっちも考えなかった。みんなが死ぬことを考えてるから、ぼくも考えなきゃ、ともおもわなかった。死ぬなんていやだもの。考えないほうがらくだというのだろうか。それに、軍隊にいくのがいやでこわくて、死ぬことまでには頭がまわらないというようなところもあった。

ぼくは気がちいさく、ちいさなことにもくよくよするほうだが、人生のなやみなんて、もったことがない。人生という文字も戦争体験とおなじで、ぼくにはウソっぽく見えるが、とにかく、なやみというようなものはなかった。

ただし、なやみがないからしあわせとは言えまい。むしろ、なやみがないのは、あわれな珍獣みたいなものかもしれない。自分はなに者か、なんてなやまないから、アイデンティティもわからない。歴史もわからない。

でも、ぼくにはあまりなやみがないようなのは、どういうことなのだろう。えらい坊さんではないから、自分でなやみをなくすなんてことはできないし……。ただ鈍感でなやまないのか。いや、こうまでなやまないのは、だれかが、なにかは知らないが、ぼくのなやみをとってくれてるのかもしれない。ぼくにも、みんなとおなじでなやみはあるはずなのに、だれかがなにかが、それをとって、肩がわりしているとかさ。

しかし、こんなのはそれこそ信仰みたいだが、ぼくには信仰はない。ただ、そういう気もするだけだ。事象的事実のほかに心理的事実があるというのは、もうジョーシキだが、そんなのでもない。心理的な神は、つまらない、なんていうのもバカらしい。

それはともかく、近ごろアイデンティティってのをきかないなあ。

地獄でアメン

福岡の猪城淳さんが『受』という本を送ってくれた。ウケと読むのか、受《う》けることだろう。

去年の五月ごろ、福岡で猪城淳さんにあった。福岡の町からはなれた山の上の宴会もできる集会場みたいなところでの、川端幸さんの歌集『花便箋』の出版記念会だった。広いタタミの間にテーブルが二列にならんでいて、それとむきあって正面にもテーブルがあり、加藤牧師とまんなかに川端幸さん、そして猪城淳さんがいた。

でも、加藤牧師と川端さんは、まっすぐ二列のテーブルのほうをむいてるのに、猪城さんは、なんだかよこむきにうずくまってるみたいだった。猪城淳さんは昂然と背筋をのばしてるという人ではない。声もちいさい。それに、福岡とごっちゃにならないまえの下町としての博多の言葉で、語尾をかるくながすようなところがあり、言葉のはしばしがオーバーラップする。言葉がなにか透明な感じでかさなりあうのだ。九州の言葉は強くてはっきりしてるみたいだが、博多弁には自分を皮肉に見てるかるさがあった。かるく、ぼやいたりする。ぼやきはきりがなく、きれめがなく、言葉のはしがかさなりあう。

近ごろの九州共通語みたいなのは、おもしろくない。しゃべってる本人は標準語のつもりだろうが、なんとも得体の知れない言葉だ。あるひとが、そのひと独特の得体のしれない言葉をつかうのは、おもしろいこともある。でも、みんなが真似しあって、得体のしれない共通語めいたものをはなすのはきもちがわるい。

そういう九州共通語を、じつにうまく書く作家がいる。読んでいて、背筋がちりちりするぐらいで、ぼくはふしぎな気持になる。あんなふうに書く、書けるというのは、どういうことだろう。また、書くと書けるは別みたいで、じつは別《わ》けられないというのもジョーシキみたいだけど、そのへんのところもどうか。

川端幸さんの歌集『花便箋』が発行されたのは昭和五十九年五月一日で、藤原哲夫さんの序のはじめに、こう書いてある。

川端さんは今年七十四歳になられるのではあるまいか。昨年の四月大患をわずらい、手術まで受けて幸い癒えられた。

思はぬに癒えて帰りぬ店やめて広くなりたる土間に日の差す　（一九五頁）

川端幸さんは福岡の町の海に流れいる川の近くで、ちいさな文房具店をやっていて、この店は三十五年間つづいたという。ご主人がなくなってからのほうが、ずっと長かったのだろう。

川端幸さんはアララギ派のひとで、昭和のはじめから、ちゃんとした短歌をつくってこられたようで、この歌集『花便箋』のさいしょに、昭和三年の短歌が二つある。

一月一日父逝く

音もなくくづほれてゆく線香のま白き灰に更くる夜半かな

漸くに張物終へてどつかりと坐れば甘い花の香がする

そして、昭和二十年の短歌

今日も啼く郭公よたまさかは征旅の夫の言伝も啼け

歌集の名前は、昭和四十二年作の短歌

盗まれしを吾が知らざりき戻り来し花便箋の明るく淋し

からとった、と川端さんのあとがきにある。川端さんのちいさな文房具店から花便箋をとっていたのは、小学生の女の子あたりだったのだろうか。川端さんの店は小学生相手の店だったようだ。

昭和四十八年の作の

ペンを取る吾が手に残る牛蒡の香今宵素直に手紙を書きぬ

という短歌なども好きだ。でも、こういう短歌が好きなのは、ぼくが文学老年だからではないか。ぼくは自分が文学青年だと考えたことはなかった。しかし、いまになって、ぼくはやはり文学青年なんだなあとおもう。文学老年と言ったのは、ぼくの年齢では文学青年ではおかしいという世間的な考えからだけど、やはり文学青年なのだろう。歳をとっても青年の気持、なんてことではない。どうにも青くさいのだ。

そして、ショルダーバッグのなかに文庫本の哲学の翻訳書をもってあるいてるのは、哲学青年ってところもあるか。文学青年と哲学青年とは水と油でまるでちがうとおもってるのは、おたがいの偏見だろうが、とくに文学青年のほうが偏見が強いかもしれない。

哲学の人たちのなかには、文学にたいしてじつに純なココロをもった人がいる。こんなに純なココロは、自分は文学の者だとおもってる人にはないかもしれない。ただ、哲学の人たちは、なんでも、それはどういうことか、とがちがち問いつづけるはずなのに、文学とはなんか、と哲学の人が問うたのは、きいたことがないような気がする。おれたちはそんなヒマ人じゃないよ、と哲学の人たちは苦笑するかな。

歌集『花便箋』の出版記念会であった川端幸さんは、七十四歳ということだが、色が白く、ニコニコおだやかだった。それに、かわいくも見えた。かわいく、しっかりして、世間的に言うならばインテリなのではないか、とおもった。しかし、川端幸さんがインテリでも、それは当然のことで、どうってことはない。

ぼくは昭和十二年（一九三七年）福岡の西新町の西南学院中学部にはいり、二年生の一学期までいた。そのあいだ、川端幸さんのうちに、なん度もいった。川端さん夫婦は今川焼の店をやってたのだ。ぼくは甘いものはきらいな子供ということになっていた。しかし、川端さんの店の餡がたくさんはいった今川焼はおいしかった。ぼく自身でもおどろいた。そして、それが思い出みたいになった。戦争のため、このあと、ほんの一、二年で、甘いものなどはうんとすくなくなった。

川端さんの店は福岡の唐人町の海に近いところにあった。唐人町の商店街には木レンガを敷いた通りがあり、ぼくはロマンチックにおもった。唐人町という町の名も、ぼくが育った広島県の軍港町呉にはないものだった。

今川焼（という名前ではなかったかもしれない。回転焼とか、二重焼とか……）をたべ、おみやげまでもらったりしたかえり、ぼくは地行《じぎょう》の海のそばをあるき、西新町との境の川の河口まできて、この河口を泳いでわたれたらなあ、といつもおもった。ぼくがいた西南学院中学部の寄宿舎は、裏は百々地《ももち》の海岸の砂浜で、この河口をわたると、たいへん近道だ。着ている学生服やおみやげの今川焼を頭の上にのっけて河口を泳いでる自分の姿を、なんども想像した。川端さん夫婦が今川焼の代をとらないので、あいすまない気持がしたのもおぼえている。

五十年近くまえのことなのに、そのころの川端さんの奥さんと、出版記念会であった川端さんとはあまりかわらないように感じたが、これは、よくあることのようだけど、やはりふしぎなことではないか。川端さんの奥さんというそれこそイメージが、ぼくにできてしまっていて、それが、目の前の川端さんとかさなり、川端さんになるといったふうより、なにか、ぼくはあまえているのではないか。あまえのなかにあまえこんでいて、川端さんはいつまでも川端さんだというような……。

川端幸さんの歌集『花便箋』の出版記念会では、テーブルが二列にタテにならんでたと言っても、広いタタミの間なので、あいだにかなりのスペースがあり、テーブルにいる者が、指名されるごとに立ちあがって、川端さんに歌集出版のお祝を言った。

そのお祝の言葉のなかで、二列のテーブルにむきあった奥のテーブルに、川端さんをまんなかに、右に加藤牧師、左に猪城淳さんがいるのは、猪城淳さんが牧師だというだけでなく、この歌集をつくった人だからだ、とだれかが言った。

じつは、この日は日曜日で、ここで福岡アサ会の郊外の礼拝があり、そのあと、教会員の出版記念会になったようで、ぼくはおくれて、もうお祝がはじまってから顔をだした。福岡市の荒江にある福岡アサ会の教会は加藤牧師が牧師だが、猪城淳さんも牧師の仕事をしている。そして、猪城淳さんは本もつくる。

戦災にあうまで、猪城さんのうちは、博多のなかでもたいへんに博多っぽい川端で印刷屋をやっていた。たぶん昭和十八年（一九四三年）ぼくは川端の猪城さんのうちにいった。近所の櫛田神社の有名な博多祇園山笠のお祭りで、猪城淳さんの兄さんの猪城博之さんをたずねたのだ。

そのころ、ぼくは旧制福岡高等学校の生徒で、猪城博之さんは九州大学文学部の哲学科の学生だったが、あと二週間で入営することがきまっていた。

猪城博之さんは、ぼくがたずねた日に祭りの神輿をかついだ。これはたいへんに意外なことだった。当時は大学生が神輿かつぐなんて信じられなかった。まして、あの哲学の異才の猪城さんが……。

昭和十七年四月、ぼくが旧制福岡高等学校に入学するのといれちがいに、猪城さんは九州大学にはいった。だから、旧制福高でいっしょだったことはないが、猪城さんはすごい先輩だと評判だった。そして、なにかで、九大生の猪城さんとあったのだろう。福岡アサ会の牧師河野博範先生をとおしてかもしれない。河野先生とぼくの父はいっしょにアサ会という、どこの派にも属さない教会をつくった。河野先生も九大をでている。

この祭りの日、猪城さんは神輿をかついで、足にケガをした。すり傷だが、片足の膝から下をべっちゃりすりむき、二週間後には入営なので、みんな心配した。でも、猪城さんは元気だった。から元気ではあるまい。ぼくは軍隊がこわくてしようがなかったが、猪城さんは入営なんて平気だったのかもしれない。いま、これを書いていて、そうおもいだした。また、猪城さんが町内の若い衆といっしょに神輿をかついだりしたのは、博多っ子だったんだなあ、と、これもいま気がついた。

だいたい、猪城さんは度胸がよかった。その度胸と哲学とがよくあった。びくびくしてなく、度胸があるのは、どこかぬけていて、考えがとらわれず、哲学をするにはむいてるのだろう。

猪城淳さんも立って、歌集『花便箋』の本つくりのことを言った。なんとかだから、なんとかの活字をつかいたかったが、ぜんぶなんとかの活字をそろえることはできなかった、と猪城淳さんははなした。なんとかの活字というのは、明朝みたいな音ではなかった。そして、猪城淳さんは、この本につかった、いくつかの紙のことを、わりと長くしゃべった。これは、すこし意外だった。しかし、本というのは紙と活字でできてるもので、紙はだいじというより、紙がなくては本はできない。もっとも、本は紙と活字、なんて整理してみるのもおもしろいが、それでにげてしまうものもあるだろう。

近ごろの本の紙はなんとかがおおく、こういう本は、なにもしないでも、紙がぼろぼろになり、本がくずれてちぢまって、本が消えてしまうようなことを、猪城淳さんは言った。終戦後のある時期、石けんの質がわるくて、つかわないでおいておいても、石けんがだんだん痩せて、ほそくなり、やがて消えてしまうことがあった。風呂場などの、石けんをおいておいたところに、姿を消した石けんのシミがかすかに残ったりしてるのはおかしかった。いや、本がくずれて消えてしまうような紙はつかってない、と猪城淳さんははなした。

しかし、川端幸さんのこの歌集は、けっして豪華本といったものではない。だいいち、ハードカバーでもない。

また、猪城淳さんのはなしかたも、れいの水くらげのほそい足が透明にからみあうようなぐあいで、力がない。本つくりの苦心談といったものは、まるっきりない。こうやって、この本をつくりました、と報告してるだけのようだ。

でも、世のなかでは、苦心談のほうが認められる。苦心談でないとウケない。出世しない。金ももうからない。

なん年かまえ、ぼくの短篇集が出版され、いくらか評判になって、文学賞をもらったりした。この短篇集のことを、種あかしはざんねんだ、とある作家が言った。この作家とは、長いつきあいで、ぼくはこの作家を信用している。具体的にあれこれおそわり、そのおそわることが、ああ、そうか、とくるっとひっくりかえして見せてもらうようなぐあいで、信用してるのだ。

この作家が言おうとしてるのは、それまで、ぼくは小説を書いてきたが、あまり認められなかった、それで、ぼくはじれったくなったのか、自分はこんなふうにして小説を書いている、と種あかしをしたのが、この短篇集だ。小説はただ小説を書けばいいのであって、小説の種あかしの小説はつまらない、といったことだろう。ぼくがまえに書いた、種あかしなぞしてない小説のほうが好きだ、とその作家は言っている。

猪城淳さんはこの歌集をつくったはなしはしたが、本つくりの苦心談などはしなかった。しかし、ぼくは、あの短篇集で、自分はこんなふうに、世間とはちがった、ものごとのうけとりかた（つまりは書きかた）をしてる、とくりかえしていたのではないか。小説を見れば、ひととはちがう書きかたをしてればわかる。それを、ひととはちがう書きかたをしてますよ、と小説で書くのは、まったくよけいな種あかしかもしれない。

この出版記念会では、ぼくは猪城淳さんの兄さんの猪城博之さんとテーブルでならんですわっていた。猪城博之先輩は九州大学教養部の倫理学の教授をしている。

先輩などと言うと、甘ったれて、キモチわるくきこえるかもしれないが、事実、ぼくは猪城さんには甘ったれている。甘ったれると、とりあえずのんびりする。この福岡での一日は、ほんとにのんびりした。

猪城先輩とはあれこれはなしたが、「コミマサが書いてるのを読むと、四年ぐらい兵隊にいってたような気がするなあ」と先輩はわらった。

ぼくは昭和十九年の暮れに山口連隊に入営するとすぐ、博多港をでて、列車で朝鮮半島、南満州をとおって中国にはいり、終戦は湖南省だった。ほかの古兵さんたちにくらべると、初年兵のわずかな月日だ。もっとも、終戦後はまる一年、中国にいた。

賞をもらった短篇集は、さいしょの一短篇のほかは、中国でのことになっている。でも、これも、中国戦線での四年ぶんぐらいに見えたらと、反省しなければいけない、兵隊でいたいたように読まれたとしたら、たいへんにこまるが、あんがいそんなふうに読まれてるのか。

昭和十七年四月、ぼくは旧制福岡高等学校に入学し、猪城さんはもう福高を卒業して九州大学の学生だったが、ぼくのことを、やたらはしゃいで、ちゃらちゃらしゃべる男のコだとおもっただろう。そのとき、ぼくは十六歳だった。

それは、いまだにかわらず、猪城さんが「コミマサは……」と言うとうれしく、甘ったれている。

そして、あいかわらず、ちゃらちゃら、とりとめもなくしゃべる。でも、ちゃらちゃらしゃべって、兵隊で中国にいたあいだが四年ぶんぐらいにきこえてはいけない。

猪城淳さんが送ってくれた『受』も、淳さんがつくった本だ。この本も、猪城淳さんがつくろうとおもいたってから、あれこれ考え、長い年月をかけたにちがいない。淳さんは、この本のあとがきのはじめに、こう書いている。

——本書は田中遵聖先生が「アサ」誌に「受」と題して、昭和二十二年三月より昭和二十六年九月までに連載された文章のすべてである。田中先生の主著とも言える本書が一冊の本になって上梓される事は、久しく私の念願であったが、時熟してここに自らの手で発行することが許され、これにまさる喜びはない。

田中遵聖はぼくの父だが、遵聖という名前のことで、ぼくは弁解したい気持がある。ぼくの父は、自分の名については、なにも言わなかったのに、息子のぼくが弁解じみたことをしゃべるのは、よけいなことだが、ぼくが小人物だからだろう。

遵聖というのは、聖によりしたがうという意味だとおもう。本人が聖なのではない。ニンゲンが自分で聖を名のるなど、とんでもないことだ。

マタイによる福音書一九章一六節、一七節にはこう書いてある。

——すると、ひとりの人《ひと》がイエスに近寄《ちかよ》ってきて言《い》った。「先生《せんせい》、永遠《えいえん》の生命《せいめい》を得《え》るためには、どんなよいことをしたらいいでしょうか」。イエスは言《い》われた、「なぜよい事《こと》についてわたしに尋《たず》ねるのか。よいかたはただひとりだけである。……」

イエスは、よいかたはただひとりだけである、と言っている。神のことだろう。イエスは、自分をよいとはおもってはいない。また、よいことをおしえる者だともおもってもいないらしい。よいかたと言えば神だけだから、よいことを学びたいなら、神からならいなさい、ってことか。

ただし、ニンゲンのよいこと、善《よ》いおこないによって、永遠の生命なんてものが得られるかどうか。石原謙訳のマルティン・ルター『キリスト者の自由　聖書への序言』（岩波文庫）には、

――たといあなたが足の爪先までも純粋に善行のみであっても、それによって義とされもしないし、……といったことがたくさんでてくる。信仰のみが人間の義であり……なぜなら充実はあらゆる行いにさきだって信仰によりなされ、充たされた後に行いが随伴しなければいけないので……。

まず信仰、なによりも信仰、信仰がなくて、神の戒めの実行も善行もない、とルターはくりかえしているのだろうか。

ともかく、イエスは「よいかたはただひとりだけである。」と言っている。まして、自分は聖なる者であるなどとは、どこでも言ってないだろう。

遵聖も、聖にしたがう、父にすれば、聖にしたがわせられる、ってところだろうが、コドモのぼくには、聖の文字がひっかかった。大げさなともおもったのだろう。

それに、父は日曜日などの教会の集りの説教でも、聖ってことは、あまり言ってないとおもう。この本『受』のなかにも聖者なんてのがでてくるが、アイロニカルな言いかたで、世間では聖者とされていても、父とはカンケイない人のことだ。

そんなふうなのに、しちくどいが、聖につきしたがう、聖にしたがわせられることにしても、なぜ遵聖という名前をつけたのか。

でも、父はこの名前をいただいたのだろう。なにからいただいたのか。上からと父は言うだろうか。イエスからか、イエスの十字架からか……。

もともと、神からいただいた、みたいな言いかたは、ぼくはきらいだ。自分でかってにやっといて、それも、たいてい欲をかいてのぞんだことがそのとおりになって、神さまのおかげ、神さまからいただいたなど、考えが甘くて、ずうずうしい。

しかし、やはり父はいただいたのだろう。それは、この本『受』にあるウケなのか。ただし、その説明はむつかしい。いただいたことのない者には、いただくことをいくら説明してもわからないし、だが、いただいたことがあれば、すっと、それがとおる……というのも、わかりやすいが、インチキな説明ではないか。

こういう説明をきくと、神秘的な宗教体験をおもうけど、父がいただいた、受けさせられたものは宗教体験ではない。宗教という名前がつこうがつくまいが、体験ではない。神秘主義でもない。おまけに信仰でもない。おまけにと言ったが、信仰ではない、というのが中心のようだ。その中心も、ニンゲンの中心に格があったり、ニンゲンは神から創られたものだから、堕落してくらいからだになっていても、信仰により、もともとあった神性のかけらに灯がともる、なんてことでもないらしい。

言葉尻から、ぼくはわからないまま、中心みたいなことしゃべったが、中心はからっぽで、からっぽだから、そこに上からの息吹がつらぬきとおっていく……。

ここでも説明がむつかしいのは、からっぽと言っても、虚心坦懐とはカンケイない。聖者や聖人、あるいは悟りをひらいた人には虚心坦懐も似合うかもしれない。また、虚心坦懐でなきゃ、悟りもひらかれまい。でも、悟りではしようがない、と父は言ってるようだ。この本『受』でも、いわゆる悟るようなときは、浄《きよ》らかなものを受けることがはじまりの場合がおおいのかもしれないが、それがすぐ、悟った状態、心境になるのは、父にはこまるらしい。心境になったら、もうよそのこと、と父はくりかえしているようだ。

しかし、こうなると、安心立命なんてこととは、ほど遠くなる。だったら、なんのための宗教なのか、と世間の人たちは言うだろう。お寺にまいり、教会にいき、きよらかな心になり、うまくいくと生死をわすれる、そんなのが、宗教のありがたみではないかと。

地獄の底でアメン、と父は言っていた。アメンのために、わざわざ地獄にいくというのではあるまい。自分のいるところが地獄でも、アメンがつきあげてくる。

父は信仰を疑いだした。信仰をもてなくなった。おかしくなったのは、だいぶまえからだろう。

大正八年三月、父は東京市牛込区左内町にあった東京学院神学部を卒業し、福岡県若松市のバプテスト教会牧師になった。東京学院はバプテスト系で、横浜にある関東学院の前身ではないか。そして、大正十年九月末、父は東京市千駄谷町の東京市民教会にきた。久布白直勝牧師がつくった教会だが、教会の建物が完成し、つぎの日曜日から礼拝を、というときに久布白牧師はなくなった。

久布白直勝牧師がアメリカ西海岸のシアトルの日本人組合教会の牧師のとき、一九一二年（明治四十五年）父は洗礼をうけた。久布白直勝牧師は大正九年六月に四十一歳でなくなったが、夫人の久布白落実さんは、のちに矯風会会長になり、廃娼運動のリーダーで、著書もいくつかある。

久布白直勝牧師は熊本県の士族で、気骨稜々の武士気質《かたぎ》だった、と野口末彦氏の追悼文にある。そして、カリフォルニア大学バークレイ校のあるバークレイのユニテリアン神学校にいったのは、新しい自由なキリスト教をめざしたのだろう。新設の神学校で、学生はたった二人だったとか。ユニテリアンは理屈っぽいときいていた。ぼくの父も、もともとは理屈っぽい男だったのだろう。父は久布白牧師にあい、つぎからつぎに理屈をならべたのではないか。

ただ、父はあんまり理屈っぽすぎて、おかしくなった。どんどん理屈でつきすすむと、ゲーデルの法則ではないけど、理屈ではにっちもさっちもいかなくなる。

広島県呉市の三津田の山の中腹に、父は自分たちの教会「アサ会」をつくったが、ぼくの妹の夫の伊藤八郎が、父が死んだあとは牧師をやっている。その伊藤八郎がつくった父の小伝に、昭和二年五月十二日小倉市下到津丘上において絶望の極致にありて十字架上の主の御支えを強く感じせしめられる、と書いてある。

絶望の極致にありて、というのがおもしろい。父はドン底ということを、よく言った。ドン底からのアメンだったのだ。これは、自分がドン底、地獄にいるとわからなければ、アメンはわからないというところもあるだろうが、アメンがきて、うちくだかれ、ああ、自分はまっくらなドン底にいるんだなとわかり、そのドン底にもアメンがのぞんでくる、といったぐあいか。

しかし、久布白直勝牧師は絶望の極致にもドン底にもいっていまい。久布白牧師はバークレイの神学校を卒業したあと、ハーバード大学で一年間勉強し、シアトルの日本人組合の牧師になったのだが、そのころから結核がついてまわり、たいへんなからだだったのに、いつも理想をかかげ、大正八年刊の久布白牧師のただ一つの著書『基督教の新建設』でも、自分は楽観主義だと書いている。幼稚っぽくきこえそうだが、悲観主義では理想はもてない。

でも、世間的には理想はけっこうだけど、父には縁がなくなる。理想はニンゲンがうちたて、自分がうちたてた理想にむかってすすんでいく。ニンゲンからでて、ニンゲンをひっぱっていくのだ。これでは、父はしようがない。主が主となる。イエスがイエスとしてとおっていく。ただそれだけ、というのか。

またまた、説明がむつかしくなったが、イエスは理想をかかげた人だったか。悟った人だったか。この世に神の国をつくるのが理想だと言う人もあるだろう。しかし、ニンゲンが神の国をつくるのか。クリスチャンは敬虔、敬虔なクリスチャン、と敬虔はクリスチャンの代名詞みたいになってるけど、ニンゲンが神の国をつくるなど、敬虔どころか、なんとおもいあがってることか。父は、神の国は、イエスが御国《みくに》をたずさえ、神の国をまるごともってのぞんでくる、みたいなことを言っていた。

あとがきで猪城淳さんが書いてるように、この本『受』は父が「アサ」誌に昭和二十二年三月から昭和二十六年九月までに「受」と題してのせたもののようだ。アサ誌は父たちの教会のだいたい月刊のパンフレットだったのだろう。昭和六年十二月に「アサ」発刊のことばがあり、戦争がはげしくなったためか、昭和十九年五月二十日、一三巻第五号、一四九号に、父の廃刊の言葉がある。

そして、昭和二十一年に再刊一号がでて、昭和二十六年の再刊五二号が最後の号らしい。

いまの呉の教会の牧師の伊藤八郎がつくった父の説教集、『主は偕《とも》にあり』のうしろのほうに、アサ誌創刊号の縮刷写真版があるが、これは五段組で、一行の活字は一二文字。ぼくの記憶では、週刊誌ぐらいの、ふつうの大きさのパンフレットで、二つに折って四ページだったようにおもう。

父がはなしたことをテープにとり文字にしたのと、父が一行一二文字で書いた文章とではちがってあたりまえだが、どこがどうちがうかは、ぼくには言えない。それに、父の説教集や説教ノートはあっても、父が書いた本というのは、これがはじめてではないか。『受』は、あんがいはやく読めた。そのことで、順序だってではなく、かってにおしゃべりをさせていただく。また、これまで、ぼくはなにかの本から引用するとき、句読点や漢字かななど、そっくりそのまま引用してきた。あたりまえのことだ。しかし、ここでは、それもかってにやらせていただく。許せないことかもしれない。こんなふうにして、だれかが書いたもの、はなしたことが、だんだんいびつにかわっていくとしたら、たいへんにわるいことだが、あまえて、かってにやる。父はぼくの父で、ぼくは息子だからといった甘えかどうかは、ぼくにはわからない。だいいち、父が言うアメンがわからないぼくは、息子でもなんでもないとも言える。でも、ぼくは小心だし、主張とか考えもないから、せいぜい句読点をふやしたり、漢字をかなにかえるぐらいのことだろう。

〈受（三）五　受けにおいて、はじめて救いの根本義にふれる。救いは、救われる願いに発する信仰を本位とせぬ。たとえ救うものが摂取するという信仰型でもおなじことである。この摂取信仰型では内的に信受という言葉を使っている。

受では信仰の「信」を許さぬのである。なぜなら中《ちゅう》する事実によって営まれる宗教では、信ずることによっておこる（もの）は、なにもないからである。もしここに絶対他力があるとすれば、そこには念仏はおろか信さえいらぬはずである。このことは事実受けにおいて明らかになる重要点である。

この重要点に気づけば、宗教とは神が神することで、人間が願望満足のために迫ったり、信受しようとするものではないことを、だいいちに知らされるのである。

受けの救は、神の中《ちゅう》、すなわち神の行するところに摂取され、ひとつ動きにあずかることで、人間の救い願望の成功所ではない。ましてや（神と人間との）相関性ではないから、こちらの信と先方の救い願望とが合致することでもない。

受けの救は空《くう》せられつつゆく救いで、そこには神が神する事実にあれば、人が仏となることを前提としたものではない。たとえ自らを否定し高次の恵みに救われると仮定しても、そこはそのまま人にかえって、神と関係せぬのである。（以下略）〉

中《ちゅう》と空《くう》のルビをふった。カッコのなかのことも、ぼくが書きそえた。中《ちゅう》とはなにか。なにかではなく、父の言いかたによれば、中は中する事実だろう。中なんて言葉は聖書のなかにはあるまい。でも、中とは、神が神すること、イエスがイエスであること、イエスの十字架がつらぬきとおすこと、といったところか。

父は事実ということを、よく言った。宗教はなによりも事実だ、とくりかえした。もちろん理性判断ではない。理性判断的なドグマ、教義みたいなことからキリスト教をきりはなしたとして、久布白直勝牧師はカントをほめている。

世間の考えでは、宗教ぐらい事実から遠いものはないだろうに、父には、これこそが事実だったらしい。

受けの救は空《くう》せられつつゆく救いで、の空も説明できないが、イエスを受けて救われても、ああ救われたと意識や自覚、ましてや心境にならないで、そこが空になり、空せられていくということだろうか。空なんてことも聖書にはあるまいが、空も中も、父はイエスにおそわったのだろう。

キリスト教は、信仰が出発点になっている。父も信仰があるつもりだったらしい。ところが、それがぐらついてきた。ぼくの想像だが、キリスト教の伝統のなかにいる人たち、欧米人などの信仰を見て、父はこりゃかなわない、とおもったのではないか。その意志と持続性はとうていニホン人には真似できない。

でも、意志とか信仰とか言っても、それはニンゲンからでたもので、もしかしたら、神には関係ないのではないか。やはり、人にかえって、神に関係せぬのではないか。

石原謙訳のマルティン・ルター著『キリスト者の自由　聖書への序言』で、ルターは、まず信仰、なによりも信仰、とくりかえしてるみたいだ、とぼくは言ったけど、この本のなかの「聖パウロのローマ人にあたへた手紙への序言」には、こんなことも書いてある。

……すなはち彼等は福音をききはするが上滑りし、そして自身の力から心のうちに一つの思想をつくりだして「わたしは信ずる」と言ひ、これこそ本当の信仰であると判定する。けれどもそれは、心の根の全く関知しない人間的な作りごとであり思ひつきに過ぎないので、これは何もなし得ないし、そこから何の改善をも生じないのである。

これなどは、父が言ってることと、ひじょうに似ている。ルターのまわりでも、自分の信仰を誇るような人で、それが自分からでた人間的な作りごとみたいのが、いやというほどあったのだろう。また、信仰を誇ったりしない、いわゆる敬虔な人でも、じつはしずかなガンコ者といったのがある。こういうのを相手にするのが、いちばんくたびれる。ついでだが、ルターのこの文中で思想がケナされてるのがおもしろい。思想をりっぱなもののようにおもう人はおおいが、いったい思想とはなにか？　思想とよばれるものみたいにあいまいなものを信ずるとは、いくらか考えが甘いのではないか。ルターのこの文は行がかわって――

しかし信仰はわれわれのうちに働きたもう神の御業で、となる。信仰はわれわれ人間が心のなかにこしらえて持つものではなく、神の御業だというのだろう。だが、それにつづいてルターが書いていること、――ヨハネによる福音書第一章にあるようにわれわれをかえて新しく神からうまれさせ（一三節）古いアダムを殺し、心も精神も念いもすべての力も、われわれをまったく別人となし、……というのは、父とはちがうのではないか。

イエスの十字架にあずかって、それまでの罪はすべてあらいきよめられ、新生した神の子として、みたいなことを、ふつうキリスト教では言う。でも、父は、一度十字架にあずかれば、すべては……みたいではなかった。生れかわってきよらかに、ってぐあいにはいかないのだ。十字架にあいながら、こばみ、さからい、……それでもドン底、地獄の底で十字架にぶつかられ……。このすこしあとで、ルターは書いている。

〈信仰は神の恩恵への生ける断乎たる確信で、人はそのために千度でも死ぬのを厭わないほどに確かなことである。〉

確信というのは、いかにも人間的な言葉だが、生ける断乎たる確信というと、父ふうの言いかたをすると、そこに事実するものがあったのかもしれない。ただ、人はそのために千度でも死ぬのを厭わないほどに確かなことである、というのは、おそらく誇張ではないだろうし、まったくかなわないという気がする。

ともかく、父みたいに、さっぱりと信仰はもてないってのは、キリスト教の伝統のなかにある人には、とんでもないことにおもえるのではないか。先祖代々のキリスト教の人たちは、対個人の神なんてチャチなものではなく、自分が生れるまえから、神はあるのだろう。

どうしようもなく神はある。その神を信仰し、神は信仰をうけてくれる。ずーっと昔からきまってることだ、と。

キリスト教の伝統のなかにあって、とくべつ意識しない人たちはらくだが、なにかを書いたりするときは、やはり意識するから、あれこれ書かれたものを読んでると、この神とニンゲンとの相関性については、いろいろ苦労が見える。それが理屈の苦労のおもしろさになったり、甘美にもおもえる。それこそ、こちらの信と先方の救い願望とが合致したと感じると、理屈もとおるようだし、たいへんなよろこびだろう。くりかえすが、みんな苦心するところだ。しかし、父は、あっさり、ましては（神と人間との）相関性ではない、と言う。かんたん明瞭のようだが、こんなところを、わかってくれる人は、きわめてすくない。宗教の自殺みたいなものだからか。父は宗教という言葉をつかうが、もちろん、ニンゲン文化のうちの宗教ではない。神の宗教と言ったらおかしなものだけど、神の宗教なのだろう。

〈受（三）六　受けにきて、信仰英雄が消える。ここでいう英雄とは、英雄的発心が自己興奮によったもので、たとえ、それがひじょうな感動をあたえるものであったとしても、またそれがいかなる因縁由来を背景にしたとしても、中するものに動かされつつゆくものでないかぎり、それは受けにははいらぬのである。時代時代に生きる信仰的英雄型はしばしばあらわれる。今は末世なるが故にとか、国難来るとか、この世はかくあらねばならぬとか、預言者型によくみるのである。されど英雄型信仰者がいかに華々しくあっても、主が御十字架を前に「此酒杯を我より取り去り給へ」と三度までも十字架回避を祈られしことは信仰的英雄型をくつがえして「御意《みこころ》のままに成し給へ」と中するものの前にみずからを置かれしことを記憶すべきである。〉

　十字架上のイエスのことは、この本のおわりのほうにも書いてある。

〈このように生けるものを遠ざけるために、信条や冷い合理的なものを前において、これに答えようとするのは理想型のもつ悲劇である。

　この悲劇は主の十字架上の最後の御言葉。わが神、わが神、何ぞ、我を見捨て給いし、のこの原意四語に対して、信条より合理化への悲劇と大ろうばいとなった。

　これを詩（篇）二二篇の冒頭と同語なる理由のもとに、主は十字架において、詩（篇）の二二篇を朗読されて、

「霊をわたした」と解し、（ルカによる福音書第二三章四六節。そのとき、イエスは声高《こえたか》く叫《さけ》んで

言《い》われた、「父《ちち》よ、わたしの霊《れい》をみ手《て》にゆだねます」。こう言《い》ってついに息《いき》をひきとられた。）

これをごまかそうとする。これによっても十字架の主はどこに、その救いの本質を現したもうたか。それを見失っている。〉

マタイによる福音書の第二七章四六節には、そして三時《じ》ごろに、イエスは大声《おおごえ》で叫《さけ》んで、「エリ、エリ、レマ、サバクタニ」と言《い》われた。それは「わが神《かみ》、わが神《かみ》、どうしてわたしをお見捨《みすて》になったのですか」という意味《いみ》である。とある。また、マルコによる福音書の第一五章三四節にも、ほぼおなじことがのっている。

これには、それこそ信条や理想が好きなクリスチャンたちは、こまってしまった。みずからすすんで十字架についたはずのイエスが、さいごになって、とんでもないことを口にした。信条派にとっては、その信条がひっくりかえる。イエスは死をもおそれないりっぱな人、いや、それ以上に神の子、神のひとり子ではなかったのか。

ところが、詩篇の第二二篇一節のはじめの言葉は、わが神《かみ》、わが神《かみ》、なにゆえにわたしを捨《す》てられるのですか。となっている。

それまでも、たびたび、イエスは「旧約聖書」のなかの言葉をとって、はなしている、これも詩篇二二篇からの引用で、「わが神《かみ》、わが神《かみ》、どうしてわたしをお見捨《みすて》になったのですか」というそこだけを見てはいけない。詩篇二二篇のぜんたいを見て、イエスが言おうとしたこと……というのが、ややジョーシキになっていた。

ドラマの主人公としてのイエスや理想のイエスが、そのブチこわしになるようなことを言ってはいけない、ってところか。

しかし、イエスは最後まで毅然としてたといった信仰的英雄型ではなかった。「御意《みこころ》のままに成し給へ」と中するものの前に自らを置かれしことを記憶すべきである、と父は言う。

父がこの『受』を書いたアサ誌は戦後の再刊だが、はじめは昭和六年十二月に発刊されている。たしか昭和六年、ぼくが小学校の一年生のとき、うちは呉市の中心部の本通九丁目のぞろぞろ人どおりのおおいところから、おなじ呉市の三津田の山の中腹にうつった。父は本通九丁目のバプテスト教会を出て（追われ）ここに、どこの派にも属さない、自分たちの教会をつくった。

アサ誌は、二つに折って四ページのパンフレットで、ほとんど父が書いた。父が書いてるところを、ぼくは見ている。ふだんは子供たちにやさしい牧師が、説教の草稿をつくったり、なにかを書いたりするときは、一室にとじこもり、きびしい態度になる、なんてことはよくきいたり読んだりした。しかし、父はそんなことはなかった。ぼくや一歳下の妹がうちのなかでさわげば、父もこまっただろうが、叱られたおぼえはない。だいたい、父は子供を叱ったりはしなかった。でも、父ははげしい気性だったにちがいない。このアメンのはげしさ。同時に、アメンによって気性のはげしさみたいなものも、うばわれていたのではないか。

説教の草稿を書くときのきびしさみたいなことは、父にはおかしかったのだろう。牧師などの柔和な顔、敬虔な態度、きびしい行動……自分がそっちの側だったから、そういう芝居はうんと見てきた、と父は言っていた。もっとも、これは柔和な顔、敬虔な顔、とお面をつけるようだと、まずいのだろう。やはり、柔和な気持、敬虔な気持にならなきゃ。でも、それでも芝居だということはかわらない。でも、芝居でもなんでも、敬虔な気持や態度でいるほうが、アーメンとわめきながら敬虔でないよりはよっぽどまし、と言う人のほうがうんとおおいだろう。

　この本『受』を、もうすこし、ぱらぱらめくってみよう。受（四）二から。〈この両面（哲学と宗教）はその反面を得て、たがいに有無つうずる仲で、いき得ぬところを、たがいに譲りあう。そして、両者うちそろえば、天地の理法を手のうちにおさめ得ると過信するにいたる。「哲学はとうてい宗教ではないから、宗教分野にまでふみいるものではない」などと謙そんしながらも、「絶対の現成は、相対的自己還相だ」などという論法を宗教にあてはめて、たがいに敬したり、たがいに隠れ家となっていく。に係らず（そんなふうなのに、そんなふうだから）受における神との関係は見えず、かしこからんと知と信との両道の合一に成功し（たとおもい）人間が知をもち、信のたしかさをにぎったそのとき、神からおいだされる者となった。

　同列の知と信の両者一体の完成が、（じつは）滅《ほろ》びだとは、受だけが知り、また語るものではないか。

　愛知の主動が愛知の滅《ほろ》び。ここでは迷いが途中からはじまるのではなしに、聡明な迷いからはじまっている。このように知中心の判断が信を得て、神を失える不明没入の幕をあけた。

　これは知と信の同行者が主導者の地位につくところでは、ウケをこばんでいれない証しである。知信（知性と信仰）の一致こそ、世界人類文化の高峰であると確信するとき、その淋しさを告げる者こそ古代人であった。〉

　理性（知性）と信仰の合一、両立を、ニホン人が見るとあきれるくらい、あちらの人たちは考えてきたようだ。そのわけはかんたんで、ニンゲンには理性があるし、この人たちには、どうしようもなく信仰があった。げんに、理性と信仰とがある。そして、昔の人は、信仰を理性で説明できるとおもったようだ。ところが、カントあたりから、信仰と理性をわけ、それが両立するものとし、キリスト教の人たち（たぶん、プロテスタントの人たち）はひじょうにすっきりしたものにおもったらしい。

久布白直勝牧師はその著『基督教の新建設』のはじめのほうで書いている。〈……カントは「ドグマチック」と「クリチック」の二つのタイプを哲学上に区別したのであります。ドグマチックと云うは、信仰を智識の上に置ておる哲学です。宗教的信仰はちゃんと一定の定義を以って包み得ると考える処の哲学であります。ドグマ或は信条と言うのが是であります。之に反して批判哲学に於いては信仰と智識の基礎を分るのであります。この信仰と智識の区別は宗教的真理を考究する上に於いて古今未曽有の大発見であります。〉

久布白直勝牧師は大よろこびだ。なにしろ、古今未曽有の大発見にあずかることができたんだもの。でも、信仰と知識（理性）とをわけたのが、新しい考えかただったのに、ニンゲンは知性も感性も身体もいっしょになったものというのが、近ごろではジョーシキみたいになっている。ものの考えには新しいものが古くなり、古いものが新しくなるということがあるのだろうか。

ところが、父は信仰をふりきってしまった。げんに信仰がある、とたくさんの人はおもってるが、父はげんに信仰を維持していけない、とおもいしらされた。そして、信仰がニンゲンからでたものなら、結局はニンゲンにかえってくるだけで、つまらない、と。

また、理性をそれだけで考えるのは便利だけど、これもほんとみたいではないし、知とか信とか言って迷ってるあいだに、受けさせられ、うちくだかれ、ハッとした。

そして、ニホンの古代人にも、知とか信ではなく、受けがあったのではないか、と父はおもう。だいいち、受けるというのはニホン語だ。これは、ニホン独特の言いかたで、ほかの言語には翻訳できないといったことではない。「受ける」というこのニホン語で、ただそれだけのことなのだが。

『受』のさいしょの受三。〈受けは受けて出るミタマにかかる。かかるところは、アサ人（父たちの教会の人）には、主が主としての仰ぎであり、その動きである。

主が主（である）とは、ニンゲンが脱落によって証明したり、そして修養によって素鉱が精鉱に精練されるようなことでないのは、ここにいたって自明である。

受けは物心をつかい、また、これを生かすところにあると言っても、物心の対立を否定し、一如の地位に立ち、さらに転じて迷わざる物心を見るというようなことではない。受けは生き生きとしたミタマの世界にあずかること、物も心もこの動きに貫かるることである。さらば物心から、また一如から通じていくところではない。受けとは下側（受けるほう）自体に道はなく、受けさせられるものなるがゆえに受けという。〉

四畳半の部屋の隅のちいさな机で、父は手紙やアサ誌にのせるものなどを書いている。ちいさな机に、ななめになった厚い台をのっけて、書いている。ぼくもイタズラにその机で字を書いてみたが、たいへん書きにくかった。ぼくが子供で背がひくく、机とそのまた上に台があるので、高すぎたのかもしれない。

くりかえすが、この本『受』は昭和二十二年から二十六年にかけて、父が再刊アサ誌に書いた「受」を本にしたものだけど、本になったのが昭和五十九年だというのが、おかしい。

そして、いま、ぼくはそれを読んでいる。これは、いったいどういうことだろう。こんなつぶやきはセンチメンタルなものか。ぼくが父の息子だってことも、おかしい。

モナドは窓がない

西海岸の久布白先生

鐘が鳴っている。ぼくは机のまえにすわって、鐘の音をきいていた。耳をすますといったふうではない。ただ、ぼんやり……と言うと、そんな言いかたではきまってしまいそうだが、もっとvoidな気持だったかもしれない。たしか米軍の医学研究所ではたらいていたころ、なにかの紙に、つづけてvoid, void, void……と書いたことがあった。生化学部での検査《テスト》のレポートだろうか。

そんなvoidな気持から、すこしいらだってズレこんで、ぼくはあわてだした。あわてて、机の上の時計をさがす。机の上にはあれこれごたごたのっかり、時計はその下にもぐりこんでいる。いや、あれこれはウソだ。そんなにあれこれはない。ごたごたのっかってるだけで……。

懐中時計をごたごたの下からひっぱりだし、まてよ、と腕時計を見つけた。腕時計のネジを巻き、針を八時半にする。それから懐中時計。鐘が鳴ってるうちに、まず腕時計から、と判断ないし計算したのが、自分でもおかしい。腕時計はわりときちんとうごいている。懐中時計のほうは、やたらにすすむ。時間をあわせたところで、あまりたよりにならない。そのくせ、ぼくは外にでるときは、懐中時計のほうをもちあるいてる。腕時計は手首が痛い。夏はアセモにもなる。もっとも、アセモはそこいらじゅうで、手の甲がアセモで赤く腫れ、静脈といっしょにもりかさなって、手はいつも目の前に見えるせいか、イボ蛙の背中のようにきもちがわるい。

きょう、おきて、枕もとの懐中時計をとなりの部屋の机にもっていくと、時計がとまっていた。腕時計もとまってる。前日、ネジをまかなかったのだろう。

そして、ぼくは枕もとのヤカンをぶらさげて階下《した》におりていき、ヤカンに残った水で歯をみがき、顔をあらった（なんで、このときだけ水を節約するのか）。じつは、そのまえに、ハリを打ってもらってる医者からの漢方薬と近所の医院の糖尿病のクスリを飲もうかどうしようか、とまよった。朝おきるとすぐ、ぼくはこまごまとなやむ。漢方薬は食前一時間に飲んでください、と看護婦さんに言われた。しかし、朝食の一時間前というのはやっかいだ。で、だったら三十分前に、ってことになった。三十分前だとしても、おきてきてすぐ漢方薬を飲んでも、朝食まではわずかな時間しかない。つくってくれた朝食はたべなきゃいけない。もっと朝食をおそくして、なんて言ったら、どんなことになるだろう。おそろしくて、そんなことは言えない。

というわけで、歯をみがき、顔をあらう時間も計算し、そのまえに漢方薬と糖尿病のクスリを飲む日もある。糖尿病のクスリも食前だったのだ。それを食前の漢方薬を飲むようになってから気がついた……というのは、ウソだろうなあ。やはりめんどくさくて、食後にほかのクスリといっしょに飲んでいたのか。

ただし、いつも、歯をみがくまえに漢方薬と糖尿病のクスリを飲むとはきまっていない。歯をみがくまえに水を飲んだりすると、歯をみがくとき、あのげーっというのがこない。ときには、げーっと涙がでることさえあるが、あのげーっはなにかの証拠のようで、快感ですらある。クスリを飲み、水を飲んで、あのげーっがなくなるのはざんねんだ。それで、漢方薬と糖尿病のクスリを飲むのは、歯をみがくまえ、歯をみがいたあと、と一日おきぐらいにかわっている。

もっとも、これは朝だけのことで、ほかのときは、食後服用ならいいほうで、まるっきりクスリは飲まなかったり……。ところが、それをあまり気にしないのならいいんだけど、けっこう気にしながら食後服用や服用ナシだったり……。

……何を食べようか、なにを飲もうかと、自分の命のことでおもいわずらい……空の鳥を見るがよい、まくことも、刈ることもせず……だれが思いわずらったからとて、自分の寿命をわずかでも延ばすことができようか……野の花がどうして育っているか……栄華をきわめたときのソロモンでさえ、この花の一つほどにも着飾ってはいなかった……。

あれあれ、なんだかぼくのズボラにつごうのいい御託みたいだな。でも、ともかく、どうして、ぼくはこんなにおもいわずらうのか。しかも、ほかのひとたちはおもいわずらいながら、そのことを実行している。ぼくはおもいわずらうばかりで、あれこれハンパなことしかしていない。

よけいなことだが、ソロモンの栄華って、どれほどの栄華だったのだろう。聖書がたいへんにポピュラーになり、聖書のなかのこのイエスの言葉もポピュラーなので、ソロモンの栄華もすごい栄華みたいだけどさ。ボンド・ストリートの電車みたいにはやい、というのをよくきいた。ソロモンの栄華もそんなものだったのか。ボンド・ストリートの電車ってのは、どこできいたのかなあ。

きょうは、歯をみがき、顔をあらってから、漢方薬と糖尿病のクスリを飲んだが、歯をみがくとき、いっぺんきりしかげーっとこないで、こんなだったら、さきにクスリを飲んだほうがよかったと後悔した。後悔ばかりしてるが、後悔するのが趣味みたいには、自分ではおもっていない。いっそ、後悔が趣味とかそういう性格ってほうがすっきりするが。

さっき、クスリを飲んでるとき、「なによ、それ？」と顔をしかめられた。「食前のクスリなんだ」。ぼくはこたえた。相手はもっと顔をしかめて、だまってる。目がひかる。「酒を飲んで、クスリを飲んで……」

こんどは、こっちがだまって二階にあがる。そして鐘が鳴り……というわけだ。じつは、朝食まえの二階の部屋でのわずかな時間は、ぼくとしてはけっこういそがしい。まず、その日にやってる映画をしらべる。試写の招待状や時間表に目をとおす。各社の試写の予定表のなん月なん日というところを指でおさえ、映画の題名をよこに見ながら、エンピツのさきで試写の時間をたどっていく。そのほか、みじかい雑文をさっと書いたりする。ほかのときは、のろのろ書いたり、ついに書かなかったりだが、こんなときははやい。でも、朝食まで、せいぜい五分か十分ぐらいだろうか。そのあいだにあせって書いて、あとは一日じゅう、なんにも書かないことのほうがおおい。それに、月のうちわずかでも書いてるのは五、六日だ。

きょうは日曜日なので、試写はない。ふつうの日でも試写のほかは、ほとんど用なんかはなく、まして日曜日に用はない。

それで、void な気持で鐘の音をきいていて、時計がとまっていたのをおもいだし、いくらかあわてて、時計のネジをまき、時計の針を八時半にあわせた。近くのお寺で、朝の八時半に鐘を鳴らすのだ。

　でも、どうもおかしい。おきて、階下《した》におりていったとき、壁時計は九時ごろだったはずだ。お寺の鐘は九時に鳴ることもある。ぼくは懐中時計と腕時計の針を八時半から九時になおした。しかし、まだおかしい。階下の壁時計を見たのはすこしまえだし、壁時計の針は九時もいくらかすぎてるのではないか。

　だったら、どういうお寺の鐘だろう。雨が降ってるが、お寺に鐘のことをききにいくか。お寺の住職には面識はない（とおもう）けど、まえに、ある人がお寺の部屋を借りていた。

　その人はおしゃれで、それも淡いベージュのスーツとか、ひかえ目で凝ったおしゃれだった。ところが、いわゆる背のすらっとした人ではなく、がっしりしたからだつきで、強い訛りがあり、おしゃれな服とは似合わなかった。その訛りだが、強い訛りなのに、どこの土地の訛りなのかわからない。同郷だというべつの男がはなすのとも、ずいぶんちがう。政治家にときどきあるような、独特のしゃべりかただったのではないか。豪放そうに見えて、気もちはやさしくこまかく、酒を飲まない人だった。その人がお寺に部屋をかりていて……三十年以上もまえのことではないか。

　やがて、ベルが鳴った。朝食を知らせるベルだ。昨夜つくった豆腐と若布の味噌汁。サバの煮付、キュウリと大根のヌカ漬けにポテトサラダ。これは皿がすくないほうで、朝食に五つも六つも皿がならぶこともある。たいてい、前夜の残り物だが、朝食にも酒のサカナをとりあえずならべとくようなものか。

　流しのよこのジンの壜を見る。そんなにはへっていない。でも、ジンのまえに山梨県からとりよせるブドウ酒とビールを飲んでいる。

ビールはそのまた前夜の飲み残しのビールだった。前々夜は、銀座から新宿にきてハシゴをした。夜おそくかえってきて、ビールの罎をあけ、すこし飲んだだけで酔いつぶれたのだろう。

きょうも、いくらかあかるくなってから、うつらうつら、トイレにいかなきゃ、とおもった。そんなふうにして、実際におきあがってトイレにいくまでには、どれくらいの時間がたってるのだろうか。なん時ごろだったのかもわからない。枕もとの懐中時計を見たとしても、時計の針はとまっていたんだし。

布団をはねのけて寝ていて、うすら寒く感じたが、これがアテにならない。暑い日が三日ばかりつづいた。そんなときでも、夏布団をかけてなくて寒いようにおもう。ところが、涼しいのをねがうため、そんな感じがするらしく、うすい夏布団をまたかけて寝ると、汗をかいたりする。

きょうはそんなことはなかった。そして、そのあと、もう一度や二度は、眠りがとぎれたかもしれない。そういうときは、からだをよこにすると、また眠りにはいることもある。からだをよこにして寝ると、むりな姿勢で、そのためかくるしい夢をみる。眠りもあさいのだろう。からだの右のほうを下にして寝て、こんどは左、右、また左、右……とからだのむきをかえる。

そのあいだにきれぎれの夢を見る。きょうの夢でおぼえてるのは、ほそながいせまい部屋の窓から映画を見てる夢だ。どんな映画かはわからない。

せまい部屋には、腕白坊主くさい男の子とか、けっしてインテリではない男たちとか、それに、ぼくのガールフレンドらしい若い女のコがそばにいた。ぼくのガールフレンドがでてくる夢なぞはじめてだけど、事件という感じはない。夢は事件なんか平気なところがあり、また事件めいたことだから、夢にでてくる場合もあるのだろう。夢は不可解みたいで、あんがい分析できるようだ。目がさめてるときのことよりも、もっと分析がやさしいのかな。さて、この若い女のコのガールフレンドは、分析すると、どうなるのか。

ともかく、ぼくとガールフレンドは、せまい部屋の窓から映画を見るのを中断して、どこかにいかなきゃいけなくなった。せまい部屋の入口で、ごちゃごちゃ脱いである履物のうちから、ぼくは自分の靴をはいた。夢のなかでも、ぼくは両足ともしびれていて、こういうとき不自由する。

ぼくたちがいくのは、ふたりで借りてる部屋のようで、そこになにかを食べにかえるのか。せまい坂をあがっていく。せいぜい幅一メートルぐらいの、ところどころレンガもつかった坂道。その道にそった、ほそいどぶ川のことを、夢のなかでぼくはおもったようだ。おもうだけで、ほそいどぶ川が見えたわけではない。夢は、ぼくのそばに当然のように若い女のコのガールフレンドがいたりしても平気だが、夢のなかでなにかをおもうのはつらい。いつものくるしい夢だ。これも、もとが、からだをよこにしたつらい夢、くるしい夢のバカみたいなくりかえしか。

もっと眠っていたいのだが、ぐずぐずおきてしまう。夏用のワンピースのような寝巻の胸に手をいれたが、汗はでていない。うすらあかりのころ、トイレにいったときも、こまかな雨が降っていた。雨はありがたい。それほど暑くならないしさ。半ズボンでなく、長いズボンをはくのを、もうかったとおもう。雨がありがたいなんて……。

四日前、赤坂の洋食屋で、ある雑誌の対談があった。対談なんてひさしぶりのことだ。この日は暑かった。しかも、まだ七月のはじめで暑い日には慣れないので、うちをでるとき半ズボンをはいていこうかどうしようか、とまよった。赤坂の洋食屋ではうんと冷房がきいてるだろうし。しかし、私鉄の駅まであるいていく途中、これで長ズボンをはいていたら、たまったもんじゃないなとおもった。下着と長ズボンはショルダー・バッグのなかにいれていた。バッグはふくれて、これもいやな気持だ。

私鉄の電車と地下鉄をふたつも乗りすごし、赤坂で道にまよって、その洋食屋についたときは、もうみんなそろい、いちばん奥のぼくの席だけがあいていた。

くりかえすが、この日は暑くて、おきたときから上半身ハダカ、二日酔もごっちゃになって、頭はぶわーっとふくれあがった感じだった。原稿を書くどころではなく、ぬるい風呂にはいったりしたが、なにもしないで対談におくれてしまった。ぼんやりしていてもせっかちなのに、対談におくれてあいすまないし、ぼく自身も気分がわるい。

じつは、対談をする赤坂の洋食屋にはやくつきすぎるのではないかとおもっていた。ともかく、みんながそろってるとこにおくれていったんでは、半ズボンを長ズボンにはきかえることはできない。やはり冷房はきいていた。

そして、対談のあいだじゅう、ぼくは水を飲んでた。対談の時間は午後二時半からだ。毎日の二日酔で、ぼくは昼間は酒を飲まないことにしている。飲んでもおいしくないし、そのあとの酒もマズくなる。なにかがマズいというのは、そのものがマズいことより、こちらのからだと気持が滅いってしまってる。

対談が午後二時半からはじまったのは、相手が対談のあと夜間高校にいくからだった。相手は夜間高校の一年生で、十五歳の女の子だ。女のコではない。女の子。

最近、この女の子ははじめて映画にでた。映画では十四歳という設定で、若い男ふたりとあれこれあり、やがて、おなじ家にすみ、三人で同棲する。映画では彼女は高校をでてるとおもっていた。ベッドシーンや男ふたりとの浴室のシーンなどでも、彼女はたっぷりしたからだつきだった。成熟した女性のからだとおなじかどうかはわからない。しかし、乳房なんかも、いまがいちばん肉《み》がおおいときじゃないかな、とぼくが言うと、彼女は、「そうでしょうね」とわらわないでこたえた。ただ、おたがいのはなしはそんなことぐらいだった。

しかし、こりゃどうしようもないな、とぼくはいらだったわけでも、あきらめたわけでもない。ただ、どうしようもなかった。どうにかしようと努力するなんてことも、ぼくにはできないし、それで最後にふたりでならんで写真をとカメラマンに言われてほっとしたが、撮影がおわって時計を見ると、えらく時間がたっていた。はなすことがないので、対談はみじかかったとおもったのに、逆に、だらだら長びいてたのだ。

この日の午後五時に、ぼくは新橋でKさんとあう約束をしていた。赤坂のその洋食屋から新橋まではタクシーがいちばん近いだろうが、道が混んでるとタクシーはやばい。実際、洋食屋をでると、赤坂の通りはクルマでいっぱいだった。そこから銀座線の赤坂見附まではいくらか距離があり、でもあるくよりほかはないけど、あるいてると、どんどん時間がたっていく。それに、新橋とは反対のほうの赤坂見附に逆もどりするようなのがなさけない。午後五時ちかくの赤坂の通りはむうっと暑く、半ズボンのままでいたのが、せめてものことだけど、ぼくはあせっていて、自分が半ズボンなのも頭になかった。

あとで、対談のことを、夢にでてきたガールフレンドぐらいの歳の女のコに電話ではなすと、「どうして、そんな対談をしたのよ」ときかれた。くりかえすが、近ごろ、ぼくは対談なんてやってない。しかも、相手は十五歳の女の子で……。「ぼくと、どうして……ねえ」とぼくはくりかえし、そのコは、「まったく、もう、オンナが好きなんだから……」と言った。

嚙んで吐きだすような言いかただったが、そう書いてはいけない。そのコは嚙んで吐きだすように言ったけど、それはそういう言いかた息づかいで、彼女がそう言ってるあいだ、風下にひそんでるようなぐあいに、つまりききながせないことではない。しかし、嚙んで吐きだすように言った、と書けば、目の前にちゃんとあるものみたいになってしまう。

じつは、赤坂の洋食屋についたとき、「きょうは暑いねえ」とぼくがおしぼりで顔と禿げ頭をふくと、対談の相手の女の子が、「きのうも暑かったですよ」と言ったのだ。それで、ぼくは「へえ、きのうも暑かった?」とききかえし、女の子は「きのうも暑かったですよ」と、それこそ事実をまげるわけにはいかないといったふうにくりかえした。

その前日は、京橋で一時からの試写を見たあと、ぼくは立喰ソバをたべて、地下鉄の末広町でおり、湯島のハリの医者にいった。

医者は、どうですか? かわりはありませんか? とハリ治療のベッドにうつぶせになってるぼくにたずね、「……かわりはありません」とぼくがもごもごこたえると(うつぶせなので)、「効果はゼロか」と医者は言った。

それでも、ハリを打ってくれ、それがおわって、お茶の水の駅のほうに坂をあがっていくとき、なんどか、ぼくはため息をついたが、毎年のことだけど、それでも不意に暑くなり、暑さにとまどっていたのかもしれない。ぼくは半ズボンではなく、ジーパンをはいていた。


対談のあった日、銀座線の地下鉄で新橋についたときは、もう、Kさんとの約束の五時を二分ぐらいすぎていた。おまけに地下鉄の出口の見当をまちがえた。Kさんがいる建物までに、あんがい時間をくう。たぶん五時前に、おそくても五時には、そちらにいきます、とぼくはKさんに電話で言った。Kさんとは、はじめてあうのだ。

じつは、そのまえに新橋でほかの約束があったのだが、ぼくは迷いに迷ったあげく、そちらはおっぽらかして、Kさんが待ってる建物にいそいだ。

そして、その建物の十二階でエレベーターをおりると、Kさんが立っていて、ぼくはひやっとした。Kさんはエレベーターの前でずっと待ってたのだろう。ぼくがほかの約束のほうによってたら、どういうことになったか。Kさんは、ぼくよりも十歳は歳がおおい。かなりの高齢だ。

この建物は国電が新橋駅をでて、有楽町のほうにむかうとき、すぐ右てに見える。

黒い煙突みたいな、ずぼーんとタテに長い建物だ。ある県の新聞とテレビの名前が建物の黒い壁にかいてある。いわゆる変った建物で、国電の電車の窓からお伽の国の塔のように見ていたが、自分でこの建物にくるとはおもわなかった。

その建物の十二階の部屋には、Kさんのほかに二人のひとがいた。ひとりは黒いダブルのスーツが似合いそうな、ふとい、ひくい声をだすひと。このひとは、あとでわかったが、広告代理店の社長だった。もうひとりは、ある大新聞で戦争中に中堅の記者だったひとだ。というと、たいへんなおじいさんのはずだけど、老人には見えない。長いテーブルの上に自分用の手造りらしい書き台をおいて、なにかを書き写している。

部屋の奥の壁には、和服で老人らしい長い髭をはやしたひとの横むきの大きな写真がある。ふつう大きな写真というときの倍ぐらいある大きな写真だ。戦争がおわるまで、このひとの写真はよくみかけた。手もとの辞典によると評論家となってるが、ただの評論家とかジャーナリストとかではなく、偉いひとだった。辞典を見て意外だったのは、このひとは一八六三年に生れ、一九五七年に死んでいる。戦後十二年も存命だったわけで、公職追放が解除され、占領もおわったあとは、わりと書くことも書けるようになったはずだが、歳もとり沈黙していたのだな、とこのひとのことをセンチメンタルにおもった。ところが、べつの辞典によると、このひとは一九五五年に新著をだしている。なくなる二年ぐらい前で、九十二、三歳になっていたのではないか。

このひとは、一九四三年に文化勲章を受章し、一九四六年に返上した。受章の一九四三年は昭和十八年で太平洋戦争の真っ最中という感じだが、じつはドカドカ敗けだしていたころで、返上の一九四六年は敗戦の翌年だ。文化勲章を返上した者など、ほかにはないのではないか。

この部屋はこのひとの会の事務所のようなものか。Kさんはこのひとを追慕する月刊紙の編集長だという。定価二〇〇円の雑誌だ。

Kさんはこのひとの姉の孫。広告代理店の社長のSさんは、やはりこのひとの長姉の曽孫とか。そんなことは、ぼくははじめてきいた。しかも、Sさんとは初対面だ。あ、Kさんとも初対面か。ところが、ぼくが生れた千駄ヶ谷の東京市民教会は、Kさんのお父さんがつくったもので、Sさんのお母さんは娘時代にこの教会の信者だったという。Kさんのお父さんは東京市民教会の建物ができあがったときになくなり、ぼくの父がかわりに牧師になった。Kさんのお父さんがアメリカ西海岸のシアトルの日本人組合教会の牧師をしていたとき、ぼくの父は教会員で、前後してニホンにかえってきている。

Kさんのお父さんは、いわゆる大正デモクラシーのひとで、ニホン人の牧師としてはめずらしくカントが好きだったらしい。プロテスタントには、かなりカントの影響がある。それも、こちこちのドグマ派ではなく、わりと自由な精神のプロテスタントの人たちが、よくカントを読んだ。Kさんのお父さんの著書のなかに自由キリスト教という言葉がある。キリスト教の自由主義は私の生命となった、とその著書のなかで書いている。

Sさんのお母さんの娘時代とは、結婚するまえってことだろう。娘時代という言葉もあまり耳にしなくなった。英語の maiden name は、女性の結婚するまえの姓、実家の名前だが、ニューヨークのホテルで貴重品をあずけたとき、おまえの母親の maiden name は、ときかれてめんくらった。だれかがインチキをしてぼくの貴重品をひきだそうとしても、ぼくの母親の結婚前の姓まではわからないだろうということらしい。ただし、近ごろでは、ホテルで母の maiden name などきかれたことはない。娘時代なんて言いかたが古くなったみたいに、こういうことも、だんだんやめてるのか。

両側をべつの通りにはさまれた、川の中洲のさきみたいなところにたっている黒い煙突のような建物の（煙突にしては、あちこちに箱みたいな出っぱりもある）十二階の部屋で、広告代理店の社長のSさんと、アメリカのシアトルの教会の牧師で、ぼくの父の先生だったK牧師の息子のKさんとぼくは、Kさんが部屋の外の冷蔵庫からはこんでくるらしいソーダでウイスキーを割ってのみ、またハイネケンのビールも飲んだ。まえは、Kさんはトゥボルクのビールを飲んでいたとか。かなりふとい葉巻を、なぜか二本ならべて交互に吸っている。氷はなくて、ウイスキーのハイボールは、ややなまぬるいが、これがKさんの年齢と風貌と、奥の壁の文化勲章を受章して返上したひとの写真にも似合っていて、ぼくもなまぬるい味をたのしんだ。

Kさんはぼくよりも十歳は歳が上だろう。逆に、Sさんはぼくよりも十歳ぐらい歳下か。そのSさんは広告代理店の社長で、ところが、もちろんSさんが生れるずっとまえの、娘時代のSさんのお母さんのはなしがでてきた。そのころ、ぼくは生れてすぐの赤ん坊で教会の床に寝ていたかもしれない。Kさんのお父さんは死んでいる。有名な婦人運動家だったKさんのお母さんは、ちいさな息子二人をかかえて、たいへんなはたらきだっただろう。そして、ぼくの父や母……。

みんな、それぞれの年齢で、この黒い煙突みたいな建物の十二階の部屋にいるようだ。それぞれの年齢だが、みんなぼくたちよりも若い。ぼくの父も母も、Kさんのお母さんも、Sさんの娘時代のお母さんも若い。ぼく自身などは生れてすぐの赤ん坊だ。ぼくが満一歳にならないうちに、父は千駄ヶ谷の市民教会の牧師をやめ、北九州の教会の牧師になった。

みんな若いけど、若いなりに先輩だ。赤ん坊のぼくだって、ぼくの先輩ってことになる。センチメンタルな考えだけど、しごくあたりまえのように、みんながここにいる。ずっと早くになくなったKさんの若いお父さんも、ずっとあとまで生きていたお母さんも、それぞれの年齢でここにいる。それに、しごくあたりまえといったふうにいるのでなければ、げんに、ここにいられるものではないだろう。みんな思い出の人たちでもなければ、ユーレイでもない。

広告代理店の社長のSさんはなんだか古びたカバンをもって、Kさんとぼくを新橋烏森口の飲屋に案内し、そのあと、Sさんとぼくだけでやはり烏森口のほかの飲屋にいき、クルマでうちにかえってくるとき、ぼくはうちのあたりをとおりすぎて、雪谷大塚の中原街道に近い飲屋によった。

暑い日だった。暑さでのびたるみ、おまけに酔っぱらって、その日のはじめのほうがぼやけている。はじめのほうといっても、ふりかえると、尻尾のさきみたいでもある。尻尾のほうがぼんやりしている。だったら、いまは頭かというと、これも頭っぽくない。だいいち、頭のかたちなんぞない。はじめのほうが尻尾で、あとが頭になるなんて……。くそっ、こんなのはみんなインチキで、ほかのひとのことは知らないが、ぼくがやること、ぼくが存《あ》ることに、はじめも途中もありゃしないのだろう。だいいち、存ることなど、生意気な口をきくな。ただぼんやりすごしてるのに。それも、ぼくという実体があって、なにかがまわりをすぎていくのではない。ごっちゃごっちゃ、いや、ごっちゃになってるかどうかもわからない。

赤坂の洋食屋で女の子と対談した……対談か、あいすみません……まえのことは、錯覚の尻尾のそのまた外にある。インチキ時間のインチキ尻尾のうしろではない。たとえば記憶というような場所の外でもない。void、空欄、ナシ。空虚ではない。ナシ。

七月のなかば、まだ本格的に暑くなるまえに、アメリカ西海岸のある町にいった。カナダとの国境まで、クルマで二時間半ぐらいの町だ。

この町の日系人組合教会で、Kさんのお父さんは、一九〇九年（明治四十二年）の九月に二代目の牧師になり、一九一三年の三月に辞表をだした、とKさんのおかあさんが『父と良人』という本のなかで書いている。

この教会で、一九一二年二月四日、ぼくの父はKさんのお父さんの久布白《くぶしろ》直勝牧師から洗礼をうけた。

Kさんのおかあさんは久布白落実《おちみ》で、中公文庫にはいってる『廃娼ひとすじ』など著作もたくさんあり、矯風会会頭にもなり、その名は知られている。

だが、お父さんの久布白直勝牧師の著書は大正八年に出版された『基督教の新建設』一冊だけで、翌大正九年六月三日に四十一歳でなくなった。おかあさんの久布白落実さんは昭和四十七年十月二十三日、八十九歳十カ月でなくなっている。

ぼくの父がアメリカ西海岸のこの町で、久布白直勝牧師の教会の教会員になったのはいつかはわからないが、いまでも残っている教会の古い日誌録によると、一九一二年（大正元年）に父の名前が見える。こんなふうだ。

一九一二年三月十五日、連合伝道、組合教会当番田中。五月三日、Hazel Mission 伝道説教、牧師および田中兄、出席十一名。十二月十二日祈禱会、田中氏南下を送るため、特に送別会を催す。

南下というのは、アメリカ西海岸を南のほうに、たとえばカリフォルニアのどこかの町などに移住することだろう。ある時期のアメリカ西海岸の邦人たちのあいだでだけつかわれた言葉ではないのか。

このほかに、六月七日という日附で、田中兄の転令状を送る、というのがある。転令状というのは、教会員がほかの土地に移住したとき、その地のおなじ系統の教会にあてる紹介状のようなものだろうか。しかし、もしそうならば、六月七日という日附がわからない。十二月十二日に田中氏南下を送るため、特に送別会を催す、とあるが、六月と十二月とではかはなれすぎている。おなじ一九一二年ではない六月七日か。それでも、どうもおかしい。

教会の古い記録には、静岡県庵原郡出身の田中権助というのもあった。父の名前は田中種助だが、静岡県庵原郡の生れだし、これは書き写しのまちがいだろう。一九三〇年までにこの教会で洗礼をうけた者の受洗者名簿のなかにも父の名前はあって、洗礼をさずけたのは久布白直勝牧師になってるが、日附はない。これは、いちばんさいしょの名簿ではなく、あとで整理して書き写した名簿で日附などは省いたのだろう。いま、ぼくは、いちばんさいしょの名簿ではなく、と言ったがなにがオリジナルか、というのはむつかしいことにちがいない。実際にオリジナルをさがすと、ほんとにわからなくなってくる場合がおおいのではないか。

こんな教会の古い記録を見せてもらったのは、七月なかばにこの町にいったときだった。会計簿みたいな帳面に書いてあり、そんなに大きな帳面ではないが、いかにも西洋帳面といったものだ。

これが、なぜか、帳面（？）のまんなかあたりから書きだしたり、途中で記載がなくなり、もうおしまいかとおもうと、ずっとあとのほうに、またなにか書いてあったり、調べるのに苦労しました、とぼくに古い教会の記録を見せてくれた、いまの日系人組合教会の小川忠夫牧師は言った。

この町の夏はとてもいい夏で、東京の暑さから逃げだし、なんども、ぼくはこの町にきている。そして、たいてい一カ月ぐらいはこの町にいる。だが、父が教会員だった日系人組合教会にいってみたい、と口では言いながら、一度もたずねたことはなかった。ただ、めんどくさかったのだ。たいへんななまけ者だが、そういう、なまけ者の毎日をおくっていた。

ところが、去年の夏この町にきたときにも会った、この町に住んでいるフリーのライターのあわや・のぶこさんが、日系人組合教会の小川牧師にあい、教会の古い記録が最近見つかったことをぼくにおしえ、いっしょに牧師館にいきましょう、とクルマでむかえにきてくれた。

あわやさんのクルマはかなりおんぼろで、ぼくはフロント・シートであわやさんとならんだが、うしろの座席のまんなかにベビィ用のカー・シートがぽんとくっつけてあり、赤ちゃんがひとりでそのなかにいた。あわやさんのご主人は経済学の研究をしている人だが、この夏は、東部のボストンで資料しらべをしてるらしい。赤ちゃんは生れて六カ月ぐらいだろうか、とてもおとなしく、クルマのなかでも、牧師館でも、まるでむずかったりしなかった。あわやさんは赤ちゃんひとりをおいとくわけにはいかないので、出かけるときには、どこにでも赤ちゃんをつれていく。いや、あわやさんにさそわれなかったら、ぼくは小川牧師にあいにいったりはしなかっただろう。くりかえすが、こういう怠惰さは異常なのかもしれない。

父がこの町の日系人組合教会の教会員だったころ、久布白直勝牧師が主筆で、『喜望』という雑誌を発行していた。その『喜望』に父が書いたものを、伊藤八郎がコピイして送ってくれた。伊藤八郎はぼくの妹の亭主で、父のあとをついで、広島県呉市の町と港を見おろす山の中腹の、どこの派にも属さない教会の牧師をやっている。

その『喜望』三巻二号（一九一二年三月九日刊）に、父はこんなことを書いている。

僕は元来クリスチャンの行為を嫌悪していた一人であるから、あえてこの感情を打消す勇気はなく、たとえ基督教を信ずるともクリスチャンという名目をもっていたくない。でき得るかぎり基督教徒と無信者との中保的弁証者をもってじゅうぶん努力する考えであった。故に洗礼を避けるのみならず、たとえ受けなくとも信仰をもっておらば、けっして彼等に劣るものにあらず、洗礼は一つの形式にすぎずとみなし、ことに教会史を見るときに信仰個条や聖書過重の弊害は遂に現代の精神界に不振の源因となりしをもっても、畢竟《ひっきょう》形式に囚《とらわ》れし所以であると確信し、洗礼も其一にして自由派をもって起《た》つならば、むしろ受けざるをもっとも怜悧なるものとした。

自由派というのは、久布白直勝牧師の信条だった。久布白直勝牧師は、ただひとつの著作の『基督教の新建設』の序のはじめに、こう書いている。

私が基督教に志したのは今から十八年前であった。当時私にとって第一の信仰問題は、私のこの信仰を自由に発展せしめ、聖書教理其の他総てに束縛を受けず、自由に研究し得るには如何なる途を選ぶべきかと云う事であった。私は自由基督教に於てこの要求を充すことが出来た。爾来基督教の自由主義は私の生命となった。（中略）然るに私どもの基督教は保守派の人々からは、信仰がないとか、純倫理的だとか云って、批難攻撃を受くるとともに、喰わず嫌いに異端として排斥されたものである。甚だしきに至りては、自由主義の立場に於ては基督教の深遠なる事柄は、説明し又実験する事能《あた》わずとまでに、誤解されて来た。

久布白直勝牧師はバークレイのユニテリアン神学校にいった。サンフランシスコに近いバークレイにはカリフォルニア大学バークレイ校がある。あわや・のぶこさんからきいたのだが、いまでもバークレイには神学大学がいくつかあって、学生たちのなかには、ひとつの神学大学だけでなく、あちこちの神学大学のクラスにでてる者もあるという。そういうことを、あわやさんは英語でなんとか言ったが、忘れてしまった。

あとで久布白直勝牧師の夫人となる大久保落実さんは、バークレイの太平洋神学校の正科を修めたというが、直勝牧師がいったユニテリアンの神学校は、太平洋神学校から二ブロックとははなれていなかったらしい。

そして、神学校の学生たちは、カリフォルニア大学のバークレイ校でも講義をきき、単位もとれたらしい。そういうことを、八十年もまえにやっていたのだ。これは進歩とかなんとかってことではあるまい。学校当局がココロをひらいてるかひらいていないか、みたいなことだろう。ココロをひらくというのはむつかしいことだが、ココロをひらかないのは恥だというタテマエにもしろ、そういう社会の風習にもカンケイがあるか。

ユニテリアンがどういうものかは、ぼくはわからない。ユニテリアンは理屈っぽく、なんでも理屈で考える、と母なんかからはきいていた。それに、ニホンのクリスチャンでも、ユニテリアン的な考えの人はいるだろうが、ユニテリアンの教会は見たことがなかった。

ところが、もうだいぶまえだが、サンフランシスコにきて、ユニテリアンの大きな教会があるのにおどろいた。ユニテリアンは、そういう考えだけで、それこそユニテリアン派の教会なんかは、ニホンとおなじように、ないとおもっていたのだ。

それで、ここの女性と結婚して、戦後の間もないころからサンフランシスコにいるひとにユニテリアンのことをきくと、ユニテリアンたちはマジメで厳格だ、と言った。

これは意外だったが、考えてみれば、そうかもしれないとおもった。ユニテリアンのひとたちは、ひとりひとりが自覚して、ユニテリアンになったのだろう。地域ごと、ずっとカトリックだとかルーテル教会、イングランド教会なんてのとちがい、それこそユニテリアンの考え、ユニテリアンの信仰で教会員になったのならば、ある宗派の規則はやかましくても、つまりは外的な規制なのとはちがい、てきとうにうまくやって、ってぐあいにはいかない。ドグマにとらわれず、その考えは自由でも（久布白直勝牧師は自由キリスト教と言っていた）、自分を律するのはきびしかったのだろう。

久布白直勝牧師が入学したバークレイのユニテリアンの神学校は開校したばかりで、学生の数はたった二人、直勝牧師はウイルバード博士というひとにかわいがられ、みっちりおそわったらしい。そして、直勝牧師はバークレイの神学校で四年間勉強したあと、ハーバード大学に一年ほどいっている。当時のハーバード大学には、有数の教授がいて、だいいち校長は有名なエリオット博士であり、そのほか哲学にはジョサイヤ・ロイスだのプラグマティズムの泰斗ゼームズ教授などがいた、と久布白落実さんは『父と良人』のなかで書いている。

ウイリアム・ジェームズの講義なら、ぼくもきいてみたい。なぜかわかりやすい講義のような気がする。ウイリアム・ジェームズには『宗教経験の諸相』（*The Varieties of Religious Experience*）という本がある。ニホンではあまり知られていないが、世界的に有名な本らしい。ウイリアム・ジェームズは、『デイジー・ミラー』や『ねじの回転』の作家のヘンリー・ジェームズの実兄だ。

さて、久布白直勝牧師が主筆の『喜望』三巻二号で、父は「洗礼は一つの形式にすぎずとみなし」ていたのが、じつは「洗礼は形式にあらずして聖霊に近き関門なり」とわかって、そのまえの月の一九一二年の二月四日に洗礼をうけたことが書いてある。

しかし、洗礼を聖霊そのものにあずかるのではなく、聖霊に近き関門と父が書いてるのはおかしい。父は明治十八年（一八八五年）生れだから、洗礼をうけたときは二十七歳だ。その『喜望』の文章でもわかるが、父はたいへん理屈っぽい男で、その理屈ぶりは古い明治文章語、または大正文章語によく似合う。久布白直勝牧師も理屈っぽいひとだったのだろう。ぼくにも、そういう理屈っぽさがある。

この『喜望』の文中で、たとえキリスト教を信じても、クリスチャンという名目はもっていたくない、と父は書いている。洗礼は受けなくても、クリスチャンと称する連中にはまけないぞ、といった気持だったことも文中にある。そのため、「最も愛翫《あいがん》したる酒煙草などもこのとき手から投擲《とうてき》した」らしい。

このことは、コドモのころ、母からなんどもきいた。それくらい、父は意志が強いが、ぼくは意志がよわくてしようがないというのだ。おまえはスポイルされている、と母はくりかえした。

そのころの地方の町で、スポイルなんて言葉をつかう母親はめずらしかっただろう。母は戸籍では明治十二年生れだが、もっとまえに生れてるのかもしれない。とにかく、父よりはかなり歳上だ。母は福岡のミッション・スクールにいったが、世界地理や世界史は英語の教科書だったらしい。つまり、先生も外人だ。また、ドーミトリ（寮）にはいってる生徒はすくなく、逆に若い女性の伝道者はおおくて、半々ぐらいの数だったという。

この『喜望』では、父は酒とタバコをやめたことを書いており、母もそのことをなんどもはなしたが、父の口からは、ぼくは一度もきいたことはない。おそらくぼくが生れたころから、父はそういうことは、なんにもしゃべらなくなったのではないか。過去のことは語らない、といったふうではない。はなす気にならないというより、ただげんに、そういうことは口からでなかったのだろう。

ふつうの人から見ると、ずいぶんふしぎなことにちがいない。でも、自分が決心して酒やタバコをやめたことなど、父にはどうでもよかったのだ。しかし、うばわれて、酒やタバコの習慣を、それこそとられてしまった人たちのことは、父ははなしていた。

酒やタバコをやめたことだけでなく、父が洗礼をうけたときのはなしも、ぼくはきいたことはない。これも、ふつうに見れば、たいへんにふしぎなことだが、父のそばにいたぼくには、あたりまえのことみたいだった。

ぼくにはわからないことで、わからないやつがしゃべると、まちがってしまうが、父はイエスやら十字架やら、そんなのはひとつのものだろうが、刻々につきあげられて、いまでいっぱいだったのだろう。

久布白直勝牧師は一九一三年にニホンにかえり、大阪、高松あたりにもいらしたが、大正九年（一九二〇年）東京の千駄ヶ谷に念願の東京市民教会が完成して、明日の日曜日から礼拝を、という前日の六月三日になくなった。

そのあと、父は東京市民教会の牧師になったときいてたけど、伊藤八郎がつくった父の年譜によると、翌大正十年九月二七日に、父は東京市民教会に赴任したとある。そのあいだに一年以上たってるが、これはどういうことだろう。

父はアメリカからかえり東京市牛込区の東京学院神学部を大正八年に卒業して福岡県若松市のバプテスト教会牧師になっている。しかし、大正十年まで若松の教会の牧師だったのかどうか。久布白直勝牧師がなくなったから、すぐ九州の教会の牧師をやめて東京にいくというわけにもいかなかったろうが、一年以上というのは、ぼくには長すぎる気がする。だから、東京市民教会のほうだけでなく、父にもなにかあったのではないか。

父が東京市民教会の牧師をしているときの大正十四年四月二十九日にぼくは生れた。そして、そのころから、父は足もとがくずれ、それこそ喜望（希望）をもって、理想を高くまえにかかげ、といったふうではなくなったのではないか。足もとがくずれ、同時に足の下から得体のしれないものがつきあげてきて……。

アメリカ西海岸の町では、日系人組合教会の小川忠夫牧師をたずねて一時間半ぐらい、おはなしをうかがい、教会の古い記録を見せていただいたのが、ただひとつの大仕事に感ずるくらい、ずぼらな、ぼんやりした日をすごした。あかるい、さわやかな夏の日々だったけど、だらけなれて、さわやかという気さえしない。映画も見ないくらいで、ただバスにのったり、夜はワインやジンを飲んでいた。

こんなふうにして、一カ月ばかりたったころ、あわや・のぶこさんは、カリフォルニア州サンノゼのニホン人女性私立探偵のことを週刊誌に連載するため南下していたが、久布白直勝牧師の記録が見つかったと電話してきた。

あわや・のぶこさんは、サンフランシスコ空港からこの町にかえってくるまえに、子連れのレンタカーで、ゴールデンゲート・ブリッジ（金門橋）をわたり、オークランドをとおり、久布白直勝牧師が卒業したバークレイのユニテリアン神学校をさがしたのだという。

いまはもちろん、名前のちがう神学大学だろうし、それに直勝牧師がいってたころの神学校の名前もわからない。それをつきとめたのだから、さすがに、あわやさんはりっぱなライターだが、その神学大学の記録や文献の係のおばあさんは、はじめは、とっつきようがないみたいだったらしい。そんな古い記録があるかどうか、だいいち、そのころは学校の組織もできていない、だから、神学校とよべるものでもない、また、そんな大昔にニホンの学生がいたのはきいたこともないし、信じられない、なんてね。そばに、夏休のアルバイトの図書係か資料係の助手の女子学生がいて、なんとかとりなそうとするのだが、口をはさめないで、すまなそうにしていた、なにしろ紹介状もなにもなしに、いきなりとびこんだので、とあわやさんは言っていた。

でも、もし、そのニホン人の学生がいたのが、この神学大学の前身で、また記録が残っているとすれば、地下の ALCOVE だけど、自分でさがしてこい、とあいそのわるいおばあさんはアルバイトの女子学生に鍵をわたしたという。

ALCOVE は、ぼくがミステリの翻訳などをやってるころも、訳しにくい英語だったが、この場合は小室といったところか。しかし、ただのちいさな部屋ではなく、なんだか地下の穴倉めいた感じもあるようだ。なん年も人がはいってないみたいだった、とあわやさんは言った。

ところが、あわやさんはこのアルコーヴで久布白直勝牧師の APPLICATION FOR ADMISSION を見つけた。入学願書だろうか。ぼくはコピイをもってるのだが、学校名は PACIFIC UNITARIAN SCHOOL FOR THE MINISTRY。場所はカリフォルニア州バークレイ。

（久布白直勝牧師の）原住所は熊本市チソクジ町四十。それにニッポンとジャパンがならんでいる。ジャパンだけでなく、直勝牧師はニッポンという正式国名を書きたかったのだろう。

父の名前はナオキ・クブシロ。これが、久布白落実さんの『父と良人』では、久布白直宣《くぶしろなおのぶ》とルビもふってある。このちがいを、久布白直勝・落実さんの三男の久布白三郎さん、まえにでてきたKさんにきこうとおもってるのだが、まだ電話できないでいる。ほかにも、この記録のコピイにはわからないところがあり、いろんなひとにたずねてみなければいけない。

母の名は、ナツコ。

これまでの学歴、学位など。どこでいつ、それを取得したか？　熊本の高等学校を卒業、東京の専門学校で一年半学ぶ。この卒業は graduated at となっていて、いまならば graduate from だろうし、古い書きかたなのねえ、とあわやさんは言った。また東京の専門学校というのは早稲田大学の前身だとおもうが、Shemmon Gakko と書いてある。専門が九州なまりでシェンモンになったのか、久布白直勝牧師は熊本の人だから、これは本人の直筆ではないか、とあわやさんはすこし興奮していた。

これまでの職業、職種は空欄。

推薦者二名の名前と原住所。

既婚か独身かという欄は独身となってるが、結婚という書きくわえがあり、その相手のことがオチミ・オークボと書いてある。このアプリケーションの日附は一九〇四年八月。アメリカの新学年は九月からはじまる。

もう一枚のコピイには、クブシロ・ナオカツの一九〇四年から五年、一九〇五年から六年、一九〇六年から七年、一九〇七年から八年の四年間の成績表がのっている。

三年目の一九〇六年から七年は、P・T・Sで社会学や教会史など七単位をとっている。このなかにO. Testというのがあるが、これはなにかわからない。P・T・SはPacific Theological Seminaryで、あとで夫人になる落実さんが正科の学生だった太平洋神学校だ。

だから、直勝牧師と落実さんとは、おなじ講義をきいたこともあったのだろう。もしかしたら、歳下の落実さんのほうが、太平洋神学校のクラスでは先輩だったのかもしれない。

一九〇七年から八年の最終学年では、プラクティカル神学の三単位のほかは、教会史と神学と社会学の三単位はP・T・Sで、哲学の五単位と経済学の二単位はカリフォルニア大学でとっている。

プラクティカル神学の単位は、もう二年目から見えるが、実用神学とは、どんなことをおしえたのだろう。ニホンの神学校には説教学みたいなものがあったはずだが、いまの神学大学にはあるのか。それとも、このプラクティカル神学はちがうものか。

四年間の成績表の下には、卒業証明があり、一九〇八年五月十二日の日附になっている。おなじ五月十日にB・A。これはバチェラー・オブ・アーツ、文学士だろう。

さて、この二つのコピイだが、オモテとウラの一枚の紙だとすると、オモテは入学願書でウラは四年間の成績表に、Certificate of Graduation（卒業証明）まであるのは、なんとコンパクトな記録か。おまけに、このバークレイのユニテリアン神学校を卒業したあと、一九〇八年から九年にかけて、Harvard Div. Sch.にいったこと、また書体のちがう、うすい文字の書きこみには、よく読みとれないが、一九一三年六月十五日大阪、ジャパンなどの文字も見え、一九二〇年六月三日東京というのは、久布白直勝牧師がなくなった日ではないのか。だれが、こういうことをこのバークレイのユニテリアンの神学校にしらせ、また、まとめて書きこんだのか？

あわや・のぶこさんが、いまは名前もなにもかわってる（その名前を忘れちまった）バークレイの神学大学にいき、そのころニホン人の神学生なんかいたかねえ、信じられない、なんてれいのおばあさんにつんけん言われてるときも、ずっと赤ちゃんを抱いてたのかとおもうと、おかしい。

福音書を読む

聖書というのは、だれが言いだしたのだろう。中国の人の造語なのか。塚本虎二訳『福音書』(岩波文庫) の訳者解説のはじめに、こんなふうに書いてある。

キリスト教の経典を聖書という。普通にバイブルという。英語の Bible の音写である。何十人もの著者が千何百年の歳月の間に書いたものを、ある機会に一冊の本にまとめたから、ギリシャ語ではビブリヤ (数冊の本) と言った。しかしラテン語ではこれら多数の本が完全に一冊になっているので、同じくビブリヤ (一冊の本) という。これが英語のバイブルの語源である。

つまり、本ってことだ。そのただの本が聖書になった。いったい、聖《きよ》い本なんてものがあるだろうか。マタイによる福音書第一九章一六節から一七節には、「**一六**すると、ひとりの人《ひと》がイエスに近寄《ちかよ》ってきて言《い》った、『先生《せんせい》、永遠《えいえん》の生命《せいめい》を得《え》るためには、どんなよいことをしたらいいでしょうか』。**一七**イエスは言《い》われた、『なぜよい事《こと》についてわたしに尋《たず》ねるのか。よいかたはただひとりだけである。（以下略）』」

よいかたはただひとりだけである。神だけだというのだろう。神以外によいものなどはない。イエス自身もよいことについて語る資格はないと言っている。まして、よい本、聖い本なんてものがあるだろうか。ただの本でいいではないか。経典というのも、ぼくにはわからない。

なんでも、すぐ箔をつけたがる。しかも、ニンゲンが神に箔をつける。ニンゲンの自己美化の箔がなければ、神さまもありがたくないみたいに。イエスとは、まったく遠いところだろう。

聖書はふつうのニホン語のよび名になってしまったのでしかたがないが、聖句という言いかたは、背筋がちりちりする。わたしの好きな聖句、なんてのは、人生訓とか座右の銘みたいなもので、これまたイエスとはほど遠いだろう。

さて、さっきのマタイによる福音書第一九章からの引用は、日本聖書協会発行の一九五四年改訳の新約聖書によった。ニホンのプロテスタントの教会で、ふつうに読まれてる聖書だ。これからも、だいたいこの訳の聖書から引用する。ぜんぶの漢字にルビがついており、いまどき総ルビの本はめずらしい。ただし、書き写すときめんどうだ。

マタイによる福音書第一九章一六節からのことは、よく知られている。聖書のなかでも有名なところだと言えば、有名な聖句みたいでいやだけど、とにかくよく知られている。たとえば、「富《と》んでいる者《もの》が神《かみ》の国《くに》にはいるよりは、らくだが針《はり》の穴《あな》を通《とお》る方《ほう》が、もっとやさしい。」という言葉もでてくる。また、これにつづいて――「**二五**弟子《でし》たちはこれを聞《き》いて非常《ひじょう》に驚《おどろ》いて言《い》った、『では、だれが救《すく》われることができるのだろう』。**二六**イエスは彼《かれ》らを見《み》つめて言《い》われた、『人《ひと》にはそれはできないが、神《かみ》にはなんでもできない事《こと》はない』。」

これも、クリスチャンたちがよろこぶところだ。「人《ひと》にはそれはできないが、神《かみ》にはなんでもできない事《こと》はない」。でも、これで鬼の首でもとったようにおもうのは、どうだろうか。「神にはなんでもできない事はない」。よくわかりやすい。なんでもできるのが神だ。しかし、そんなふうに、いわば悟性的に理解するのでは、しようがないのではないか。そんなのは、ニンゲンがつくった神ではないか。自分でつくった神をありがたがっても……そのほうが、ありがたがるのがらくだが……なんにもなるまい。ぼくにはよくわからないが、神にはできない事はない、というイエスの言葉が、霊になってしみとおり、こちらをうちくだくときに、アーメン、神にはできない事はない、と讃美させられるのではないか。神にはできない事はないから、たとえ自分は金持ちでも、らくだが針の穴を通るように、自分を天国にいれてもらえる、なんてことではあるまい。そのあとの二七節からは――

「二七そのとき、ペテロがイエスに答《こた》えて言《い》った、『ごらんなさい、わたしたちはいっさいを捨《す》てて、あなたに従《したが》いました。ついては、何《なに》がいただけるでしょうか』。(中略)『二九おおよそ、わたしの名《な》のために、家《いえ》、兄弟《きょうだい》、姉妹《しまい》、父《ちち》、母《はは》、子《こ》、もしくは畑《はたけ》を捨《す》てた者《もの》は、その幾倍《いくばい》もを受《う》け、また永遠《えいえん》の生命《せいめい》を受《う》けつぐであろう。三〇しかし、多《おお》くの先《さき》の者《もの》はあとになり、あとの者《もの》は先《さき》になるであろう。』」

つぎの第二〇章でも、ぶどう園にやとわれる労働者のたとえで、イエスは天国を語り、一六節で、「一六このように、あとの者《もの》は先《さき》になり、先《さき》の者《もの》はあとになるであろう」と言っている。

ぼくの父は、どこの派にも属さない独立教会の牧師だったが、『主は偕《とも》にあり』という録音テープからとった説教集を、父が死んだあとの教会の牧師の伊藤八郎さんがつくった。その説教集のなかで、父は、この「先《さき》の者《もの》はあとになり、あとの者《もの》は先《さき》になるであろう」には、弟子たちも、また(のちの世やいまの世の)クリスチャンたちもびっくりしただろう、みたいなことを言っている。でも、父の口ぶりだと、このひっくりかえりこそイエス(宗教)だ、とぼくにはきこえる。また「よいかたはただひとりだけである」についても、父はぼくみたいにへんな理屈をこねないで、「善いというのは、ただ神さまだけである。ただ神さまだけだ。ただ神さまだ。このただ神さまだけが、ここに善いことがあるのだ。善いという事はそれだけだ。神さまだけだ。あと永遠の生命を継ぐとか、どうするとかああするとか、信ずるとかどうとか、そんなものはポーンと切れてしまって、おひと方だけだ。(以下略)」と言っている。

マタイによる福音書第一九章で、イエスに永遠の生命のことをたずねた人物は、日本聖書協会の訳では「ひとりの人《ひと》」となっていて、たくさんの資産をもっている青年のようだ。

ところが、おなじ訳の聖書のルカによる福音書第一八章一八節では、マタイによる福音書の「ひとりの人《ひと》」が「ある役人《やくにん》がイエスに尋《たず》ねた」とある。この役人という訳語には、はじめて気がついた。

ぼくは牧師の息子だから、子供のころから、ちょぼちょぼ聖書には接してる。父は聖書を読むのをすすめたりしたことも教会の集会にでることさえ義務づけるようなこともなく、それどころか、ぼくがヤクザの子分になったときいても、注意したりはしなかったが、やはり聖書はぼくの耳や目にはいってくる。でも、この人が若くて金持だというのはわかっていても、ルカによる福音書第一八章には役人となってることは、いままで知らずにいた。

ぼくは中学三年生のときに、いわゆる欽定訳聖書（一六一一年にジェームズ一世により翻訳編集された英訳聖書。Authorized Version、アメリカではふつう King James Version）を、東大理学部を出た地理の先生で、新婚の仁木盛雄先生におそわった。「ヨハネ伝」を、一年ぐらいかかって、ゆっくり読んでいったのだ。ぼくは英語が好きで、とくに学校のテキスト以外なので、苦痛どころか、とてもたのしかった。おかげで、英語の聖書がなんとか読めるようになったのも、大もうけだった。論語でもそうだけど、声にだして読み、くりかえし教えられるから、読めるようになる。かみくだいて教えられないと、なかなか古典は読めない。欽定訳聖書とはあまり年代がかわらないシェークスピアの作品は、そんなふうに教えてもらってないので、てんで読めない。

仁木盛雄先生はなくなったが、あの宗教改革者のルター訳のドイツ語の聖書を参考にしながら、しんぼう強く、たっぷり時間をとって、「ヨハネ伝」をいっしょに読み、おしえてくださった。

また、みじかいあいだだが、ぼくはバプテスト系のアメリカ人の宣教師の通訳をしていたことがあり、第二次大戦では若い兵隊だったこの宣教師は、旧約も新約とおなじようにだいじにする人で、このときは毎日聖書を読んだ。

そんなふうなのに、くりかえすが、この役人に気がつかなかった。ということは、自分では聖書をいくらか読んだようにおもってただけで、じつは、ただぼんやり、きくか見るかして、ほんとは読んではいなかったのだ。

さて、役人だが、欽定訳聖書では ruler、オックスフォード大学とケンブリッジ大学の共同出版による一九六一年に訳が完成した The New English Bible New Testament では、a man of the ruling class となっている。統治者、支配者、新しい訳では支配者階級といったところか。日本聖書協会の文語文の聖書では或司《あるつかさ》だが、支配者階級の男が、一九五四年改訳で役人となってるのはまことにニホン的でおもしろい。名訳かもしれない。

この「ひとりの人《ひと》」「役人《やくにん》」のことは、マルコによる福音書第一〇章第一七節でも、「ひとりの人《ひと》が走《はし》り寄《よ》り」となっている。でも、ついでに、オックスフォード大学とケンブリッジ大学共同出版の英訳聖書を見ると、ここが a stranger ran up と訳されていた。ひとりの人とストレンジャー（知らない人）が訳しかたでちがったものになったということはあるまい。訳した原本ないしはもとの字句がべつなのだろう。聖書を訳すのにも、なにを原本にするかということがもちあがってくるはずだ。いや、これはバカらしい考えで、できれば、あるかぎりの原本らしいものを、みんな読むのがほんとうか。

それはともかく、聖書の英語訳なんかを見ないで、なにが原本かきめるのはむつかしいにしても、ギリシア語の聖書を読めばいいではないか、と言われるだろう。ぼくだって、そうしたい。でも、ギリシア語はダメなのだ。

ギリシア語（原語とは言わない）で聖書が読みたい、それには、これまでたくさんある聖書の註釈書を参考にしなければいけないのはもちろんで、それに現代ギリシア語と聖書のころのギリシア語はうんとかわっていて、現代ギリシア語を勉強するのは、かえってさまたげになるかもしれないが、それでも、げんにギリシアの人たちがはなしているギリシア語から聖書にとっかかってみたい。たいていダメだろうが、ダメでもともとではないか。

そうおもって、朝日カルチャーセンターの現代ギリシア語のクラスにいったのだが、なさけないことに、ダメ以前だった。

ぼくは英語が得意だった。翻訳でもくっていた。翻訳を職業にできる人はすくない。現代ギリシア語のクラスでも、ぼくはいいほうの生徒だろう、とウヌボレてたが、まるっきりちがった。

外国語を勉強するには、理解なんてことは意味がなく、とにかく、おぼえなきゃいけない。ところが、おぼえるというのが、てんでできなくなっていた。中学生のときのように、単語帳をいくつかつくって電車のなかでも見たりしたが、すーすー空気が吹きぬけていくようで、頭のなかにのこらない。はがゆかったが、そのはがゆさも、しつこく残らず、とけていく。なんカ月か現代ギリシア語のクラスにかよい、そのあとで、一カ月以上ギリシアのアテネにいるあいだに、ほんのわずかのギリシア語も、きれいに消えてしまった。アテネでは、毎晩、星空が見えるテラスで、ギリシア人やほかの外国人たちとおしゃべりをし、地元のワインを飲んでたが、みんな英語で、ギリシア語なんかまどろっこしく、かんたんな言葉をためしてみる気もなかった。

いや、カルチャーセンターで現代ギリシア語を勉強してるときも、クラスの時間は一週二時間で、そのあと、新宿で六時間か七時間、へたをすると朝まで飲んでいて、これもいけなかったかもしれない。

ともかく、ギリシア語も読めないで、聖書のことを言うなど、まことにおこがましい。それに、聖書の研究は精緻をきわめ、一字一句まで、その成立のぐあいを、いろんな方法（たとえば構造分析とか）で研究されてるらしい。でも、そういうやりかたは、なんだか西洋的みたいな気もする。西洋人の牧師が、たいてい新旧約がいっしょになった黒い表紙の大きな聖書を手にもち、ときには霊感たっぷりみたいに聖書をふりまわしながら、しかし聖書のページをひらくことなく、つぎからつぎへと聖書の字句をならべるのを見ていると、聖書の言葉は隅から隅まで、すっかり頭のなかにはいってるんだな、と感心もするが、おかしくもある。しかし、聖書は西洋の本なのかなあ。西洋以外のどこかの本というわけでもないけど……。いや、ぼくは聖書研究みたいなことは、なんにも知らない。だから、無智な男がかってなおしゃべりをしてるだけで……。

なんどか、ぼくもちゃんと聖書を読もうとおもい、マタイによる福音書の第一章一節から読みはじめるんだが、「一アブラハムの子《こ》であるダビデの子《こ》、イエス・キリストの系図《けいず》。」のはんぶんぐらいで、もう挫折してしまう。だいたい系図なんて、ちっともおもしろくない。それにイエス・キリストに、なんで系図が必要なのだろう、ともおもった。キリストはアブラハム、ダビデ王、ソロモン王の家系だと、それこそ箔をつけるのか、と。

おなじマタイによる福音書の第三章で、バプテスマのヨハネはパリサイ人などに言っている。

「……八だから、悔改《くいあらた》めにふさわしい実《み》を結《むす》べ。九自分《じぶん》たちの父《ちち》にはアブラハムがあるなどと、心《こころ》の中《なか》で思《おも》ってもみるな。おまえたちに言《い》っておく、神《かみ》はこれらの石《いし》ころからでも、アブラハムの子《こ》を起《おこ》すことができるのだ。（以下略）」

さて、この系図だが、ルカによる福音書第三章では、逆にヨセフから先祖にさかのぼっている。

「二三イエスが宣教《せんきょう》をはじめられたのは、年《とし》およそ三十歳《さい》の時《とき》であって、人々《ひとびと》の考《かんが》えによれば、ヨセフの子《こ》であった。ヨセフはヘリの子《こ》、」

「人々《ひとびと》の考《かんが》えによれば」というのは、「母《はは》マリヤはヨセフと婚約《こんやく》していたが、まだ一緒《いっしょ》にならない前《まえ》に、聖霊《せいれい》によって身重《みおも》になった。」（マタイによる福音書第一章一八節）からだろう。屁理屈を言うと、血統としては、イエスは父のヨセフとは関係がないことになる。そのヨセフの家系を、なんで聖書はのせてるのか。ダビデの家系からイエスが生れる、と「主《しゅ》が預言者《よげんしゃ》によって言《い》われたことの成就《じょうじゅ》するためである」と、マタイによる福音書第一章のそのすぐあとにも書いてあるが、聖書によくでてくる、この（予言ないし旧約聖書に書いてあることが）成就するという文字が、子供のころから、ぼくはひっかかっていた（文語文のまえの聖書も、成就《じょうじゅ》せん為《ため》なり、となっていた）。こういう場合に、成就するというニホン語をおかしく感じたせいかもしれない。どうもニホン語になってない気がした。英訳の聖書では、ふるい訳はfulfill、新しい訳はfulfilとなっており、フルフィル、フルフィルと口のなかでころがしてみるが、これも日常英語にはなってないようだ。こんなふうにおもうのは、イエスのすることを、いちいち権威づけることはあるまい、というぼくのケチな考えからか。つまりは、ぼくは異邦人なので、先祖からつたわってるなにかが成就することにあずかれず、よそごとみたいに感ずるのか。

　マタイによる福音書とルカによる福音書では、イエスの家系が逆になってるが、ご先祖の名前もいくらかちがうようだ。これは、ぼくの素人考えで、あれだけ聖書をこまかく研究し、また整合が好きな学者たちには、ぴったり整合するのかもしれない。

でも、これも素人考えだが、聖書は、整合好きな作家がひとりで、なにからなにまで、きっちりつじつまがあうように書きあげたものではあるまい。むしろ、その非整合性こそ正直な記録だ、みたいに言う人もある。ぼくはもっといいかげんでセンチメンタルで、ルカによる福音書のイエスの系図のところ（第三章）の、「二三イエスが宣教《せんきょう》をはじめられたのは、年《とし》およそ三十歳《さい》の時《とき》であった」というただそれだけが、おもしろく、うれしくなる。ただし、この宣教をはじめられたが、オックスフォード大学とケンブリッジ大学の共同出版の英訳聖書によると、began his work で、宣教というコトバは意味が強すぎはしないか。

マタイによる福音書第一章にもどると、マリヤが「聖霊《せいれい》によって身重《みおも》になった。一九夫《おっと》ヨセフは正《ただ》しい人《ひと》であったので、彼女《かのじょ》のことが公《おおや》けになることを好《この》まず、ひそかに離縁《りえん》しようと決心《けっしん》した。」

塚本虎二訳『福音書』でも、「……女を晒《さら》し者《もの》にすることを好《この》まず、内証《ないしょう》で離縁《りえん》しようと決心した。」とある。塚本訳では、マタイとマルコの順序が逆で、マルコによる福音書がさいしょになってるが、これは成立の歴史的順序による、とあとがきに書いてある。

どちらも離縁だけど、マリヤとヨセフは婚約していたが、まだ一緒になる前で、離縁という言葉はきつすぎはしないか。欽定訳聖書では to put her away、オックスフォード・ケンブリッジの新しい訳では、婚約をやめる、みたいになっている。でも、そのころの慣習では、婚約をとりけすのはたいへんなことで、だから離縁というような、いまのニホンでは婚約をやめるときにはつかわれない強い言葉をわざとだしてきたのか。日本聖書協会の聖書は、たくさんの翻訳委員が一字ずつ、討議熟慮をかさねたあとで訳語もきめたとおもうので、そんなところも知りたい。

さて、マタイによる福音書をぼちぼち読んできて、第八章二八節になったとき、ぼくは、あれ、
とおもった。「**二八**それから、向《む》こう岸《ぎし》、ガダラ人《びと》の地《ち》に着《つ》かれると、悪霊《あくれい》につかれたふたりの者《もの》が、墓場《はかば》から出《で》てきてイエスに出会《であ》った。彼《かれ》らは手《て》に負《お》えない乱暴者《らんぼうもの》で、だれもその辺《へん》の道《みち》を通《とお》ることができないほどであった。」

ふたりの者と書いてある。ぼくは悪霊につかれたひとりの男だとばかりおもっていた。ひとりとふたりとでは、物語なんかではずいぶんちがう。ふたりでからみあってなにかすればべつだが、ただのふたりでは影がうすい。つまり個性がでてこない。

おなじ記述だとおもわれるものがマルコによる福音書第五章にでてくるが、ここでは、「けがれた霊《れい》につかれた人《ひと》が墓場《はかば》から出《で》てきて」となっている。ニホン語は単数と複数があいまいなことがあるので、二つの英訳聖書を見ると、マタイによる福音書では two と two men 、マルコによる福音書はどちらも a man とある。マルコによる福音書では、どうもひとりの人物のようだ。そして、マルコのほうが、この人物について、それこそ個性的にいきいきと書いてるように見える。

「**三**この人《ひと》は墓場《はかば》をすみかとしており、もはやだれも、鎖《くさり》でさえも彼《かれ》をつなぎとめて置《お》けなかった。
四彼《かれ》はたびたび足《あし》かせや鎖《くさり》でつながれたが、鎖《くさり》を引《ひ》きちぎり、足《あし》かせを砕《くだ》くので、だれも彼《かれ》を押《おさ》え
つけることができなかったからである。**五**そして、夜昼《よるひる》たえまなく墓場《はかば》や山《やま》で叫《さけ》びつづけて、石《いし》で
自分《じぶん》のからだを傷《きず》つけていた。**六**ところが、この人《ひと》がイエスを遠《とお》くから見《み》て、走《はし》り寄《よ》って拝《はい》し、**七**
大声《おおごえ》で叫《さけ》んで言《い》った、『いと高《たか》き神《かみ》の子《こ》イエスよ、あなたはわたしとなんの係《かか》わりがあるのです。

神《かみ》に誓《ちか》ってお願《ねが》いします。どうぞ、わたしを苦《くる》しめないでください』。八それは、イエスが、『けがれた霊《れい》よ、この人《ひと》から出て行け』と言《い》われたからである。九また彼《かれ》に、『なんという名前《なまえ》か』と尋《たず》ねられると、『レギオンと言《い》います。大《おお》ぜいなのですから』と答《こた》えた。（中略）一五そして、〔人々が〕イエスのところにきて、悪霊《あくれい》につかれた人《ひと》が着物《きもの》を着《き》て、正気《しょうき》になってすわっており、それがレギオンを宿《やど》していた者《もの》であるのを見《み》て、恐《おそ》れた。」

悪霊にとりつかれた者に、イエスが名前をたずねると、『レギオンと言《い》います。大《おお》ぜいなのですから』と答えた。」というのがおかしい。

レギオンというのはローマの軍団のことで、三百人から七百人の騎兵が付属する三千から六千の兵員の歩兵軍団、と英和辞典にでていた。

とりついた悪霊が一コや二コではなく、一軍団《レギオン》ほどもわんさといて、だから、「おれの名前はレギオンだ」と言ってるのだろう。

ひとはなんでも自慢する。わるいやつは、自分がしたわるいことを自慢する。うちの母は、わたしは病気の巣よ、と自分がもってる病気の数を自慢した。

ところが、イエスによって、この男から悪霊が逃げだして豚のなかにはいり（その豚の数は二千頭ばかり）、豚は崖から海へなだれおち、おぼれ死んでしまう。そのあと、人々がイエスのところにくると、そのそばに、一軍団《レギオン》もの悪霊をかかえてた男が着物をきて、正気になってすわってたというから、おかしい。

墓場をすみかにし、足枷をし、鎖でつないでも、それをちぎって暴れまわり、石で自分のからだを傷つけ、というから、裸で血だらけだった男が、着物をきて、きょとんとイエスのそばにすわっている。

この着物という訳語もおもしろい。塚本虎二先生の訳も着物だが、訳語でニホン人以外に着物をきせるのには、とくべつな意味があるのだろうか。文語文のまえの訳では、衣服をつけ、となっている。英訳の聖書では、どちらもただ clothed だ。

いや、着物をきてという訳しかたを、ぼくはケナしてるのではない。ぼくならば、服を着て、ぐらいに訳すだろう。でも、着物を着て、のほうがなんとなくおかしい。夜昼なく、墓場や山でわめきちらし、みんなこわがって、そのへんの道はだれもとおらなかったという、悪霊にとりつかれ、ものすごい力であばれまわってた男が、イエスのそばに、正気でおとなしくすわってるのには、着物をきて、というのが似合いそうな気がする。

画家の野見山暁治はぼくの女房の兄貴で、同居していたこともあるが、あるとき、包装紙の裏かなんかに、ぼくの顔のスケッチをした。ちいさなスケッチだ。いつものことだが、ぼくは酔っぱらって、さかんにしゃべっていた。野見山暁治はあまり飲まない。

野見山暁治がスケッチしてることも、ぼくは気がつかず、オダをあげてたのだが、そのちいさなスケッチを見て、ぼくはふしぎな気がした。

それは、まさにぼくの顔だが、頬などはぺしょんとしている。そのころぼくは八十四キロぐらいあり、たいへんな肉のつきようだったのだ。頬もまるくあぶらっぽくひかってたにちがいない。それが、やせっこけてるようでもないが、ぺしょんとなっている。また、なんだかいやにしずかなのだ。人さえ見ればしゃべりまくってるぼくが……。

でも、くりかえすが、そのスケッチは、どう見てもぼくだった。これは、どういうことだろう。あとになり、ぼくは本質というものも考えた。ぼくの本質は、ぺしょんとしずかな男、みたいなことではない。エカキがかいた本質。野見山暁治みたいなエカキは、いつもとはかぎらなくても、本質とよばれるようなものをかくことがあるのではないか。

そのぼくのスケッチは、ぺしょんとおとなしく、着物の襟もとみたいなのがかいてある。これも、ふしぎなことだ。首すじまでぺしょんとおとなしく、着物の襟もとみたいなのがかいてチなんかどうでもよく、でも、襟もとがないのもおかしいので、さっさっと線をひいたら、着物の襟みたいになったのだろうか。

ともかく、ふしぎなスケッチで、ぶくぶくふとり、やたらに酒を飲んで、やたらにわめきちらしてるぼくが、着物をきて、ぺしょんとしずかになっている。しかも、くりかえすが、姿かたちは似ても似つかぬようでありながら、まぎれもなく、それはぼくなのだ。

そして、このスケッチを見たとたん、ぼくは聖書のレギオンくんのことをおもった。マタイによる福音書の悪霊につかれたふたりの者ではない。そのときは、ぼくはふたりの者のことは知らなかった。ふたりの者には名前もない。

悪霊にとりつかれながら、この男が「おれはレギオンだ」と言うときは、威張ってたにちがいない。おれがもってる悪霊は一コや二コのケチなもんじゃない、悪霊の一軍団《レギオン》まるがかえだ、と。もっとも、マルコによる福音書第五章では、名前をたずねたのがイエスなので、いくらか恥ずかしそうに、「レギオンと言《い》います。大《おお》ぜいなのですから」と答えたようにも見える。たくさんの悪霊にとりつかれたレギオンがイエスにあったとき、「いと高《たか》き神《かみ》の子《こ》イエスよ」とさけんだというのもおもしろい。マルコによる福音書でも、イエスのことを、「いと高《たか》い神《かみ》の子」とよんだのは、この男がさいしょではないか。それが悪霊男なのだ。

ところが、「いと高《たか》き神《かみ》の子」と言ったあとで、「あなたはわたしとなんの係《かか》わりがあるのです。神《かみ》に誓《ちか》ってお願《ねが》いします。どうぞ、わたしを苦《くる》しめないでください」とつづく。

このしどろもどろぶりが、まことになまなましい。悪霊男がイエスにあったとたん、「いと高《たか》き神《かみ》の子《こ》」だとさけんだのもおもしろいが、わたしをほっといてくれ、苦しめないでくれ、と言う。父の説教集『主は偕《とも》にあり』では、救いの為に自分自身とお別れしなければならないのであります、と言っている。

自分自身と別れるほどつらいことはあるまい。いや、自分自身と別れることなど、できるものではない。悪霊の軍団《レギオン》がつき、ひとりであばれまわってこそ、この男はレギオンだったのに、もうレギオンではなくなってしまう。あいつがハダカで酒を飲まず、オダもあげなくなったら、もうあの男ではない、というその男が、着物をきて、ぺしょんと正気でいたらどうだろう。

ぼくはコドモのころから、聖書を物語のようにおもったことはない。でも、聖書物語という文字もある。また、イエスの生誕劇、受難劇、復活劇というのは、クリスマスに子供たちがイエスの生誕劇をしたり、ヨーロッパのある町では、毎年、町じゅうを舞台にして、受難劇、復活劇をやるという。イエスが十字架をおってあるいていく坂道、また、イエスが十字架にかけられた、されこうべという意味のゴルゴダの丘などが、町のなか、町のはずれなどにあるのだろう。

こんなふうに聖書を物語やドラマにするのは、おおぜいの人にわかりやすく、なじみやすいからと言われる。でも、聖書だけでなく、わかりやすいというのは、たいへんにヤバい。それこそ、あることがわかりやすくなるのなら、かまわない。だが、たいていは、人々にわかりやすい、ほかのことにすりかわってしまう。ちがうことを、そのことがわかりやすくなったとおもいこむ。

ぼくは物語では満足できない。しかし、物語は読む本、それこそ物語のなかにあるだけでない。物語的なもの、物語的な考えは、びっしりぼくたちをとりまいている。いや、ぼくたち自身が物語的になっている。制度とか考えかたの枠組とか名前はちがっても、物語とおなじことだ。制度からぬけだした人がいただろうか。イエスぐらいのものか。そしてイエスも制度に殺された。こんなふうに解説するのも物語だ。

悪霊男が名前のないふたりの者（マタイによる福音書）であるよりも、レギオンという名のひとりの男（マルコによる福音書）のほうが個性的などと言うのは、カチカチ山みたいにもろ物語的な考えかたな。

レギオンという名で墓場や山を舞台に大声でさけび暴れまわってた男は、イエスによって、レギオンの役名と悪霊男の物語から解放された。

聖書にはあれこれ奇跡がでてくる。この奇跡には、敬虔でまじめなクリスチャンほどこまってしまう。奇跡は非科学的だと批難されて、科学と宗教はちがう、科学的事実とはべつに宗教的事実がある。いや事実ではなくても真実だ、なんて弁明しても、なんだか歯ぎれがわるい。事実と真実みたいなことは、よく言われるけど、どうもうさんくさい。

たいていの新約聖書でいちばんはじめにおかれてるマタイによる福音書の第一章のイエスの系図のすぐあとに、もうこんなことが書いてある。「一八イエス・キリストの誕生《たんじょう》の次第《しだい》はこうであった。母《はは》マリヤはヨセフと婚約《こんやく》していたが、まだ一緒《いっしょ》にならない前《まえ》に、聖霊《せいれい》によって身重《みおも》になった。」

こんなのも、聖霊によろうがなんだろうが、まじめなクリスチャンはこまってしまう。もちろん、いろんな解釈はある。ぼくの父は、アメリカ西海岸のシアトルで、久布白直勝牧師の日本人組合教会の教会員だった。その久布白直勝牧師は『基督教の新建設』という本を書いた。この本のなかに、信仰のつまずきとなる基督《キリスト》論として、「イエスの処女降誕説」というのがある。

旧神学者はイエスの処女降誕を以って、基督は人に非ず神なりとの有力なる論拠としております。併《しか》しながら基督の誕生が普通人間の誕生と異ったからとて、夫《そ》れが決して基督が神なりとの論証にはなりません。のみならず、そう言う事は宗教の中に入るべき性質のものではないのです。吾人が基督を信ずる理由は、基督の人格と宗教的自覚であります。吾人の信仰は決して基督の肉の誕生物語に立脚してはいないのです。況《いわ》んや此の問題は近世歴史的研究の結果開明されたではありませんか。私は基督教はイエスの奇跡的誕生に非ずして、その十字架にありと信じます。(後略)

明快なようだが、これも解釈か理解ではないか。父がこのことでなにか言ったりしたのを、ぼくはきいたことがない。そんなことは、父にはどうでもいいことだったのか。ともかく、牧師だからって、聖書に書かれてることぜんぶに、自分が責任をおうような考えは、おこがましく、せんえつなのではないか。

ルソーの告白

映画を見るいきかえりの電車のなかで、ルソーの『告白』の訳本を読んでたが、こんなにちんたら読んでいたんでは、どうしようもないな、とおもった。岩波文庫で上巻が星五つ、中巻も下巻も星四つだ。

電車のなかで本を読む時間は、合計一時間ぐらい。毎日、映画を見にいくわけではないし、そんなふうにこの『告白』を読んでいたら、かなり日数がかかる。

ぼくは電車のなかで読む本と、うちで読む本はわけている。きみょうにおもわれるかもしれないが、電車のなかではいわゆるむつかしい本、うるさい理屈の本を読む。ただし、これはそれこそ個人的な考えで、むつかしい本のほうが、やさしく読めるという人もいる。うちの父がそうだった。小説はさきがどうなるかわからないので、むつかしい、哲学の本などは、だいたいの考えかたがのみこめたら、あとはたいていくりかえしか、それを発展させたものだから読みやすい、と父は言った。

もっとも、これは母からきいたことだ。父はなんにも言わなかった。こういうことが、たくさんある。いや、イエスや宗教のこと以外で、父が言ったということは、ほとんど母からきいたこと、母が言ったことではないか。だれかの言葉としてつたわっていることでも、こんなのがおおいのかもしれない

ともかく、電車のなかでカントの『純粋理性批判』やハイデガーの『存在と時間』などの訳本をよんだ。どちらも岩波文庫で星五つの上中下巻、大部の本だ。もちろん時間はかかった。でも長い時間をかけて、すこしずつ日をおいて読んでいったので、おぼろげにうかびあがってくるものがあるような気がすることもあった。本がニンゲンかなんかで、電車のなかでは、その相手とつきあっている、それが長くなって、相手がわかるわからないといったことはぬきで、したしんできた、みたいなこともあったかもしれない。もっとも、こんなタトエはうさんくさいならいいほうで、まるっきりちがってるかもしれない。タトエは真偽の判断がつかない。だから厳密好きの哲学者はタトエをきらったのか。

でも、ルソーの『告白』はそんなに時間をかけて読んでるのがバカらしい気がした。だがはやく読むわけにはいかないし、とばして読むこともできない。また、そういう読みかたは、せっかく読むのにもったいない。ともかく、ちんたら読んでるなんて言いかたはおこがましくて生意気だけど、まったくちんたらという気がした。

それで、そう気がついた日は、かえってからも、寝ころんで、ルソーの『告白』を読んだ。うちでは、いつも寝ころんで本や雑誌を読む。机で本を読んでると、眠くなる。それでよこになると、目がさえる。

そのつぎの日は昼間はなにをやっていたか、夕方、六本木でつづけて二人のひとにあったあと、神楽坂の出版クラブのある文学賞のパーティにいった。パーティのあとは新宿のスナックでまた受賞者といっしょになり、ほかのバーにもいった。

そして十二時ごろタクシーでうちにかえってきた。女房がおきていて、「はやく寝なさい」と階段のところに背中をおされていった。

ところが酔ってるのに眠れない。かなり腹もへってるようだった。パーティでなにかをたべるのは、ぼくはへただ。この夜のパーティでは、とくにあまりたべていなかった。うちにかえって、また飲んでたべたら、こんなにはならなかったかもしれないが、女房に二階においやられた。

その翌日はいやな二日酔だった。寝なおせば二日酔にもいいのだろうが、もう眠れない。それで、寝ころんで、新聞やほかの雑誌を読んだりしたあと、ルソーの『告白』を読んだ。

「きょうはどうするの？　映画を見にいくの？」と女房にきかれ、「……うん」と生返事をしたのも、二日酔で頭がぼんやりしてたからだろう。ふつうなら、見る映画があるかないか（見たい映画ではない。そんなに見たい映画はすくない）たしかめてから、女房に返事をする。

だから、ヒルめしのときになっても、ぼくが映画を見にいかず、うちにいるので、女房は腹をたてた。三時から、見る映画がないこともなかったが、ぼくはぐずぐずうちにいた。二日酔で、出かけるどころではないのがわかったのだ。

そんなわるい状態で、ルソーの『告白』を読んだ。やはり二日酔のせいで、まぶたがとじてきて、うとうとしかかっては、はっと目がさめる、そんなことがなんどもあった。目をあけると、読みかけの本のページのあいだに、指をはさんでいた。もう、あたりはくらくなっても、うとうとし、バカらしい気もした。

でも、そうやって、前々日とその日で、ルソーの『告白』の中巻と下巻を読んでしまった。とばし読みをしたのではない。ぼくとしては、たいへんな読書のスピードだった。

ルソーの『告白』は銀座の教文館で買った。岩波文庫をおいてる本屋がすくなくなったが、ここは岩波新書とともに見やすいところにおいてある。映画を見るときは、たいてい国鉄有楽町駅でおりるので、この書店は本を買うのにべんりでもある。岩波文庫のルソーの『告白』上巻のいちばんさいしょの凡例というところに——

一、この訳文は、桑原武夫、樋口謹一、多田道太郎、山田稔の共同訳だが、便宜上、最年長者の名を代表としてかかげた。

なんのことはない文章のようだが、さらっとして気持がいい。訳者名を四人ならべるのはゴタつくし、だったら一人にして、と気持よく相談ができたのだろう。日附は一九六五年二月になっている。二十年まえだ。二十年ぐらいなら、ニホン語の訳文もそう古くはならないともおもえるが、ぼくなどは、ずいぶんかわってきている。

さて、この訳本を読みだして気がついたんだけど、ルソーのものを読むのは、これがはじめてだった。子供のときから、ルソーのことはよく知っているつもりだったのに、実際は、ルソーの本はぜんぜん読んでいなかったのだ。

ところが、これはよくあることらしい。ルソーは、ある時期はたいへん人気もある人物で、しかしずいぶん迫害もされたらしい。そのころの著述家（モノカキ）で、通りで群衆にとりかこまれるといった人は、ルソーぐらいではなかったのか。

しかし、その群衆たちや、ルソーの家に石を投げた人たちは、ほとんどルソーが書いたものは読んでいなかった。読んでいなかったからこそ、そんなふうだったのだろう。これはきみょうなことだが、きみょうなだけならいいけど、それがふつうみたいなのが、おそろしい。

アリストテレスあたりから、まともな著述家はほとんど誤解されてきた。その本を読んで誤解したのならともかく、たとえばアリストテレスの悪口を言った人たちは、アリストテレスが書いたものを読まないで、誤解したようだ。くりかえすが、バカらしい、きみょうなことだけど、これがふつうみたいになっている。ぼくだって、ルソーの本は読んでなかった。

いまでも、それはかわらない。じつにあぶなっかしい、おそろしい世の中だ。だか用心し、そっとしている。わらわれるだろうが、ぼくはそっとしている。

ジャン＝ジャック・ルソーは一七一二年ジュネーヴで生れた、と『告白』に書いてある。父のイザック・ルソーは時計師、「わたしの母はベルナールという牧師の娘で、父よりも金持だった」そうだ。父はコンスタンチノープルへいき、トルコ宮廷付の時計師になったあとジュネーヴにかえり、

「……十月たって、わたしは病弱な子として生れた。」

この十月たって、、、というのがおもしろい。平凡社の『大百科事典』の「妊娠」の項を見ると、妊娠

持続日数は統計によると二百八十日プラスマイナス十七日、とある。二百八十日は九カ月とすこし。妊娠の日数のことを、欧米の人たちは、ふつう九カ月と言う。ぼくはアメリカ兵と賭けをして負け、このことを知った。ニホンの十月十日《とつきとおか》は太陰暦らしい。ギリシアのアテネで、ニホン人のハリガネ師のアイルランド人の女房が、亭主が妊娠期間は十カ月十日だと昔からきまってると言いはるので、ニホンのベビイは十カ月と十日母親のお腹のなかにいるのかとおもった、と言った。ハリガネ師というのは、通りでハリガネでブローチをつくって売ったりしてる連中のことだ。ヨーロッパじゅうのお祭りや観光シーズンをまわって、ニホン人のハリガネ師は旅をしている。ニホンをでて、もうなん年にもなるという人もめずらしくない。

さて、この十月たってというのは、原文は九カ月だったのを、ニホンの読者むけに十月と翻訳したのだろうか。それとも、原文も十月だったのか。翻訳は、ほんとにこまかなところまで考えて翻訳するものだ。

ルソーの文章は「わたしが生れたために母は死んだ。こうしてわたしの誕生はわたしの不幸の最初のものとなった」とつづく。

もとは（昔というコトバが、つかいにくいので。ぼくには昔というものがあったのだろうか？）お産で死ぬ人はめずらしくなかった。ぼくが子供のころでも、たくさんあった。でも、おまえのために、おかあさんは死んだと言われてたら、どんな気持がしただろう。どうしようもないことで、どうしようもないことは、じくじく痛む。ぼくの母はいわゆる高齢出産で難産だったらしく、自分は死んでもいいから、この子はうみたい、と祈ったということで、そんなのをきかされて、気分がいいものではない。まして、ほんとに母親が死んじまったら、まったくやりきれない。また、父親は母親を愛しており、その母親を殺してうまれた子供をにくむ、みたいな小説もさんざん読んだ。ただにくむだけならカンタンだが、やはり父親は子供は愛してるがにくいとか、そんな父親にたいする子供の気持とか、実際にはたいへんだろうが、ぼくはそういう小説は好きではない。

ルソーの父も妻をとても愛していたらしい。「二人の恋はほとんど生れると同時にはじまっていた」とルソーは書いている。こんな書きかたをした人が、それまでにもいただろうか。ルソーが書いたものが、そのころも人気があり（人気ってのは、くりかえすが、読まない人に人気があったのかもしれないけど）、いまでも読まれるのには、こういう書きかたのためもあるのではないか。ロマンチックだが、でこでこしたロマンチックさではなく、率直で、それこそ自然のようで、しかもロマンチックだ。

そのあとの文章もフレッシュで、みずみずしい。

「父がどうして妻をなくした悲しみにたえたか、わたしは知らないが、ともかく一生なぐさめられなかったことはよく知っている。父はわたしを母の身がわりと考えていた。しかもわたしが彼女を彼からうばったことは忘れえなかった。（中略）『ジャン＝ジャック、母さんの話をしよう』と父がいうと、『ええ、お父さん、また泣くんでしょう』とわたしは答えたものだ。（以下略）」

「わたしはものを考える前にまず感じた。これは人間の通有性であろう。」そして、ルソーは五、六歳ぐらいかもうすこしあとに、父といっしょに、死んだ母がのこしておいた小説類を読みだす。

「……だんだん興味が強くなって、かわりばんこにやすみなしに読みつづけ、毎晩を読書にすごした。一冊のおわりまで読まなければやめられなかった。ときどき、父は明けがたのツバメの声をきいて、恥ずかしそうに、『さあ、もう寝ようよ。わたしのほうがおまえより子供だね』と言ったものだ。」

母がのこしておいた小説類は、訳註によると、主としてオノレ・デュルフェの『ラストレ』など、十七世紀の空想的恋愛小説、とのこと。こんなことまで研究されてるのは、ルソー学みたいなものがあるのだろう。

ルソーが十歳のとき、父はフランスの大尉でゴーチェという人と喧嘩し、「……名誉と自由をそこなわれるのを我慢するより、ジュネーヴを去って、余生を他国で暮すほうをえらんだ。」ルソー自身も、後年、フランスにいられなくなって、スイスにのがれたり、プロシア領内にうつったりしている。ヴォルテールも亡命したし、ユゴーは十九年間も亡命していた。ルソーの父の先祖も三代前のディディエ・ルソーは、パリ近くのモンレリ出身で、一五四九年に宗教上の理由でジュネーヴに移住した、と訳註にある。

こんなふうによく亡命する。というよりも、ルソーの父みたいに、自分で住むところをえらぶ。ニホンでは亡命した人はすくない。島国だからということもあるだろう。だが、島国だからというだからも忘れられ、理由もなく、ずーっとニホンにいるのがあたりまえになっている。まえのことではない。いま、ただ考えるだけでも、亡命を考えてるニホン人はすくないだろう。

ルソーは彫金師の徒弟奉公にでる。『告白』には年齢のことはのってないが、百科事典によると十三歳のときだそうだ。ただ、この彫金師の親方がいい親方ではなかったみたいにルソーは書いている。でも、そのころとしては、ごくふつうの親方だったとも考えられるが。「……もしわたしがもっといい親方の手におちていたら……気らくな生活をするだけの収入はあって、ひと財産をつくるほどではないこの職業は、わたしの将来への野心を小さくし、ごくつつましやかな趣味を養うだけの余裕もあたえ、おのれの世界に安住し、その外に飛び出す方法をあたえなかっただろう。」

ぼくは運命みたいなことは好きではない。だいいち、運命なんてインチキくさい。なにごとも運命みたいなことを言いながら、自分でかってに自分の物語を（あるいは、ほかのひとの物語を）つくってるようなところがある。

ルソーは早熟な天才のようにきいてきた。そのとおりかもしれない。だが、いまとは時代がちがうにしても、大学をいい成績ででて、そのあたりで、もうだいたいのコースがきまってしまうのがふつうのようだが、ルソーはちがう。あれこれ、あまりうまい暮しかたはしないで、それこそあれこれやってきた。

しかし、ルソーの考えは、一七五〇年のディジョンのアカデミー当選論文『学問芸術論』や一七五五年の『人間不平等起原論』なんかから、あまりかわっていないと言われるだろう。ルソーはそんなにむつかしいことを考えたのではあるまい。ごくあたりまえのことを考えた。でもだからこそ画期的なことだった。これは、考えよりも、勇気の問題だってことではない。ルソーにすれば、ごくごくあたりまえで、そう言うより（書くより）しかたがないことだった。それでも地球はうごく、といったぐあいに。

この彫金師の徒弟時代に、ルソーは盗みをやる。はじめは、親方のところにくる手伝い職人のヴェラという男のために、ヴェラのうちの庭にはえているアスパラガスをとってくる。母親にかくれて、それを市場にもっていき、その金をヴェラにわたしたのだ。

こんなちいさな盗みなんかを告白されたんではたまらない、とぼくはおもっていた。アウグスティヌスの『告白』でも、さいしょのほうに、ちいさな子供のとき、友だちとナシの実を盗みにいったはなしがでてきて、これも大部の本だし、これからさきどうなるか、とため息がでた。

だが、アウグスティヌスは子供のときでも、よその家のナシの実を盗むような気はなかったのではないか、とも考えた。子供ならだれでも、よその家のナシやももの実が、うちかちがたい刺激物に見えるとはかぎらない。ぼくもそうだった。よそのうちのカキの実がほしかったことなど、ぜんぜんない。しかし、ほかの子供たちが、わいわいナシの実をとりにいくので、つい、それにのってしまう。自分ではほしくないほど、罪はふかいような気がする。ぼくも子供ゴコロに、友だちにはっきりことわれない自分がじれったかった。そして、こういうことは、大人になっても、オジンになってもあることだろう。

彫金師の徒弟時代のルソーは、ちょいちょい、ほかのものも盗んだらしいが、たいしたことではない。ルソーらしいのは、貸本屋から本を借りるはなしだ。いい本も悪い本もある女貸本屋の本は、みんな読んでしまったという。「仕事場で読み、使いに行く道で読み、衣裳戸棚にかくれて読み、何時間も時のたつのを忘れた。読書で頭がふらふらしながら、それでも読んでばかりいる。親方はわたしを見張っていて、とっつかまえてぶち、本を取り上げる。」

そういう親方みたいな人を、ぼくだって、叱られてるときは、わるい人だとおもった。しかし、ルソーのこの『告白』が完成したのは一七七〇年のようで、ルソーは六十歳ちかくになっている。それでもまだ、単純に悪い親方なのだろうか。ずいぶんひどい親方だったとおもったが、世間的にはふつうの親方だったのではないか、なんて書きかたはルソーはしない。この『告白』はするどい自己批判の書と言われ、ルソー自身もそうおもってるようで、事実、そうかもしれないけど、はなはだ無反省でもある。じつは、そんなところもおもしろい。

とうとう、ルソーは彫金師の親方のところから逃げだす。そして、あるいてトリノにいく。そのあとも、あちこちへ旅をするが、若いときは、たいていあるいている。そして、あるく旅が好きだ、とルソーは書いている。まわりの風景を見るのも好きだろうが、そうしながら、いろいろ空想をしている。そんなところが、ぼくにはよくわかる。空想をする、というのがルソーの特徴だろう。

旅にでるまえに、ルソーは、おなじ歳の従兄弟《いとこ》のベルナールにだけ、このことをはなす。この従兄弟とは、ボセーのランベルシュ牧師のところで、二年間いっしょにくらしたことがある。従兄弟はルソーに剣をくれる。「わたしのたいそうほしがっていた剣」だそうだ。さっそくこれを身につけて、トリノまで行った、と書いてある。ルソーが十六歳のときのことだ。彫金師の親方に叱られていた十六歳の少年が剣をぶらさげて！　そんなものをぶらさげてあるいてたら、じゃまにならないか。ルソーが剣のつかいかたの稽古をしたなんてことは、どこにも書いてない。ルソーに剣とは考えもしなかった。でも、ルソーは一七一二年生れだから、徳川時代の中期よりもすこしあとぐらいだろうか。そう考えると、剣はそんなにおかしくはない。だが、逆にルソー自身がおかしくなる。

徳川時代にはルソーはあわない。

カントは一七二四年生れだが、まさか、カントは剣とはカンケイあるまい。でもねえ……いや、こんなことは、はじめて頭にうかんだ。

トリノで、ルソーは剣を手ばなす。「剣を食いものにしたというわけだ」と書いてある。この従兄弟とは「それ以来、手紙のやりとりもせず、会いもしない。残念なことだ。」


去年の夏、西ドイツのライン河にのぞんだマインツにしばらく滞在したあと、列車にのり、バーゼルでスイス国境をこえ、チューリッヒにはいった。

そして、チューリッヒにいるあいだに、リヒテンシュタイン公国にいった。ブーフスで列車をおり、PTTのきいろい郵便バスにのる。リヒテンシュタインとの国境は、どこが国境かもわからないが、郵便バスはヨーロッパでは国境をこえてはしってるからだろう。バスのうしろに郵便物をのせたちいさなトレーラーがついている。運転手が肉屋みたいな長いコートを着てるのがおかしい。

リヒテンシュタインはオーストリアとスイスにはさまれた、ちいさな国だが、バーゼルで西ドイツとの国境をこえてからも、ずっとドイツ語のようだ。オーストリアだってドイツ語だしさ。

スイスはフランスの文化圏みたいに、ぼくはおもっていた。だいいちスイスという名前がフランス語で、通貨もスイス・フランとよばれてる。

ところが、平凡社の百科事典によると、ドイツ語をはなす住民数はスイスの全人口の約七〇パーセントだという。フランス語は約一九パーセントだ。えらい差でびっくりした。

ルソーはジュネーヴで生れて育った。ぼくはジュネーヴをスイスを代表する都市みたいに考えていたが、スイスのなかでは特殊な都市で、レマン湖の南岸にあり、まわりはフランス領にかこまれて、スイス全土では約一九パーセントのフランス語をしゃべる町だった。

ルソーのことをフランスの思想家と書いたものはめずらしくない。それを目にするたびに、ぼくは、ルソーはスイス人のはずなのに、とおもっていた。ルソーは、たぶん、ぜんぶの著作をフランス語で書いたのではないか。ルソーの著作でラテン語で書いたものがあるとはきいていない。

そのころ、学問があるというのは、まずラテン語の読み書きができるってことだったのだろうが、ルソーはそのあたりが欠けていた。あるいはとびこえていた。それも、ふんばって、とびあがったのではあるまい。ただ、自分にできることだけをした。すなおに、わがままにやっていった。すなおにというのが、どんなに自由にものを考えることができるか。「へびのように賢《かしこ》く、はとのように素直《すなお》であれ」（マタイによる福音書第一〇章一六節）というのは矛盾したことみたいだが、すなおでなければ、かしこくはならない。もっとも、すなおでないかしこさのほうが、世間ではふつうだろう。だが、ルソーはすなおでかしこかった。それで、人々からはぬけでていた。もっとも、人々のほうは、ルソーをぬけでてるとはおもわない。だから、そんな人々とかかわりあってるかぎり、ルソーはぬきでてるとは言えないのかもしれない。ルソーみたいな人には、たいていおきることで、悲劇と言えばわかりやすいかもしれないが、ま、どうしようもないゴタゴタだ。

いや、いまのいままで、ぼくはルソーをスイス人だとおもっていたが、ジュネーヴ州がスイス連邦に加入したのは、ずっとあとの一八一五年で、これはひとつの例だが、ルソーはジュネーヴ人とは言えても、スイス人ではなかったのではないか。

ニホンの常識で考えるから、おかしくなる。やはり去年の夏、オランダのアムステルダムで、おおば比呂司さんと息子さんにあった。そのとき、息子さんが「オランダ人というのができたのは、わりと最近のことのようですよ」と言った。国とかなに人とかってことについては、ニホンとはずいぶん考えがちがう。そのニホンだって、ほんの百年ぐらいまえまでは、ほとんどの人がニホンという国の意識などなかったのではないか。

ルソーを有名にした著作はパリか、その近くでフランス語で書かれ、だからフランスの思想家というのは、そんなものだという気もする。べつにフランス人の思想家とは言っていない。

また、ジュネーヴは、宗教改革のカルヴァンが、その本拠地とし、アカデミーもつくった。カルヴァンの新教はきびしかったらしく、厳重な道徳生活を市民に強制した、と事典には書いてある。

これまた、ぼくはかってに、ルソーはプロテスタントの人で、また、ルソーにはプロテスタントがよく似合うようにおもっていた。ジュネーヴで生れて育ったルソーは、もちろんプロテスタントだったが、十六歳の半ばごろ、アヌシーにヴァランス夫人をたずねる。ヴァランス夫人にあったことで、「わたしの一生のこの時期がわたしの性格をはっきりきめてしまった」とルソーは言う。

「そのひとを見たときの驚き！　わたしは気むずかしやの信心家の婆さんを予想していた。ポンヴェール氏のいう慈悲ぶかい婦人というのは、そうより考えようがなかった。いま目の前に見たのは、愛嬌したたるような顔、やさしさをふくんだ美しい青い眼、まぶしいような血色、ほれぼれする胸のあたりの輪郭。（後略）」

「(前略) この世紀の初めの年に生れた彼女は、そのとき二十八であった。その美しさは目鼻だちより表情にあるほうだから、容色はいつまでもかわらぬ人だった。それで、この時はまだまったく若々しいあでやかさであった。見るからに、愛嬌のあるやさしい様子、うっとりさせる眼つき、天使のような微笑、わたしと同じくらい小さい口、めったにない美しい銀色をおびた髪、その髪を無造作につくろっているのがひどくしゃれていた。背はひくく、ひくすぎるくらい、胴はやや太いが不格好ではない。とにかく、これ以上に美しい顔、美しい胸、美しい手、美しい腕は見られなかった。」

ヴァランス夫人は、夫と家庭と祖国をすて(つまりプロテスタントもすてて)近ごろカトリックに改宗したのだった。

ヴァランス夫人を見て、ルソーも若い改宗者になったような気になったことを書いている。「改宗者などというのは、この瞬間、わたしはこの人の感化をうけてしまったからだ。こういう伝道者によって説かれる宗教なら、きっと天国に導いてくれるに相違ないと確信したからだ。」

アヌシーはサヴォワ領内で、巻末の訳註によると、「サヴォワは現在はフランス領だが、当時はサヴォワ公国であった。(中略) イタリアのピエモンテ地方はその所領、トリノはその首府であった。(後略)」

ルソーはつれといっしょにトリノまであるいていき、改宗者の救済院にいれられる。そこには、五人の浮浪者がいて、「神の子になろうという候補者というよりも、悪魔の手下とでもいったほうが、似合っていた。」

こんな連中のなかにモール人と称する男が二人いて、そのうちの一人がルソーにホモの行為をしかけ、精液がとんだりする。ルソーはびっくりし、さわぎたてるが、逆に叱られたり……。

ルソーはカトリックの教師たちにも理屈をこね、手こずらせるが、救済院をでて、カトリック教徒ということになる。

こんなことも、ぼくはぜんぜん知らなかった。くりかえすが、かってに、ルソーはプロテスタントがよく似合うとおもっていた。

でも、ずっとあとになって、また、ルソーはプロテスタントにもどったらしい。しかし、そのことについては、かんたんな記述しか、この『告白』にはない。

ただ、ルソーはジュネーヴを去った。ルソーみたいにすなおで自由な目をもっていれば、カルヴァン派のきびしい道徳の強制にも虚飾を見たのではないか。

新教徒をカトリックに改宗させるためのトリノの救済院をルソーはでたあと、店ではたらいたりしていたが、グーヴォン伯爵の邸につれていかれる。この伯爵の次男は「家族の意志で将来司教の地位につくようにきめられた人」で「神学が嫌いになって文芸のほうに没頭している。これはイタリアでは、高い僧職につく人によくあることだ。」

このグーヴォン師から、ルソーはラテン語をおそわる。「(前略) それとも初歩のラテン語なんか教えるのはうるさくて嫌だったのか、最初からたいへん高級な教え方をする。二つ三つフェドルスの寓話を訳させたかと思うと、すぐウェルギリウスときた。それがほとんどわからない。後になってわかるが、わたしはラテン語は何度も勉強のやり直しをしながら、ついにものにしえなかった男である。しかし、とにかく相当熱心に勉強した。」

ルソーもラテン語の勉強はしたのだ。ウェルギリウスの詩をたのしんで読むことも、『告白』のあとのほうにでてくる。しかし、「ついにものにしえなかった男」とルソーは自分で言ってる。また、どこかの神学校でラテン語をおそわったが、教師のカトリックの坊さんがいやな男だったので、ラテン語もきらいになった、ともルソーは書いていたはずだが、なんども目をとおしたが、『告白』のなかのその個所が見つからない。

じつはいまは、一九八六年一月一日のお昼ごろで、明方ちかくまで、近所の神社の初詣の人たちの足音が下駄の音もまじって、枕もとにきこえていたが、そんな音もすっかりやんで、ほんとにしずかだ。元日のこのしずかさは、ほかの日にはない。いや、きょうはわりと早くおきたのだが、その神学校のところをさがしていて、お昼になってしまった。くやしいが、バカらしいので、もうさがすのはやめる。

ルソーはバークルという若い友人にのぼせあがり、バークルがジュネーヴにかえるというので、グーヴォン師からもらった小さなヒエロン噴水器をもって、いっしょに旅にでる。これは訳註によると、「二世紀のアレクサンドリアの学者ヒエロンが、圧搾空気を利用して発明した噴水器」だそうだが、どんなものかは、想像もつかない。ともかくルソーは、「自分らの肺臓の息と噴水器の水を発散さえして行けば、ピエモンテでもサヴォワでもフランスでも、世界中道はどこまでも開けていると思って、いたるところで歓待と御馳走にありつくことを想像していた。」

ルソーはおっちょこちょいのようだ。いわゆる晩年には、人間ぎらいみたいなところもあったようだが、その持ち味はかるさだろう。ルソーの考えは、西洋の常識で厳密をこころがけ、がちがち考えたものではない。かるーく、とびたっていった。理屈は、あとからつくれる。

ブラマン付近で噴水器はこわれてしまい、ルソーとバークルは、「いよいよ底の見えてくる財布にせかされて、少し足を早めて真直ぐに目的地に向うことにした。」

そして、二人はアヌシーに着いたが、ルソーは心配する。急にほれこんで、いっしょにあるいて旅をしたバークルだが、「（ヴァランス）夫人によけいな厄介ものまでおしつけるのは嫌だし、といって水臭くわかれてしまうこともできまい。」ところが、バークルは、あっさりルソーとわかれて、どこかにいってしまう。そのところの記述はみじかいが、ぼくにはとてもおもしろい。

さて、ヴァランス夫人のことだが――

「（前略）あえていうが、恋のほかになにも感じないという人は、人生のいちばん楽しいことを感じない人だ。わたしは恋とはちがったある感情を知っている。それは恋ほどはげしくはないかもしれぬが、もっともっと快く、ときには恋にむすびつくけれど、また離れていることもある。この感情はただの友情ではない。もっと官能的で、もっと情味がふかいものだ。」

友情ともちがう、恋ともちがう感情だが、ルソーはその感情を知っている、とはっきり言う。知ってるんだから、しようがない。ヴァランス夫人への感情だ。「わたしはどうも同性の人間にこういう気持がはたらくとは考えられない。」

「（前略）『坊や』というのがわたしの呼び名、『ママン』〔かあさん〕というのがあのひとの名だ。これからずっとわたしたちは『坊や』と『ママン』でとおした。」

ルソーの経歴を書いたものには、たいていヴァランス夫人の名前がでてくる。また、この「坊や」と「ママン」も有名だ。それが、ふしぎな気がしたこともある。でも、『告白』でヴァランス夫人とのことを、たっぷりききかせられると、なるほど、とおもう。ルソーの経歴のなかで、ヴァランス夫人の名前をちらっと見ただけでは、べつにおもしろくはない。くりかえすが、ふしぎなぐらいだ。

　こうやって、ルソーがヴァランス夫人のところでくらしだしたところを読みかえしてるうちに、ぼくがさがしてた神学校が、ひょいとでてきた。

　元日の午前中、長いあいだかかってさがした神学校は、ものが見つからないときはたいていそうだが、ないところをさがしていた。ルソーがまえにヴァランス夫人のところにいたときか、トリノの救済院にいたあたりかとおもったが、ルソーがトリノからヴァランス夫人のところにかえってきたあとだった。「(前略)困ったことは、わたしが正規の学問をしてないこと、それに僧侶になるに必要なだけのラテン語も知らないことだ。ヴァランス夫人はしばらくわたしを神学校に入れて教育することを考えた。」

「神学校には一人のいやなお坊さんがいて、これがわたしを受け持ち、ラテン語を教えようとして、この言語をだいきらいにしてしまった。」

「刑場にいくような気持で神学校へ行く」のに、ルソーは「(前略)ママンに貸してもらった本を一冊だけもって行った。これがたいへん役に立った。どういう本だったか、想像がつくまい。音楽の本なのだ。(中略)わたしがもって行った本は、そんなにやさしいものではなかった。クレランボーのカンタータだ。（後略）」

ルソーに音楽の手ほどきをしたのは、やはりヴァランス夫人だった。でも、ルソーは音楽に情熱をもっていて、「自分一人ででも練習してみようと考えた。」

ルソーは神学校から「そして、わたしは僧侶になる資格さえない生徒として、ヴァランス夫人のところにかえされた。といっても、気だては良く、悪い性質もない、という評がついていた。」

神学校からかえってきたルソーの「……音楽熱から、夫人は音楽家にしたらという考えを起こすようになった。」ヴァランス夫人の家では、週一回、音楽の催しをし、大聖堂の楽長が、このささやかな音楽会の指揮をとった。ル・メートルという、まだ若いパリの人を、ママンはルソーに紹介し、ルソーはこのひとの聖歌隊養成所にはいり、いろんなひとたちにあう。ルソーはいい声だったようだ。

そのころは、家の様子は以前とまず変りないようであった。忠実なクロード・アネがやはりいっしょに住んでいる。アネは植物研究に情熱をもち、ヴァランス夫人も奨励したので、ほんものの植物学者になった。若死にしなければ、植物学者としても、名をなしただろう、とルソーは書いている。

「（前略）たしかにクロード・アネは非凡な人間で、こういうたちの人間でわたしの出あった唯一の例といってもよかった。何をするにものろくて、落ちついて、考えぶかく、用意周到で、態度が冷静で、言葉は簡潔で、しかつめらしいが［ルソーとはまるで逆な男のようにおもえる］、情熱では実にはげしいものをもっていた。けっして外にあらわれず、内側でのみ彼をさいなんでいたこの情熱が、一生のうちただ一回だけばかげたことをやらせた。恐しいことで、彼は毒を飲んだのである。この悲劇的な場面は、わたしが到着してから間もなくおこった。この男と女主人との親しい関係を知ったのは、この事件のためだった。彼女の口からそれを聞かなかったら、わたしはいつまでも気がつかなかっただろう。」

ルソーはこのことのあと、クロード・アネをきらったりするのではなく、いっそう尊敬し、この男の弟子のようなかたちになった、と言う。

『告白』のこの個所のすぐまえの、第五巻のはじめには「前にもいったとおり、わたしがシャンベリに着いて、国王に奉仕する土地測量の事業にやとわれることになったのは一七三二年（訳註。じつは一七三一年である。シャンベリ着はその九月末、就職は十月一日。）であったように思れる。もうわたしは二十歳をすぎて二十一になろうとしていた。」

でも、ルソーは音楽が好きで、土地測量の事務所をやめて、音楽に没頭したいとおもったりする。また、ルソーには音楽の弟子がいた。「貴族以外のひとのあいだにも幾人か女弟子がいた」と『告白』にはある。そのなかには、ルソーに音楽をおそわってる娘をルソーにおしつけようとする母親なんかもでてくる。そのことを、ルソーがママンにはなすと、ママンはこう判断した。「（前略）それに、自分のいわば教え子の教育を、よその女がやるのは穏当でないと思ったほかに、わたしの年齢や境遇がおちいりやすくしている誘惑のわなから守ってやらねばという、いっそう彼女にふさわしい動機をもっていたのだ。」「いずれにしても、ママンはわたしを青春の危険から救うためには、もうわたしを一人前の男として取りあつかうべき時だと考えた。そして、そのとおり実行したのだが、そのやり方は、女がこういう場合にかつて思いつきもしなかったような変ったものだった。彼女は今までになくきまじめな態度になり、言葉も教訓調となった。普段ものを教えるときにもまじえていたふざけた陽気さにかわって、突如、なれなれしいのでもなければ厳格というのでもない、ある固くるしい調子になった。何かこみ入った説明でもする前準備のようなふうであった。この変化の原因を一人いろいろ考えてもわからぬので、たずねてみた。あのひとはそれを待っていたのだ。彼女はつぎの日、例の小庭園へ散歩に行こうといった。わたしたちは朝から出かけた。ママンはその日は終日二人きりでいられるようにとりはからっておいた。一日をついやして、わたしにあたえようとする恩恵の準備をさせようというのであった。それもよその女のように手管や媚態をつかったりするのではなく、情理をつくした談話によって説くのである。わたしを誘惑するというより教えさとすやり方で、わたしの官能よりも心にじかに語りかける話であった。」

　ママンは「形式を重んじる精神のおかしな癖で」「この契約にじつにおごそかな形式まであたえた。八日間の猶予をあげるからよく考えなさいというのである。」

　ルソーはこの八日間を、八世紀のように長く待ちどおしく感じないで、八世紀つづいてほしいようにおもう。ひどく混乱してるのはあたりまえだろう。

「待ちかねたというよりむしろ恐れていたその日がとうとう来た。わたしは何でも約束した。そして嘘をいわなかった。わたしの心は約束を再確認したが、その報酬をのぞまなかった。しかし、その報酬をえたのだ。はじめてわたしは女の腕に抱かれる自分を見た。熱愛している女の腕に。わたしは幸福だったか。いな。快楽は味わった。だがその快楽の魅力を、なにかは知らぬうちかちがたい悲しみが毒していた。わたしは近親相姦をおかしたような気持だった。二、三度、夢中になって彼女をわが腕に抱きしめながら、その胸に涙をそそぎかけた。彼女のほうでは、悲しそうでもなく、快活でもなかった。愛撫はしたが平静であった。肉感的でないひとで、官能のよろこびをもとめたわけではなかったから、歓喜に達しもしなければ、後悔をすることもなかったのである。」

しかし、クロード・アネという男がいる。「(前略) 夫人がこの男にもっていた愛情のほどは、夫人が彼に不実をはたらいてから〔ルソーと寝るようになってから〕わたしにわかったことだ。わたしがただ彼女を通してのみ考え、感じ、呼吸していることを夫人はよく知っていたから、自分がアネをどんなに愛しているかをわたしによく示して、わたしにも同様にこの男を愛させようとした。もっとも、彼への愛情のほうにはあまり力をいれず、敬意をはらっているというほうに重きをおいてわたしに話した。というのは、そういう感情〔敬意〕なら、わたしにも十分心おきなく夫人と共にすることができたからだ。あんたたちは二人ともわたしの人生の幸福のためにぜひなくてはならない人だといって、彼女は幾度もわたしたちの心を感動させ、わたしたちを涙のうちに抱擁させたことであろう! ここを読む婦人がたは意地わるい微笑をもらさずにおいていただきたい。このひととの気質としては、こういう要求も決していかがわしいものではなかった。まったく心の要求であったのだ。」

このあたりは、ルソーの『告白』のなかでも、たいへんおもしろいところだが、ヴァランス夫人というのは、ルソーは大好きでのぼせあがってるけど、アネとルソーを目のまえにおいて、「あんたたちは二人ともわたしの人生の幸福のためにぜひなくてはならぬ人」と言うのは、それが、そのころのそちら流かもしれないが、なんとも気はずかしい。

クロード・アネについての訳註には、「一七〇六年一月十七日生れ、ヴァランス夫人の先夫の園丁の甥。おそらく二十歳ごろ夫人のもとにいたと思われる」と書いてある。すると、ルソーよりも六歳上だが、二十歳ぐらいからヴァランス夫人のところにいたのだろう。

そして、ルソーが『告白』で書いてるところによると、クロード・アネはとてもヴァランス夫人を口説いたりする男には見えない。やはり年長で女主人のヴァランス夫人のほうが言いよったのではないか。その言いよりかたが、ルソーのときとおなじように、手れん手くだみたいでなく、じゅんじゅんとさとすようだったとしても。

ルソーは、自分とヴァランス夫人とのはじめての夜、夫人は「官能の喜びをもとめたわけではなかったから」と書いてるけど、夫人は官能はあまり意識せず、いわゆるみだれたり、大きな声ではさけんだりしなくても、やはり官能のなかにあったのではないか。

クロード・アネが毒を飲んだのは、わたしが到着してから間もなく、とルソーは書いてるが、アネは、ルソーをヴァランス夫人の熱烈な恋人のようにおもったのではないか。

また、ヴァランス夫人とクロード・アネとルソーと「おそらく地上にまたと例のないような交わりがはじまった」が、それはどれだけつづいたのだろう。

やがて、アネはアルプスよもぎを採りに山の高いところにいき、肋膜炎にかかり、五日くるしんで、「わたしたちに抱かれて死んだ。」肋膜炎で五日間というのは期間がみじかく、あっけなく死んでいる。これは、アネには三人の生活がむりだったからではないか。ルソーがヴァランス夫人のところにあらわれて間もなく、アネは阿片チンキを飲んで、死のうとしている。アネはやはりふつうの男で、ルソーはふつうの男ではなかったから、三人の生活もルソーはわりと平気だったのか。

逆のことを言うみたいだが、ヴァランス夫人は、女と男のこと、世間の言いかただとセックスのことでは、かなりふつうの女性で、アネとルソーの二人と寝た。これは、ぼくのセンチメンタリズムかもしれないが、ふつうの女性は習慣にしばられてはいるが、セックスにはわりと平気なのではないか。そんなところは、うかがい知れない気がする。それにヴァランス夫人は貴族の離婚した夫人で、いちがいには言えないだろうが、そんな女性がどんな女性なのか、見当もつかない。ただ、この『告白』のなかにも、貴族の夫人と愛人の男というのが、たしか、なん人かはでてくる。これは、そのころの時代だけでなく、いまのニホンでもあまり考えられない。

ヴァランス夫人は哲学がご自慢で、「正しくみちびく心に従おうとせず、悪しくみちびく理性に耳をかたむけた」とルソーが書いてるのは、善いものや正しい判断は理性からくるとしたカントなどとちがい、いかにもルソーらしくておもしろいけど、ふつうの官能とはちがったにしても、ヴァランス夫人にも官能をよろこぶものがあったのではないか。あるいは、官能はなくて、いわゆる不感症のような女性でも、男と寝るのは好きだとか。そんな女性もいるようだ。ヴァランス夫人のことを、ふしぎな女性、ともちあげることはあるまい。やることはおかしくても、ふつうの生理の女なんて言いかたはいやらしいが、そんなものかという気もする。

「ふつう、わたしたちの朝食はミルク・コーヒだった。これが一日中でいちばん気分がおちつき、くつろいで話のできる時間だ。これにはかなり時間をかけたが、おかげでわたしは朝食がたいへんにすきになった。イギリスやスイスの習慣では、朝食はみなの集まる本式の食事だが、このほうが、各人がそれぞれ自室でたべたり、何もたべないことのほうが多いという、フランス式よりもはるかに好ましい。一、二時間もおしゃべりをしてから、昼食まで本を読む。ポール＝ロワイヤルの『論理学』、ロックの『悟性論』、マルブランシュ、ライプニッツ、デカルト等々の哲学書からまずはじめた。まもなくわたしは、これらの著者たちが無限といっていいほど相互に矛盾していることに気づき、うまく調和させてやろうというとてつもない計画をたて、そのためたいへんに疲れ、多くの時間をとられた。（以下略）」

ミルク・コーヒーでなくミルク・コーヒという訳語がおかしい。この『告白』を翻訳した先生方は、たぶん京都にお住みになってるので、コーヒと訳したのだろう。関西の発音ではコーヒーでなく、コーヒになる。

神戸の中突堤にいまはなくなったけど、ちいさな店がごちゃごちゃつながった長屋みたいな店の列があった。食堂や菓子屋、床屋も一軒ぐらいあったかもしれないが、そのなかに店の前の路上に、コーヒ、と三文字だけの看板をおいた店があった。おそらくは戦後の粗末なバラックの長屋で、このコーヒの店もほんとにちいさく、喫茶店という名前ではよびにくかった。ともかく、このときはじめて、コーヒーではない、コーヒの看板を見た。

このバラック長屋は、神戸港のなかに長くつきでた突堤にならんでいたが、尾道の桟橋近くにも、こんなバラック長屋があり、たいていはちいさな飲屋だった。青森駅のすぐよこにも、おなじような飲屋の列があった。四国の松山駅のそばにもバラック長屋があって、家のうしろはんぶんは川の上につきでて、飲屋がちらほら、白蟻駆除研究所という看板も見かけた。屋台の研究所ってところだ。しかし、これがよく似合った。こういうバラック長屋の列は、みんな列がまっすぐではなく、すこしまがっていた。そのまがりかたが、しようがなくそうなったみたいで、ああ、まがってるな、とぼくはニヤニヤした。そんなことをうれしがるなんて、まことにセンチメンタルだ。

さて、ミルク・コーヒだが、ふだんコーヒと言ってるので、訳語もコーヒとなった、なんてかんたんなことではあるまい。翻訳は、一語一語、こまかなことにも気をつかう。このコーヒも、あれこれ考えたあとでコーヒになったのだろう。

哲学者たちが無限といっていいほど相互に矛盾していることに、若いルソーも気がついた。これはだれでも気がつくことだが、ルソーはほっとけない気がして、それをうまく調和させてやろうというとてつもない計画をたてた。

ルソーはくそマジメだった。明治の文学者、たとえば岩野泡鳴なんかはくそマジメで、ムキになって議論をした、なんてのと似ているだろうか。

ルソーが考えつづけて、たいへんに疲れた、というのがおもしろい。うちの父もなん日もなんカ月も考え、祈り、へとへとになったらしい。息せききってはしるように、または高い山をやすみもせずにのぼるように考える人が、いたようだ。そして、ふかく考える人、マジメに考える人は、みんな神経衰弱になった。神経衰弱というコトバを、近ごろではきかないのもおかしい。あれだけだれでもなった神経衰弱はどこへいったのだろう。ノイローゼというようなコトバがそのかわりだと言われるかも知れないが、やはり神経衰弱とノイローゼはちがうような気がする。

ともかく、父はおもいつめ、からだも神経も衰弱し、ひどく疲れて、こんなことを、おまえ（ぼく）が、またはじめからくりかえすのはばからしいから、と言った。

ところが、ぼくはてんで考えこむといったふうではない。いや、ぼくは考えるということは、かつてやったことがないのではないか、となさけなくなった。考えることができないなど、ひとに言えたことではない。

さて、いろんな哲学者の考えがちがうのは、だれでも問題にすることだが、ものの見方、解釈はたくさんある、ではすまされない気がする。解釈ではものたらない。哲学は解釈とか世界観なんてものではないはずだ。

哲学はふつうの科学とはちがう、とよくきかされた。科学は先人の研究をうけついで、それを進歩させることができる。哲学で進歩なんてことを言ったら、わらわれるだろう。でも、それこそ最新の科学では、やはり進歩なんてかんたんに言えないのではないか。逆に哲学のダラクだとしても、哲学の進歩もあるのではないか。

はなしはちがうが、いま読んでいるヘーゲルの『小論理学（上）』（松村一人訳）にこんなところがあった。「（略）哲学史を研究すると、歴史上あらわれた哲学体系で反駁されなかったものは一つもないことがわかるからである。しかし、あらゆる哲学が反駁されたことを承認しなければならないと同じ程度に、一つの哲学も反駁されなかったし、また反駁されえないと主張しなければならない。このことは二つの意味においてそうであって、一つには、哲学の名に値するあらゆる哲学は、理念一般をその内容として持っているという意味でそうであり、もう一つには、どの哲学体系も理念の一つの特殊な契機あるいは段階の表現であるという意味でそうである。（以下略）」

ヘーゲルは、ほかでもおなじようなことを書いてるが、ちょっと見つからないので、さがすのはやめた。いろんな哲学が反駁しながら、ひとつになっている。反駁がなくなるのではなく、反駁をなかにとどめて、つまりはアウフヘーベンする。まえは、アウフヘーベンはたいてい止揚と訳してた。岩波文庫のこの『小論理学』の訳者松村一人先生は揚棄と訳してる。これもおもしろい。哲学の進歩がおかしいなら、哲学の生成ってところか。ヘーゲルは哲学も生成すると考えたのか。その生成は反駁しながらいつまでもつづくのだろう。マルクス流に言うと永久革命か。

さて、ルソーはヴァランス夫人のところにいて、「このうえなく楽しい平穏な生活のなかにいるのに、気分が変わりやすい。」「死人のように青白く、骸骨《がいこつ》のようにやせこけてしまった。脈がはげしく、動悸もはやくなり、たえず息が苦しい。」

ルソーはこんな状態をなおすため、珍しい治療法をこころみようとママン（ヴァランス夫人）にもすすめられ、モンペリエにむけて出発した。

ルソーはこの旅のあいだに、ラルナージュ夫人という女性に言いよられ、ママンと寝たときは、「わたしの快楽はいつもある種の悲哀感、ひそかに胸をしめつけられるような気持にくもらされ」ていたのに、ラルナージュ夫人とは、「喜びと自信をもって官能に身をゆだね」る。

ルソーはモンペリエだけでなく、病気の治療のためか、ただあそんでるのか、——ほかの土地にもいくけど、ママンのところにかえってくる。

そのことはママンにもしらせてあった。「こうして、わたしは時間どおりに着いた。遠くから、ママンが道まで迎えに出てはいまいかと目をこらす。」ところが、うちのなかにはいって、やっとママンを見つける。そのママンのそばには一人の青年がいた。もとは髪結い職人で、「うぬぼれがつよく、間ぬけで、無知で、なまいき」な男だが、ルソーが留守中に、後がまに坐り、ママンといっしょに寝ている。

ルソーはなげきかなしむが、ママンのほうは平気なようで、三人でくらせばいいみたいなことを言う。でも、ルソーはもうママンとは寝ない。だが、「わたしが自らに課した禁欲は、彼女も認めたふりをしていた。しかしそれは、顔にはあらわさなくとも、女性がけっして許そうとしないものの一つなのである。そのために自分が禁欲せねばならぬからというよりも、自分の肉体が無視されたと思うからだ。」

リヨンのマブリ家から家庭教師のたのみがあったので、ルソーはヴァランス夫人の家をでて、リヨンにたつ。ルソーは「家庭教師に必要な知識はほぼそろっており、その能力もあると思っていた」が、じつはダメだった。読者としては、「ほーら、やっぱりダメだ。ルソーにそんなことがうまくいくわけがない」とおもい、そんなふうだから、この『告白』はおもしろい。

ルソーはリヨンのマブリ家で、一年間、家庭教師をしていたようで、ここで『告白』の上巻はおわる。

『告白』中巻のはじめのほうに、こう書いてある。「一七四一年の秋（訳註。実際は一七四二年八月）、わたしはパリに到着した。もっているものといえば現金十五ルイ、自作の喜劇『ナルシス』

と新案の音譜法（以下略）」

そして、ルソーはこの音譜法についての覚書をアカデミで朗読する。アカデミで音譜法を審査してもらうことになったのだ。その音譜法は数字と頭文字で音譜を書いたものらしい。「わたしの方法の最大の長所は、移調と音部記号をやめてしまうことにあった」そうだが、ぼくにはどんなことかわからない。

ルソーの音譜法は、アカデミでは認められなかったようだ。もっとも、指名された審査委員は「三人ともすぐれた学者ではあったが、少くともわたしの案を審査できるくらい、音楽の知識をもってる人は一人もいなかった。」

「わたしの方式にたいするただ一つのしっかりした反論は、ラモーによってなされた。」

ルソーの音譜法の記号は、「頭のはたらきを要求する点がいけない。頭はいつも演奏の速度についていけるとはかぎりませんから」と言うのだ。従来の音譜ならば、一目見ればわかるけど、ルソーの方法だと、「どうしても一つ一つの数字を拾いよみしなければなりません。ちらっと見るだけでは何にもならないのです。」

結局、音譜を数字で書くというルソーのやりかたは、「スエッチ神父という修道士が、以前に数字で音階を記述することを考案したという」理由で、アカデミでは認められなかった。「つまりスエッチの思いもおよばなかった音部記号、休止符、オクターブ、小節、拍子、音の長短などを、数字をつかってたやすく書きしるすことのできる簡便なわたしの創案」は無視された。

いまでもあるかもしれないが、ぼくたちがコドモのころには、たしか数字をつかったハーモニカの音譜があった。あれなんかは、あんがい、ルソーの発明かもしれない。ラモーは、従来の楽譜のほうが、一目でいっぺんにわかると言ったらしいが、それは図的な楽譜が頭にはいりやすい人のことで、数字のほうが頭にはいりやすい人もあるだろう。一つ一つの数字を従来の音譜におきかえるのではなく、数字そのままが音譜になるというわけだ。

ラモーについては平凡社の『大百科事典』にくわしくでている。ジャン・フィリップ・ラモー（一六八三―一七六四）はフランス古典主義時代の大作曲家、理論家だそうだ。音楽家のただ一つの方法は、時代とともに変る感覚や感情なんかを基礎とせず、知性に依拠すべきだ、みたいなことを言ったらしい。たよりになるのは知性、理性だけってことだろうか。絵画や文学などには理論はあまりないけど、音楽理論ってのはあるもんなあ。音楽はわりと理屈に近いのか。この場合、理屈こそが生そのもの、理屈がニンゲンってことだろう。

そのころ、ルソーはディドロともなかがよく、親しい交りが十五年もつづいた。「もし不幸にも、そしてそれはたしかに彼のせいなのだが、わたしが彼とおなじ職業に身を投じるようなことをしなかったら、たぶん今でも親交はつづいていただろう。」

れいの百科全書のディドロで、ルソーより一歳若い。百科全書派なんて言えば、知識が豊富で、ものごとを集大成するのがじょうずな人みたいだが、情熱的ではげしい性格だったようだ。ディドロが書いた小説『ラモーの甥』を読んで、ぼくはおどろいた。へんな小説なのだ。なによりも、昔っぽくない。かといっていまふうでもない。まさにディドロふうなのだ。ラモーの甥という男は、その時代にぴったりのすこし変った俗物みたいだが、それでいて、いきいきと、俗物なのにたいへん個性がある。こんな男は、ほかのどこにもいなくて、この小説にだけいるみたいだ。へえ、百科全書のディドロが小説も書いたのか、となんにも知らずに、『ラモーの甥』を読み、意外におもしろかった。こんなことはあまりない。

ルソーはフランスのヴェネチア大使の秘書になったりする。こういう仕事は、ルソーははじめてだが、このときだけは、いくらかうまくいったようだ。でも、もちろん、ゴタゴタがおき、ルソーはやめてしまう。ルソー自身はたいへんに有能な秘書だったように『告白』には書いてあるが、はたしてそうだろうか。この『告白』のおもしろさは、ルソーが書いてるとおりには信じられないことだ。

ルソーがウソをついてるのではない。でも、ごくあたりまえみたいに言ってることが、どうもおかしい。ディドロとのことでも、「そしてそれはたしかに彼のせいなのだが」とディドロと不仲になったことを、彼のせいにして、それはたしかに、とつらつら平気で言ってるのが、ほんとにおもしろい。

ルソーはパリにもどり、リュクサンブール公園からも遠くはないサン・カンタン旅館でくらしだすが、ここでテレーズという娘にあう。

「彼女はたいへんに内気だった。わたしもそうだった。」テレーズとはいっしょに暮しだすが、正式に結婚したのは、ずいぶんあとのことだ。そして、そのころには、ひどい夫婦げんかもしただろう。

「そういったわけで、三番目の子供も、はじめの二人同様、孤児院にいれられた。その後の二人も同様である。つまりわたしには全部で五人の子供があったのだ。」ルソーには五人も子供がいたのだ。こんなことも、はじめて知った。おまけに、みんな孤児院にやってしまっている。しかも、ルソーはそれを、「この処置はたいへんによく、道理にかない、また正当であるように思えたが」と書いている。ふつうなら、あきれはててしまうところだけど、ルソーなりに考えるところがあったのか。また、いまのぼくたちの状態から考えると、おかしなことになるかもしれない。あとで、ルソーのまわりの貴族の夫人などが、孤児院にいれたルソーの子をさがしたりしたが、見つからなかったようだ。

ディジョンのアカデミの当選論文『学問芸術論』（一七五〇年）はルソーが三十八歳のときで、『人間不平等起原論』は一七五五年ごろか。『新エロイーズ』（一七六一年）は恋愛小説で、ヨーロッパでいちばんよく読まれた小説だったということだが、それによる収入については、さっぱりわからない。『告白』のなかで、なんどか、ルソーは文筆業にはなりたくない、と書いている。文筆業で収入を得るのが、いけないことでもあったのだろうか。これも、いまのぼくたちの状態で考えると、察しがつかない。

『社会契約論』『エミール』（一七六二年）はルソーの代表的著作だと言われてる。『エミール』出版とともに、フランス政府とジュネーヴ当局からルソーに逮捕令がでて、ルソーは放浪のくらしがはじまるらしい。

『エミール』は教育論小説なのだろうか。ヴォルテールが『エミール』が出版されて、ルソーに腹をたてたとかきいた。自分の子供は孤児院にやっていて、なにが教育論だ、とおこったのかもしれない。

ヴォルテール（一六九四―一七七八）はルソーよりも、二十歳近く歳がおおい。当時、ヴォルテールは、ルソーなんかとちがい、権威のある大学者だったのではないか。ぼくが十代のころでも、ヴォルテールは大思想家で、ルソーはなんだかあぶなっかしい男みたいに、ニホンではおもわれていた。

ヴォルテールは、プロイセンの有名なフリードリッヒ大王（一七一二─一七八六）と親交があったと言われる。フリードリッヒ大王は、ごらんのとおり、ルソーとおなじ歳だ。ずーっとあと、この『告白』が書かれているころか、ルソーは大王の領地に亡命している。でも、ルソーはどこにいっても、長つづきしない。

カント（一七二四―一八〇四）はルソーより十いくつか歳が若く、じつは、カントとルソーとは、まるで逆の立場のようでいて、カントの書いたものにはルソーのことがちょいちょいでてくるので、ルソーの『告白』も読んでみようかという気になったのだ。

この『告白』は、ルソーはそんなつもりはなかったかもしれないが、新しい、みずみずしい文学書だってことは、いまでは定評のようだ。

ヴォルテールの名前は、ニホンでは忘れられたみたいになってるけど、ルソーは、まだまだ新しい読者があるだろう。

しかし、ニホンであれほどいろんな弾圧があったころ、ルソーの著作にたいする弾圧もあったのか。ルソーの著作は、いまでも危険な思想だろう。ふつうの人たち、ふつうの家庭、ふつうの国家では顔をそむけるにちがいない。ルソーの言うことが、自然で、ごくあたりまえみたいなのが、逆にこまるのだ。しつけ、なんてことひとつをとってみても、いま、ニホンでは、しつけをわるく言う者はいない。でも、ルソーには、いわゆるしつけは、まちがったことだった。

カントの権利

カントの『純粋理性批判』は有名だが、これだけ読んだのでは、カントについて語ることはできなくて、やはり『実践理性批判』や『判断力批判』なども読まなくちゃダメだと、ぼくが十代のころからよくきかされた。ぼくが十代のころは、ずっと戦争だった。そして、十代のおわりに、ぼくは兵隊にとられ中国大陸にいった。

　実践がはやったときだった。だれもかれも知行合一とくりかえしていた。じつは、戦争のため、知のほうが分《ぶ》がわるかったのだろう。

　ジャン・ラクロワ著木田元・渡辺昭造共訳の『カント哲学』を、すこしまえに読んだ。白水社刊のクセジュ文庫だ。この本の第一章「形而上学的志向」のはじめには、こう書いてある。

「カントによれば、哲学というものは挙げて、いっさいを支配するただ一つの問いに答えることを目的としている。すなわち『われわれの理性には、合法的に何がなしうるか』という問いである。この問いはさらに次のような三つの問いへ分岐されるが、これらの問いは、われわれの（実践的であるとともに理論的な）理性のもついっさいの関心を含んでいる。一、わたしは何を知りうるか。

二、わたしは何をなすべきか。三、わたしには、何を望むことが許されているか。最初の問いが『純粋理性批判』(一七八一年)の対象であり、あと二つの問いは、とりわけ、『道徳形而上学原論』(一七八五年)および『実践理性批判』(一七八八年)において論じられている。(中略)その晩年にカントは、みずからその諸『批判』書を綜合し、その思想の全体像を与えたいと望んでいたが、これらの覚え書きが、後に『遺稿《オプス・ポストムム》』という標題のもとに公刊され、ベルリン・アカデミー版(一九〇二—一九二八)の第二一・二二巻をなしている。」

「われわれの理性には、合法的に何をなしうるのか」の合法的というのはおもしろい。理性は合法的なものであり、合法的でない理性などないはずなのに、わざわざ理性が合法的になにができるか、と問うのはユーモアのようでもある。

ところが、カントは、理性の名において、非合法なことが、さんざっぱらおこなわれてきたのを、よく知っていた。カント自身も『純粋理性批判』(篠田英雄訳、岩波文庫)の第一版序文(一七八一年)のさいしょに、こう書いている。『純粋理性批判』でまっさきに目にふれるところだ。

「人間の理性は、或る種の認識について特殊の運命を担っている、即ち理性が斥けることもできず、さりとてまた答えることもできないような問題に悩まされるという運命である。斥けることができないというのは、これらの問題が理性の自然的本性によって理性に課せられているからである、また答えることができないというのは、かかる問題が人間理性の一切の能力を越えているからである。」

理性は合法的になにができるか、その言いかたはユーモアふうだが、カントは大マジメで、合法的ということを考えたために、従来の独断論からぬけだした、と得意だったにちがいない。

カントの『純粋理性批判』を読んだだけでは、足りない、ほかの著作も読まなくちゃダメ、というのはごもっともみたいだけど、『純粋理性批判』をそうすらすら読める人はニホン人にはすくないはずで、せっかく『純粋理性批判』を読んだら、カントのほかの本も読んでみたいというほうが自然で、ぼくは訳本で読んだきりだが、ぼくもそうだったし、みんなそうだろう。

カントの『純粋理性批判』しか知らないというのは、この本を読んだのではなく、きかじったていどなのではないか。ついでだが、まえは岩波文庫でよく見かけたカントの『判断力批判』が姿を消している。手にいれようと、だいぶさがしたが、まだ読めないでいる。カントの覚え書『遺稿《オプス・ポストムム》』のことは、ぼくはまったく知らないでいた。

ジャン・ラクロワの『カント哲学』のはじめのほうを、また引用する。

「(上略)ところが、カントによれば、真の哲学とは実存のうちに身を投じているのである。カントの人柄についても往々にしてひどく誤ったイメージがつくられてきた、つまり理念のみを愛する頑固な独身者、多少奇人で、人ともつき合わない世間ばなれのした知識人の典型といったイメージである。カントとヘーゲルこそ、哲学者と哲学の教師とがみごとに一体化している二大典型だというわけである。だがこれはヘーゲルにしか当てはまらない。たしかにかれのばあいは、その全情熱が説明することに向けられていた。カントのほうは、その見かけにかかわらず、今日ではすっかり手垢のついてしまったことばを使ってよければ、一個の実存者であった。哲学を理性の全体へ連れもどすということは、理性をして、悟性にしか属さない『科学』から、人間にあって理性がもっとも正しく自己を表現する『道徳』へと移行させることであり、したがって人間の全的運命とは何か、人間の根源的企投とは何かという問題を提起することである。これは、単に、人間がいかなる志向をもっているかというだけの問題ではなく、人間がそっくりそれを存在しているような根源的志向とは何かという問題なのである。それというのも、人間のこの根源的志向こそが理性とよばれるものなのだからである。（以下略）」

理性を、悟性にしか属さない「科学」から「道徳」へ移行させる、その道徳は、理性がもっとも正しく自己を表現する、のだというのはおもしろい。道徳と理性がこんなに親密なものとは、ふつうは考えない。カントにとっては、親密どころか、道徳と理性はひとつのものだったのだろう。

ジャン＝ジャック・ルソーがれいのヴァランス夫人のことを、「正しくみちびく心に従おうとせず、悪しくみちびく理性に耳を傾けた」と言ったのとは、ずいぶんちがう。

だが、『純粋理性批判』にはでてこないけど、カントが書いたものには、ルソーのことがちょいちょいでてくる。しかもルソーに反対しているのではない。たとえ条件つきにしろ、ルソーに同意してるのだ。カントはルソーのことなどもわかっていて、あえて理性を、と言ったのだろう。

カントにとって、現実的なのは理性自身だけだった。その理性を疑っても、疑ってる理性がある。デカルトの、「我オモウ」に似てるみたいだが、うんとちがうのかもしれない。そんなこととの区別もつかないのでは、なさけない読者だ。

唯一現実的な理性を、カントがたよりにしたのはむりもない。ヘーゲルは、真実はかならず現実であり、現実は真実だ、みたいなこと言っている。ヘーゲルははっきり反カントみたいなところがあるが、真実・現実、現実・真実みたいな考えでは似かよっていたのではないか。ヘーゲルの書いたもののなかには、それこそ反カントのようなところもおおいけど、けっこうカントもほめている。

哲学者は、おたがい検事と弁護士みたいなものではない。これは検事と弁護士のあいだだけではなく、だれにでも言えることではないか。哲学者でもふつうの人でも、はっきり対立してるのではない。それでいて、相手の人と自分とがいれかわることはできない。ところが、検事と弁護士とは対立していながら、いれかわることがある。有名なチャタレー裁判で検事だった人は、検事をやめて弁護士になったとき、この裁判での経験や知識を利用して、ワイセツ被告の弁護をしたという。そのことを、伊藤整さんはあきれはてていたが、その検事にとって、裁判はゲームみたいなものだったのだろう。

いれかわれる人と、ぜったいいれかわれない人が、おなじひとつの裁判をやるというのは、滑稽というか悲劇というか。

カントにとっては道徳はだいじなことで、その道徳も、唯一現実的な理性に根ざしているとした。だいたい、カントは生きていくのにいちばんだいじなことを、義務だと言った。義務と幸福のことは、それこそ『純粋理性批判』以外の本、『啓蒙とは何か』（篠田英雄訳、岩波文庫）や『実践理性批判』（波多野精一・宮本和吉・篠田英雄訳、岩波文庫）などによくでてくるが、カントは、義務と幸福をはっきり差をつけて、まっさきに義務、幸福はそのつぎにしている。義務は理性の至上命令、幸福は、幸福になれればそれにこしたことはないが、幸福が目的ってのはこまるってわけだ。

義務を、ひじょうにドイツ的なもの、と言う人がいる。たとえばヴォルテールと親交があったプロイセンのフリードリッヒ二世大王（一七一二―一七八六）は開明君主といわれたが、じつは専政君主で、その晩年には、たぶんかなりシニカルになったため、だからドイツ流に、ひたすら君主の義務をはたそうとした、なんて書いてある。

こんな言いかたはカント的ではないが、カントは「義務」が好きだった。ルソーは「義務」なんて好きではなかっただろう。ニホンの紳士たちも、えらくなる人たちは「義務」が好きだ。ただし義務という文字はつかわないで、責任をはたす、なんて言う。でも、責任というのは、やはり義務よりもよわい。かなりいいかげんなつかわれかたもする。そして、うんとあらっぽく言うと、えらくなれない連中が「幸福」をねがう。もちろん、そんな「幸福」はカントの「幸福」とはちがう。「幸福」はニホンでは、「自分ひとりの幸福」「家族の幸福」なんてところだろうが、自分の家族だけの幸福、なんてものがあるわけがない。それで、幸福の輪をどんどんひろげていったら、幸福がきえちまった、ってことにもなる。カントはそんなところも考えて、まず義務、と言ったのだろう。

「哲学を理性の全体へ連れもどすということは、理性をして、悟性にしか属さない『科学』から、人間にあって理性がもっとも正しく自己を表現する『道徳』へと移行させることであり、（以下略）」

ここに悟性がでてくる。悟性とはなにか、悟性と理性とはどうちがうのか。哲学にシロウトのぼくは、ずいぶんとまどった。悟性の悟の字は理よりも意味が深そうだから、悟性のほうが理性より上なのかとおもったり、こんなふうだと、なによりも哲学書を読むのにさしつかえる。

『純粋理性批判』上巻の「先験的原理論」の「第二部門　先験的論理学　緒言　先験的論理学の構

想 I論理学一般について」のはじめのほうには、こう書いてある。
「我々の心意識の受容性は、心意識がなんらかの仕方で触発される限りにおいて、表象を受けとる能力である。そこで我々がこの受容性を感性と名づけるならば、これに対してみずから表象を生みだす能力、即ち認識の自発性は悟性である。我々の直観が感性的直観以外のものであり得ないということ、換言すれば、我々が対象から触発される仕方以外のものを含まないということは、我々人間の自然的本性の必然的な在り方である。これに反して、感性的直観の対象を思惟する能力は悟性である。感性と悟性――この二つの特性は、そのいずれかを他にまさっているとすることはできない。感性がなければ対象は我々に与えられないだろうし、また悟性がなければいかなる対象も思惟されないだろう。内容のない思惟〔直観のない概念〕は空虚だし、また概念のない直観は盲目である。それだから対象の概念を感性化する（即ち対象の概念に、直観された対象を与える）のも、対象の直観を悟性化する（即ち直観をそれぞれの概念のもとに按排する）のも、両つながら等しく必要なことである。この両つの能力或は特有な力は、各自の機能を互に交換することはできない。悟性は何ものをも直観し得ないし、また感性は何ものをも思惟できない。この両者が結合してのみ、認識が生じ得るのである。（以下略）」

カントの考えのもとみたいにおもえたので、長々と引用したが、これでは悟性というものはわかっても、悟性と理性のちがいはわからない。それで、ごくおおざっぱに言うと、理性のほうが悟性よりも上なのだ。

つい昨日も、『純粋理性批判』に目をとおしていて、感性が悟性をへて、理性にまで高まっていき、みたいなところを読んだが、いつものことだけど、その個所がいまは見つからない。

ヘーゲルでは、悟性ははっきり理性よりは下で、悟性は有限な考え、理性は無限みたいなことも言っている。ジャン・ラクロワも、悟性とは、それこそ「科学」に属するもので、「哲学」は理性でしか考えられない、としてるようだ。ヘーゲルは、れいのアンチノミーを、悟性では解決できぬことを、悟性で処理しようとするからアンチノミーになる、と言っている。

ことわっておくが、カントが書いたことを、ヘーゲルのコトバで言いかえるなど、とんでもないことだが、ふつう、西洋哲学の用語では、悟性が理性の下になってることをつたえたかったのだ。

くりかえすが、こんなことはシロウトしかおもいつかない。そして、シロウトは悟性と理性でマゴつくのだ。ほんとは、シロウトは悟性でも理性でもどうでもよく、その区別なんかがアホらしい。そんなふうなので、悟性と理性がわからない。でも、これはゲームのルールみたいなものだ。いくらかルールを知っとかないと、ゲーム（読書）はたのしめない。

ヘーゲルは、その全情熱が説明することに向けられていた、とジャン・ラクロワは書いてるが、これはヘーゲルにたいするわる口だろう。

どんな哲学者だって、それはただの説明だと言われると、腹をたてる。説明や解釈ではなく、変革だ、とかさ。ほかの分野では、よく説明ができればけっこうみたいなのに、やはり哲学はとくべつなものなのか。それこそ実存がそこにかかっているのか。

ジャン・ラクロワの『カント哲学』のもうすこしさきを読んでみよう。

「こうして、カントは、形而上学が可能かどうかという問題を解決するために、科学を可能にしている諸条件を検討する。（中略）およそ科学というものは――悟性によって作り出される概念とともに、感性によって供給される直観をも予想している。しかるに、純粋理性の形而上学的観念にはいかなる直観も対応しない。」でも、カントは「だから形而上学は不可能だなどと、言いだしたりはしない。」「哲学は本来、対象を認識するものではないからである。」「思弁的理性を、叡智的なものの認識能力に関して制限することは、その補償として実践的理性の拡張を許すことになり、実践的理性は、叡知界のうちに、神の実在や人間の自由、それに魂の不死を肯定する余地を見出すことになる。『わたしは信仰を確立するために、知を廃棄せねばならなかった』という有名なことばの意味するのは、このことである。この信仰は、ときには哲学的信仰と呼ばれてきたものであるが、おそらく理性的信仰と呼ぶほうがいっそうふさわしいと思う。

知識をこえたものがある以上、絶対的知識などというものはない――カントをヘーゲルにするどく対比させるには、この一事をもってしても十分である。物自体を人間理性の限界としてとらえる考え方が、カントを導いて、思惟と認識とを区別せしめた。すなわち、思惟は認識よりも無限に広大なのである。物自体は認識されないにしても、少なくとも思惟はされるからである。（以下略）」

しかし、この思惟ってやつは、理性の分をこえた、つまりは非合法な使用法ではないか。それに、神の実在や人間の自由、それに魂の不死なんてことは、ぼくは考えたことがない。ぼくは無神論者とかそんなことではない。無神論というのもおかしい。それこそ、下級あつかいされた悟性で考えることではないか。よっぽど教会にいじめられたりしてるのでないかぎり、無神論なんて、そんなに積極的で、しんどいことは考えない。ぼくはズボラな男だ。

また、神の実在とか人間の自由、それに魂の不死なんてことを、まず考えるのは、イエスからははなれているのではないか。神の実在を論ずるよりもさきに、それも前後の関係ではなく、まるっきり、いつも先だって、イエスなのではないか。

しかし、カントは大マジメに、これらのことを論じた。神の実在や人間の自由、それに魂の不死は、きりはなされたものではなく、ひとつのことだった。『純粋理性批判』の緒言でも――

「純粋理性にとって避けることのできない課題は神、自由および不死である。そしてこれらの課題の解決を究極の目的とし、一切の準備を挙げてもっぱらこの意図の達成を期する本来の学を形而上学というのである。」

純粋理性にとって避けることのできない課題……カントはそう考えたようだが宗教家はべつにして、ニホンでの古くはカント学者と言われた人たち、またはカント研究家が、神、自由、不死なんてことについて書いたものは、ぼくは読んだおぼえがない。これはどうしたことか。それとも、ぼくが読んでないだけだろうか。

ジャン・ラクロワの『カント哲学』の引用をつづける。

「(前略)カントの哲学が義務の哲学であるのは、単に道徳に関してだけでなく、その全体においてである。それは、ほかでもない、理性が立法者だからであり、規範的であるからであり、それが義務を課しうるといっても、あくまで権利上の話であって、事実上の問題ではないからである。科学的判断における必然性と道徳的行為における義務とは、同じ理性の特権的発現、つまりその存立を開示するような発現なのである。(以下略)」

ジャン・ラクロワの『カント哲学』は渋谷の紀伊國屋書店で買った。この店は東急プラザの五階にある。もとは三階だった。三階にいっても紀伊國屋書店はなく、四階までさがしにいったがないので、一階におりてきて受付の若い女性にきくと、五階にうつったとのことだった。

東急プラザは渋谷西口で国鉄渋谷駅とのあいだは、通りもあるけど、バスターミナルになっている。渋谷駅東口は都バスがおおいが、こちらの西口には都バスはいない。

渋谷西口のバスターミナルの、東急プラザのすぐそばのいちばんはしから、丸子橋行の東急バスがでている。丸子橋は多摩川にかかった橋で、ぼくのうちからあるいて二〇分ぐらいだ。場所は東横線の多摩川園駅に近い。

このバスはうちのひとつむこうの通りをはしる。バス停も、うちからあるいて三、四分だ。自由通りという通りで、あちこちの町に平和通りはあるが、自由通りはめずらしい。

バスは東急目蒲線の奥沢駅のよこの踏切をこして、奥沢神社のところで右にまがる。そして坂をくだっていくと、緑ヶ丘の駅だ。緑ヶ丘には飲屋もバーも一軒ずつぐらいしかないが、いつも自転車で飲みにいった。なかのいい本屋さんもあった。緑ヶ丘からは自由ヶ丘があんがい近い。となりどうしつづいてる町だもの。

緑ヶ丘、都立大学、駅前のほそい道をぬけると目黒通り、これをよこぎり、すこし上にあがると、左てに古ぼけた都立大学。やがて柿の木坂だ。柿の木坂はいい住宅地で、ぼくが知ってる人のうちでもいい人たちが住んでいる。交通の便もいい。

柿の木坂から坂をくだってあがると環状七号線。そして、環状七号線のむこう側にななめ右にはいっていき、左にまがる。むこう側からくるときも、いくらかややこしくて、環状七号線とはV字形になったみたいな通りにたってる建物のピンクの壁を目標にいく。こんなところでピンクの壁というのはおかしい。さいわい、まえからずーっとピンクの壁だが、とつぜんほかの色の壁になったら、どうしよう。

バスが右にはいって左にまがった通りは、これもせまい通りだが、いい通りだ。左ては学校がならんでいて、テニスコートも見える。学芸大附属高校、放送大学。春にはサクラがいっぱいさく。

そしてバスは左にまがり、蛇崩《じゃくずれ》の通りと交差して、左に自衛隊の病院、右に世田谷公園なんかがあり、二四六号線の通りにでる。こんな混雑した広い通りはつまらないが、自転車のペダルをふむ力があったころは、つまらない一本道のほうがはやかった。渋谷の職安へ失業保険をもらいにいくときも、いつも自転車だった。大橋をすぎ、渋谷への最後ののぼり坂になると、坂の左ては人家が下のほうに見え、中将湯の工場の煙突がたっていた。その煙突からでる煙のいかにも漢方薬くさいにおい。しかもあまいにおいなのだ。

バスは道玄坂はとおらない。桜ヶ丘の入口のほうの坂をくだる。桜ヶ丘の焼けのこったアパート。女の姿がちらちらするが、そんなにロマンチックなことではあるまい。いや、ぼくにはロマンチックなことなど、なにひとつなかったのではないか。ロマンチックではないが、すこしあったかくて、しとったようなにおいがする。なにか女がからまってるのだ。

国鉄渋谷駅のいちばん恵比寿よりのほうがバスの終点（起点）で、くりかえすが、そのうしろに東急ビルがあり、五階が紀伊國屋書店だ。

桜ヶ丘の入口は、ほかの通りの入口とくっついていて、このあたりは、一本、道をまちがえると苦労する。田園調布の北口のように人工的につくった放射線の通りではなく、渋谷のこっちのほうの丘の道が、くだってきたところで、ごちゃごちゃかたまったのだろう。丘もひとつではないだろうし。

でも、バスで渋谷にいくよりは、バスで渋谷からかえってくるほうがおおい。そして、東急プラザの紀伊國屋書店により、バスにのるのだろう。

ジャン・ラクロワの『カント哲学』はひょいと目について買ってきた。そして読んでみると、おもしろかった。じつは、こういうことはめずらしい。

この本は、カントの哲学について書いた本で、カント自身が書いた本ではない。だいたい、こういう解説書みたいなのはむつかしい。そのむつかしさが、ぼくは気にいらない。原本だってむつかしくても、原本を読んでるあいだは、そのなかにはいって、自然の風景のうちにあるような感じだ。

ところが、解説書のむつかしさは、がちん、とぼくをはねつけるみたいで。

ところが、この本はそういうところがなく、くりかえすが、かなりおもしろかった。解説書のようではなく、なにかオリジナルなおもしろさだろう。

著者のジャン・ラクロワについては、まったく、なんにも知らない。訳者まえがきによると、一九〇〇年生れの、人格主義を立場とする哲学者だそうだ。ニホンでも、ほかに『現代フランス思想の展望』（人文書院）という本が翻訳されているらしい。

ジャン・ラクロワはフランス人と言っていいとおもうが、カントはケーニヒスベルクの生れ育ちだけど、プロイセン人で、ドイツ人と言っていいのかどうか。

ドイツ人のカントの著作を、フランス人の明晰な目で見て、というところだろうが、フランスの知性、ドイツの観念なんてのも、さんざんきかされてきたが、ぼくにはさっぱりわからない。

哲学なんてのは普遍的な学ってことになってるから、フランスの哲学、ドイツの哲学とわけるのはおかしい、そんなのは、ほんとの哲学ではない、と言う人もあるだろう。

また、真に普遍的なものは特殊なものだ、という理屈もある。こんなことも、よくきかされた。いまは、さいしょから普遍なんて言わずに、具体的で特殊なほうが流行《はや》ってるようだが、ぼくには流行ってるとしか言えない。

ともかく、そんなふうなので、ジャン・ラクロワの『カント哲学』で、これこそはフランス的だなどと、ぼくには指摘はできない。

そんなことよりも、まえに、この本から引用した「それ〔理性〕が義務を課しうるといっても、あくまで権利上の話であって、事実上の問題ではないからである」の権利は、フランスとドイツではいくらか考えかたがちがうかもしれないが、（そのちいさな、微妙な差が大きな差になるとかさ）ヨーロッパ人ならだいたいわかるのではないか。ところが、ぼくにはよくわからない。ことわっておくが、よくわからないけれど、こういう言いかたはおもしろい。はっきりわかっちゃってることよりおもしろい。

ジャン・ラクロワは、この『カント哲学』のずっとあとのほうでも、こう書いている。

「（前略）そして、われわれは、カント哲学における権利の概念の重要性にかなり固執してきた。だが、まさしくカントのもっとも奥深くもっとも解きがたい問題とは、おそらく、この権利なる観念の法律的意味と道徳的意味と宗教的意味とへの分節の問題であろう。道徳と宗教との真に根本的な相違は、前者がそれを乗り越えようと努力しながらも二元論に止っているのに対して、後者がそれを乗り越えているという点である。純粋に道徳的な義務は、われわれの感性を謙虚ならしめ、抑制する。つまり、この義務は、わたしは何をなすべきかという問いに答えているわけである。ところが、宗教のほうは、まったく別の問い、つまりわたしは何を望みうるかという問いに答えるのである。ところで、わたしが望みうるものとは、まさしく感性と理性、自然と自由との和解である。よく見てみると、単なる理性の限界内における宗教とは、宗教を理性の限界内に切り縮めるというよりも理性を宗教の次元にまで広げることなのである。（以下略、傍点原著）」

　これで、この本のいちばんさいしょに書いてあって引用した、「一、わたしはなにを知りうるか。二、わたしは何をなすべきか。三、わたしはなにを望むことが許されているか」をもっとくわしく知ることができた。そして、いまの引用でも、ほかはわりとすんなりわかるのに、権利はどうもわからない。

『ジャン・コクトー、知られざる男の自画像』という映画を見た。コクトーが死んで二十年、生前のいろんなインタビュー・フィルム、コクトー自身が撮った（と言っても、自分もうつってるが）一六ミリの個人映画などをもとにして、アルゼンチン生れのエドガルド・コザリンスキー監督がつくった丹念な映画だけど、この映画のなかでコクトーが言ってることが、どうもわからない。

コクトーはそんなにむつかしいことを言ってるのではないとおもうが、わからない。翻訳者が原文をわかってなきゃ、訳語がわからないのはあたりまえだが、そればかりではない気がする。

最近のゴダールの映画がわからないのも、そのコトバのせいではないか。

ただし、ジャン・ラクロワの『カント哲学』のなかの権利とコクトーの言葉なんかとが、おなじわからなさかどうかはわからない。でも、なんどもくりかえすが、権利のほうはわからなくても、おもしろい。とぎれとぎれでも考えてれば、わかるかもしれないからだ。そして、こんなことがわかる――すっと、ぼくのうちになる、ぼくがそちらのうちになる、のは、うれしいものだ。もっとも、そのまえに死んじまうかな。それもしかたがない。

まえにも言ったが、プロテスタントの、それも旧弊でない牧師は、よくカントをもちだした。これもくりかえしになるが、ぼくの父は、アメリカのシアトルの日本人組合教会の教会員だった。そのときの牧師は久布白直勝先生で、久布白先生はニホンにかえったあと『基督教の新建設』という本を書いた。大正八年七月十日発行。発行所は東京市民教会出版部。このときは教会の土地は借りてあったが、教会の建物はたっていない。翌大正九年六月三日、つぎの日曜日から新しい教会で礼拝ができるという直前に、久布白直勝牧師は結核でなくなった。四十一歳だった。ついでだが、大正十四年四月二十九日、父がこの東京市民教会の牧師のとき、ぼくは渋谷の日赤産院で生れた。

『基督教の新建設』のはじめのところで、久布白直勝先生はこう書いている（むつかしい漢字は、かってにかなにしたりしました）。

「さて宗教的真理に関して、だれが新しい考え方を発見したかと言えば、もちろんカントであります。キリスト教界にはルーテルの宗教改革のごとき大変動があったにせよ、カント以前は宗教的真理の考えかたは、やはり中世紀そのままで、天主教（カトリック）も新教もすこしもかわったところはなかったのです。故に私はまずカントの新しい発見かと言えば、カントの宗教的発見からはじめることにいたします。

なにがカントの新しい発見かと言えば、宗教的真理を認識するにあたって、私どもの智識のはたらきと、信仰のはたらきとを区別したことであります。この宗教的発見によってカントは一方において宗教を中世紀の旧神学より救い、他方において宗教を科学万能主義より救うたのであります。

宗教を中世紀的旧神学から救うたとは、どんなことであるかというと、カント以前までは宗教的真理といえば、ドグマというものがあった。神は人間の理性と論理をもって認識することができると考えておった。故に、あるいはオントロジカルだとかあるいはコスモロジカルだとか言って、一つの観念として考え、また宇宙の現象をとおして証明を試みたものです。宇宙の現象には意匠がある、統一がある、調和がある、故に神なるものは存在せねばならぬと、論理をもって詰めこんだものです。カントはかくのごとき形式主義に反抗を試みた、人間の智識というものは真の実在を識ることはできぬ、智識の領分はただ客観の現象界を知るのみである、人間が五感に感ずる客観の世界というものは、それは実在かどうかわからない、ただ吾人の意識に現れた事実にすぎない、故に『外見の世界』であって、吾人の先天的智識が造りだした夢のようなイマジネーションにすぎないというのです。かくのごとき哲学上の大革命によって、カントは『ドグマチック』と『クリチック』の二つのタイプを哲学上に区別したのであります。ドグマチックというのは、信仰を智識の上においている哲学です。宗教的信仰はちゃんと一定の定義をもってつつみうると考えるところの哲学であります。ドグマあるいは信条というのがこれであります。この信仰と智識の区別は宗教的真理を考究するうえにおいて古今未曽有の大発見であります。（以下略）」

大正八年ごろのニホンで、これだけのことを言うのは、めずらしいことだったのだろう。この『基督教の新建設』はいわゆる大正デモクラシーのときの貴重な本だが、あとでは翻刻されていないので、いまでは、ほとんど人が知らない。

そんなこともあって、すこし長く引用した。そして、この引用は、この本のはじめのだいじなところで、久布白直勝先生は、カントの書いたものを宗教改革のルターにもまして、古今未曽有の大発見だと言い、その大発見にあずかったことをよろこんでいられるようだが、ぼくは不満足だ。

なによりも他者がいない。柄谷行人さんも、ちかごろは他者のことをよく書いている。ぼくの言う他者と、柄谷さんの他者はだいぶちがうかもしれないが、他者がない宗教は、ぼくにはつまらない。いや、ここにはイエスがいない。イエスは宗教ですらなく、他者なんてものでもないかもしれない。他者と霊とはどうなるか。

宗教だけでなく、物を売る、ひとに教える、といったことにも、柄谷さんは他者を見てるらしい。物を売るときの命がけの飛躍なんてのは、相手が他者でなきゃ、命がけのジャンプなどはしない。

ぼくが物を売ったのは、テキヤのときぐらいだけど、口上をつけて、最後に客に売りつけるのを、ぶっそうな符丁《ちょうふ》で客を落す《じん》と言ったが、ぺらぺら口上をつける《たく》のはともかく、最後に落すのは、ぼくはへたで、いちかばちかのジャンプが、とびあがったとたんに客が落ちないで、こっちが落っこって、なさけないおもいがした。

逆に、物を売るときの命がけの飛躍がぞくぞくするほどたまらないという人もいるだろう。宗教で他者にあったときのよろこびみたいなものだろう。

でも、ほんとのところは、よろこびばかりではあるまい。ずっと法悦にひたってるみたいなのは、ごくすくない、それこそめぐまれてる人だろう。

他者にぶつかり、ひじょうなよろこびにあうとともに、自分がおかれてるところが見えてくる。それは、けっしていい状態ではない。地獄だ。地獄に気がつく。十字架か。刻々に十字架がせまる。

売るときの他者や、教えるときの他者のことはわからないが、こういう他者は、こちらが他者にぶつかるのではあるまい。他者のほうからぶつかってくるのだろう。ふつうなら、それをこばむ。あたりまえのことで、他者にぶつかられたら、こっちはこなごなになっちまう。なにもかもこなごな、人格もくそもない。そんなおそろしい他者からは、だれだって逃げてまわる。

ところが、いったん、他者につかまり、こなごなになったら、もう柔順に他者のもとにいて、他者の言うことをきいてるかというと、それでも逃げだし、こばみ、だから刻々十字架がせまってくる。みんなの罪のかわりに、イエスが十字架にかかり、それを信ずる人は、みんな罪は帳消しで、あとはきれいなもの、ただそれを信じればいいなんてカンタンにはいかない。いや、これは、ぼくの父の受け売りで、いままでのキリスト教とは、ずいぶんちがう。

『基督教の新建設』にも、そんなことはぜんぜん書いてないので、興味のある貴重な本だけど、満足はできない。

ジャン・ラクロワの『カント哲学』からまえに引用したなかの『『わたしは信仰を確立するため

に、知を廃棄せねばならなかった』という有名なことば」は、カントが言ったものなのかどうかも知らないけど（カントが言ったこととはおもえないが）、おなじように、やはり他者が見えず、そうなると、考えとしても浅いみたいで、これまたおもしろくない。

ジャン・ラクロワの『カント哲学』からは、まだ引用したいところがたくさんあるが、もうやめる。きりがないという気もする。

さて、れいの権利のことだけど、カントの『プロレゴメナ』のさいしょのほうに、こういうのがある。「（前略）しかし、理性はいかなる権利をもって、最初の何か或るものがこのような性質〔原因と結果との必然的連結〕をもち得ると思いなすのか、と問うのである。（以下略）」

だれもうたがわなかった原因と結果の必然的連結についてヒュームが疑ったことを言ってるのだが、ヒュームのこの疑いにより、カントは「十数年前に初めて私を独断論の微睡から眼ざめさせ」られたと書いている。

ジャン・ラクロワの『カント哲学』のこれもさいしょのほうに、「カントの態度はけっして〈何が事実か〉《クイド・ファクティ》（事実問題）を問うのではなく、〈何が権利か〉《クイド・ユーリス》（権利問題）を問うものである。〈批判の法廷〉という中心概念もここに由来する。『純粋理性批判』の全体は、判決の前文を敷衍してみせているのにすぎないのである。」

事実を言ってるというのでは、哲学にはならない。また、事実だと言うが、どういう理由で事実なのか、と哲学なら問うだろう。しかし、事実は、事実だからしようがない、とこたえるかもしれない。事実とはそういうものなのだ。独断論もこんなものだろう。

ところが、どんな権利があって、そういうことを言うのかと問われたら、なにかこたえなきゃいけない。そのこたえが批判なのか。原因と結果なんて、ごくあたりまえの事実だとおもわれていた。それを、ヒューム は疑った。そして、カントは、理性はいかなる権利をもって、原因と結果という考えをもち得るか、と問うた。ヒュームは、理性はいかなる権利をもって、とは考えなかった。そう考えたのはカントだ。そこからカントの哲学ははじまった。

ジャン・ラクロワの『カント哲学』では、根拠というコトバが権威のかわりみたいにつかわれている。このほうが、ニホン人にはわかりやすいだろう。また、理由と言えば、もっとわかりやすいか。理性はどんな理由で、こういうことが言えるのか、とかさ。

でも、根拠でも理由でもなく、権利だった。それに、理性はいかなる権利があって、と問いかけることじたいが、カント以前の人たちにはなじめなかった。ニホン人にはなじめない、なんて言うのは、それこそ浅薄な考えだろう。カントがわからない人には、わからないことだ。そのかわり、これさえわかったら、カントが書いてることはだいたいわかる、ともいかないから、やっかいだ。ましてカントを知らない人には、さっぱりわかるまい。ぼくなども、カントを知らなかった。

ジャン・ラクロワの『カント哲学』をおもしろく読んだのは、木田元・渡辺昭造の翻訳がよかったせいもあったのだろう。翻訳はソンなもので、わるい訳は目についてこまるが、いい訳は、ただすらっと読めるだけで、目につかない。

さて、この本では、カントは『純粋理性批判』だけを読んだのでは、まったく不充分で、ほかの著作を読まなければダメ、と強調されている。とくにカントはそういう人だそうだ。おなじことを、くりかえすが、十代のころから、ぼくもきかされてきた。

それでというわけではなく、これもくりかえしになるが、長い時間をかけて、えっちらおっちら『純粋理性批判』の各ページの各行に目をおいたあとで（読んだというほどわかってはいない）ほかのカントの書いたものにも目をおきたいのはあたりまえのことだ。で、『啓蒙とは何か』（篠田英雄訳）、『美と崇高との感情性に関する観察』（上野直昭訳）、『道徳形而上学原論』（篠田英雄訳）、『実践理性批判』（波多野精一・宮本和吉・篠田英雄訳）を読んでみた。

ところが、いささか意外だったのは、さっぱりおもしろくない。これは、それこそ事実が書いてあって、あまり権利のことは書いてないからではないか。ぼくは、理性はいかなる権利があって、なんて理屈のほうが好きなのだろう。

『プロレゴメナ』と『純粋理性批判』はわからないところはたくさんあっても、ときにはわくわくしながら読んだのに、これらの本は、どうもおもしろくない。

美と崇高との感情性といっても、どうしても美と崇高とはちがうという事実をのべてるだけで、カントにとってはけっこう大発見だったかもしれないが、美と崇高とは、いかなる権利（理由）があってちがうのかという理屈がすくない。

ほかの本では、義務と幸福がよくでてくるけど、これも実践理性はいかなる権利があって、かかる義務を課するのかという理屈がすくない。もともと、義務は至上命令であって、権利と義務はなかよくできないものだろう。

それに、幸福とも権利はそぐわない。われわれは幸福になる権利がある、なんてのはどこかの憲法みたいなもので、哲学とはカンケイない。また、幸福はわれわれの目的ではなく、ただ、われわれは幸福に値いするようにならねばいけない、と言われても、へえ、なるほど、とこたえるほかはない。

おかしいのは、『純粋理性批判』以外のカントの著作もだいじだ、カントの著作はぜんぶひっくるめて読まなければ意味がない、と断言するラクロワの『カント哲学』はけっこうおもしろいのに、『純粋理性批判』とそれを簡明に書きかえたという『プロレゴメナ』は、ぼくはおもしろいけど、ほかの本はおもしろくない。

さて、ジャン・ラクロワの『カント哲学』を読んでしばらくたって、銀座の教文館でカントの『人間学』(坂田徳男訳)を見つけた。岩波文庫の棚ではなく、教文館の二階の階段をあがったところにあった。

カントの『人間学』は訳者の解説によると、カントが七十四歳のときに出版され、カントが生きていたときの最後の著作だという。岩波文庫で星六つの厚い本で、こいつはイケそうだ、と読みだした。そして、はじめのほうの『純粋理性批判』ふうの理屈が書いてあるところはよかったが、あとのほうは、やはりおもしろくない。『実践理性批判』も純粋理性から実践理性について書いてるはじめのほうは、いくらかおもしろかったが、くりかえすが、理性の権利ではなく、事実についての記述は、ぼくの性にあわないようだ。

ま、そんなところなので、まだ手にはいらないカントの『判断力批判』も、期待しないことにした。またがっかりするのはつまらないからだ。でも、あんがいおもしろかったらもうけものだな、とついおもってしまう。

単子論

ライプニッツの『単子論』にはポカンとした。手こずったとか難解とか、ある点までくるとにっちもさっちもいかなくなる、といったふうではない。

ふんふんと読んできて、あれ、とおもう。さっぱりわからないというより、自分がまるっきりとっかかりのないところにいるのに気がつく。むつかしい論理にからみつかれて、もがいてるとか、うごけないでいるのではない。逆に拡《ひろ》がりさえもあるのかないのかおぼつかないブランクにおちこんでいる。

こうなると、いままでふんふん読んできたことも、なにを読んでたのか、わからない。

なぜこうなのか。読みかたがまちがってたのではないか。『単子論』も、ぼくは翻訳でしか読んだことがないけど、『単子論』に書いてないことを、ぼくは読んでいたのではないか。これは奇怪なことだけど、じつは、ときどきあることなのだ。ひとの話をきいていても、てんで見当ちがいな受けとりかたをしたりする。

『単子論』も、じつはこの本に書いてあることとはちがったことを読んでいて、でも本ぜんぶを、ぼくの創作で読むのも芸がいることで、ひょいと、この本の実際の行間にぶつかって、あれ、とブランクになる。そして、読むのをやめてしまう。

だが、カントの『純粋理性批判』を読んだあたりから、とくに哲学の翻訳書の読みかたがちがってきた。読むなんて言えるほど理解はできない。だから、とにかく各行に目をおいていく。そして、こうすると、途中で読むのをやめたりしなくなった。

それで、なんども読みかけてはやめたライプニッツの『単子論』を、ともかくしまいまで読んだ。岩波文庫の河野与一訳だ。

この本には「実体の本性および実体の交通ならびに精神物体間に存する結合についての新説」(一六九五年)や——かってに漢字をかえたり、かなにしたりしました。これからの論文、引用などもそうです——「理性にもとづく自然および恩恵の原理」(一七一四年)、「単子論」(一七一四年)、それに「附録」と索引がある。

しかし、この本を読んだのは二年ぐらいまえだけど、てんでおぼえていない。もっとも、読むなんてものではなく、各行に目をおいてるだけならば、目にはうつっても、頭にははいるまい。つまり忘れるところまでいっていないのか。

ぼくは、ほんとにものをおぼえない。記憶がわるくては、まちがっても学者にはなれない。役人もむりだ。ふつうのサラリーマンもだめか。さて、『単子論』を読みかえし、ちょろちょろ引用させてもらう。

「一　我々がここに論ずる単子（一）というものは合成体のなかにはいる単純な（二）実体（三）にほかならない。単純なとは部分がないということである。」

実体というと、目で見て、手でつかめるようなもののことを考えるが、この『単子論』ではそうではないらしい。目で見て、手でつかまえられるのなら、これぐらい確実なものはないみたいだけど、ちょいと考えると、すこぶるあやしい。

日ごろくらしていくのには、これぐらい確実なものはないのに、ちょいと考えると、すぐガタがくる。哲学は、なによりも考えるもの（こと）なのだろう。考えないところに、哲学はない。まことにバカらしい、わかりきったことだが、つくづくそうおもう。

考えたすえに、これだけは確実だ、とデカルトがいきついたのが、我オモウ、だときいてきた。でも、我オモウ故ニ我アリ、というのは、ぼくにはむつかしい。自分がこうやって考え（オモウ）たのが、たとえまちがったことを考えていても、考えるということは疑いえない、そして、考えるのが疑えないのなら、考えてるものがあるはずで、だから、我オモウ故ニ我アリ、だという説明は幼稚すぎる気がする。

我オモウと我アリを原因と結果みたいに考えないで、我オモウソシテ我アリ、と説明してくれる本もある。でも、ぼくは、オモウは、ま、オモウ人だろうけど、オモウとアリはきりはなしたらどうか、という気もする。

オモウは、わりとはっきりしてるけど、アリのほうは、なかなかつかまえにくい。ギリシアの前五世紀の哲学者パルメニデスが書いた韻文にでてくるという〈有るもの〉のみが有り、〈有らぬもの〉は有らぬ、なんてのは、なんど読んでも、これまたポカンとわからない。でも、〈有らぬもの〉は考えることができず、〈有るもの〉のみが考えられるというのをひっくりかえすと、オモウ—アリということにもなるのか。それにオモウは、とくに西洋流だと、ただのオモウではなく、どうしても我オモウになるのか。

哲学書の翻訳を読んでいて、アリ、有がでてくると、とたんに空白になる。それこそ、〈有らぬ〉ところにおちこんで、どうにもならない。〈有らぬ〉ところだから、ただのブランク、脱出の道もない。

まだヘーゲルの『小論理学』（松村一人訳）を読んでるが、〈有〉がでてくると、もういけない。その点、カントの著作には〈有るもの〉〈有らぬもの〉がないようで、いくらからくか。

実体とは、〈有るもの〉のことだろう。〈有るもの〉は〈有らぬもの〉ではなく、有るからには、ちゃんと有る、なんて言いかたをするまでもなく、ひたすら有るにちがいない。

こんなふうにして〈有る〉実体は、生滅変化する物体ではあるまい。だったら、どんなものなのか。この『単子論』には訳者の河野与一先生のじつにくわしい訳註がついている。河野与一先生は、わりと最近なくなったが、たくさんの学者たちが先生の薫陶をうけた。とくにいろんな翻訳で、みんなおそわった。語学の天才というのは安っぽいコトバで、河野先生は、そんなものもとびこえたひとだったのだろう。その河野先生の該博な知識と、それによりむしろ単純化されすっきりした理解を、余裕をもって、たのしげに語っておられる訳註を、かってに書きうつしていく。岩波文庫では訳註はすこしちいさな活字になっているが、おなじおおきさの活字にし、漢字をかなにかえたところもあります。

「**訳註**（一）『単子』monade はギリシャ語 monas〔単一、一〕から出ている。〔単子の子の字はとかく分子、原子、電子の字とならべて小さい粒を想起させるようであるがそう見てはならないことは勿論である。〕ライプニッツが初めて使ったのは一六九六年九月三日（新暦十三日）ファルデルラ Fardella に宛てたラテン語の手紙にある monada という形であろう。〔以下略〕」

単子（モナド）という文字がつかわれたのはこの手紙がさいしょだが、モナドの概念については、そのまえにも、いろいろでてくるらしい。実体的形相、個体的実体、エンテレケイア、能動的な力、原始的な力、本当の統一もしくは事象的統一、第一エンテレケイア、実体的統一、形而上学的点、と河野先生はならべてきて、それぞれ、その原名をつらね、「一六九八年九月の『ライプツィヒ学報』にのった『自然そのものについて』一名、創造物の内在的な力およびその作用について』という論文には、精神のことを『これは私がいつ、も単子という名でよんでいるものだ』quod Monadis nomine appellare *soleo* と言っている。〔以下略〕」と書いている。

いわゆる西洋哲学にでてくる精神ってやつにもめんくらう。ともかく、精神の文字がでてきたら、めんどくさがって読みとばさないことだ。精神というものが、ヘーゲルなんかもそうだろうが、えらくいいものみたいで、あきれちまう。精神は神にもつながるもの（こと）だからか。いったい、彼らが言う精神とはなにか。

「**訳註**（二）〔単子のことを〕『単純な』を『部分がない』というふうに説明しているために、とかく空間的な表象を喚起しやすい。その誤解をさけ得てもつぎに内容の空虚な観念にとらわれる。

〔単子論の〕あとの叙述によって内容が豊富であることを知るにおよんで雑多の統一 die Einheit des Mannigfaltigen と一応考えることもできるであろうが、それよりもむしろアリストテレス以来の形而上学的な思想にしたがい、実体は数多の属性の集合ではなく、かえって属性に先立って単純なものとして存するという意味でも単純性をもつものとする方が穏当であるとおもう。」

実体は属性（これは、こういうものであるということ）に先立って存在する、つまり、それが実体だというのは、よくわからないが、おもしろい。

常識的には実体あつかいの、ぼくたちのまわりのモノで部分のないモノはない。でも、それこそ精神には部分はない。ココロにも気持にも部分はない。属性なんてものもないかもしれない。そんなはっきりした範囲というより範囲そのものがないからだろう。でも哲学では、ココロや気持は相手にしないようだ。厳密ではないからだろう。ことわっておくが、ぼくはココロや気持が好きなのではない。厳密さがないためではなく、とつぜんインネンをつけるようだが、ココロや気持には他者がない。

「**訳註（三）**『実体』『形而上学叙説』第八章に『おおくの述語が同一の主語に属し、この主語はもうほかのいかなる主語にも属しない場合に、この主語を個体的実体と名づける……。』『個体的実体、すなわち完足的なものは、その本性上、それを表わす概念の属している主語にふくまれているすべての述語を理解するに足り、またそこから演繹してくるにたりるくらい完結した概念をもっている。』」

これは、わりとふつうの論理なのではないか。実体は属性に先立つ単純なものというのはおもしろいが、これでは論理に後退してしまってるような気がする。論理ならば当然こうなるみたいなのが、おもしろくない。

「二　合成体があるからには、単純な実体がなくてはならない。合成体というものは単純な実体の集り、すなわち集合にほかならないのである（二）。

訳註（一） この議論はいろいろな誤解をまねく。合成体が拡がりのあるもので、単純な実体がその構成分子だと見れば、単子が拡がりをもつようにおもわれる。ところが次節で〔単子が〕拡がりをもつことは否定されるために、単子がきわめて神秘的な魔力をそなえているように考えられる。ライプニッツによれば合成的実体は真の実体ではなくて現象である。空間は時間とともにその現象の秩序たるにとどまる。しかもこの現象はぜんぜん架空的なものではなくて、どこか事象的なところをもつ。その事象性のよってきたる根拠をもとめると、おのれのなかにはない。けれども、その根拠はどこかになくてはならない。それは単純な実体のなかに存するということになる。（以下略）」

「空間は時間とともにその現象の秩序たるにとどまる」というのは、カントならば、その現象をうけとめる直観の形式ってところか。こういう直観の受容性の事実をみとめながら、カントはそれをふしぎがってるようだ。目があればなにかが見え、手があればなにかにさわり、また、なにか見たり、なにかにさわるために、目や手があり……いや、これは、あらっぽい考えかたで、目や手や、そのほかいろんなものがあり、それが部分であると同時に全体としてニンゲンなのだろう。ともかく、カントはこの受容性をふしぎがっている。カントには説明できなかったからか。理性はいかなる権利があって、××をなすのか、といったぐあいに、直観はいかなる権利があって、現象を受容するのか、と直観には問うことができないからにちがいない。ついでに、カントでは、現象も、受容してはじめて現象なのだろう。

「三　ところで部分がないところには拡がりも形も可分性もありえない。それでこれらの単子は〈自然のほんとうの原子〉(一)であり一口にいえば〈事象の要素〉である。

訳註（一）『自然のほんとうの原子』les véritablesatomes de la nature 科学者の考える不可分原子は科学的方法でそれ以上分つことはできないが、それにはなお拡がりがあるから、すくなくとも概念上分ち得ると考えられる。そこで、〈ほんとうの〉不可分原子とはいわれない。一方数学的点はぜんぜん拡がりをもたないから〈ほんとうの不可分原子〉といわれるかもしれないが、これは非事象的なものであって〈自然〉や〈事象〉とは関係がない。真に不可分でかつ事象的な単子を表すために、〈自然のほんとうの原子〉といったのである。」

　河野与一先生の訳註は、とてもいい解釈なので、そっくり引用した。こんなふうに『単子論』の河野先生の訳はたいてい、本文よりもずっと長く、詳細で、訳註をこえている。だから、これは河野与一訳の『単子論』であるとともに、河野与一先生の著作でもある。碩学河野与一先生の面目がよくあらわれている。しかし、なにかを解釈・説明するときには、ほかのもので説明することがおおい。それでわかった気持になってもうれしいが、ほかのものはほかのもの、といったところもあるだろう。ほかのもので説明するのは、翻訳に似たところがあるのではないか。翻訳は裏切り行為だという考えからすると、じれったさがある。

「四　また、単子には分解のおそれがない。かつ単純な実体が自然的(二)に消滅することがあろうとは、どうしても考えられない。
訳註（一）『自然的に』神の奇蹟によらずに。」

「五　おなじ理由によって、単純な実体が自然的に生ずることがあろうとは、どうしても考えられない。それを合成によって造ることができないからである。（一）」

訳註（一）ライプニッツによれば、物が自然的に生ずるのは、漸次にすこしづつ成るのである。単子は部分をもたないから、部分に部分がつけくわわって生ずるわけにいかない。」

「……単純な実体が自然的に生ずることがあろうとは、どうしても考えられない。」単純な実体はともかくとして、たいていのニホン人は、なにもかも自然に生じたとおもってるのではないか。でも、自分は自然に生じたか？　なにも神秘的に考えなくても、自分が自然に生じたとは考えにくいというより、自然に生じたというコトバに似合わない気がする。

　ほかの本もそうかもしれないけど、ライプニッツの『単子論』を読んでいて、ことん、とブランクにおっこちるのは、「単子」というものがちゃんとあって、しかし、それがどうにもつかめない、とおもうからではないか。「自然のほんとうの原子」とか「事象の要素」とかライプニッツは書いていて、だが部分はなく、したがって拡がりもなく、精神も、「これは私がいつ、いつも単子という名でよんでいたものだ」とも言う。

　だから、ぼくなんかもポカンとして、それこそ、「単子がきわめて神秘的な魔力」をそなえてるみたいに当惑し、ブランクにおちこむ。

　でも、単子はなにかのモノみたいに目のまえにあるのではなく、ライプニッツがいきついた考えかたと言ってはミもフタもないが、いわばライプニッツの哲学の核のようなものだろう。

そうおもえば、ポカンとならないで、しばらくライプニッツの言うことをきいてるほうが、ともかく気がらくなのではないか。

「六　してみると単子は生ずるにしても滅びるにしても、一挙にするほかないと言ってもいい。言いかえれば、創造によってしか生ぜず絶滅によってしか滅びない。ところが合成されたものは部分づつ生じる、もしくは滅びる。」

こんなところを、さっさと読んでいたから、みょうなことになったのだろう。著者は注意して書いてるのに、こっちは注意もせずに読みとばす。おかしなことだ。

「……〔単子は〕創造によってしか生ぜず絶滅によってしか滅びない。」

やはり神に関係があるのだ。神によって創造されたものならば、神との関係なんてよそよそしいものではないかもしれない。

「七　それから、また、どうして単子がその内部を、なにかほかの創造物によって変質される、もしくは変化されることができるかということも説明のしようがない。単子のなかへはなにも移しいれるわけにいかないし、単子のなかでなにか内的な運動をひきおこしたり、あやつったり増したり減らしたりすることができると考えるわけにもいかないからである。そういうことは部分部分のあいだに変化がある合成体のなかなら可能である。単子には物が出たりはいったりすることのできるような窓がない。昔スコラの人たちが説いた感性的形象のように附随性が実体からはなれていったり、実体の外をさまよったりすることはできない。それと同様に実体も附随性も外から単子のなかへはいることはできない。」

はじめのほうの「説明のしようがない」というのは、あることが事実おこってるが、その説明ができない、ってことではない。そういうことがおこるのは理屈がとおらないし、実際におこらないってことだろう。

「単子には窓がない」は有名な言葉だけど、それだけをおぼえていて、かってに頭をひねっていた。ただの「単子には窓がない」ではなくて、ちゃんと「単子には物が出たりはいったりする窓はない」と具体的に書いてあるではないか。

これは、ここまでの『単子論』の記述をたどれば、当然のことだ。「単純な」「部分」がないものに、どうやって窓があるのか。拡がりも形も可分性もありえないものに、窓があるというのはおかしい。くりかえすが、そんな単子に、物が出たりはいったりする窓があったらオバケだ。

それなのに、単子には物が出たり入ったりすることのできるような窓がない、をかってに省略して、単子には窓がない、とおぼえこみ、まことに奇怪なことだが、なんで単子には窓がないのか、とふしぎにおもった。

ライプニッツが、……窓がない、と言ったのは当然のことなのに、窓があるべきものになぜ窓がないのかと考えた。

じつは、もっとひどくて、窓のない単子を視覚的にながめたりした。部分もなく、拡がりも形も不可分性もないものを、視覚的にながめるなど、とんでもないはなしだ。

それなのについ、目で見たみたいに想像してしまう。理性には規律があっても、想像には規律がない。まるで逆なことでも、この目で見た気になる。想像ばかりのさばってるぼくは、哲学書を読むのにはふさわしくないのかもしれない。

単子（モナド）には窓がないというとき、ぼくは、ギリシアのアテネからとなりの港町のピレウスにいく、きいろい二番の電車が高いところをはしるとき、下のほうに見える海べにならんだ、ちいさな脱衣小屋を想像したりした。

ちいさいが、ひとつひとつ独立の小屋で、波もなく、海も空も砂浜もあかるく、そこに窓のない白いちいさな脱衣小屋が無言でならんでる。ああ、単子には窓がない……なんて、ぼくはつぶやいていたのだ。ほんとにバカらしい。本を読んでるときは本を読め。本を読むじゃまになる想像、妄想などするな。

「八　しかしながら単子はなにかある性質をもっているにちがいない。性質(一)がなければ存在とさえ言えなくなる。それにもし単純な実体がその性質によってたがいにことなっているのでなければ、物のなかにおこる変化を、われわれは一つとして意識することはできないであろう。合成体のなかにおこることは単純な要素からしかこないからである。かつ単子が性質をもっていないとすれば、元来単子は分量の点においても差異がないのであるから、たがいに区別がつかなくなる。したがって充実した空間を仮定すると、運動において、どの場所もそれぞれ今までもっていたのと等しいもののしか受けとらないことになるから、物のある状態は他の状態から識別すること（、、、、、、）ができなくなる。

訳註（一） 分量 la quantité は存在を増すことはできても存在を構成することはできない。ただ『性質』la qualité すなわち内的規定 la dénomination intrinsèque だけが存在をきまったものとして

確立することができる。」

「元来単子には分量の点で差異がないのであるから」というのは唐突みたいだ。だいいち、拡がりも形も可分性もないものに、分量があるだろうか。だから、単子の分量を考えると、その点では差異はないってことになるのか。

「九　のみならず、おのおのの単子はほかのおのおのの単子とはことなっているはずである。実際自然のなかにおいて、二つの存在がたがいにまったくおなじようであって、そこに内的差異、すなわち内的規定（一）にもとづく差異を認めることはできないということはけっしてない。

訳註（一）『内的規定』la dénomination intrinsèque というのは物がそれ自身にもっている性質のことで、たとえば形とか運動とか慣性とかいうものをさし、それにたいして『外的規定』la dénomination extrinsèque というのは、その物が他の物にたいしてもつ関係からおこる性質のことで、その物が知覚されるとか欲求されるとかいうことをさす。」

ぼくたちのまわりは、合成体ばかりだろう。ぼくたち自身も合成体にちがいない。そして、合成体は現象だ、とライプニッツは言う。われわれ自身も現象だ。でも、その「現象はぜんぜん架空的なものではなく、どこか事象的なところをもち、ところがこの事象性のよってくる根拠をもとめると、現象のなかにはない。けれども、その根拠はどこかになくてはならない。それは単純な実体のなかに存するということによる。」

河野与一先生の訳註とはちょっとちがうかもしれないが、われわれ自身も現象だけど、現象を成立させている根拠、あるいは核みたいなものではなくても、現象ぜんたいに、現象ではないものが、そっくりいりこんでるみたいな気がする。自我とか精神なんて言葉は好きではないけど、それが現象をひっくるめた「ぼく」ではないか。そんなのが単子か、ともおもう。合成体をはなれてこの「ぼく」はないが、この「ぼく」は分割はできまい。

もっとも、ライプニッツは自我や我を基《もと》にしないで、それで単子なんてものを考えたのかもしれない。だから、「ぼく」のほかにも、それこそ性質のちがう単子があれこれあるのかもしれない。ただ、この「ぼく」も単子のようなものかと考えると考えやすい。

そういう「ぼく・わたし」が単子だとすると、それぞれがことなっていることはわかる。それも、自然のなかにおいて二つの存在がまったくおなじということはない、と理屈をこねるみたいではなく、また十人十色といったようなことでもなくて、ほんとに、おのおのの「わたし」はべつのものなんだなあ、とおそれおののくような気持だ。自然のなかにおいて二つの存在が、というのも、べつな存在があるってことに、おどろきがこめられてるかもしれない。

ただし、おそれおののくような気持でいながら、おのおのの「わたし」がべつなものだと発見したような気でいるのはセンチメンタルで、あんがい、おのおのの「わたし」はべつなものではない、と考えられないか、という気もする。この世の中では、おのおのの「わたし」は、それぞれべつなものとしてはあつかわれていない、だから、おのおのの「わたし」なんてものもない、といったことではない。根本的なことだ。これも、根本的なんてのは甘いコトバで、センチメンタルだ、と言われるかな。世の中は根本的なんてことを認めない。そんなものはなしで、ちゃんとやっていってるんだもの。いや、そんなものなしだから、ちゃんとやっていける。よけいなものは、ないもの、存在しないものだってところか。こういう理屈も通俗だ。

「一〇　私はまた、すべて創造された存在は変化をうける。したがって創造された単子も変化をまぬがれない。そのうえその変化は、おのおのの単子のなかで連続的におこなわれる。ということは、だれでも承認しているものと考える。」

「一一　以上のべたことの帰結として、単子の(一)自然的変化は内的原理からくることがわかる。外的原因は単子の内部に作用することができないからである。

訳註（一）『自然的変化』にたいしては『奇蹟的変化』すなわち単子の創造もしくは絶滅をきたすような変化が対立する。」

〈六〉には（単子は）創造によってしか生ぜず絶滅によってしか滅びない、と書いてあった。「奇蹟的変化」の奇蹟的に、おそれをなしたり、逃げ腰になることはない。単子の創造と絶滅は、つねにおこなわれてることだ。ライプニッツによれば、奇蹟はいつもおこなわれているのだ。

しかし、よけいなことを言うと、創造も絶滅も神がおこなうことだが、創造はいいとして、絶滅のほうは、教会筋から文句がでたのではないか。肉体はともかくニンゲンの魂が絶滅してしまったりしては、教会ではこまる。でも、これはジョークだが、創造ばかりしていて、絶滅しないならば、なにがいっぱいになるか知らないが、いっぱいになってしまうのではないか。単子は拡がりも分量もないそうだから、それでなにかがいっぱいになるはずもないが、それでも、なにかが混んできそうな気がする。

「一六　われわれの意識するもっともわずかな思想でも、その対象のなかに多様をふくんでいるということを見るとき、われわれは自身で単純な実体のなかに多を経験する。してみると精神が単純な実体であることを認める人々はことごとく、単子のなかにこの多を認めなくてはならない。（以下略）

訳註（一）『単純な実体』ここではわれわれの自我をさす。」

くりかえすが、この本文や訳註を見ると、ライプニッツの「単子」を「わたし」のように考え、あるいは「わたし」を手がかりにして考えてもいいのではないか、とますますおもう。つづいて〈一八〉を引用するが、『単子論』の各章は、幾何の証明のように、基本的な心理や証明から、つぎつぎにつみあげてるように見える。ぼくみたいなシロウトがオコがましいことだけど、それが、いかにも西洋ふうに古めかしく、なによりも、そういうものの言いかたがうれしくなる。

スピノザ（一六三二―一六七七）とライプニッツ（一六四六―一七一六）は年代がかさなってるときもあり、一六七六年の末に、ライプニッツはハーグでスピノザとあい、哲学のはなしをしたということだが、スピノザは、幾何の証明みたいに、哲学をのべていく、と書いている。大マジメで、哲学というものに自信があり、またそういうやりかたに、フレッシュなよろこびもあったのだろう。だったら、いまの哲学はすれっからしになってるのか。これもシロウトのぼくにはわからないが、すれっからしになるほどの哲学者がニホンにいるのかどうか。

「一八　すべての単純な実体すなわち創造された単子にエンテレケイア[一]という名をつけてもさしつかえあるまい。単子はなかにある完全なところをもっているからである。そこに存する自足的なところによって、単子はその内的作用の源となり、またいわば非物体的自動体となっているのである。

訳註（一）『エンテレケイア』entéléchie, entelecheia はアリストテレスがはじめてつかった字である。〔中略〕アリストテレスのテクストのある部分に entelechōs とあるのを endelechōs とあらためて読むほうがいい個所があるのから推して、すでに存していた endelecheia（連続運動）という字になぞらえて entelecheia という字をつくったとする説もあった（ヒルツェル Hirzel）。これに対しては有力な反対説があらわれ……〔中略。として、いろんな説がでたようだが〕この字〔エンテレケイア〕は〈完成の域にたっしていること〉を意味する。アリストテレスの考えによると、すべての実体はなんらかの意味で変化、はたらき、動きをふくむかぎり、形相 eidos, forma だけでなく質料 hylē, materia をふくむ。資料〔質料のミスプリントか〕はそれ自身無規定な受動的なまったく可能的なものであるが、形相は規定的な能動的な現実的なものである。この二つはいつもたがいに結合して存在する。形相は質料に規定をあたえていく。質料は形相によって実現されていく。この実現の作用がエネルゲイア energeia であり、この過程が生成 genesis である。そうして実現が完成して質料が形相になりつくした状態をエンテレケイアという。もっともアリストテレスにおいても、完成の状態を意味するエンテレケイアと、実現のはたらきを意味するエネルゲイアが混同してつかわれている個所も見える。」

河野与一先生の訳註で、アリストテレスの勉強をさせてもらった。聖書とおなじように、アリストテレスがギリシア語で読めたらなあ！　アリストテレスの訳本を読んでると、だいたい、たいくつしている。あたりまえのことが書いてあるような気がするからだろう。これはぼくが未熟なせいで、あたりまえのことを言うのはたいへんなことにちがいない。しかも、そのあたりまえのことを、アリストテレスみたいに、さいしょに言いだしたときは、なおさらだろう。

「一九　いま説明したような広い意味における表象および欲求をもつものをすべて精神と名づけるつもりならば、あらゆる単純な実体すなわち創造された単子は精神とよぶことができるわけであろうが、知覚というものはたんなる表象以上のものであるから、私は、ただ表象だけしかもっていない単純な実体には単子とかエンテレケイアとかいう一般的な名前をあてておけばじゅうぶんであると考え、それよりも判明な表象をもちかつ記憶をともなっている実体だけを精神とよぶことにしたいとおもう。」

「二〇　実際、われわれはなにもおぼえていない状態、きわだった表象をすこしももたない状態を、われわれ自身のなかに経験する。たとえば、われわれが気絶したときや、夢ひとつ見ずに深い眠りにはいったときのようなものである。この状態にはいると精神もただの単子といちじるしくちがわないことになるが、この状態はながつづきするものではなく、精神はそこから脱してくるから、やはり精神はただの単子以上のものだということになる。」

〈一九〉を読むと、「わたし」と「ニンゲン」がどうちがうかはわからないが、「わたし」「ニンゲン」は精神のようだ。でも、ニンゲンだけが精神で、たとえば動物たちは、ただの単子か。でも、動物にも表象はもちろん欲求もある。ただし記憶はどうだろうか。象などは記憶がいいと言われてるが、やはりニンゲンの記憶とはちがうのか。ニンゲンの記憶だって、ひとによってちがう。あ、それぞれの単子はちがう性質をもち、だからそれぞれちがってるのか。

〈二〇〉になると、はっきり、われわれが精神だとわかる。でも、くりかえしになるが、単子と精神はどうちがうのか。われわれが気絶したり、夢も見ないでぐっすり眠りこんでるときは、「精神もただの単子といちじるしくちがわない」また「やはり精神はただの単子以上のもの」と〈二〇〉でライプニッツは書いている。精神も単子ではあるが、ゲスな言いかただけど、上等な単子ということなのか。

そして、ライプニッツの考えによると、それぞれの単子でも性質はあり、その性質がちがうのだから（性質がちがわなければ、性質とはよべない）単子と精神も性質がちがうのか。

単子には物が出たりはいったりすることができるような窓はない、ってことに、まだ、ぼくはこだわっているようだ。

部分をもたない単純な実体の単子に窓がない、というのはわかる。そういう単子に窓など考えられない。だが、精神にも窓がないだろうか。精神にも部分はないが、窓がないとは、ぼくには考えられない。

いや、精神には窓があるというより、精神はまるっきり窓なのではないか。それに、全体が窓ならば、窓があるとも言えない、なんてのは屁理屈だろう。

ぼくはついよけいなことも書くが、ライプニッツは厳密な考え（書きかた）のひとだから、おもいつきで「単子には物が出たりはいったりすることができるような窓はない」と書いたのではあるまい。だとしたら、精神については、「窓」はどうなのか。単子と精神はどうちがうのか。それは、ただ性質のちがいなのか。これは、かってに、精神には窓がある、とぼくが考えての理屈だが、精神に、物が出たりはいったりすることができるような窓はあるまいか。

ついでだが、われわれが精神、というのはおかしいだろう。われわれみたいな集合的な精神はあるまい。精神はやはり「わたし」か「われ」だ。ところが、われわれが精神、みたいなことをがなりたてる人々もいた。ニホン精神とか、ドイツ精神とか。

「三〇　われわれはまた、必然的真理の認識および抽象によって高められて反省作用に到達する。反省作用は、われわれに自我というものを考えさせ、またわれわれのなかに、あれが有るとかこれが有るとかを考察させる。そうやってわれわれは、自分というものを考えることによって、同時に存在とか実体とか単純体とか合成体とか非物質的なものとか、ないしは神までも考え、われわれにあっては制限をうけていることが、神においては制限がないということを会得する。つまり、この反省作用は、われわれの思惟の主要な対象を供給するものである。」

〈三九〉あたりから、ずっと神のことがでてくる。西洋の哲学者が書いたものには、かならず神がでてくる。それも、ついでに神のこともといったぐあいではなく、読んでいくうちに、根本的、基本的なことだとわかる。それは、こういった哲学者ないし思想家には、カントふうに言って、理性がさけてとおれないこと以上に、どうしようもなく、神がいるからだろう。だが、どうしようもなく、では理屈にならない。それで、ライプニッツも理屈をならべる。そして、理屈は観念的にひびく。ぼくは理屈は好きだが、こういう理屈は、ああまたか、とおもう。でも、ニホン人は西洋の神にはヨワく、神がでてくると、すっとばして読む、というふうではない。神とのことにはしんぼうがいるのは、コドモのときから感じていた。神はとほうもなくしんぼう強いようだが、ニンゲンも神にはしんぼう強くないと、たとえば、ずっと長くある教会の信者ではいられない。クリスチャンというと、敬虔などという形容詞をつけたがるが、長い信者には頑固なのがおおい。敬虔と頑固とはまるで逆なことなのに、現実はおかしなもので、頑固と敬虔がぴったりいっしょになっている。もっとも、そういう人こそ典型的なクリスチャンだが、敬虔も頑固も自分のココロの状態で、イエスとも十字架ともカンケイないかもしれない。

「四四　実際もし本質すなわち可能性ないし永久真理のなかに事象性があるならば、その事象性は、たしかになにか実在している現実的なものにもとづいているにちがいない。したがって必然的な存在体——そのなかにおいては（二）〈本質が実在をふくんでいる〉、言いかえれば〈それが現実的であるためには、ただ可能的でありさえすればいい〉という必然的な存在体——の実在にもとづいているにちがいない。」

　本質と実在がいっしょというのは、神にだけ言えることかもしれないが、いわゆる西洋哲学の本を読んでると、たいていでてくることなので、河野与一先生の訳註も、かなり長く引用する。

「**訳註（二）**『本質が実在をふくんでいる』というのは〈実在しているとしてしか考えられない〉〈それに実在をこばめば、それがぜんぜんなりたたなくなる〉という意味である。本質とは〈あるもののそのあるものたること〉であって、内に矛盾をふくまないという意味においては可能的なものである。神以外のものにおいては、〈そのものたること〉と〈そのものがあること〉とはかならずしも一致しない。〈そのものたること〉は、そのものが〈ある〉としても〈ない〉としても、それには関係なしになりたつ。〈そのものがあること〉すなわち実在を認めても、こばんでも、〈そのものたること〉すなわち本質はいぜんとして存する。そのものが可能的であっても、ただちに現実的とはならない。そこで、そのものの実在については肯定判断と否定判断とが同時に正しいから、矛盾の原理はここにおよばない。しかし、どこまでさかのぼっても、そういうふうに本質と実在とのあいだに必然的関係が認められないとすると、すべての実在がことごとく偶然的になり、現実に関する判断にはすこしも根拠がなくなってしまう。この背理におちいらないためには、そうやってさかのぼる根拠理由の系列をこえて、本質と実在との一致しているものを認めてこなければならない。本質と実在との一致しているものをあらわすために〈本質が実在をふくむ〉というのである。いったん、そのものの本質がみとめられれば、そのものの実在も必然的に認められてくるから、〈それが可能的でありさえすれば、かならず、それは現実的である〉すなわち『それが現実的であるためには、ただ可能的でありさえすればいい』というのである。」

〈四四〉の「……可能性ないし永久真理のなかに事象性があるならば……」というのは神の事象性のことだろう。たんなる理念としての神ではなく、実在しなければ神らしくない。でも、どうして、たびたび神がでてくるのか、とニホン人にはわずらわしいかもしれない。だが、ライプニッツなどにとっては、すべての理屈のもとに神がある。神がでてくるのではなく、すべて、神からでてくると いったぐあいだろう。

「それが現実的であるためには、ただ可能的でありさえすればいい」というのは、ただそれだけの理屈としてはむつかしいが、そういう必然的な存在体（神）の実在にもとづいている、ってことならば、理屈のながれとしては、そんなものだろう。〈四五〉にははっきり書いてある。

「四五　そこで、神（すなわち必然的な存在）だけがこの〈可能的ならば、かならず実在する〉という特権をもっている。ところで限界をふくまず、否定をふくまず、したがってまた矛盾をふくまないものの可能性をさまたげるものはないから、そのことだけでじゅうぶん、神の実在をアプリオリに知ることができる。われわれは神の実在を永久真理の事象性によっても証明した。しかし、われわれはまたそれをアポステリオリにも証明した。げんに、偶然的なものは実在しているが、それは必然的なもののなかにしか最後の理由すなわちじゅうぶんな理由をもつことができないのに、この必然的なものは自分の実在の理由を自分自身のなかにもっているからである。」

　偶然的なものは実在してるが、それは必然的なもの（神）のなかにしか最終的でじゅうぶんな理由がない、つまり、みんな神がもとになるというのだろう。

　ただし、こんなふうに理屈を言うから、神をもとにしなくてはいけないので、理屈を言わなきゃ、神をもとにしなくてもいいのか、ってのは屁理屈で、くりかえすが、どうしようもなく、神があったのだろう。理屈がさきか神がさきかってことになると、このひとたちは、やはり神だ。ただし、表現されるところでは、哲学者の場合は理屈がさきになる。パスカルの『パンセ』なんかを読んでいても、理屈ばかりならべてるようなのがオトナっぽくなくて、おもしろい。

「四七　そこで、神だけが原始的な一すなわち根原的単純実体であり、すべて創造されたすなわち派生的な単子はその生産物として、いわば神性の不断な電光放射（一）によって刻々そこから生れてくるものである。しかも、この創造された単子は、本質上有限な創造物の受容性のために制限をうけている。

訳註（一）『電光放射』les fulgurations というのは〈とつぜんの流出〉を意味する言葉である。

神と他の単子との関係はライプニッツ哲学における至難の個所である。ライプニッツはいっぽう単子の個体性を維持しながら、他ほう神と他の単子との本質的統一を主張しなければならない。〈創造〉la création といえば神と他の単子とを引きはなしすぎることになり〈流出〉l'émanation といえば、神と他の単子とを一つに考えすぎることになる。この二つの中間をしめすつもりで、ここには『電光放射』という字をつかった。単子は絶対的に無から創造されたものでもなく、神の本性の様相もしくは絶対必然的生産物でもない。創造に先立って事象はすでに神の悟性のなかにおいて、可能的事象として実在しかけている。これらの可能的事象は本質をもち悟性の対象となっているから、無とは言われない。いな、たんなる受容性以上のものであって、おのおの実在しようとつとめている。言いかえれば、すでに無限小のていどにおいて展開の途上にある。しかし、そのままに放置されているかぎり、可能的事象はこの展開の最小限をこえることがない。どれもみなおなじ価値をもっているが、なかには相容れないものもあって、みながみな展開するわけにいかないから、結局ひとつも展開しないことになる。その本来の状態は実在せんとするはかなき努力だといえる。ところへ神の創造作用がくわわると、可能的事象のあるものだけに対して、他をさしおいて助力をあたえることになる。そこで、助力を得たものは展開して潜在的状態にあったところを実現する。しかもこの創造は、神の悟性のなかに先在していた可能的事象が本質的には神と区別されず、神から自分の事象性ぜんぶを引きだしてくるという意味で一種の流出である。だからライプニッツのいう不断の電光放射は、デカルトのいう不断の創造とはちがう。デカルトに言わせると、おのおの実在するものに相ついでおこる諸状態は、たがいに独立なもので、瞬間ごとに創造されるものである。またスピノザに言わせれば、諸状態は絶対的に相依存して、おのおのその先行状態から論理的ないし数学的必然性をもって派生する。ライプニッツにおいては、実在するものの諸状態はたがいに連結して一つの系列をなし、その系列は実在するものの本性に根拠をもっているから、神が展開を許しさえすれば、各状態は先行状態から一定の法則にしたがって自発的に展開してくる。この現実の世界に属する単子にその本性を展開させる神の意志の不断なはたらきが、ここにいう不断の電光放射である。」

事象性については〈四四〉で「たしかになにか実在している現実的なものにもとづいているにちがいない」と書いてある。

河野与一先生のこの訳註で「神と他の単子との関係はライプニッツ哲学における至難の個所である」と言ってるが、河野先生の訳註もむつかしい。この他の単子というのはニンゲンのことだろう。「〔単子が生れるまえの可能的事象は〕なかには相容れないものもあって、みながみな展開するわけにいかない」というのは、どういうことなのだろう。わるいタネ、芽がでないタネみたいなことか。「ところへ神の創造作用がくわわると、可能的事象のあるものだけに対して、他をさしおいて助力をあたえる」というのは、つまりは神の恩寵か。すべては神の恩寵と言えば、なんでもケリがつく。これくらいべんりな説明はない。神が、なんのために、どんな理由で、他をさしおいて助力したりするのかは、恩寵をたまわる立場からは問うことはない。それが神の恩寵だ、でケリがついてしまう。

いや、ぼくには恩寵のことはわからない。だから、よけいな、つまらないわる口を言うのはよそう。たとえば、あのひとたちの理屈では、神が不公平なわけがないから、とか、ニンゲンの目に不公平に見えるのが恩寵、なんてさ。

『単子論』はこのさき〈九〇〉まであるが、河野与一先生の訳文と訳註からの引用は、このあたりでやめる。まだ、おもしろいことはいろいろあるけど、きりがないような気がするからだ。

平凡社の『世界大百科事典』の「単子論」（永井博）のうしろのほうを書きうつす。

「（前略）しかし窓のない無数の単子が互に映（表現）し合い、またそれぞれ固有の視点から唯一の宇宙を映し、相寄って全宇宙を合成する。この関係をライプニッツは〈予定調和〉の思想で説明する。

『単子論』La monadologie（一七一四）は、以上の立場から全哲学体系を最も完全に公理的に要約した彼の主著である。文通者ニコラ・レモンのために執筆したが、発送されず遺稿としてのこり、一七二〇年ドイツ語訳が、二一年ラテン語訳が公刊され、フランス語原文は一八四〇年にはじめてJ・E・エルトマンによって公刊された。もともと表題はなく、現行の書名は最初のドイツ語訳につけられたものである。」

「……またそれぞれ固有の視点から唯一の宇宙を映し……」というのはカトリックとはちがうプロテスタントの考えだろうか。

〈予定調和〉もよくであう言葉だが、この文字を読むニホン人は、たいてい、またか、と苦笑してるのではないか。苦笑ならいいほうで、おぞましいものみたいに感じるかもしれない。神に関する説明は、こじつけとおもわれやすい。でも、くりかえすが、この人たちには、どうしようもなく神があったのだ。それを理屈で説明しようとするから、こじつけみたいになる。〈予定調和〉も、平凡社の『世界大百科事典』の永井博さんがお書きになったものを引用する。簡潔で、わかりやすい説明だ。

「予定調和　ライプニッツの形而上学の根本原理の一つ。世界のすべての存在が相互に表現し映し合い、いかに異なり対立するものの間にも必ず調和が成り立つ（宇宙の普遍的調和）。これは神があらかじめ普遍的な秩序をこの世界に設定したからである。世界には秩序をはずれたもの、不規則なものは一つもない。この調和によって、たとえば独立自全の無数の単子（モナド）が外的な相互作用なしに結合したり、心身が直接の因果関係のないにもかかわらず結合する、と説くのである。」

「心身が直接の因果関係のないにもかかわらず」というのがおもしろい。身をはなれて心はなく、心と身がいっしょになって、はじめて人間だというのが常識だが、理屈として考えると、心身は直接の因果関係はないのか。

キリスト教では、ずっとまえから〈予定説〉というものがあったらしいが、〈予定調和〉という言葉をきくと、ぼくのかってな感じでは、神があらかじめ普遍的な秩序をこの世界に設定したから予定調和もあるのだろうが、実際には、これが逆で、へえー、この世界はうまくいってるなあ、と感心し、それから神の予定調和みたいなことになったのではないか。

宇宙とか世界ってものもわからないけど、もし、そんなふうによばれるものがあるとすれば、たいへんにきわどいバランス（調和）のうえになりたっているのではないか。広大な宇宙が髪の毛一本のバランスでできてるとかさ。そういうところから、神の存在を説いたのは、古めかしい幼稚な神学とされてるが、宇宙とか世界とか神とかとは一応べつにして、有るということは、たいへんなことだという気がする。

ライプニッツは一六四六年にライプチヒで生まれ、一七一六年にハノーヴァーで死んだ。『単子論』を書いたのは一七一四年で、遺稿としてのこり、一七二〇年にさいしょにドイツ語訳がでて、翌年にラテン語訳、原文のフランス語の本がでたのは、ずっとあとの一八四〇年というのは、いまでは考えられないことだ。

また、ぼくは『単子論』の原文はラテン語か、でなければドイツ語だとおもいこんでいたので、フランス語とは意外だった。

じつは、二十代にライプニッツの『単子論』に興味をもったのは、そんなところからだった。野口友三郎という友人が近所に住んでいて（みんな、がやがや近所に住んだものだ）、彼はぼくより一歳上、京都大学の哲学科での卒業論文がライプニッツの『単子論』でフランス語のテクストをつかい、それがどうも原文らしいよ、ということだった。

東京はうんと広いのに、友ちゃん（野口友三郎）は、まえみたいにすぐ近所ではないし、なんどか引越したが、ずっとこの地域の近くにいる。

この本を書きおえて

シアトルの夏はとくべつすがすがしい。そんなこともあって、暑くなりかかると、なんどかシアトルにいった。たいてい一ヵ月以上滞在しているが、昼間はバスにのり、夜は酒を飲んでいる。さいしょにシアトルにいったときから、いやシアトルにいかないまえから、シアトルの日本人組合教会をたずねることをおもっていた。明治四十五年（一九一二年）に、この教会で父は久布白直勝牧師から洗礼をうけた。父は明治十八年（一八八五年）生れだから、二十七歳だった。

シアトルの日本人組合教会にいけば、そのころの父のことをおぼえてる老人にもあえるかな、なんておもってたのだが、おもうばかりで、日本人組合教会をさがしてもみなかった。

まことにみょうなものだ。こんな場合、ぼくがおもうというのは、いったいどんなことだろう。空想してるのと、あまりかわりはないのか。

しかも、シアトルの日本人教会にいきたいなあ、とひとにははなしている。そして、くりかえすが、おもうばかりだった。シアトルに住んでいたライターのあわや・のぶこさんにも、あれこれ、父のこと日本人組合教会のことをはなしたのだろう。

二年前の夏、シアトルにいくと、あわや・のぶこさんが日本人組合教会の小川忠夫牧師にあい、教会の古い記録を見せてもらい、そのなかに父の名前もあった、としらせてくれた。いっしょに小川牧師のところにいきましょうよ、とあわや・のぶこさんは言う。

おもうばかりのぼくとは、だいぶちがう。ぼくはあわやさんに感謝しながら、まだ逡巡するような気持だった。バーや飲屋では、知らないひととでも、やたらしゃべりまくるのに、だれかをたずねていったりするのは、ほんとにおっくうなのだ。

その日、あわやさんはちいさな、がたぼろのクルマを運転して、ぼくをむかえにきてくれた。クルマの後部座席のまんなかにはベビイ・シートがたてに固定してあり、せまい座席なので、どかっと後部座席をふさいでるようだった。あわや・のぶこさんはいつも赤ん坊といっしょで、小川牧師が教会の古い記録を見せてくれ、はなしをしてるあいだも、赤ん坊はおとなしく、あわやさんに抱かれていた。

父が洗礼をうけた久布白直勝牧師は、その二年まえに大久保落実さんと結婚している。あとで矯風会の会頭になった有名な久布白落実さんで、この本の「西海岸の久布白先生」のなかにでてくるKさん、久布白三郎さんの母だ。

久布白直勝牧師と落実さんはシアトルで結婚し、落実さんが書いた『廃娼ひとすじ』によると、「……それでレニア山への途中の日当りのよい高台の家を見つけて、そこに移った。」のだそうだ。

レニア山はシアトルの町から南のほうに見える。ただし、シアトルの町のどこからでも見えるというわけではない。日本人組合教会や小川牧師の家がある小高いところからはとくによく見える。

このあたりからレニア山の方向にむかってのびているレニア・ストリートという通りもある。富士見通りといったところだろうか。

実際、シアトルに住んでいたニホン人たちは、レニア山のことをタコマ富士とよんだ。田駒という漢字をあてた古い邦字新聞もある。

いま、アメリカの地理事典などを見ると、レニア山はアメリカ西海岸のワシントン州のカスケード山脈の最高峰で四三九二メートルだそうだ。富士山よりだいぶ高い。シアトルにいるあいだは、毎日のようにレニア山をながめていたが、そんなに高い山だとは知らなかった。

山頂近くから八方に氷河ができているという。ニホンからもってきたガイドブックに書いてあるそうだ。それをきいて、「そんなバカな」とぼくは言った。スティーブも「ここいらに氷河があるなんて……」とてんで信用しなかった。

スティーブというのは、ニックネームで、日本レストランの板前だ。シアトルには二十年以上すんでいて、それこそレニア通りの平屋のアパートにいる。

ところが、ガイドブックをもってたのはある女のコだけど、そのコがレニア山にいったら、ほんとに氷河があった、と息をはずますように、はなした。ぼくもスティーブも「へえ……」とだまりこんだが、それでも納得のいかない顔だっただろう。温暖なアメリカ西海岸に氷河があるなんて！

二十年以上もシアトルにいたスティーブには見えなかったレニア山の氷河を、その女のコはかんたんに見てきた。まことにガイドブックはおそろしいものだ。そのガイドブックを手にもってあるいてる女のコ（や男のコ）が実際にいるのに、最近になってやっと気がついた。戦争中、陸軍士官学校や海軍兵学校の生徒が片手をまっすぐ前につきだし、それに直角に軍人勅諭などをもって、読みながら足なみをそろえてあるいてる姿をおもいだす。ガイドブック族はそれほど背筋をピンとのばしてるわけではなく、ガイドブックを見てるため、いくらか前かがみだけど、ひたむきな姿勢はそっくりだ。ぼくなんかは、かつて一度でも、ひたむきな姿勢などになったことがあるだろうか。それにしても、ひたむきな姿勢とは、内的なものだとおもったら、ほんとは姿勢は外的なものからきてるんだなあ。

レニア山みたいに高い山、大きな山だと、そこにいくまでの距離のはかりかたにもいろいろあるだろうが、地図で見ると、シアトルからは九〇キロはあるようだ。いや久布白落実さんが「……レニア山への途中の……」と書いてるのは、シアトルの町とレニア山とのまんなかあたりという意味ではあるまい。シアトル市内の、いくらか町の中心をはずれた、レニア山の方角の日当りのよい高台の家を借りたのではないか。

そのころもレニア通りはあって、通りからいくらかのぼった高台の家で、窓からレニア山が見えたともおもえる。久布白直勝牧師と落実さんはまだ新婚でこの家におり、ぼくの父は洗礼をうけた。

いまの日本人組合教会も小川牧師の家もそうだが、シアトルの町でも、レニア山がよく見えるあたりに、あれこれ関係があったようだ。ただし、父はタコマ富士(レニア山)を見て、望郷の念にかられるようなことは、ひとにくらべると、うんとすくなかったのではないか。ふつうに考えると、信じられないことだが、そういう気持など、まるっきりなかったともおもえる。

父はシアトルの日本人組合教会で久布白直勝牧師によって洗礼をうけ、久布白牧師がニホンに帰国後（すぐではない）東京の千駄ヶ谷にたてた東京市民教会の牧師にもなるが（教会ができたときに、久布白牧師が結核でなくなったので）、久布白牧師の考えとはちがってくる。だいたい、父には、自分の考えとかひとの考えとかいうものはなかった。ところが、久布白牧師には久布白牧師の考えがあったようだ。ほんのわずか、それも生かじりだけど、そのへんのことをひろってみる。

久布白直勝牧師は、大正八年（一九一九年）に『基督教の新建設』という本をだし、翌大正九年になくなったが、この『基督教の新建設』のなかに、こんなところがある。

「……この世界は完全無欠に創造されて、全能者の規則が前提されて居るのではない。この世界は日々創造されつつある不完全なものである。創造的善意志の神は日夜吾人の内に奮闘し、理想に向って創造し居給うのである。故に人間の努力が神の理想と調和する時に、神の国の建設は歩を進むるのである。この神の働きは偉大なる理想主義を人類の中に生み出さねばならぬ、貴族主義の専制時代は過ぎ去った、資本家の利己主義時代も早く過ぎ去らねばならぬ。（以下略）」

久布白直勝牧師は理想をかかげた。高く、はっきりと前方に……。それが理想というものだろう。神の理想というのはおもしろい。また人間の努力と神の理想とが調和するというのもおもしろいが、久布白牧師はむつかしい言いかたはせず、正直に書いたのかもしれない。

また理想がなくて、なにができるだろう。理想と希望がなくては、さきにはすすめない。久布白牧師はさきにすすもうとした。『基督教の新建設』のなかにもデモクラシーという言葉がたびたびでてくるし、はっきりと大正デモクラシーのひとだった。

しかし、父は理想をかかげたりはしなかった。それは、それこそ人間の努力で、イエスとはべつのことなのだろう。理想を高く前方にかかげて、それにむかってすすんでいくのではなく、足の下からぼこんぼこんつきあげてきた。前にすすもうというのではなく、うしろからもおされた。と同時に、足もとにぽっかり穴があき、そのなかにおちていくようなこともあったのではないか。おちながらアーメンだったのかもしれない。ともかく、そんなふうでは、久布白直勝牧師の考えとはずいぶんちがう。

「西海岸の久布白先生」のなかのKさん、久布白直勝・落実夫婦の三男の三郎さんは、数カ月まえになくなった。八王子の近くの広い竹林のなかにある離れに住んでいて、夜中に大きな音をたててピアノをひいても、どこにもきこえない、と久布白三郎さんは言っていた。久布白三郎さんはずっとピアノをひいていた。そして独身だった。

レニア山のことを邦人たちがタコマ富士とよんだのは、タコマの町の近くにある山、シアトルからはタコマの方角に見える山だから、とぼくはおもっていた。ところが、タコマはこの山のインディアンの名前だということを、いま知った。山がさきか町がさきかと言えば、たいてい山がさきだが、その山に名前をつけたのがニンゲンで、ニンゲンがいなければ、山はあったとしても名前はない。名前もない山（認識されない山）があったと言えるかどうか。大昔からの屁理屈のくりかえしだろう。また、ニーチェの『ツァラトストラ』（竹山道雄訳）のいちばんさいしょのところをおもいだす。「なんじ大いなる天体よ！　もしなんじにして照すべきもののなかりせば、なんじの幸福はそもいかに？」

シアトルにはレニア山が見えるあたりにニホン町があったらしい。たいへんにぎやかだったというけど、このにぎやかさは、どんなものだろう。想像もつかないのが、ぼくをセンチメンタルにさせる。シアトルのニホン町の古い地図のコピイを見たことがあるけど、銭湯や桂庵（口入屋）も二つぐらい地図に書いてあった。そんなニホン町はいまはない。夢のようにまるっきりなくなってるというのが、またセンチメンタルにさせる。

聖書のことは、あれこれいっぱい書くことがあるような気持でいたが、実際はなにも書いてないんだから、あれこれいっぱい書くことがあるというのはウソだろう。それに、ぼくは子供のころからしょっちゅう聖書を目にしていながら、新約聖書だけでも、ちゃんとぜんぶ読んだことはない。この「福音書を読む」でも、福音書をならべて、はじめのほうをちょこちょこ読んでいったら、一人の男だとおもいこんでた男が、ある福音書では二人になっていたり、また金持のマジメな青年だとばかりおもってた男に、役人という訳語がついてる福音書があって、おどろいた。ほんの表面をひっかいただけだが、ほかの本もそうだけど、聖書もいいかげんに読んでたことがわかった。

もっとわるいのは、奇怪なことに、その本にはまるでない内容を、かってにぼくはデッチあげたり、ぜんぜん読んでない著者の本を読んだようにおもってたりしたことだ。

ジャン＝ジャック・ルソーとヴァランス夫人とのことは有名で、たとえば事典などにもルソーに関してヴァランス夫人のことがでてくる。

これは、ぼくにはふしぎだった。ルソーとヴァランス夫人が共同生活をしていたのは、ルソーが十九歳ぐらいからの約十年間で、そのころのルソーは、けっして有名な青年ではない。またヴァランス夫人も有名な女性ではない。若くて皇帝となり、あるいはその妃になったり、ルイ十五世と愛人のポンパドゥル夫人のような人物ではない。

世間的には著名人ではなかったはずのヴァランス夫人が、どうして世間的にも有名になったのか、ぼくはふしぎだったのだ。

でも、ルソーの『告白』を読んで、はじめて、そのわけがわかった。ルソーの『告白』は有名で、そのなかに書かれているヴァランス夫人も有名になったのだ。『告白』によって、実際には無名だった(だからこそ、あんなにもいきいきと書いてあるのだろうが)青年ルソーも有名になった。そしてお相手のヴァランス夫人も有名になった。

また、ヴァランス夫人について『告白』に書いてあることの、なんとみずみずしく、あかるい陽の光とにおいにみちていることか。ルソーは『告白』を文学だなんておもったことはないだろうが、『告白』を近代文学のはじまりの傑作という人はおおい。つまり、ヴァランス夫人は名作中のあいらしく、それでいてふしぎな登場人物なので有名なのか。でも、それだけなら、源頼朝がのちに天下の将軍になったために生れたジョーク(伝説)の、頼朝十七歳のみぎりのシャレコウベにも似ている。

ともかく、ルソーのみずみずしい書きかたのために、ヴァランス夫人は、なにかとくべつな女性のようにおもわれがちだが、みずみずしい書きっぷりは、また正直で率直な書きかたでもあり、ヴァランス夫人はごく平凡な、官能的ではなくても、男好きの女性のようにおもえる。

いま、ちょうど、中村雄二郎著『西田幾多郎』を読みかえしおえようとしている。そのいちばんさいごのほうに、「……また西田は場所的弁証法が論理上ヘーゲル的な（そしてマルクス的な）過程的弁証法を含み後者を固有の次元として生かすべきことを言ってはいる。が彼の場合、それは固有の次元としては扱われず、権利上成立するや否やたちまち相対化され絶対弁証法に含まれてしまった。それゆえ、生かされる余地がないし、実際に少しも生かされていない。（以下略）」

権利上成立するや否や、なんてところを読むと、ついうれしくなる。カントが、理性はいかなる権利をもって、なんて言うときの口ぶりをおもいだすからだ。まっこうからふりかぶってるみたいな口ぶりで、よくわかりもしないで行を目でおってるぼくが言うのはおかしいが、なにかかわいい気がする。かわいい気がする哲学もあるのだろう。ヘーゲルの書いたものはかわいくない。

ライプニッツの『単子論』はかわいいほうの哲学だろう。河野与一先生の訳およびくわしい訳註は、本文に即し、哲学の常識をおしえてくれる。それは、哲学の常識をおそわると同時に、哲学史の勉強をしてるみたいでもある。哲学のコトバと哲学史はきりはなせないのだろう。

どうしようもなく、単子《モナド》を原子か元素（モノ）のようにおもってしまうが、それでは、ライプニッツの『単子論』は読めない。ほんとの実体は精神、神なんてことを、たとえ納得できなくても、念仏みたいにくりかえしながら読むと、いくらかでも読めるのではないか。わかるとは言わない。たとえば、単子《モナド》には窓がない、なんてことも理屈をおっていくと（読んでいくと）わかったような気になるが、またくるっとわからなくなる。

巻末資料

「文学者」を疑え

対談・柄谷行人

ソクラテスは理性の人ではない

柄谷　ギリシアに滞在されていたそうですが、ギリシアは、どんな感じがしましたか？　西洋って感じがしましたか。

田中　そうねぇ、やっぱり西洋なんじゃないんですか。ギリシアをヨーロッパの内に入れるか入れないか……という人はいますけどね。

柄谷　西ヨーロッパではレストランで水が飲めないけれども、ギリシアへ行くと水を出すのでほっとした。ぼくの場合、そういう印象が強くて、それだけでも西欧とは異質だなって感じを受けましたけど。

田中　ええ、ギリシアというのは、よく水を出しますね。水とコーヒーとパン、それでバターはないんだ。その点を考えると……。それと、アメリカあたりでは、ギリシア人は特別扱いなんですね。イタリア人はイタリア人でヨーロッパ人のうちなんだけど、ギリシア人はギリシア人でヨーロッパ人のうちに入ってないというか……。

柄谷　今日は、実は宗教の話をしたいと思って来たんですけど。ギリシアというのは西洋の一源泉であるにちがいないけれども、現存するギリシアは違うものでしょう。ギリシアに居て、それは、どういう風に……。

田中　そういうことは全然何も思わなかったですね。

柄谷　ギリシアに行くというのは、何でもない理由からですか。

田中　そりゃ、やはり、本当のこと言うとギリシア語をやりたいわけよね。ところが、ちょっと現代ギリシア語をやってみたんですけど、とうてい駄目だということがわかりました。憶えないんですよ。もう諦めましたけどね。

柄谷　ギリシアは、西ヨーロッパと切り離されてきたでしょう。十九世紀の西ヨーロッパ人は、ロシアのことをアジアと呼んでましたよね。そういう意味でいえば、オリエントに近い感じなんじゃないですかね。キリスト教といってもね。

田中　あそこはギリシア正教ですよね。ただ、それと関係ないですけど、ソクラテスという人は変な人だったんじゃないかと思いますね。佇《たたず》んでいるんですよ、長いあいだ。それを日本の本なんかでみると、そういうふうに思考していたっていうんですよ。ところが私は、考えてたんじゃないと思うんですよ。

柄谷　ええ、なるほど。

田中　あれは何か聞こえてたんじゃないかと思うんです。出てくるでしょ、何か聞こえてた、って……思考していたんじゃないって気がするんだなあ。

柄谷　ユダヤ文化とギリシア文化と交流があったという説がありますね。

田中　ええ。

柄谷　よく、プラトニズムとユダヤ教とが一緒になったのがキリスト教だと言われるけれども、それはヘレニズム時代に合流したのではなく、もっと古代から交通があったらしいんですね。それほど異質なものではなかったらしい。

田中　ああ、そうでしょうね。

柄谷　だから、ソクラテスの姿もあまり、理性の人とか、そんな感じじゃないと思いますね。

田中　そういう感じがしますね、ぼくは。よくは知らないけど、新約聖書はギリシア語で書いてあるとか、マタイ伝は違うけど他のやつはギリシア語だとかね。それにパウロという人はギリシア系ユダヤ人ですからね。

柄谷　面白いのは、その時代では、国家というのは別に言語あるいは民族を統一しようとしないんですね。

田中　はあ。

柄谷　だから、何語をしゃべっていても同じ国家であったんですね。
田中　うまくは言えないけれど、国が言語に関係してくるのはイヤですね。それは結局、無理があるんですけど。

理屈の方で駄目になっちゃった

柄谷　田中さんの場合は、お父さんがキリスト教の一風変わった牧師だったでしょう。小説に書く書かないは別として、そういうものが基層として濃厚にあるんじゃないかという気がするんですけど。
田中　そりゃあるでしょうね。
柄谷　独立教会というのは系譜がないのですか。前の流れみたいなものは……。
田中　ないんですね。ところが面白いことに世界に一つかというと、他にないこともない。
柄谷　内村鑑三はどうですか？
田中　内村さんは関係ないんじゃないですか。
柄谷　関係ないですか。
田中　ええ。
柄谷　内村鑑三は「新約聖書」とはどうも関係ないんですね。むしろ「旧約」的な人です。預言者の方にむしろひかれていて、だから国家とか民族という単位が出てくるわけです。独立教会といっても、西洋諸国の教会諸派の対立から独立するという感じですね。
田中　『余は如何にして基督《キリスト》信徒となりし乎《か》』っていうのは、あれは面白いですよね。
柄谷　面白いですね。あれは誰でも感じることじゃないでしょうか。例えば現在、キリスト教の作家たちがいますよね。その人たちが外国に翻訳され評価される場合、一体どうやって彼らが評価されているかといえば、それは内村鑑三が評価されたのと同じじゃないでしょうか。つまり、極東の日本にもキリスト教徒がいる、カソリックがいる……。
田中　うん。
柄谷　どのようにして彼らはカソリックになったのか。それを喋らせる……。
田中　そう。それを彼は、ショーだショーだといって怒っているわけです。珍奇なる獣をつかまえてきて、芸をやらせているようなものですからね。ところがこれがいいショーで、人が集まるんですよね。宗教ショーって、彼は怒ってますけどね。

柄谷　それはいまでも本質的には、同じじゃないかと思うんです。悪いけどね（笑）。

田中　うちの親父なんかもね、昔にアメリカに行ってますからね、そりゃ、差別のひどい頃、行っているわけですよ。まあ、そういうことは、本人は言いませんけどね。だけど内村鑑三さんみたいなんかとは全然ちがう方ですね。

　私が『ポロポロ』の中で、つまらないことを言ったのはね、武士にしてクリスチャンだと、そんなねえ、武士なら武士でいいじゃない、なにもクリスチャンだなんて……。両方一諸にすることはないんで。しかもそれが世間では誉め言葉として通ってるのがオカシイというんですよ。武士にしてクリスチャンという人はいるかも知れない。現に内村鑑三さんなんて人はそうでしょう。ぼくはただ、実際そういう人間がいるとかいないとかいうんじゃなくて、誉め言葉として通用するのがオカシイと思うんですよ。

柄谷　そのことで、僕は時評でついでに書いたんだけど、文学者にしてクリスチャンであるというのが何だか褒め言葉として通ってるでしょう。

田中　そうなんだよ、バカだね……（笑）。大体、クリスチャンなんて、ワケのわからない言葉ですよ、あれ……。

柄谷　ええ。ただ田中さんの親父さんというのは非常に興味があるなあ。

田中　これはオカシイですよ、ええ。

柄谷　例えば、矛盾律というのはAにして非Aであることはないということですが、武士にしてキリスト教徒であるということはそれに反する。ふつうの人が放っておくようなことを許せない論理的な潔癖さが物凄くあって、そのためにキリスト教徒だということすらもおかしいというところまで行くんでしょうね。ぼくが興味をもつのは、そういう親父さんと息子のあなたとの関係ですが、「どうでもいいこと」という大分前の作品にもそれが出てきていますね。あれは何という名前だっけ、小学校の校長を父にもった友達のことが平行して出てきますね。

田中　ええ、友達のお父さんということでね、ええ……。

柄谷　その校長は、息子に戦争で死ぬなと言えなかったことを悔んでいます。他の子供にはそういう風に言ってないから、自分の子供にだけ、戦争で死ぬなとは言えなかったという。それはつまり、自分がただの親父として子供に向きあうことができなかったということですが、似たようなことが田中さんの場合にもありますよね。

田中　それはあります。

柄谷　僕の知り合いで、両親が小学校の教師だった人がいます。教師として立派な人たちだったけれども、子供に対してただの親として接したことがない。だから、その人は両親が嫌いで親と正反対になっている。だけど、何かしら親の束縛から抜け出られないところがありますね。親の表層的なところは全部拒否しているけれども、そうじゃない基層的部分では、親の態度が内面化されて残っているわけですよ。田中さんを見てるとそんな感じがするんですけれども……。

田中　ああ。

柄谷　要するに、理屈っぽいというところがね。それは、他人に理屈っぽいというんじゃなくて、自分に理屈っぽいわけなんだけれども（笑）、他人にはあまり理屈を言わない人だと思うけど、自分に対するあの理屈っぽさというのは、そっくりそのままじゃないんですか。

田中　そうなんですよね。うちの親父は理屈っぽい男だったと思いますよ。ところが、理屈っぽく理屈っぽく行っちゃって、それでなんかね、理屈の方で駄目になっちゃったのね（笑）。例えばね親父は自分のこと、クリスチャンなんて言ったことないですよ、牧師のくせに……。

柄谷　それは、また矛盾するからでしょう。

田中　そうですね。第一ね、文学者にしてクリスチャンなんていうのはね、なんて言うのかな、論理的におかしいよ。ただ単にね、論理の問題として（笑）。

柄谷　「不条理故に我信ず」というけれども、日本人には条理に対する厳格な意識はすくないですね。

田中　はあ。

柄谷　大体、途中で曖昧模糊《あいまいもこ》として繋がるんじゃないでしょうか。

田中　うん。

安吾の戦争中のキリシタン研究

柄谷　このあいだ坂口安吾について考えてたんですけど、安吾は戦争中に、キリシタンの研究をやってるんですよね。イエズス会初期の宣教師たちが今とちがって特に優秀だったし情熱的な宗教改革者だったことを考えにいれておかねばならないとしても、この連中に対決しようとした日本の禅宗の僧侶たちがことごとく論破されて、非常に数多くの禅僧がキリスト教に転向したらしいんですね。

田中　はあ、そうですか。

柄谷　安吾によると、問答をやる場合に、宣教師が「仏とは何か」と聞くと、禅僧はたとえば「仏とは糞掻棒である」というわけですね。しかし、向うは、糞掻棒というのは糞掻棒ではないか、仏でもなんでもない、君は全然答えてない、というふうにジャンジャンと追及してくるわけですよ。仏とは糞掻棒であるというのは、ひとつのメタファーみたいな了解でしょう。それに対して宣教師は、糞掻棒は糞掻棒である、仏は仏であるということを徹底して追及してくるわけですよね。しかしそれは、禅宗の持っている非合理主義が向うの合理主義に負けたんだというのではなくて、安吾の考えでは多分、向うの連中のもう一つの非合理主義に負けたんだということだと思うんです。

田中　ああ、なるほど。

柄谷　ホワイトヘッドという哲学者が書いているんですけど、西洋人の科学は、とにかく世界が可知的である、合理的に出来ているという信念をもっているところからきていると。それは、中世の西ヨーロッパで形成されたものであって――ギリシア哲学とユダヤ教とがあわさって――、とにかく世界は神によって形成されているが故に合理的であり、だから可知的であるという信念がある……。この非合理的な信念は全く、証明できないものなのです。

田中　できないわけですよね、ええ。

柄谷　しかし、その信念がなければ科学はでてこないわけです。そのひとつの例としていうと、アインシュタインは、量子力学がでてきた時、ハイゼンベルクなんかに対して反対したんですよね。世界が究極的に確率論的であるというのは許せないというのです。決定論的であるべきだと……。だからハイゼンベルクなんかをいじめてね、何十年にわたって死ぬまで抵抗している。不確定性原理は認めないというわけです。それはアインシュタインの愚かさ、つまり天才の愚かさとよく言われるんですけど、それはそうじゃないと思うんですよね。アンシュタインのもつような非合理的な信念こそ、彼らの合理主義を支えているのでしょう。

田中　うん。

柄谷　それが合理主義なるものの根本にあるんで、それに対して、日本人が……日本の文学なんてある程度、非合理で通るわけでしょう。

田中　うん。

柄谷　ところが、そういう非合理性は向うの非合理性と対決したらね、はたして対抗できるかしらんと思うわけです。

田中　そうですね。第一、そういうのは向うのルールでわりとやってるものね。同じアレで将棋、指せったって、将棋のうまいやつとやったら勝てないですよ。

柄谷　そういう信念は、実際に彼らがキリスト教徒であるとかないとかいったことと関係ないのです。狭義の宗教ならば、彼らは否定するでしょうからね。もっと基礎的なレベルにある信仰であって、逆に、日本人のキリスト教徒というのはそういうものを持ってないと思うんですよね。例えばマルクスやフロイトでも、いまでいえばチョムスキーやレヴィ＝ストロースでも、彼らは、世界は合理的にできていて、それは窮極的に解明できると思っている。構造主義というのはそういうものなんですよ。

田中　ええ、そうですね。それはそうできると思ってるだけのことですからね。信念ですからね。

柄谷　彼らはそれで事実ゴリゴリとめどなくやりますね。その辺、僕などは、正直いってたまらないって感じがいつもするんですよ。もういいじゃないかというかね……。
田中　そうです。
柄谷　ところがやめないですよね、向うは……。
田中　やめないですね。ただ、イエスって人は、ちょっと違うような気がしますがね……。
柄谷　ええ。だからね、そういう精神は中世のヨーロッパでできたひとつのものだと思いますね。だからイエスもソクラテスもそれとは違うんじゃないか、そういう世界には住んでなかったと思いますね。
田中　そうですね。ええ。で、ソクラテスなんて人は、一応のやり方として理屈を相当コネたんでしょうけどね。ま、理屈を捏ねなきゃ会話が進みませんからね。だけどやっぱり、根本的に何かおかしいんですよ、いくらかね。
柄谷　しかも、我々はプラトンしか読めないわけです。ソクラテスという人は……。
田中　書いてないですからね。
柄谷　わからないわけです。プラトンがつくってるわけで、大分違うだろうと思いますよ。
田中　ただ、いやに尊敬しているみたいでね。ま、特にはじめの方は尊敬してるみたいと言うんですがね。特別な人といえば特別な人だったんじゃないですかね。

分派闘争の仕方をのこす『聖書』

柄谷　『聖書』は面白くてしようがないんですけど、例えばロマ書とかコリント書とかありますね。
田中　ええ、あります。
柄谷　あんなもの公開していいのかしらんと思いますね。要するにあれは、分派闘争のやり方とか、戦略、宣伝の仕方とか、そういうことが書いてあるわけでしょう。
田中　ああ、なんとかをしなさい、とかね（笑）。
柄谷　こういう風にゴマ化せとか（笑）、分派ができた時にはこうしろとか、あれはね、いまの左翼が読んでも、その通りだと思いますよ。原形的に書かれている。左翼の場合、そんなものは公式の文献で残ってないですね。

田中　あれは結局、教会がゴタゴタする時、手紙を書くわけでしょ。おかしいね（笑）。

柄谷　ああいうのを記録する、しかもそれを聖書として遺しているというのは、本当に異様な精神だと思いますね。とにかく、ある事実に対してそれを逃さない、それを構造とかパターンに還元しない。これは事実なんだという、そこに対する執着というのは凄いでしょう。

田中　ええ。

柄谷　それは近代文学のリアリズムのような合理主義的なものとはちがった、リアリズムじゃないかと思います。

田中　うちの親父がそういうとこ、あったね。教会の日記みたいのをつけるんですよね。何時何分、誰が来たとか、今日は誰が生まれた日とかね。普段はそうでないことばかり言ってる男がね、そういうことは書くんですよ。そういうことが大事なんですね。

柄谷　キリスト教でも独立教会をつくろうってのは、原始キリスト教的でしょう。

田中　ええ、まあ、カソリックとか教会組織ってのは困るわけです。だから自分たちでつくったわけですからね。

柄谷　宗教改革者というのは原始キリスト教の段階に戻るわけですよね。で、原始キリスト教は、濃厚にユダヤ教的でしょう。だから、それが再び強烈に復活してくる感じがするんですけど。だからあなたの父上の場合、それが具体的な日常生活にまで出てきているのかどうかと考えたのですけどね。

田中　事実、事実とやたらに言っても、これは事実なんだと、理屈より事実の方が勝ってるところがあって……。

柄谷　文学上のリアリズムなんていうものもね、本当は全く非合理的な信念だと思いますよ。事実に対する独特な執拗さは、いわゆるリアリズムからはこないんですよ。もっと異様な精神形態です。

田中　たとえば事実の方が迫ってくるとかね、事実に、こう粉砕されるとかね。

柄谷　最近、宗教的な作家が多いでしょう。瀬戸内晴美さんにしてもね。

田中　うん。

柄谷　これは、どういうところから来ているのか僕にはわかりませんけど。僕は、そういうのはあまり宗教的だという気がしないんですよ。

田中　ええ。

柄谷　それで、僕は田中さんの方が宗教的って気がしますね。それは、田中さんの小説が、徹底的に合理主義的でリアリスティックだということなんですよ。

人間のものとしての「神の国」

田中　これは時々、書いたりもしてるけど、ブルームハルトというドイツの人は「宗教ではない。神の国だ」と言ってるらしいのね。やっぱり、宗教となると文化的になるでしょう。これは人間のものですからね、だから、「宗教ではない。神の国だ」と言う。

柄谷　日本で宗教に入る人は論理なら論理を滅茶苦茶に追求するってところがないんじゃないかと思うんですよ。

田中　うん。

柄谷　要するに理屈っぽくないんですよね。で、理屈っぽいのがヨクナイと簡単なところで言うと思うんですよ。宗教は理屈じゃないんだってことを、わりあい理屈っぽくなく言うんですよ（笑）。

田中　そうねえ。

柄谷　それは良くないと思うんですよ。そうじゃないんじゃないかな、もっと理屈っぽくやってね、その理屈っぽさは他人に対するものではなく、自分に対する理屈っぽさなんだけれども、それを徹底的にやるかわりに、すうっと、仏とは糞掻棒であるという感じで、神とか信仰とか言ってるような気がする。むしろ田中さんの書くものは、逆説的な意味で宗教的だなって感じがしますね。いや、宗教という言葉は使わなくてもいいんですけどね……。

田中　ええ。ちょっと、うかがいたかったんですが……、哲学を追究するよりも哲学者を追究しろというようなことだったかな……。

柄谷　ああ、それは僕の考えというより、僕が読んだかぎりでのニーチェの考え方ですね。哲学において、何が語られているかではなく誰が語っているかが問題だ、ということです。哲学の場合、哲学者が語っているんですけど、哲学者という存在は問われないわけです、しかし、哲学の秘密は哲学者という存在にあるんだ、ということでしょう。哲学という真理が覆い隠しているものは、哲学者をみればいいんだという……。

田中　合理性でなんとか。どうせ仮説みたいなものですからね。それで、何か説明がついたような、そんなもの読んだって、私しゃ数学の式はわからないけど、そんなの見てるんじゃつまらないものね、ほんとうに。でもニーチェが言いそうなことですね（笑）。

柄谷　同じことを文学について言えば、文学っていうのは、普通、作者から独立しているという構造主義的見方がよくされるけれども、もう一回、裏返すと、「文学」を支えているのは、やはり「文学者」なんですね。近代まで「文学者」なんかいなかったのですからね。つまり、「文学者」っていう存在を疑わなければ、「文学」がある客観性として生きのびることになると思います。

田中　ええ。

柄谷　誰でも自分が文学者であることを、あたりまえのように思うでしょう。田中小実昌が文学者である、と言うと何かちょっと変な感じがしますが（笑）、だから、そういうところがいいと思うんですよ。だけど、一般に何か文学者であるということをポジティブに語るようなところがあると思うんですよ、何かにつけてね。そんなポジティブな、積極性としての文学者なんて、あり得ないし、あるべきでもないと思います。

田中　ええ、ええ。

柄谷　自分を肯定する時、必ず文学をもってきますね。そういう詐術を文学者は無自覚にやっていて、しかもそれが文学という名前で許されるという……。

田中　哲学という名前で通っちゃうとか、文学という名前で通っちゃうとか、そんなもの通らないからこそ、皆んな入れ替り立ち替り、ブチブチやってるのにね、そういう、具体的にちゃんと見てきているのに、そんな、ねえ……。

柄谷　今や賞を二つも貰って、田中小実昌ブームがあるんだけれども、僕が文芸時評をやってた時は、全然なかったから（笑）、ある意味で気持ち良かったけれど……。

田中　どうもありがとうございました（笑）。

柄谷　僕の方も助かってたんですよね。毎日書いてて、書くことないでしょう。これは助かったと思って（笑）、それで書いてたんですけれども。

田中　あの、ややね、識《し》らない外国語を読むようなところがありますからね、柄谷さんのお書きになったものは。くり返し、くり返し読まなければ駄目なのよ。たまに一行の半分位、面白かったり（笑）。

柄谷　小説らしく小説を書いていい点をとるとか、そういうのは、もう駄目なんじゃないかと思いますね。だから、田中さんがはなばなしく賞を貰うのは、僕はあんまり面白くないけれど（笑）。でもまあ、いずれにしても結構なことですよ。

（からたに・こうじん　思想家）

文学的ポロポロ

対談・平岡篤頼

変なひと

平岡　コミさんと呼んでいいですか。

田中　いいですよ。

平岡　ちゃんとした文学対談だから、田中さんとお呼びしようなんて考えてたんだけど、顔を見るとどうしてもコミさんになっちゃうんですね。田中さんなんていうと、誰かこの場にいない人のことを話してるみたいで……酒場で時々お目にかかるんだけど、そこでの飲みっぷりを拝見していても、書かれた文章を読んでも、妙な言い方ですけど、コミさんていうのはほんとに変な人ですね。ものすごく面白くて、それでいてものすごく誠実というか正直というか、だから怖い人、そんな印象を受けるんですよ。ちょっとめずらしい方だと思うんです。何ていうのかな、今までに色々なことをやってこられて、ここに来て小説でいっぺんに二つの賞をとられたりしているわけなんだけれども、それが、ひとつ小説を書いてやろうとか、ひとつ賞をもらってやろうとかいうことじゃ全然なくて、ひとりでにそうなっちゃったみたいな、コミさんの人間そのままそういうことに結果としてなってしまったという感じがするんですね。

田中　しかし、怠け者で意志が弱いということはあるんですね。子供の頃からそれは言われてました。というのは現に意志が強い人がいますからね。戦争が終わってからのことを考えても、例えばいちばんいい働き口というのは食べ物のある米軍のキッチンなんですよ、何よりも。するとそこいらにちょろっともぐり込むとかね。もぐり込むっていったって結局入学試験とか入社試験みたいに、皆がそこに行きたいわけでしょ。それなのによく行ったなというのもやっぱり盲点みたいなものがあるんですね。一般から募集してるんじゃないですからね。行きたいという気持があればちょろっと入っていくとか、そういうことがありました。だからかなりイージー・ゴーイングにやってきたわけで……。

平岡　それから、軽演劇の台本を書いたり、ストリップの助手をしたり、テキ屋の子分になって福井県まで稼ぎに行ったり。

田中　あれは帰って来れなかったんです、帰りの汽車賃がなくて。

平岡　それで雪の山ン中に半年程いらしたんでしたね。

田中　そうなんです。半年間も雪は降っていませんけど、かなり長い間降ってますからね。

平岡　その親分の言うことがいいですねえ。サーカスの女の子なんかと仲良くなってはいかん、いまはテキ屋でも、おまえは東大生で将来のある身の上だから、とか。

田中　あれは小説ですよ。

平岡　小説ですか（笑）。話がうますぎるみたいなおかしいセリフでね。

田中　そういうことを言う人はいますよ。言う人はいますけど言うやつだっていい加減なんだからねって言うんじゃないからね。酒の肴ですよ、ええ。（笑）。それこそ、東大を出た人がおまえいけないよただね、ストリップの助手というんじゃないですね。僕は舞台の雑用でしてね、字がすごく下手なんですよ、だから文芸部に入れば台本のガリ切りからやるんですけど、ガリが切れないんですよ。ガリも切れないし使いものにならないから、文芸の方ではね、だから舞台の雑用をやっていたんです。台本は書きましたけど勝手に書いているだけですよ。全然採用にならないんですね（笑）。

平岡　自分でこれをやろうと思って選んでやった仕事っていうのはあるんですか。

田中　それはテキ屋だってなんだって自分で行った

わけですから。まあストリップじゃなくてストリップという名前もない頃でしたから、軽演劇の小屋ですけどね。あそこへもひょいと思いついて行ったんです。長いあいだ思ってて行くんじゃない。

平岡　東大にはいられたのも、今の学生みたいに長いあいだ思いつめて、受験勉強して、東大へ入ったというんじゃなくて、ひとりでに入っていたということなんですね。

田中　そうなんです。東大に行くということは思いませんでしたね。僕は知らないんですから、東大に籍があるということは。いない時に入っているわけですから、兵隊に行ってて。おやじが「おまえ、東大だよ」って言うからへえと思ってね……。その頃は京都の哲学に行きたがる人が多かったな。いちばん多かったのは京大だと思います。だけどおやじは考えがあって、どこでも入れるわけですからね、まあ東大に入れたんですね。

平岡　そういう風に、あんまり何をしたいとか、何かを選ぶとか、何かを判断するとか、そういうことが少ない方だと思うんですね。

田中　ただ欲はありますからね。勤めるなら近い所がいいとか、それはありますよ。それとか給料のいいところの方がいいですしね、もちろん。楽なところがいいし、そういうことは考えるわけです。ただ、文筆業が楽だからやるというわけにはいきませんしね。

平岡　楽じゃないでしょ。

田中　楽じゃないというか、なろうと思ったって出来ないしねえ。努力もしてませんし。

平岡　価値判断をしないというか、これは案外難しいんじゃないかと思うんですよ。普通の人は価値判断しちゃうと思うんですよ。

田中　いやあけちな損得勘定はしょっ中してますよ。十分よけい寝てれば得だとか、さっき言ったようになるべく働かないでさぼろうとか、それはしょっ中やってますよ。今日だってここに来るのに、高田馬場から学バスに乗りましてね、空いてたから坐ったけど、老人何とか席で、これは悪いことしちゃったと思ったけど、立ってるよりは坐った方がいいから坐ってよう、老人が来たら立ちましょう、なるべく老人が来ないようにと思いながら（笑）……。

平岡　あれは老人はめったに乗らないから大丈夫ですよ。

田中　そうでもなかったですよ、今日は。二、三人いらしたですよ。ただ、後乗って来ませんでしたから（笑）。

平岡　推理小説の翻訳なんかも、何となくいきがかり上なさったということじゃないんですか。

田中　翻訳はやりたいという風に――もちろんやりたくないことはやりませんからね、翻訳はやりたいということを言っていたんです。そしてたまたま翻訳をやることになりましてね、いわゆる下訳というんですか、中村能三《よしみ》という先生です。大好きな人でね、この人の下請けみたいなことをやりましたけど、ほんのわずかでしたね。

平岡　コミさんの翻訳は名訳という評判が高いんだけども、ひとりでに名訳なさったんですか。それともひとつ、名訳じゃなくても、正確にいい翻訳をしてみよう、そう思って努力した結果ああいうこなれた訳文ができたのか。

田中　だって誤訳はしたくないですからね。いいや、これしようなんてそんな気はないですね（笑）。ただ、これもやってるうちにそんな風になっちゃってね。

平岡　小説についても同じことをうかがえるわけなんだけれども、ちょっと小説を書いてやろうということを、ある日思い立ったのか、それとも翻訳がうまいから小説を書いてみろと言われて書き出したのか。

田中　そういうこともないですね。小説というのはどういうものかわかりませんけれど、そういうものを書いてみたいとは思うわけです。

平岡　それは子供の時からあったんですか。

田中　いや、ありません。軽演劇の台本が書きたいというのとちょっと違いますね。軽演劇の場合には文芸部に入ってるわけですから、台本を書くコースなんですよ、結局言えば。いくら書いても採用してはもらえませんでしたけども。やっぱりちょっと違いますね。小説は、でも同人雑誌なんかやりましてね、「シグマ」という名前の同人雑誌で六号ぐらいまで出したんですよ。

平岡　いつ頃ですか。

田中　よく覚えてませんけれどわりと前だと思います。それをやったのは翻訳をそろそろやっている頃ですね。

平岡　いよいよここまでくると、文壇の文芸部に入ったようなもので、これから小説を書いていくよりしようがないわけですね。負担になってきますね。

田中　あんまり思わないんですけどね。だけど、そういう、何というか、もう小説を書かなきゃしようがないから負担になるということはないですね。具体的に注文があれば書かなきゃいけませんし、注文があって、「やります」と言ったからにはそれは書かなきゃなりませんからね。それは負担とか何とかいうよりやらなきゃいけないことですから……。勤めてて翻訳をやっていたんですね、僕、米軍に勤めていて。その時が実はいちばん翻訳の量も多かったんですけど、米軍をやめたんです。そうするといわゆる「筆一本でこれからやるということで」と皆さんおっしゃるんですけどね、絶対そういうことは思わなかったですね。筆一本ということばが出てこないんです。今のおっしゃったことは、自分と世間とに対する一つの義務みたいなこともあるかとも思うんですけれど、そういうのは思わないですね。厚かましいでしょ（笑）。思わないようにしてるというんじゃなくて全然思わないの。

平岡　その辺が面白いんだけど、やっぱり書くこと好きなんだなあ。ちゃんと〆切に間に合って書くということはね。そうでもなきゃやれないでしょ。

田中　ところがまた書くのが好きな人が他にいますからね。そういう人とくらべると、そんなものはくらべられるもんじゃありませんけど、書くのが好きな人は好きですよ。こっちは書かなくたっていいんだから。本当のこと言って、遊んでてもいいんですからね（笑）。遊んでてもいいというのも、考えないで言っていることばですけれどね。

平岡　『ポロポロ』を拝見しますと、兵隊にとられて、山口から朝鮮へ渡って五か月かかって向こうの原隊のいる所にたどりついてね、それで幹部候補生の試験を受けたら全然駄目だということで、使いもんにならんと認定された。

田中　そうなんです。試験の途中で帰れって言われましたね。

平岡　そういうところと、小説をまめに書いていくところとどうなってるんだろうなあと思うんですよ。

田中　それはだって兵隊にむかない人っていますからね、兵隊にむいている人がいるように。兵隊はむかないですよ、僕は。

平岡　それを今日は伺おうと思ってるんですよ。兵隊にむかないっていうのはどういうことなんですか。

田中　敬礼するでしょ、敬礼のかたちがきまらないんですよ、第一。兵隊さんの映画がありましてね、兵隊に行っていない俳優さんが実にピシッと敬礼がうまいんですよ、これは僕よりかもっとちゃんとした兵隊だと思うの。軍隊へは行ってないし、芝居で兵隊をやってるだけだけれども、そう思いますよ。とにかくかたちがきまらないということは、もう兵隊にはなれないわけですよ。じゃあ小説家としてかたちがきまってるかというと、それはわかりませんけどね。わかりませんというか、小説家としてかたちがきまっているという風に言われたら、あんまり嬉しくはないですね。

平岡　うまい小説とか、かたちがきまってるとか言われると、誉められているんだかけなされてるんだか、逆にわからなくなることもある。

田中　そうですね。たいていの方は、悪い意味ではおっしゃってないと思いますけれど。僕はそんなこと言われたことがないから、大丈夫ですよ。

平岡　兵隊にいらした時のことを書いたのを拝見しますとね、本当に駄目な二等兵という視点で書いてらっしゃるんですね。直木賞の、「浪曲師朝日丸の話」とか「ミミのこと」とかにしても、全部いちばん低い視点から書いてらっしゃる。少なくとも中心にいるのは、有能な人間じゃなくてダメ男、ダメ女でね。その日暮しの、それでいてそれを不安とも思わないような人間ですね。そこがやっぱり面白いんだと思うんです。かりにわれわれが小説を書いても絶対真似出来ないみたいな独特のものを感じます。

田中　それはね、今、兵隊にむかないということを言いましたけど、むくむかないがありますから。音痴の人は歌手にはなれないですからね。兵隊はそう簡単に言えるもんではないと思うんだけれど、兵隊にはむかないし、大体、俺は兵隊にむかないよということを言うのがいけないいんだよね、むかなくたって努力すればいいわけでしょ。その努力する気がないんだ。むかないよなんてことを言って厚かましいですよね。川上宗薫さんがやっぱりそういう風なのを書いててね。英語でビロング・トゥーということばがありますわね。これは『ヒューマン・コメディ』というウイリアム・サローヤンの小説のいちばん最初に出てくるんですけどね。特別意味のあることじゃなくて、自分がビロング・トゥーしたところに帰って行くという、貨車に乗ってる黒人が言うところがありましてね。軍隊に反抗するとか、或いは軍国主義が嫌いだとか、俺は軍隊にむいてないとかいうことよりも、宗薫さんのものを読むと、自分は軍隊にビロング・トゥーしてないというんですね。俺はここの子じゃないというの。しょうがないからいるけれども、しょうがないからいるということも言わないんですね。そういうことばも言っちゃいけないんですね。とにかく自分はここの子じゃないんだからという、だったら逃げ出すかというと逃げ出すことは出来ないわけですよ。それがね、川上宗薫さんの小説の軍隊のことを読んでいると他の人にはないところがあるんですね。とにかく自分はバチ（場違い）なんだと。そのバチとも言わないんですよ。それがいいところでね。僕なんかもそんな風ですね。

平岡　やっぱり自分は軍隊にむかないとおっしゃらなかったんですか。

田中　そんなこと言ったら怒られますよ。言わないですよ。ただね、私は軍隊というのはほんのわずかですけれど、学校教練というのはずっとやってますからね、中学一年の時から。これは中学四年と高等学校三年、ずっとありますからね。この教練が駄目なんですよ。ところが後になって大平洋戦争が始まって、皆教練の時でも「一、二、三、四」なんていう番号の声がよくなったんですね。前はだれてたんだよ。先生はどのあたりですか？　学校教練をおやりになりましたか。

平岡　終戦の時に中学の四年ですよ。

田中　じゃあかなりやった方だね。その頃は番号なんか元気いいんだよ。ところが前はだれてたんだ。教練なんて馬鹿にしてたもの、ほとんどの人が。それをあんまり皆言わないんだなあ。

平岡　最初は将校だったんですけど、そのうちだんだん手が足りなくなってきて、最初は曹長だったんです、教練の教官が。これが兵隊からたたき上げの人でね、「貴様らあ、根性がなってないぞぉ。お前ら、この馬糞が食えるかあ」って言って、われわれの見てる前でむしゃむしゃっと食っちゃってね、馬糞を。「根性とはこういうもんだあ」とかわめいて、皆唖然としちゃって……そういう人がいたの。われわれもこれはえらいことになったなあと思いました。

田中　だけど曹長さんというのは偉いんですよ。昔は万特《まんとく》ということばがありましてね、万年特務曹長のことで、それが准尉さんになったんです。これは偉い人でね、前からいましたよ。配属将校というのは一人ですからね。後は皆現役の軍人さんではなくて、退役の人ですね、その曹長さんも。私はね、駆けっこしたりするのは駄目だけど、馬糞は食えますよ。馬糞は量はあるけど、中学一年の時にある所へ行って、百姓は肥をまくというの、大根でも何でも、今は肥もあまりありませんけどね、どういうのには濃い肥だとか薄い肥だとか、例えば大根の種を蒔いたすぐの時に濃い肥なんぞかけたら種を枯らしてしまっちゃうというの。だから水で薄めるっていうんですよ。その時には指で味をみるんだ、百姓ってのは、と言われたんですよ、ある人に。「そんなの簡単じゃないか」って俺はすぐなめたんだ、痛くはねえもの、そんなのは。走って痛いのはいやだよ(笑)。そういうところで何ていうのかな、得をしようというか、あまりいいことじゃないですよ、これは。とにかく体のきついことは避けて通ろうという風なんですね。

イノセント

平岡　だけどね、それでいてコミさんは、人がいやがるような仕事を軍隊の中でも結構やってらしたみたいですね。

田中　そんなことはないです。しかたなしにやる。ただ、しかたなしにやるっていったって、やらない人はやらないですからね。その人たちが悪いというんじゃなくて、やらない人というのは悪い人みたいに皆思うでしょ、ところが普通の人なんですね、ごく普通の人なの。その人たちもやらなきゃいけない時はやるんですよ。やるし、ごく善良な、善良とは言わなくても大変にちゃんとした市民なんですね。市民ということばも変だけど、ちゃんとした日本人なの。

平岡　ただね、そういうことをやっても意味がない時にはやらないですっぽかす。それに対してコミさんはこれはやっぱりやらなきゃならないと思ってしかたなしにやる。そうすると馬鹿にされる。変な人だと言われるわけですよね。最後にはそれが小説書きになる。小説書きというのも今の社会の中ではやっぱり変な人ですよね。

田中　そうですね。変でない小説家の書いたものの方が売れるでしょうけどね、国によるけれども。うんと変な人でも売れる人はいるかも知れないけど、やっぱりあんまり変でない人の方が……大体変でない人が多いんですからね。変でない人がよく共感してくれるようなものの方が売れますからね。ただ、そんなことを別に言うことはないんでね。

平岡　そういうところから、例えば物書きの中でもコミさんというのは少し変わってる、デカダンだということを言われる。本人としては全然デカダンだと思ってもいない、普通にやっているつもりでいるということが起こるわけね。

田中　デカダンというのはどうなんでしょう、何とでも言えますけど、自意識がなければデカダンではないんでしょうかね。

平岡　でしょうね。デカダンというのは、俺はデカダンだと思って、その思ったように行動しなけりゃデカダンじゃないと思うんですよ。

田中　それと、これは全然つまんないことだけども、デカダンというのは時代があるような気がしましてね。インテリなんてことばがあった頃にデカダンということばがあった。もうちょっと前かも知れませんけども、今デカダンと言う人はねえ……。

平岡　今は何と言われるんですか。

田中　知りません、僕は（笑）。映画なんかではナチの時代をデカダンの時代としてやったりしますね。安易なやり方かも知れないけども。ところがそういうナチの時代のデカダンというようなこともあんまりないですね、日本は。元気よかったからね、日本精神とか何とかで。日本精神が実は裏返せばデカダンだというようなことはあんまり言わないですね。これはさっき言ったように映画のことですからね、それじゃ売れないんだよ、受けないんだよ。

平岡　日本人というのは本当のデカダンにはなれないんじゃないかなあ。つまり、ポーズをとって、反抗ですよね、反抗のポーズをとって、それを貫いていくということが出来ないんじゃないですかね。

田中　三島由紀夫なんていう人はデカダンですか。

平岡　でしょうね。

田中　あれは稀なデカダンなんだろうけど、デカダンとはあまり言わないんじゃないですかね。言っても言わなくてもどうでもいいですけどね、そんなのは。「三島由紀夫さんはデカダンでしょうか」なんて言ってみてもしょうがないけどね。

平岡　何て言うんだろうなあ、デカダンじゃないのね、コミさんは。ごくまともなわけね、まとも過ぎちゃうんじゃないかな。

田中　ワッハッハッハッ。

平岡　まとも過ぎるからおかしいんじゃないかと思うの。例えば兵隊に行く、皆が幹部候補生に志願する時に志願もしない、それはやっぱり普通じゃないと思われるわけですね。

田中　志願したって通らないですよ。それを僕は何度も言ってるんです。皆わかってくれないんだよ。現に僕は幹部候補生の試験を受けさせられて、試験が受かった受からないじゃなくて帰れって言われたんだからね。鉄棒で尻上りの出来ない者が鉄棒の試験を受けたって駄目ですよ、そんなもんですよ。受ける気もありませんよ。受かるわけがないですよ、というのは受ける気もなくてそういうことも言ってるわけですよ。

平岡　普通の人から見ると、どこか足りないんじゃないかと……。

田中　そりゃ足りないでしょう。
平岡　普通じゃないというだけじゃなくてどこか足りないんじゃないかと。
田中　普通じゃないというのは足りないわけですよ。私は川上宗薫さんというのも、足りないのが取柄だと思うの。この人は何か欠落していると言ってくされたこともありますけども、あれは欠けてるのが取柄なんですよ。取柄って言っちゃ悪いけど、欠けてる人なんですよ。それを悪く言われればもうおしまいなのね。ところが悪く言う人のことも悪く言えないんですよ。欠けている人は困るんだもんね、世間で。
平岡　欠けている人でも、川上宗薫みたいに儲かっちゃって儲かっちゃってしようがない人と、コミさんみたいにいい小説を書くけどそんなに儲かってない人といる。
田中　僕、ちゃんと食べていってますから大丈夫ですよ（笑）。僕は賞をいただいて「何か変わったことがありますか」と聞かれてきて、「変わったことはないと思います」と言ったんですよ。そしたらつい二、三日前ですけど、カミさんに聞いたら、やはり収入があったそうです、今までよりも。例えば倍以上とか、もっとあったかも知りませんけれど。というのは収入のことはカミさん言いませんからね。倍以上収入があればやっぱり変わってるわけですけどね。
平岡　さっきの何が欠けてるかということになるんだけどね、コミさんの文学というのは、逆に言うと余計なものがないということね。野心とか意欲とか計算とか、まわりを見回すとか、そういうことがないという意味で、一種のイノセンスの文学だと僕は思うんです。何を連想するかというと、カミュの『異邦人』です。あの中でムルソーが殺人を起こしますけども、あれがちょっと怪しいとこなんでね、第一部の殺人を起こすまでのところが素晴らしいと思うの。あれを感じさせるような何かです。あれは一種のリアリズムの究極みたいなものだと思うんですよ。いっしょうけんめいどこかの場所を写すとか、或は何かの出来事を細かく細かくリアルに描写するとか、そういうのがリアリズムじゃないと思うんです。余計な夾雑物みたいなものを取っちゃって、本当にありのままに生きていく、その感覚を書くというのがリアリズムだと思うんですよね。そうすると、ちょっと見回すと夾雑物が色々あるわけね。まず野心作を書こうとか、現代のこの社会をリアルに再現しようとか、あるんだけれど、そういうのが全然ないんですよ。それでいて社会があり人間があるという、そういう点でリアリズムのひとつの到達点であり、イノセンスの文学である。両方裏表になっているということね。その背後には、「ポロポロ」という短篇の中でお父さんのことをお書きになったけれども、お父さんとの接触というか、そういうものがすごく大きいんじゃないかなあと思うんだなあ。

ポロポロ

田中　さっきのイノセンスということなんですけど、『聖書』の中にも、「幼子《おさなご》のごとく」というので、文語調の古い訳ですけど出て来るんですけどね。それがね、これは無理なんですよね。うちのおやじというのは無宗派のプロテスタントの牧師なんですけど、キリスト教とは言わないんで、何故キリスト教と言わないかというと、イエスはキリストかということ、それをうちのおやじはどう思ってたかというのは読めばわかるかも知れませんけど、説教集がありますからね、だけど今はぼくにはわかんないから言わないんですけど。イノセントというのはなろうと思ってなれるもんじゃないというようなことをおやじは考えてたんだろうと思います。それをイノセントということばじゃなくて、私がよく聞いたことばでは虚心坦懐というので、その虚心ということは、よく知りませんけれど日本の人の考え方の、わりといい考え方の元になるところなんですね。虚心というのは努めてなれるものではないというようなことをよく聞きました。あんまりおやじの話聞いてませんけどね。

平岡　でもお母さんが、これ程よく話し合う父子を見たことがないと言っておられるじゃないですか。

田中　よく喋ってるわけですよ。変な話ですけども、偉い牧師さんがいて、大変に偉い牧師さんだけども息子とは話をしないという人がいたんです。家庭では厳格であれと……。悪口になるといけないんで注意しなきゃいけないいんですけど、うちのおやじはそんなじゃなかったんです。

平岡 そうするとコミさんに似てたわけですか、性格的に言って。

田中 似るだろうね、そりゃ。これはウィリアム・ジェームズという人なんかが使っていることばで、ウィリアム・ジェームズが始めたことばかどうか知りませんけれど、宗教では「二度生まれ」ということをよく言うんです。「幼子のごとく」と言ったって、本当に生まれたての赤ちゃんみたいにイノセントにはなれないけども、二度生まれさせられて、それでイノセントというようなことはいうんじゃないですか。

平岡 なるほどね。お父さんは最初バプテストでしたか。

田中 バプテストの神学校は出てますけど、組合教会の牧師もしたみたいです。久布白直勝という牧師さんがシアトルで日本人教会をやっている時に信者になったんです。おやじは明治十八年生まれなんですけど、クリスチャンの家の子じゃないんですよ。アメリカへ行って信者になったんですけど、この牧師さんが大変に偉い人で、いい本を書いてますよ。ところが若くして死んじゃったの。大正デモクラシーに関係がある人なんです。

平岡 でもその久布白さんは「ポロポロ」じゃなかったわけでしょ。

田中 そうです。久布白さんが東京市民教会というのを作ったんです。それは千駄ヶ谷なんですよ、つい最近どこにあったかわかったんです。ところが教会が完成する前に亡くなってるんです。直勝さんというのはね、久布白落実《おちみ》という人の御主人ですよ。矯風会の偉い人なの。それでおやじが後をうけて、二代目の牧師になりましてね。おやじ自身から聞いてないんだけれども、他の人が書いた物によりますと僕が生まれたあたりからおかしくなったの、おやじが。まともにちゃんと説教が出来なくなったりとか。結局僕が生まれてあくる年あたりやめてるんですよ、牧師を。

平岡　そのままいってれば結構プロテスタントの中でも偉い牧師さんになったはずですよね。

田中　おやじというのは理屈っぽいし、東京にむいてるような男なんですよ。東京にむいてるような男だけど関係ないわけよ、むいてるむいてないは。それで九州の小倉に来まして、小倉の西南女学院という、今でもありますよ、そこの女学院つきの牧師になって、学校つきの牧師というのは理屈っぽくてもいいだろうといって行ったら、来てみたら何かおかしくてね、ポロポロポロポロポロしちゃってね。やっぱりクビになって山ン中に入ったりとか……。山といっても深山幽谷に入るわけはないんで、そこいらの山へ入っているんですけどね。それで広島県の呉市に来まして、バプテストの牧師をやって、西南女学院はバプテストですから、呉でもバプテストの牧師を、ほんの少しですよ、やって自分たちの教会を作って。

平岡　それで信者と一緒に集まって、意味のないことばをわめいたり呟いたり、「ハハハ」といって笑ったり、「ハハハ」といって泣いたり……。それがポロポロということなんですね。

田中　それは「讃美」ということばを使うんですけど、「讃美」というのは神を讃美するとか……神様というのはわからないですけどね。「神を讃美」というフレーズだけあって神を讃美というのはどういう意味か知りませんけどね、私は。でもそればっかりじゃなくて、おやじが何か喋ったり、そういうことをやってるわけです。喋ってるといったってただ喋るだけですから、皆シーンとして聞いてることもあるし、喋ってる間がやがやしだすこともありますしね。ただしこれはあまり珍らしいものじゃないですよ、どこでもあるんじゃないですか。だって、クエーカーなんてことばはクエイクする人ですからね、もともと、震える人ですから。今は静かになっちゃって、震えない人になっちゃったけども。これは宗教では珍らしいんじゃなくて、類型的には珍らしくないけれども、やっぱり珍らしい教会だと思いますね。

平岡　それを「ポロポロ」と呼んでたんですか。

田中　いやいや、それは僕が「ポロポロ」と短篇に題名をつけただけでありまして。というのは、あるおじさんが、ハンコ屋さんなんですけど、ポロポロ、ポロポロ言うんですよ、一人一人言うことは違うんでね。それでそれを短篇の題名にもってきただけですよ。〝ポロポロ〟は、〝南無妙法蓮華経〟とか〝南無阿弥陀仏〟とかに思われたんじゃ困るんでしてね、ただ〝ポロポロ〟言ってる、ただ何か言ってるというだけのことなんですよ。

平岡　要するに、〝ポロポロ〟というのは意味がなくて脈絡もなくて、ただ〝ポロポロ〟と出てくるということですね。それは〝ポロポロ〟と訴えかける、祈りかけるのか、それとも神がかりみたいにひとりでに出てくるのか。

田中　ひとりででしょうね。ひとりでといっても、これはひとりでに出たものであるか、自己催眠であるか分析すれば色々あると思いますよ。ただポロポロ、ポロポロとやってて、ポロポロがとまらないなんていう人もいて、それだって精神分析をすれば、やっぱりデモンストレーションの一種だとかいろんなことを言うかも知れないけど、そんなことを言ったってしようがないんでね。ただポロポロ、ポロポロ、あんまり意識的ではないんでね、お題目を何遍唱えれば何とかなるというんじゃないんですね。

平岡　コミさんはそういうのを見てて、それに入ってはいけなかったわけですか。

田中　入ってはいかないっていうか、自分でポロポロ出ないもの。だけど一ぺん「ギャア」といったことがありますけどね。それはいわゆる活字でいえば「ギャア」みたいなもんでしたけど、それが何だったかと考える、そういう分析はやらないんですね、私は。

平岡　やっちゃいけないんでしょ。

田中　やっちゃいけないというよりか、そりゃあやったっていいでしょう。ただ、今私はやらないということです。ここでいちばんあれなのは、「ギャア」と言ったという経験を持ったのかということです。宗教経験ということばがあります。これはウィリアム・ジェームズが『宗教的経験の諸相』というので、「バラエティ」（諸相）ということばを使ってますけどね、あの人は、英語で。あれはだけど経験であろうかということを僕の小説でも書いてますけど、ということは持てないもんじゃないかというんですよ。素通りしていくようなもんで、例えば、いつかピカッと雷が何とかしたみたいに、ビリッといけば……。

平岡　そこから世界がひらけて悟りの境地に達するんですか。

田中　というんじゃなくて、ただビーッと行っちゃったというね。悟ってもいけない。悟りとは違うともちろん言ってますからね、うちのおやじは。

平岡　でも信じっぱなしというんでもないんでしょう。

田中　信じられないとこなんですね。信じられないとこからやり出したんだよね。おやじのことばかり言うようですけどね。僕の考えというのはあんまりないんで、しかもおやじの考えもよくわからないんですけどね。信じられないというところから始まったんです。「信ずる者は——」って皆言うでしょ、「信ずる」っていうのを。「信ずる」というのが、考えてみたらやや日本人的でない強さがあったと思うんです。いわゆるキリスト教のね。信心と違うんだからね。

平岡　明治のキリスト教はね。

田中　ええ。明治の人というのはマジですからね。このマジかげんというのは実に面白いですね。小島信夫さんなんかは岩野泡鳴という人のマジさかげんを言ってて、小島信夫さんがまたマジな人だから（笑）。

平岡　僕にも当てはまるけど、マジであるまいといっしょうけんめいやってるマジでね（笑）。

すべてを疑う

平岡　吉行さんが谷崎賞の選評で、コミさんの小説は文学上のポロポロだって言ったのね、うまいこと言うもんだと思ってね。やっぱりポロポロっと出てきて、これは受けるしかないもので、たえず受けていくよりしようのないものだという感じ。

田中　そうですね。しかも受け皿がなくて、受けっぱなしで底がないというようなね。だけど私の小説なんてさっき言ったように、早稲田に来るバス一個に乗ったって（笑）。

平岡　そりゃね、嘘もついてますよ。嘘をついても、俺は嘘をついてる。こういう言い方はインチキだと か、自分でちゃんと白状してるわけですよね。こう やって喋っててもそうだけど、小説のなかでも、「そ ういう言い方には、なにかゴマカシがありそうだ が」（「北川はぼくに」）だとか、「これはどうもイン チキくさい」（「寝台の穴」）とか、絶えず自分のこ とばを疑っていらっしゃる。「ぼくは、自分に物語 をしてるのではないか」（同）なんてね。

田中　書いててね。色々と思いつくから書くのね。 メモをとりながらさ、メモはとらないか、小説って メモと違うもんね。何かしようがないから書き始め るんですよね。

平岡　面白かったのはね、例の『香具師《やし》の旅』の中 にいくつか短篇入ってますね。そのうちの二つか三 つで、男と女のやることをしたのはこれが始めてだ って書いてあるんですよ。ところがその度に相手の 女が違っている。

田中　厚かましいねえ。そういうのは、厚かましい ですねえ。

平岡　ぬけぬけと嘘ついてるわけ。これは知ってて 嘘ついてるという感じが明らかなわけ。

田中　いや、言われて初めてわかりました、本当に。 嘘をついている気がないんだね。

平岡　小説だから勿論かまわないですよ。ただ、い かにも正直に体験を書いたふりをしているので可笑 しい。

田中　今初めて教えていただいてよくわかりました けど……本当にどうもあいすみません（笑）。実は ね、あんまりやってないんですよ、僕は。前から酒 飲みで、酒飲みっていっても本当の大酒飲みでね、 あんまりやってないんですよ、女とは。

平岡　その、男と女のすること、ですか。

田中　ええ、やってないんですよ。しようがないか らでっち上げるでしょ。私はペニスのことをデチ棒 と言うんだけど、デチと片仮名で書くけれど、いく らかバツ音というんですか、デッチみたいなんです よ、デチ棒というよりは。みんなでっち上げちゃっ て、またそれが下手でね。

平岡　いや、おおやっとる、やっとるという感じでね、ここでまた「初めて」かなんていうんで面白かったですよ。

田中　初めてというのは実をいうと、あんまり経験がないんですということなんですよ。

平岡　こだわらなくていいですよ（笑）。

田中　そいじゃあってここでまたすぐ何か言うんだね。女と経験が深いというのはどういうことだろうとね。すぐ屁理屈が興味あるのね、これは困っちゃってね。ところが理屈が興味あるならば、とことん理屈で決着がつくような、例えば物理学なんていうのは理屈で決着がつかないと困るんじゃないですか、よく知りませんけども。そういうとこへいけばいいんだけど、小説なんて理屈で決着をつけるもんじゃないもんね。

平岡　「ポロポロ」にしてもコミさんのお父さんの考えでは、そもそもキリストがゲッセマネの園でポロポロやったんじゃないかというんでしたね。

田中　うちのおやじはそういうことは一言も言ってません。これは僕が言ったことです。一晩中祈ったというでしょ。あの記述がもし正しいならばね。一晩中ぐちゃぐちゃぐちゃぐちゃ言うってのは、女房ですよ、「あんた、あの女と別れるの、別れないの」なんて言ってね。同じことばをリフレインで、「どうするの、あんた」っていうやつね、寝かさないでさ、寝ますけどね、間に。これも嘘でそんな経験もないんだけど（笑）。イエスがぐちゃぐちゃぐちゃぐちゃ、文字に出来るようなことばで、言うわけないよ。もし本当に一晩何かあれしてるんだったら……。

平岡　あるいはお経を唱えてたのかも知れないですよね。

田中　そういう話があるんですか。

平岡　いやいや、そういうことも考えられないかということで。

田中　お経はないんだよね。

平岡　旧訳の詩篇を繰り返していたとかね。というのは、「エリ・エリ・レマ・サバクタニ」という有名な句がありますね。あれは旧訳の詩篇の一節であって、「神よ何故に我を見捨てたもうか」というんだけど、その意味だけ取ったんでは全然駄目だと。最後は神を讃えることで終る詩篇の冒頭だということを忘れちゃいけないと。

田中　いけないというようなことを言うんですね。言うけども、またこれも考える。私はもうすべて疑うんでね。すべて疑うというのはデカルトみたいだけど、そうじゃなくて、書く時、喋る時に疑うわけで、本当はあまり疑っていないですよ、私は。書く時だけ疑うというのは駄目な小説ですね。

平岡　書く時に疑うことがテクニックになってると思うの。

田中　テクニックというのはいいことばですね。これを手がかりにして、テクニックにしてやろうと、そういうんで、普段疑っていないですよ、あんまり。

平岡　そのわりに疑っていると思うけど。例えば「こんなことを言っていいのかな」とか、こんなことばを使って「ああ恥かしい」とか、そういうのは一種の口癖じゃないですか。

田中　普段の会話では言わないですね。

平岡　そうかな。僕は何度か聞いたことがあるけど……。それにしてもテクニックとしてうまく使ってるという気はしますね。これだけ小説ずれしてくると、ただストーリーが書いてあって、男と女がどうして、そしてどうなったということだけではまた作り話かという感じになるんだけど、こんな嘘を書いてていいのかなって言われると何となく逆に、それが屁理屈なんだけど、屁理屈が屁理屈だと言ってるんだからこれは本当だなという感じになってくるわけ。

田中　屁理屈は屁理屈ですよ。僕は子供の時から「おまえは屁理屈ばかり言って」と言われましてね。あんまり理不尽なんでね、理不尽というのもいいんですけど……理屈を言っても言い損でね。「不合理なるが故に真実」なんていうのは屁理屈だよ、嘘なんですよ、あれは。突如変なことを言いますけど、ベルクソンという人の『創造的進化』という本を今持ってましてね。訳本でしか読みませんけれど、僕はベルクソンという人が好きでね。

平岡　小林秀雄と同じじゃないですか。

田中　そうですか。いや、好きでね、読んでるんです。そんなによくわからないけどおかしいですよ。哲学というのは、例えば物理学の学説みたいに、これで全部わかるというようなもんじゃないと思うの。あれはいくらか小説に似ていて好き好きがあって、これは面白いやでそれでいいんじゃないかと思うの、私は。カントなんていう人は厳密に言ってるけども、カントの厳密っていっても、カントは厳密さの当てはまる範囲を決めて言ってるみたいで、それがまた面白いじゃないかっていうの。これが世の中の真理とか、これが定理とかいうことはないと思うんです。ベルクソンはそれをわりにはっきり言ってるみたいな気がするんですよ。好き好きでね、書いた物を読んでていいんじゃないかというようなね。

平岡　ベルクソンでも、それでいいんじゃないかなという感じが出るけども、最近になってくると、世界とぴったり合わなくてもいいと、体系がまとまっていればいい哲学なんだと、そのまとめ方、言い方、それを問題にするわけね。

田中　それは困るんです。体系哲学というのは、真理じゃなくてもこれは真理だ式の売り方でしょ。

平岡　そうじゃなくて、これは真理ではない、屁理屈だ、理屈でもまとまっている屁理屈はいい屁理屈だというんでしょうね。

田中　まとまっている屁理屈ってあるんですか。あっ、そうか、ややまとまってなきゃ屁理屈でも何でもありがたくないから（笑）。本買われないから。

書くことの逆説

平岡　帰納的な哲学というのは、どうしても限られた経験にしばられて歪むということなんでしょうね。コミさんのは屁理屈、とんでもない屁理屈、ところが屁理屈として面白い、小説のストーリーと屁理屈とがうまく合ってね、だから小説全部屁理屈なわけ。だからこそ真理があるみたいなところがあるわけです。「母もぼくも、はなすことが、どうしようもなく、物語になってしまうのだろう」「ぼくの誕生日について、母がはなしたことは物語だけど、ニンゲン、いつも物語をしゃべってるわけではあるまい、とおもうだろうが、物語をしゃべってる者は、物語しかしゃべれないようだ」とか、「世のなかは物語で充満している。いや、世のなかは、みんな物語だろう」とかね。ところが普通の小説というのは、ストーリーがあって、男と女がどうして、こうなってとそれだけ書いてあるわけ。そしてこれは全部真実だから信じてくれと言ってるようなものです。作者は全然こっちの方にいて、客観的に見てるという風に書いてるのね。ところがそうでなかったりするのね、これだって歴然たる物語でしょ、その点でコミさん方式は面白いと思ってね。ただどうしてあんなに色々注釈つけたりするやり方が出て来たのか。どんなものをお読みになったのか。それとも、そういう勉強から来たのじゃなくて、やっぱりポロポロかなあとも考えるんですがね。

田中　注釈つけるとか変なのはやめた方がいい、やめた方がいいという気持はあるんです。そういう風に教えられてるから。無理にさからっているのでもなくて、あんまりやると嫌われるよ、ということはあるね。現に、書く前に喋るでしょ、僕は。家でもいうもんね、何とかかんとかと。そうすると、ええい、こんなものは書けってことになるんだ、書いて読む人はお気の毒みたいでね。ひょっと思いついて書くでしょ、書いたら書いたっきりで、書いて終わったら、あっ、これは違うといって消せばいいけど、消さないでそのままですからね。あくる日あたりは、あんなアホなことと言ってね……。これはかなりずうずうしくて、ずうずうしいところに甘えてるんですねえ。甘いということばでいうと悪いことだけど、その甘えをやめることもあると思いますよ。

平岡　ああいうかたちで注釈をつけながら話をしていくと、しまいに沈黙せざるを得なくなると思うの。つまり言うことは全部嘘になってしまう、自分の言うことは全部嘘だということを言うことになってしまう。

田中　沈黙をせざるを得ないということはわかりますよ。黙ってりゃいいんだよ、というのが言えないことなんですよね。それを言っちゃうのね、アホみたいに。

平岡　もう一つ言えることはね、これは一種のパラドックスなんですよ。今日面白い本を読んできたんですがね、『パラドクスの匣《はこ》』（朝日出版社）という本なんですが、ペンギン・ブックスにはいってる『ヴィシャス・サークルズ・アンド・インフィニティ』というのの翻訳なんですよ。いろんなパラドックスを集めた面白いアンソロジーなのね。いちばん最初から、例のクレタ島の哲学者が「すべてのクレタ島人は嘘つきである」と言ったというのが出て来ます。あれと同じで形をもっと簡単にすれば、「私は嘘をついている」という言明になるんだそうですね。

田中　「私は嘘をついている」ということが嘘なのか本当なのかということですね。

平岡　それがコミさんのやってることみたいな気がするんです。悪く言えば悪循環、論理の遊びみたいなものだけれども、しかしそれがいちばん真実なんじゃないかなって気がするの。そういう逆説ってのがいっぱい載ってるんですよ、アンソロジーですから。例を挙げると、「決してとは決して言わないこと」というのがあります。これもいかにもコミさんの言いそうなことですよね。

田中　でも「決してとは決して言わないこと」というのは、小説書く時なんかは気をつける人は気をつけるでしょうね。決してなんていうものはありはしないんだからね、言う時には、アイロニカルに、といってもそのアイロニーというものもまたおかしいですね。

平岡　例えばコミさんが、「僕として」とか「関係」とかいうことばは大嫌いみたいに書いてらっしゃって、書いてることはやっぱり「僕として」になり、「関係」を嫌うということが関係づけることになるという、そういう堂々めぐりというのがことばの中にあるんじゃないですか。

田中　ありますね。ごくつまんない週刊誌のようなとこで、「あなたとしては」と言うその言い方が嫌いなだけのことなんでね。

平岡　自分を棚上げしておくから？

田中　そうじゃなくて、ただ単に週刊誌で「あなたとしては」ということばがはやったんですよ。それが嫌いだということなんです。私の場合は。「私ってひとは」という言い方がありましてね、「私ってひとは」というのはいい女は」はいいけど、「私ってひとは」というのはいやでいやでね、そういう女とは絶対いやだと言ったら、そういう女はやらしてくれないのね。やらせりゃいくらか黙ってるけど。

平岡　この頃はやってる言い方は、「私って魚に弱い人なのよ」とかね。

田中　そうなんですよ。でもはやらなくなったですよ、よかったですよ。「私って——のひとなのよ」というのは、「女なのよ」ならいいんだよ。「私は魚が嫌いな女なのよ」ならいいしね、亭主を「このひとはね」というのはまあいいよ、それでもいやがる人がいるかも知れないけどね。「私って人は」というのは困るんですよ。そりゃ、単なる音で聞こえる喋りですよ。

平岡　もう一つ面白いパラドクスに、こういうのがありました。トリスタン・ツァラというダダイスムの詩人がいるでしょ、あれがね、「原則として私は原則に反対である」と……いいですねえ（笑）。

田中　いいですね、これは。まあまあ言い方ですけどね。

平岡　それから、デュマ・フィスという『椿姫』を書いた作家が、「あらゆる一般通念は危険である、そういう一般通念でさえ」と言ってるんですね。

田中　たしかに、一般通念がどんな一般通念であるかという内容を離れて、一般通念というのは困りますよ。困るというのは下手をすりゃ刑務所行きだもんね。裁判所というのは一般通念ですからね。

平岡　これを読んでて、コミさんの小説を思って、ははあ、なるほどなあと思ったわけなんですよ。「決してとは決して言わないこと」と同じで、つまり堂々めぐりなわけ。堂々めぐりだけどもそれで「ワハハ」と笑ってすませるか。本人は堂々めぐりの中に正にいるわけであって、他の人はそれを笑う立場にいる、ところがその笑う立場にいる人はその堂々めぐりの外側にいるのかというと、そうじゃないんじゃないかと思うの。中にいてキリキリ舞いしている人の方がまともなんじゃないかと思うんです。例えば物語なんていうのは二十世紀文学の大問題なんですからね。

田中　物語というのは、「物語」という文字を単に使ってるだけで、いろんな受けとりかたがありますからね。

囀りと意味

平岡　普通、日本で物語というと、平安朝の物語とかそういう、不思議なこと、悲しいこと、常ならぬことが起こるようなストーリーということなんだけれども、そうじゃなくて、コミさんの場合には何を話してもフィクションになってしまうということでしょ。じゃ黙っていればいいかというと、他人に対しては黙っていても自分の頭の中で自分に話してるわけで、そうするとやっぱり物語で、ポロポロではないということになるわけですよね。

田中　ポロポロというのはよそからきたものですからねえ……。中上健次さんが「物語を――」と言うんだよね。ところが彼の物語というのもね、彼はいっしょうけんめいだからわかるんだよ、ただ筋作りの筋じゃないことはわかるんだけど、今からの中上健次さんの書いた物をずっと読んでいかなきゃわかりませんし、読んだってわかるもんじゃないけどね、実を言うと。でも読まなきゃと思いますよ。例えば「事実」なんてことば、「事実」というのはね、うちのおやじなんか宗教は事実だとか、事実、事実ということを言うんですよ。ところが僕の大好きなというか友だちなんですけど、井上忠という哲学の先生がいるんですよ。東大の先生ですけど。これはね、事実というのがきらいみたいなのね。これは両方ともわかるんだよ、おやじは事実だと言うし、忠さんは事実というのは、そんなものしようがないって言うんでね。同じことばでしょ、「事実」というのは。

平岡　ただ中味がちょっとずつずれてる。

田中　いや、まるっきり違うの。まるっきり違うけども、まるっきり違っててまるっきり同じとか、言い方がすごく調子いいけど、そんなんですよ。いちおうの事実感があるんです、頭ン中でね。

平岡　コミさんの言う「物語」と中上の言う「物語」とは同じことばだけど全然重ならないものですね。

田中　もちろん重ならないと思いますよ。私が物語云々と言ったのは、その時に書いててフッと思ったから言ったんですね、「所詮あいつは物語書いてるんじゃないか」と思う方が思うのは、ごく当然だと思いますよ。いっぺん物語が何とかかんとかとケチつけてて、そのくせ、あの野郎物語ばかり書いてるというけどさ、そんなのはね、言ってる時だって無責任だしさ、私はそういうのはわりと平気ね。じゃ今からこっちは物語でいこうと、それは出来ないしね（笑）。

平岡　それが出来ないということは、やっぱりあそこで書いたことも出まかせじゃないわけよ。

田中　だけど書く物は結局、物語のしっぽというか、ありありに出ていて。

平岡　つまり、書いている途中で出てきた屁理屈にすぎないということですね。それは、書いている途中で出てきたポロポロかも知れないわけね。

田中　そういう風にわかっていただけると本当にありがたいんだよ。書いている途中で出てきたんだから、本当に。これを書こうというテーマじゃないんですよ。

平岡　私は批評家のなかでも、そういう問題にとくに関心を持っているんだけども、私にあんまり誉められるとよくないかも知れないから、その辺にしておきますけどね。ことばの問題からきてるということなんだな。コミさんははなから、いろんなことばを吟味し直しちゃうみたいなところがあるんですよね。「裏切り」ということばを書いて、こんなことばは嫌いだとか。

田中　楽な作業ですよ、楽なテクニックですよ。そこにあるのを「皿」と言っておいて、それから「皿」って何だって言えばいいんですからね。理屈好きにはそれがいいんですよ。でもあんまり楽にやっちゃうといけないですね。

平岡　屁理屈が好きだということは本当言うとね、オノマトペで喋れたらいいなと思ってるんじゃないかと思うの。擬音語で。自分の感じた感触とかそういうものをね、「軍隊」なら「軍隊」に感じたものを「ギャア」とか、「裏切り」というのは「ギギャッ」とか。

田中　事実言いますよ。何かで「ヒャア」とかね。言うけど、それを全部やってたんじゃまた楽しみがなくなるんじゃないですか。擬音語はさっき言ったポロポロなんていうのに似てるもんね。

平岡　どうしてそう言うかというと、例えば男と女が話をすると、それは結局囀《さえず》りじゃないかということを書いてらっしゃるんでしょ、「ビッグ・ヘッド」のなかで。あれは大変面白かった。

田中　「囀り」と言うのは、また囀りに申し訳ない気持ちもありましてね。鳥は囀っているけど、鳥に対する「囀り」ということばを勝手に人間にもってきて言ってるわけでしょ。鳥には悪いというのは擬人的な言い方ですけどね、まだまだ言い足りないっていうか、もっともっと言うんですね。

平岡　鳥はね、ただ囀ってるのを聞いてればいいですよ。ところが人間のは、とくに女房のなんかは、ああ囀りだと思って聞いてると、ポカッとやられたり、肘鉄くらわされたりすることがあるからね。

田中　それに、あの人の言ってることは囀りだなんていうことを言っちゃいけませんしね。やはり、日本の政治家だって偉い人って喋らないからね。喋っちゃ総理大臣になれないですから（笑）。

平岡　そう。やっぱり大事なところはオノマトペで喋る。「アー」「ウー」とか「エー」とか、そういうことなんですよ。意味のない喋りの方が強力なんだな。

田中　意味っていうのがつまんないとか、小説で意味を言ってもしようがないとかいいますけどね。翻訳を僕少しやりましたからね。翻訳というのは本当にどういう意味だっていうのが、僕の場合はミステリとか、そういうものの訳だけですけれど、絶対意味がわからなきゃいけないのね。ところが書いてる本人は、私自身も書いているけれども、意味をやめようと思って書いてることもあるんですよ。訳す方は意味が全部わからなきゃいけない、これは翻訳が辛い時がありますね。いい翻訳やってないけどね。私は。

平岡　いやいや、翻訳とは思えない日本語だという定評があるけどね。私もやってるからよくわかるんだけど、どうしても意味ということを考えなきゃいけない。けれども、意味だけ訳したんでも駄目ですね。

田中　意味だけ訳したんじゃしようがないけれども、

例えば命令書なんて意味だけでいいですね。「十時三十分にA地点から百五十メートル行って左に曲がって二百十メートル行け」とかね、つまんないけどさ、こんな例。

平岡　それでも命令書のトーンは出さなきゃいけない。

田中　いや、僕の言うのはトーンじゃなくて、そういうのだったらばそういうんでいいけれども、意味だけでいいですけども。意味がどうしてもわからなきゃ翻訳出来ないと思うんですよ。これはこういう意味だという。普通に使うような意味でね。ところがわからないんだよね。

平岡　いちばん困るのは間投詞なんかね、もともと意味がないんですから。

田中　意味がないところにみそがあるんですからね。

平岡　これもやっぱりポロポロですね。

（ひらおか・とくよし　フランス文学者）

宗教——その「根拠」を問い直す

対談・井上忠

宗教は体験じゃない

田中　ふつうの対談なんかで、宗教は社会でなぜ必要かとか個人になぜ必要かとか、その根拠は何かとかを言えというけど、そういうことに関心がないのね。忠さんだって『根拠よりの挑戦』（東京大学出版会）という本があったじゃない。根拠よりの挑戦だからね、こっちが求道しているわけじゃないんだよ。求道というのは、あれは宗教ではないんじゃないか。他のものでなら求道したっていいですよ、だけど宗教は求道するものじゃないんじゃないか。

井上　だいたい手の内はそういうことだね、お互いに。

田中　お互いがそうだからね、困るんだよ。

編集　こういうことを言われた方がいらっしゃるんです。宗教のオントロギーというのは哲学のかたちをとらない。宗教というのはもともとオントロギーを超越したものではないか。ふつうのものが存在するとか、あるいは衣食住がなぜ人間にとって必要か、そういういい方と宗教は違うのではないか。宗教がなぜ存在するかよりも宗教をどう存在たらしめるかというほうが設問としていいのではないかというようなことです。ですから、最初は宗教的体験といいますか、ご自身と宗教とのかかわりからお話しいただいて、さらにそれが自分の人生に、あるいは生き方にとってどういう意味をもっているのか、それが自ずから今日のお話のオントロギーにつながってくるのではないかと思うんですが。

井上　そのほうがわかりやすいかもしれないね。

田中　ぼくは体験ないけどな。

井上　でもきみはお父さんが体験している。

田中　うん、親父はね。でも、宗教というのは体験とも関係ないと思う。経験でもないしね。宗教体験とか宗教経験とか、強いていえば、戦争体験なんていうのもかなりインチキなんだ。

井上　そのとおりなんだ。もっとも世間で言う宗教体験みたいなものはぼくにもありますよ。だけどそれが宗教ではないことははっきりしているけどね。

田中　そうだね。体験みたいなのはみんなあるよね。

井上　宗教でいちばん怖いのは、体験と宗教と間違っちゃうということね。だれかが自分はこういう体験をしたって言う。だが、ぼくはいつでも言うんだよ。それでどうした、おれには関係ない、隣の人が何を体験しようとね。

田中　それがどうしただよね。宗教経験なんていうと、有名なウィリアム・ジェームズの『宗教的経験の諸相』という本があるよね。

井上　あれは素晴らしい。

田中　だけど、あれを一応読んだって、宗教とは違うみたい。

井上　宗教ではない。

田中　ドイツのプロテスタントでブルームハルトという父子がいるんだ。父が言ったか子供の方が言ったかわからないんだけれども、「宗教」ではない、「神の国」だと言ったの。この言葉が言葉としては面白い。けれどそういったようなことを言うと、読んでますますわからなくなっちゃう。

息もせず、眠らず、ただ立ち止まるだけ

井上　じゃ、わかりいいように、ぼくの体験めいたものを話しますと、ぼくは、小さいとき死ぬのが怖くてね。ぼくは、生まれて四十一日目から隣の家にいたおじいさんとおばあさんに子守をしてもらったんです。これが熱心な安芸門徒でね。そのなかでずっと育ったわけです。ですから、〔浄土〕真宗というのは私にとっては、生まれながらの空気みたいな

ものです。とってもいいおじいさんとおばあさんで、『哲学の刻み』（第四巻「運命との舞踏」法藏館）のなかにも書いたことですけれども、いろんな不思議なことも起こるんです。例えば仏壇が古くなって黒ずんできてどうも塗り替えなきゃいけないということになる。ところが信心深いから、ご本尊だけは塗り替えない。黒いままなんです。それがだんだん頭から金色になっていく、毎日毎日開けてみるたびにね。そういうことがちっともおかしくないような雰囲気のなかで育った。

そのせいか、ぼくは物ごころがつくかつかないかのころから死ぬのが大変怖かった。面白いのは、五つのときは、おまえは五つで死ぬ、六つのときには、六つで死ぬという夢を見るわけです。そうすると目が覚めて、すごく心配になる、どうしたらよかろうと。親父に言うと、ただひと言、ああ神経質な子だって、それでおしまい。ところがこの死の問題というのが、高等学校へ入ってもずっと残りました。

しかし、高等学校へ入ったあたりからもうひとつ問題が起こった。なんで人は平気で判断めいたことを言うのだろうかということ。何もわかってないのに、何か言うじゃない。ごくつまらない表現をすれば主語と述語がくっつくじゃない。どうしてそれがくっつくのかわからないのに、これはこうだというふうにみんなくっつけるじゃない。よくそうくっつけられるものだと、それは非常に恥ずかしいと思った。

そのふたつがどこでどうくっつくのか知らんけど、ぼくにとってはひどく大きな問題だった。死ぬことと、わからんことなのに平気でべらべらしゃべったり知っているようなことを言うこと、このふたつはぼくにはすごく怖い話だった。

それを解決するような、ひとつの体験だといえば体験が起こった、昭和十九年の九月に。当時の雰囲気ですから……。

田中　戦争のひどいときね。

井上　読む本といえば、ニーチェが流行ってた。ぼく自身はカントを読んでショーペンハウエルを読み、そしてニーチェに行ったわけです。ニーチェは御多分に洩れず、いわば幼稚園の言葉みたいなので語っているわけです。きれぎれのことをね。そういうのがパスカルと同じように、子供の心を撃つわけです。何か本当のことを言ってるんじゃないかって。そうは思ったんだけど、どうもそれも怪しい。とにかくなんであれ、こういうことについてしゃべるというのはいったい何なんだ、しゃべれるはずがないじゃないか、そういう気持のほうが強かった。どうにもならないわけですよ。

そうしたときに、キルケゴールを知ったわけです。ところがキルケゴールの本はないんですよ、当時。何もないんだ。友だちから、岩波文庫の『死に至る病』を借りて、全部大学ノートへ写した。そのときはじめて、ぼくが非常に困っている問題というのは、やっぱり問題としてあるんだということがわかった。つまりそういうことを問題としてというよりも、そういうどうにもならない状態になる人がいるもんだということがわかってきた。

で、ノートに写しながら、どうしようかと考えた。当時は食い物が悪いし、ぼくは学徒動員先が軍医学校で、ちょうどペニシリンなんかの開発をやっていた。ドイツからUボートで運んでくるのを、こちらはイ号潜水艦を出して、インド洋で受け取った青写真をこっちへ届けるわけです。そいつを持ってきて、片っ端から翻訳をやっていた。その青写真はピントがずれてものすごいの。すっかり目を悪くして、目が見えなくなっちゃった。それと、キルケゴールを写すのがほとんど並行していた。それでキルケゴールがずっと絶望の話をしてきて、ここから先は神へ飛躍するしかないというところの前まではまったく共感できた。

とにかくこの世の中の説明をどんなにもってきたってこの問題は片づかない。つまりこの世の中のことをどんなに説明してみようと慰めようと全然嘘だ。そこまではその通りだ。そこからどうやって解決するのか、解決のしようがないじゃないか。ぼくは目が見えなくなってきたし、どうしようもない。どんなことがあろうとも、とにかくどういう話を聞いても、それは嘘であるということだけははっきりして、そして自分はどうしようもない。

結局——何度もどこかに書いて恥ずかしいんだけ

れども——ほんとに、二カ月近く何もできないわけ。本は読めないし、寝るわけにもいかないでしょう。寝るなんて呑気なことはできない。最後には息してもいけないいんじゃないかと思ったけど、でも息はしている。眠っちゃいけないと思っても眠ってはいる。しかし意識のなかでは全然そういうことはしない。どうにもならない。どうにもならないというだけで、とにかく守るのは、このどうにもならないところで立ち止まっていることだけ。そうするよりしようがない。だって、何かすれば嘘になるから。ただ立ち止まっている。何もしない。それが、数え立てれば〔イエスが荒野で断食した〕四十日四十夜になるかも知れないけど、とにかく一と月以上かかった。そして九月の十七日の夕方、突然それが割れるんです。

聖書はもういい、まず洗礼を

井上　それまで私はひと言でものを言い、世界を解釈したらそれは全部嘘になる。だから何もできない。そうかといって死ぬというのは、キルケゴールが言ったように、こんな甘ったれた話はない。絶望が死という事実によって解消できるような話ではないだろう。死ぬわけにもゆかない、ものを言うわけにもゆかない、どうするわけにもゆかない。どんなものをもってこられても、世界中がどんなことがあろうとも、この絶望というのはどうにもならないとぼくは決め込む——決め込むんじゃなくて、そうなってしまってどうにもならない。いわば頑固に、何をもってこられても嘘だって言ってるわけね。

それだけの抵抗をして、とにかく全世界をもってきてもこの自分の絶望はどうしようもないと思っているのを、文字通り、まったく抵抗させないかたちで解き放ってしまう体験があったわけ。寮の屋上にいたとき、ある光が満ちてきて、どうにも抵抗できないんだよ。自己だ、絶望だってしがみついていられない。そういう体験がある。

それから今度は逆に、大変嬉しくなっちゃって、何カ月か、全然ものが手につかなくなった。死が怖いというのと、ものが読めないということが、理屈で解決したわけじゃない。理屈はないけど、そこへすごい何かが出てきちゃったものだから、ぼく自身は嬉しくて嬉しくてしょうがなくなっちゃった。だからといって、しかし何にもならないわけです。これはまさにぼくが体験しただけの話だけど、小さいときからの問題が、十八歳のときに、一応そういう非常に奇妙なかたちで、ぼくにはひと区切りついた。だけどそれはそれで、べつにどうということはない。

ただそのとき、不思議なことがありました。それまではさっき言ったように、ぼくは浄土真宗の雰囲気しか知らない。小実《コミ》ちゃんはキリスト教だけど、ぼくはキリスト教のキの字も知らない。憶えているのは、呉の境川のほうにカトリック教会があったことくらい。

田中　カトリック教会は、最初、二河《にこう》川の近くにあったのが移ったんだよ。

井上　ああそうか。でも子供心に、ああいうものは非常にいかがわしい吉利支丹伴天連のようなものだと思っていた。ところが十八歳のときの体験でとにかく出てきたものは、釈迦でも阿弥陀様でもなくてキリストだった。それが不思議なんです。

田中　不思議だね。

井上　それまではそういうことは全然なかった。

それでとにかく呉へ帰って中学の先生だった仁木さんのところに行った。かすかに憶えていたわけよ、仁木さんがクリスチャンだということを。それでぼくは訪ねていって、クリスチャンになりたいっていう話をした。仁木さんは、クリスチャンになるんなら、聖書を読めって言うんだけど、ぼくはそんなのいいって、聖書を読んで何とかという話はもういいんだって。

田中　おかしいよね。いちばんはじめに、聖書はもういいんですというのは、おかしいよね。

井上　おれはもういいんだ、そっちは。とにかく洗礼を受けさしてくれって。そうしたら、仁木さんがメソジストに連れていってくれた。そこへ行って、何でもいいから洗礼を受けさせてくれっていったら、その前に一応勉強しなきゃって言われたけど、いいかげんなもんでね、ちょっと勉強したらすぐ洗礼を受けさせてくれたよ。

田中　プロテスタントの洗礼を受けたの？

井上　そうですよ。

田中　ひやー。はじめて聞いたよ。呉一中以来のつきあいではじめて聞いちゃいけないけど、ばかみたい（笑）。

井上　だから、きみから見るとばかみたいなことをやってきたから、いまだにばかじゃないか（笑）。

ついでにそういう話を先にしとけばね、それはそれなりに嬉しいこともいろいろあった。たとえば基督教青年会の中国地方研修会なんていうのに生徒を引き連れて参加して、パスカルの話なんぞしたのを覚えている。そのとき私の話を聞いたのが哲学をやって、いまだに年賀状をくれるひともいるんだよ。

要するに何も勉強したわけじゃなく、体験のほうが先にあって、聖書なんて、「経験」のあったあくる日に神田へ行って買ったんだからね。おれはキリスト教だって勝手に決めてなったんだけど、反省してみるとお恥ずかしい話さね。

ついでにもうひとつ。その十八歳のときの経験、つまり昭和十九年の九月の経験を、心の話でなく現実のこととして如実に見せられたのが、原爆なんだよ。ぼくは呉でそいつを受けたのだけど、本当に、一年前に見たのと同じ、世界が完全に消えて、抵抗しようがない光に包まれるという、その経験は奇妙に一致していた。これは後から考えてくっつけたのかもしれないけれど。しかしぼくが後にやっていくギリシア哲学の解釈には、かなり大きな影響を与えていると思う。

法学の基にギリシアがある

井上　ところでぼくは東大の法学部を卒業して、文学部哲学科に入った、きみの後輩として。で、YMCAに入って、そこにいるあいだに、ギリシアにとりかかったわけです。ギリシアをやりながら考えていると――考えているとじゃない、考えやしない、勉強していると、プロテスタントよりもプロテストされるほうが本当じゃないかという気になってきた。ちょうどホイベルス神父さんという方が上智にいらっしゃって、とにかくお会いして話を聞こうと、私ともうひとりの人とで出かけていった。戦後、紀尾井会という東大のカトリック研究会が復活するはしりだった。このホイベルス神父さんというのがとんでもない人でね。初対面で行くわけだろう。すると何も訊かないんだよ、きみは何しに来たなんてことを。いきなり包みを差し出して「あ、井上さん、時間ありますか。これをあそこ、九段に白百合という女学校ございますから持って行って下さい。ここを出ますと坂ございます。降りていきますと歩道のところに手すりのような柵がありますから、ちょっと飛び越えるとそこが学校でございます」そういうことを言う人だったの。何も面倒臭い話をしない。

ただ、すごいと思ったのは、戦後で世の中うるさい時代ね、いろんな運動が。ところがホイベルス神父さんは、これまたいちばんうるさい四谷の角の、小さな司祭館にいたんだけど、とにかくその部屋に入ったとたんに、世の中の騒がしさが一ぺんに消える。ともかくホイベルス神父さんがそこにいるだけで、本当に千古の静けさというのがあった。世間の騒音が全部消えて、すごく静かな、なにも騒ぐ必要のない天地があった。そこでぼくのことだから、早速、カトリックになっちゃった。そのころYMCAに森有正先生が一緒にいてね、ぼくがカトリックが好きだと言うと、カトリック好きなら出ていけって、YMCAを追い出されたんだよ。

田中　その神父さんは、本当に立派な宗教人なんだよ、ごく稀なね。稀に立派な、日本でいえば悟ってるような人だよ。

井上　そうなんだ。このあいだも、もし聖人と名のつく人がいたらという話になって、やっぱりあの神父さんだったんじゃないかってね。

そのままぼくは法学部にいた。ところが法律がつまんないの、徹底的につまんない。なぜか。ローマ法というのがあって、あれは要するに、ものがあると占有権というのを主張する。槍をその上に置いて、これはおれのものだ、と。これが法律の基礎になるわけでしょう。もう、こんなつまらないものと思いながら図書館に行って読んでいるうちに、ローマ法の前にプラトンの『法律』があることがわかった。その第十巻で、人間が中心ではなく神が中心である、人間はただ神の家畜にすぎない。だからそういう立場から神の存在の証明もきちんとやって、その後で法律をつくっていく。法学部の法律でいやだなと思っていたところ、ちょうど欠けたところを充足する何かが、本当はギリシアにあった。それならどうしてもそれからやらなくちゃいけないと思って、哲学科に入ったわけです。

「アリストテレスの言葉」という共通語

井上 哲学に移ったはじめの頃は——怖いもので、いやだいやだと思っていた法律が身についている。法律というか、社会科学的な考え方がね。とくに当時はマルキシズムが解禁になって嬉しくて嬉しくてしょうがないころですよ。

田中 みんな共産党になっちゃった。

井上 たしかに、いままできれぎれにしか言えなかったことが、マルキシズムを勉強すると全部説明できる、世界全体が説明できる。これはすごく嬉しいことですよね。それでマルキストになったわけではないけれども、ぼくも、そういうふうに世の中のことを見ていくと、いちばん説明がつくと思った。世の中のことを説明するために、法学部で忘れているところから説明しようと思って文学部へ入ってみたんだけど、実際にやり出してみたら、そういう社会科学みたいな考え方をひきずっていたらまったくどうにもならない世界がある。逆に今度は、社会科学的なものの考え方を、自分の身体から洗い落とすのにずいぶん骨が折れた。最後にとどめをさされたのは、信州にこもってアウグスティヌスの『三位一体論』を読んだとき。驚嘆した。

社会科学をやれば世の中が見えるなんて話はもうやめた。そういう、「こうかもしれない」「こう見える」程度の話で這いずっていくのはやめようと思った。何をしたらいいか。アウグスティヌスもいいが、それをまず読んでは、やっぱり「おれはこう思う」とか、「自分の見るところでは」となりかねない。これはアリストテレスの『メタフィジカ（形而上学）』を読む以外にない、そうなった。

全然見知らぬギリシア語の天地に入っていって、五年かかりました。全然わからないまま卒論を書いた。卒論を書いてもわからなくて、五年たって、ぼくの最初の論文を書き終わったときに、ことっと音がしたような感じで、何かがはずれた。それまで全然自分と異質なことを夢中でやってきて、はっと気がついたら、昔ニーチェやキルケゴールの子供っぽい言葉で考えたり、自分では異常な体験をしていたと思ったその自分が、ピシッと出てきたわけです。それはまさに、十八歳のときこれだけは間違いないと思いながら、なんにもしゃべれなかった自分の問題に、今度はまがりなりにも多少アリストテレスの言葉を知って、みんなにもしゃべれるような共通語をもって帰ってきた。しがみつこうとしながら、本当に透明なガラスを一枚隔てた向こうにいる感じだった、そこへ帰ってきた。それで、ああよかった、体験したこともよかったし、ギリシアをやったこともよかった、どっちもウソじゃなかった、という感じだよね。

父は悩んだ、私は悩まない

田中　忠さんはいろいろ苦労したけど、私はまた何も考えないのね。私の父は、いわゆるプロテスタントのどこの派にも属さない、私たちの言葉で独立教会といいますけど、そういう自分たちでつくった教会の牧師です。ところが自分たちがつくる教会の牧師になる前は、アメリカのシアトルで――今度ぼくシアトルに行きますけど――かなり有名な人だったんだけど、久布白直勝という人、そのころは有名じゃないけど、カリフォルニア州バークレーの神学校を出た人、その人に洗礼を受けたのね。

さっき忠さんの話にもあったけど、洗礼というと非常に特別なことのようにふつうの人たちは思っているけど、あれ――カトリックは知らないよ――どうってことねえんだよ。うちの親父は洗礼のことなんか全然話さなかった。だけど、その久布白直勝さんという人の信仰とはまるっきり変わってきたの。それで自分たちで教会をつくってやってきた。だから、うちはそういうふうで、私、そこのうちの息子だからね。

うちの親父というのはアーメンばっかりでね。や似ているといえば、妙好人という人いるよね。あいう人の南無阿弥陀仏、南無阿弥陀仏みたいに、アーメン、アーメンなのね。そういうところで私はずっと育ってきた。あなたはお父さんの影響を受けましたかって訊く人がいるけど、影響なんていうもんじゃないよ。そんなことというやつはばかだよ。うちがそういうふうだから、私はけっこう悩みそうなもんだけどさ、それが、悩まないんだな。

井上　それはそう。お父さんが悩んだんだからきみまで悩んだら、ばかみたいな話だ。

田中　で言うんだ、親父が。おれは一生懸命悩んで——悩んだとは言わない——やってきて、そのおれがやったのをお前が最初からやるのはばからしいよって。そんなこと言われたってどうしようもないよ。どうやってそれを受けとめるか。受けようがないよね。だって、親が金遺してくれるんならまだいいけど、金じゃないんだからね。

それと忠さんは死ぬことを考えたっていうけど、こっちはひでえんだ。兵隊に行ったたって死ぬこと考えない。死にかけてても思わない。

ただね、おかしいのは、うちの親父は、東京市民教会、いまは都民教会といってるけど、組合という教会の系統があるのね、その千駄ヶ谷の教会で牧師をやっていた。ところが牧師やっていながら、なんかやっぱりおかしいと思ったんだな、これはどうもわりかしインチキだとかさ。でも、インチキじゃすまされない。そのときぼくが生まれたんだけど、ちょうど生まれたころに、やっぱり何かあったんだ。何かあって、何かあるというのは、ふつう宗教のほうでは回心という言葉を使うのね。あるいは仏教のほうでは悟りということもある。仏教では悟りでない何かもあるかもしれない、言葉は知りませんけど。

ぼくが生まれたのは大正十四年、一九二五年なんだけど、その頃親父に何かあったんだ。そりゃあ嬉しかったろうと思うよ。それまではひどかったらしい。ところがそうなった後、やっぱり割れたと思うんだけど、また悩み出した。ふつうなら、二度三度の回心なんて聞いたことない。

信仰は心の問題ではない

井上　いや、そんなことないんだよ。

田中　ああ、そう？　だって、たいてい一回の何とかの回心というんで、そこで信仰が生じたりするっていうじゃない。ところが親父は何とか何とかの回心やって、二、三年たってまた絶望の極致に……。

井上　そんなことないよ。それはコミちゃんね、どうみたって、きみのお父さんのほうが正しいよ。だって禅の坊さんだって悟ったといっても、すぐ後で大疑団が生じ、そのたびに悟り直してる。大悟小悟数十回ってね、どうしてもそうなる。それから、よく言うんだけど、一ぺんやっちゃったら動かないのは、それは信念であって信仰じゃない。

田中　それを信仰だと思っている人が多いからね。それがいわゆる体験になっちゃうんだ。その体験を非常に大事にもつわけ。ところが宗教というのは、そもそももっちゃいけないというのが、どこの国の宗教でも言うことなのでね。信仰はもてと言うけどね、キリスト教は。うちの親父はもてないって。

井上　信仰もてと言うけどさ、信仰もつったって、もっちゃったら信念になるんだ。信念になったらそれでおしまい。それでそのあとの不安はどうするかというと、人に向かって説得する、自分の不安をね。だけど本当の信仰は――信仰が最後のものじゃないことは明らかなんだけど――それこそきみのお父さんじゃないけど、絶えず不安になり、ああやっぱりだめかとなる。それが信仰だよ。一ぺんころっとひっくり返ったらもう矢をも貫くというのは、それは大インチキ。

田中　大インチキだね。

井上　ただひとつ言えるのは信仰や信念の場合、世の中の事実が理由になって動いたり変わったりはしないということ。信念や信仰は要するに世の中が一ぺん消えてしまう立場をくぐっているからね。ところが、それじゃ一ぺん世の中、ふつうわれわれが現実だと錯覚している事実の世界というのが消えてしまったら、後は何も問題ないか。とんでもない、それから始まるんだと思う。

田中 二度目に何かあって、それでおしまいになるわけじゃないのね。

井上 全然違う。

田中 ただ、さっき忠さんが言ったように、どうしようもないところで、はじめて何かが出てくる。

井上 ただ立っているよりしようがない。

田中 立っているより仕方がない、どうしようもないこと。ただ、うちの親父の場合は「受け」ということを言っていた。どうしようもないところでも、自分で立ってるんじゃなくて、立たせてもらっていると。立たせて、とは言いながら、あれは崖から落ちて落ちっぱなしでいる。不安が生じるのは当たり前だね。

井上 それ以前だと、不安が生ずると、どこかへ行って不安を解決しようと思う。ところがそういう状態になったときは、どこかへ行って解決することはできない。どこへも行けなくなっちゃったんだから、そこから逃げるわけにいかない。そのままでいる以外ない。

編集 「受け」という言葉が出てきましたが、非常に象徴的な言葉ですね。宗教のあり方の本質的態度と思います。

田中 島根県かどこかに妙好人と言われた人がいましたね、浅原才市という。ただいただくばかり、なんて言ってる。それとやや似ている、同じことかどうかわからないけど。

井上 その通りだと思うね。

田中 それと、忠さんの話でアリストテレスなんかが出てきたけど、私がわからないで言うと悪いんだけど、宗教は心の問題じゃないよ。

井上 そうです。

田中、それを新聞から何から、宗教といえば心の問題だって言う。冗談じゃねえって言うんだよ。そんなことやったからって宗教じゃない。エセ宗教。ただ、エセ宗教のほうが人が来るからね。だからみんな心、心、心。心は変わるんだ。まあ、変わったっていいけど。変わったってかまわないけど、宗教は心の問題じゃない。

心の言語ではかたづかないことがある

井上　きょうコミちゃんと対談するときに何をしゃべるかっていったら、ただその一点だったんです。宗教は心の問題ではないんだってこと。

　その点でぼくがアリストテレスをやって何を見たか、を話させてもらう。いままでのギリシア哲学をやる人はギリシアの哲学史、むしろギリシア思想史をやっていたわけ。けれどそんなものはどうでもいい。アリストテレスはいったい何を言っているのか、われわれ自身が哲学やってるここへ引っ張り出して言わせなきゃならない。そうやってみると何を言っているかがわかった。先生のプラトンは心の世界を開いた。しかし心の世界では全然問題はかたづかない。われわれがいま生きているこの生活の現場を含んでなきゃいけない。それにはどうしたらいいかと、アリストテレスという人は懸命に試みた。よくプラトンは素晴らしいと人は言うけど、それは心の話さ。心のなかの深みはなんぼでもあるけど、極端に言えば心が深まっても全然生活の現実とは関係ない。

　ちょっと屁理屈の分野になるけれども、アリストテレスから出発して考えたら、「心」言語というのは、コップでいまビールを飲もうなんて、こういう言語じゃないでしょう。ポエジーの言語もそうだけど。要するに心の言語なんて見てごらん、悟っちゃって別の世界ができてきて、そこで自分のなかの好きなことを言うわけでしょう。心の言語というのは別の秩序である。いちばんいい例はポエジーだと思う。ポエジーのほうは生活の現場を全部消して、別の世界をつくる。

田中　別の世界をつくるから面白いんだ。

井上　面白いの。芸術一般が、ある意味で、別の世界をつくるところにいいことがある。その特徴は、第一に物の世界と違う別の世界であるということ。第二は、それが完結した世界をつくっているということ。完結しているということは……。

田中　悩みが完結している。

井上　そう。だからひとつの詩は全世界であって、それ以上付け加えることはない。ただし、完結して素晴らしいのはなぜかと言えば、われわれが平生、ビールを飲んだり電車に乗っている生活では絶対に出会えないもの、そういう一つ一つの物ではなくて、全体というものに出会おうと思うと、心の世界に行くよりしようがない。詩でも絵でもそうですけど、結局どんな木の葉一枚描き、詠ったにしても、そこに全体が現われる、全体を表わす言語というのは心の言語しかないから。そこで心の言語が重要になる。

それはいいんだけど、そのため今度は、心の言語は自閉言語になるわけ。自分で完結した言語、現実と関係ない言語になる。その自閉性は三重に現われてきて、第一は物に対して。これはいいんだよ、これはむしろ物からの解放になるから。その次は他人の心に対する閉鎖性。第三番めは、これが一番深刻なんだけど、「根拠」に対する閉鎖性。つまり私は心のなかで全部やっています、全体に出会っていますといっても、実はそれは「根拠」に対しては閉鎖している。

田中　「拒み」というやつだね。

井上　拒んでる。だから、心に逃げ込むことは、われわれが物の世界で出会えないような素晴らしい幻影なり何なりを見せてはくれるけれども、宗教が問題にするように、本当にそれが最後の真実なのかという話になると、ぼくは嘘だと思う。

田中　そうだね。ここに置かれているところって全体じゃないものね。

井上　全体じゃない。

田中　理屈は全体を言いたいよ。全体を言って、これで説明できたら嬉しいよ。

井上　そうだよ。

田中　嬉しいけど、ただそれだけ。

井上　それだけ。

田中　しかも心の言葉だったら、あいつはああ言うけどこっちはこう言うって。

井上　そうそう、ひとりずつの話になってしまう。

田中　一人ひとり夢見てる。

井上　一人ひとりの自己閉鎖だ。それを人に押しつけるのは迷惑な話だ。だから話が違う。そこで、アリストテレスが何をやったかというと、そういう心の世界じゃない世界が目の前にあるじゃないか。これはいったい何を現わしているんだろうか。そのことです。

彼が言いたかったのは、結局、目の前に出会っているもののなかにこそ本当の全体があるはずだ。あるはずなんだけど、どういう言葉でそれに出会ったらいいか、さあ、困ってしまう。その問題は、アリストテレスがいちばん本気で扱っていると思う。だから心の言語ではない。心の言語で、われわれはほのかに虚しい希望を満たされているようだけど、それはただ実際の現実のなかでこそ満たされるのじゃないか、こうアリストテレスは考えたに違いない。

ところがそういう話をずっと追っかけて、アリストテレスがどういう言語を使ったかを考えてみると、現在は全然逆転してきてね、ぼくはこういう結論になっちゃった。つまりいままではわれわれの言語のほうから、われわれが何がわかるかどうしゃべるかというほうから、それを超えるものにアプローチしようとした。われわれの言葉は頼りないけど、そうするしかしようがない。

田中　そうだ。ふつうの人間はアプローチする。

言葉がなければ恐ろしいものに出会う

井上　そう。ところがよく考えてみたら全然話が違ってて、われわれが出会っているものは、われわれの言語でくるみ込めるようなものとは全然違う。早い話が、人がいるというのは、一人ひとり実はまったく違う人がいる。ところが言葉でつかまえるときは、お前もおれも同じ一人の人間だとしておかないと安心できない。よくよく考えてみれば、それは結局、われわれが言語をもたなかったら、われわれの想像もつかないような、気が狂うような何かに直面しなければならないから以外ではない。そこで言語をもつ。言語をもつということは、ぼくの言葉でいうと、われわれが住みいいような繭をつくり、棲みかをつくって、ともかく七、八十年なりのあいだ雨露をしのぐということじゃなかったか。

そうするとたしかに、七、八十年の人の一生の雨露はしのげますよ。だけどそのために何を見失ったか。というのは、結局、本当にわれわれが出会っているものをまったく見えなくする。だって一人ひとりの人がどれだけのものを背負っているかわからないのに、そんなことを考えたらおつきあいできないもの。あなたもぼくも同じ人間ですという台詞でつきあう以外しようがないじゃないか。でもそのためには、われわれは何を見失ったか。要するに宗教が、というより人間が直面しなければならない一番大切なものを、ですよ。どうもアリストテレスを見ているとそういう話が出てくる。

田中　近ごろはね、すべてが言葉であるということをいちばん新しいことのように言っている人たちがいる。小説なんかのほうでもいますよ。だけどそれは、ちょっと考えが浅いんじゃないかと思うんだ、私は。あれは解釈だよ、すべては言葉だというのは。

井上　実はぼくも、ある時期それを非常に強調した。なぜかというと、言葉より先に事実があるという前提があったから。その事実といわれているものが問題でね。これはフレーゲを——新しい哲学というのはフレーゲから始まるわけだけど——見ていくと、彼もがんとして事実がそこにある、言葉はその後で出てくる、こう考えている。それならば、その程度の事実ならば、事実をつくったのも言葉なんだ。

田中　その程度のものならね。

井上　だから、その程度ならば、言葉は全部だと言いたいわけよ。言葉の外に事実があって、事実と比べて言葉の真か偽かを決めるという程度の話ならばね。

田中　真偽だね。チェックするということ。

井上　妙な話で、言葉の外にあるものをどうやってつかまえるんだよ。

田中　本当だ。

井上　そういう事実が最後だという立場に対しては、言葉はすべてだと言いたくなる。でもアリストテレスの言った道筋を追って考えていくと、われわれが事実だなんて思っているようなものと全然違う何かと出会わなくちゃならない。それと出会ったらわれわれはたちまち破滅しなくちゃならないような、そういう何かを前にして少しでも生き延びるためには、われわれは言語で自分に解説のねぐらを、繭をつくらなきゃいけない

田中　何十年か生きているけれども、それがいわゆるキリスト教の言葉でいうと永遠のいのちではない。永遠のいのちって、みんな間違うんだよね。

井上　いまここにあるのが永遠に続くように思うからね。

田中　そうだ。違うんだよ。全然違うものなんだから。忠さんは事実が嫌いだ。だけどこれも言葉でね、事実を言葉で言い表すなんて、そんな事実なんて冗談じゃないよ。ただ、言葉だけというのも困るからね。

井上　言葉だけじゃないんだよ。だって人間はどうして生まれてきたのか知らないんだから。要するにきみのお父さんの言葉で言えば「受け」が根本でしょう。これはキリスト教神学でも、最後は必ず「テオロジア・パシヴァ（theologia passiva）」としての神秘神学で、受け身なのね。「アクティヴァ（theologia activa）」としての修徳神学は、つまり自分で頑張って神を見ようなんて、ちょっと程度が低いわけ。とにかく自分が打ち抜かれて、あるものを溢れんばかりに得る。しかしわれわれの容器は狭く小さいものだから、無限のものをいくらも受け容れられないという嘆きがある。

それをぼくのいまの言葉で言えば、われわれは生きるためには言葉をもたなきゃならんし、言葉をもっていると、われわれが出会っているものをわれわれの言葉で捉えられる範囲でしか了解できないじゃないか。だからぼくがいつも悪口を言うのは、柳《りゅう》暗花明《あんかめい》という言葉。柳は暗く花は明るし、ああ、有りのままじゃ、なんていうのは大嘘だ。柳暗花明は言葉が作り出した結果じゃないか。柳暗花明が有りのまま、そんな有りのままなんかありはしない。それはギリシアでも仏教でも気がつくわけだけど、もうそういうものはない、実体なんか全然ないわけだ。

田中　実体なんかはない。

井上　実体は、われわれが言葉でつくっている。だっていまここに、この机って言って、一瞬後にこの机は違う机だって言われたら困っちゃうもん。生活できない。同じ机でなきゃいけないけど、でも考えてみりゃ、いまこの机って言って、次の一瞬、この机って言って、同じ机じゃないことはこれまた瞭然たるものだ。その一瞬の間を延ばして三億年ぐらいにとってみれば、こんなものはきれいに消えるんだから。ということはいまだって変わってるわけだ。だけどそういったら生活できないから、止むを得ずこれを同じ机と認めるわけでしょう。われわれがいちばん金科玉条にしている事実、事実というのもまさにそういうことなんですから。

だからそういう意味では、どうも、ぼくの事実嫌いというのはそこから始まっている。それぐらいならば言葉だと。しかし言葉というのも、いま言ったように、われわれがほんの須臾《しゅゆ》の間《ま》、いのちの凌ぎにつくった話じゃなかろうか、という気がいま、しています。

田中　キリスト教で「はじめにことばありき」というのは、あれはぼくはイエスのことだと思うんだ。最初から神に入っちゃうと観念に行くから、はじめはイエスからというので、これはごくふつうの解釈だろうけど。うちの親父なんかはそんなこと言ってないよ。

心の言葉は凝縮し重層する

井上　さっき言い落としたんだけど、心の言葉の非常に大きなひとつの特徴は、ぼくは「縮重性《しゅくじゅう》」という言葉を使うんですけど、たとえば何でもいい、「清滝や波に散り込む青松葉」という句ね、この青松葉というひとつの言葉のなかに芭蕉の全言語宇宙が込められている。実はこれは芭蕉の最後の句なんです。「旅に病んで……」が最後だと思ってたんだ。

田中　あれは違うっていうね。

井上　違うんだ。「……青松葉」のほうが最後なんだ。青松葉というのはすごいじゃないの、旅に病んで夢は枯野をかけめぐるなんていう話じゃなくてさ。いま生きている、いま散り込んでいくぞ、というそういう言葉で、いわば一人の人生から全部の世界をそこに凝縮する。そういう意味では、どうも、心の言葉というのは、凝縮、重層する機能がある。

田中　全体があるからね。

井上　妙好人の話とか、そういう話をぼくはこないだからいろんなものに書いたんだけど、その意味では似ていると思う。つまり福音史家のヨハネが、最後に愛せよとしか言わなくなっちゃった。愛せよというだけの言葉、妙好人の南無阿弥陀仏、そのなかに全言語空間は凝縮して取り込まれている。それを開けば、どこへ行ってみてもその世界がある。だからその点は芸術と同じような構造をもっている。それだけに今度は、それがどこまで芸術のような自閉症にかかっている言葉なのか、それとも本当に世界全体を抜《ひら》き尽くす言葉なのかということが問題になる。

田中　変わりやすいしね。スリップしやすいから。

井上　それは芸術の言葉と違って、何かを言いあてている言葉なのか。自分の問題としては、すごくクロス・エグザミネーション（徹底吟味）していかなきゃいけない。

田中　いいかげんに言ってたんじゃしようがない、つまんない。ブツブツ念仏じゃしようがない。

井上　でも、コミちゃんのお父さんがおっしゃったり、妙好人が言ったりする場合を、だからおまえのは心言語にすぎないって言うつもりは全然ない。しかし心言語というのは、他人にはわからないという前提がある。だからどんなに素晴らしい真理をコミちゃんのお父さんがご覧になっていても、ぼくには見えない。それをしばしば宗教では錯覚して、ひとりが見えればみんな見えるはずだなんて押しつける。それならぼくはいつも言うんですが、釈迦が悟りを開いたときに、われと天地と同時に成道《じょうどう》すって言ってるんなら、もうわれわれは悩む必要なかった。ところがここに、本当の悟りを開いた人、コミちゃんのお父さんがいて、お父さんが悟りを開いてからコミちゃんは悩まない。

田中　うちの親父は悟りを開いたなんて全然言わなかったね。悟りを開いたような気持なんでしょうけど、悟りはつまんないと思ってたんじゃないかな。イエスキリストは一度磔刑になったから、それを信じさえすれば、みんな後はきれいに行くと思ってるけど、そんなに調子よく行かないよというのがうちの親父だった。やっぱり苦労したんだよ、忠さんが苦労したように。私は苦労してないんだ。

井上　それは、だってお父さんが苦労したから。だからぼくは生まれてはじめて、ひとりの悟りがその他の人に効力をもつという例を見た。

田中　何言ってるんだ（笑）。面白がってんだ。

井上　一人が悩み、悟ったから、すべてが救われるというのは嘘にきまっている。そんなことありっこないんだ。たまたま親子であったただひとりの人が、しかも妙に救われて。

田中　回向《えこう》に生き。

井上　いいじゃないの。回向に生きとか何とかいうのは。おまえも人、おれも人というへんな均一化はだめだ。全然幼稚なパラダイムだけど、ぼくが訳した『ホログラフィック・パラダイム』（『空像としての世界』青土社）ね、あれはまさしくそれを言う。一人ひとりが同じように見えていても、背景にどれだけ全然違う宇宙秩序がインプリケート（内蔵）されているかわからないというモデルを、現代物理学のデヴィド・ボームが示している。これも言葉のほうから攻めていくと、いちばん大事なことがぽろぽろ落ちてしまう一例と言っていい。

アリストテレスにも、よく言われる神の存在証明というのがある。これは戦後、コミちゃんもいたわが哲学科に、西洋のカトリックの坊さんが乗り込んできて、「ああ、神さまいらっしゃる話。そんなことアリストテレスで片づいています」ってこう言ったわけ。

現実世界に偶然はない、必然もない

田中　ほおー。だいたいアリストテレスという人は神さんと関係ないような人だがね。

井上　だから何を言っているんだと思った。だけど、神存在の証明といわれているものは、実際はまったく別のコンテクストで読まれなくちゃならない。何を彼は言ったのか。いま言った話なんだ。

目の前に出会っている一つひとつの事実が、ふつう、われわれにとってはすべて偶然に見える。九鬼周造の言う「原始偶然性」、あれは素晴らしい。なぜってわれわれが言葉でいいかげんにごまかしているものを全部洗って見れば、もう偶然しかない。それをかれは明らかにした。それじゃ原始偶然性で全部片づくか。ちがう。それだけならわれわれが完全にアウトになったという話だろう。全部が偶然だということは、われわれは何も知らないということだから。それじゃまるで、われわれはばかだということだけの話です。

　ところがアリストテレスは何を言いたかったか。どんなに偶然に見えても、現実は偶然でも何でもない、ほかの可能性はひとつもない、その通りなのだ。それこそ柳は暗く花は明るいという冗舌と全然違って、一つひとつのことが、起こってくるその通りなんだ。われわれにとっては、ああもなったかもこうもなったかもと言えるんだけれども、そうではないのだ。なぜか。すべての最終原因である神は、純粋のエネルゲイアであって、これは一点の可能性もなく、回転の影もない現実性そのものだ。とすれば、われわれが出会っている一つひとつの現実も、結局この究極のエネルゲイアに支えられている以上、一点の他の可能性もなくその通りなのだ。アリストテレスはどうもそれを言いたかった。

田中　偶然というのは言葉だからね。

井上　そう。

田中　われわれが偶然とか必然とか言ってるのが妙な考え方なんだ。

井上　そうなんだ。それを「運命」とぼくは言いたい。しかし運命と言うとすぐ必然で、暗い、とくる。しかし考えてみると、そういうことは全部われわれの言葉がつくり出しているのであって、出会っているものは、必然でも偶然でも何でもない。そのことを彼も言おうとしていたし、ぼくもそれはそのとおりじゃないかという気がするね。

田中　こういうふうに考えたら、カントなんていう人も、アリストテレスより幼稚になっちゃう。

井上　その点はとにかく、少なくともカントはデカルトの範囲内にあるね。そしてデカルトは心の言語を立てた人だよ。歴史的に見れば、パルメニデス言語の末裔なんですよ。だってデカルトは暖炉にあたりながら、こんなものは全部ゼロだと考えた。おれが思う、それだけが本当だという心の言語を確認した。そこから神さまを出そうと、世界を出してこようと、そんなもの全部心のなかの話です。だからデカルトにとっては物というのはエクステンション（延長）でしかなかったわけです。でも延長なんていうのはどこにもない。心のなかにしかない。幾何学か物理学の世界のなかの話だ。

そういうことを本当によく知っていたのはアリストテレスだった。これはものすごい。しかしアリストテレスというひとは、死んだとたんに悪口の対象になる、「あの古くさい方法」といってね。

田中　アリストテレスは、悪口を言われる総本山になった感じがあるよね。

井上　言われるね。ところが非難した方はたちまち泡と消えて、アリストテレスだけ残るのは皮肉でね。

例えば十七世紀は科学の世紀と言われるが、やればやるほどアリストテレスが正しかったと分かってくる。生物学でもアリストテレスは偉いんだけど、最後にこれだけは間違った、彼はタコの生殖細胞と言ったけど、本当はあれは寄生虫だったとまで言われた。しかし結局アリストテレスのほうが正しかった。アリストテレスの悪口を言えば近代が始まるとひとは思っているんだけど、実は全然違うんだ。

とにかくギリシアをやるとき、アリストテレスやプラトンを思想だとか何とかってやられると困るわけ。ちょうど宗教は心の問題だというのと同じようにね。

田中　思想じゃ困るんだ。思想なんていいかげんなものだ。

ただ明るい讃美を

井上　きょうはおればっかりしゃべっている。

田中　もうおしまいだよ。もう出つくした。立派なもんだよ。

編集　宗教を扱う欄が「こころのページ」として当たりまえにまかり通る時代です。こころの時代などといって、何でもこころで処理してしまう。

田中　心じゃしようがないんです。だって、しっかりした何かが出てきて、死ぬのも怖くない、いつも清らかな気持で人には親切にって、これはいいことですよ。いいことだし、自分が死ぬのを達観したみたいになれば、本人も安心だし傍にもいいけどね。そんなの宗教とは関係ないんじゃないですか。死ぬのはそれこそ怖い、それがふつうなんですね。

事実――忠さんは事実が嫌いだけど――に直面しているところで宗教だということでしょう。足が痛いのは宗教では治らない。治らないときめてかかることもないんで、癒されたというんだったらそれでかまわないけど。結局、そういうことになると功利性がない。心の問題は得するところがあるけど、心の問題じゃないというと、これが得ですよというのがはっきりわからないんだ。安心ということにならないものね。

井上　ぼくが感心したのは、プラトンにもそれがある。さきにもちょっと触れた『法律』の第十巻九〇五のあたりだけど、神の問題が本当に理論的に最初に登場してくる。そのときに、三ついけない考え方があるという。一つは神が存在しない。二つめは神は大きなことは気にかけるけれど小さいことは気にかけない。三番めは神は祈りに応える。そのなかでも、へつらいの言葉や貢ぎ物で、神を味方に引き入れようと思う人たちがいちばんいけない、というのがあるんです。これはすごいと思う。それを押しつめていけば、さっき言ったように、神はこうしてくださいとお願いするような、そういうことに応えるようなものではない。

田中　だけどみんなお願いばっかりよ。どうしてください、こうしてください。あれはてめえがこうしろ、ああしろって言ってるんだよ。

井上　考えてみると、こうしろ、ああしろというのは、さきほどの言い方をすれば、たかだかわれわれが言葉でつくりあげた、自分に都合のいいような世界を、都合のいいようにしてくださいと言って祈っているだけ。ところが、われわれがここにいるということは、そういうことと桁はずれの話に直面しているというか、受けているというか、支えられているというか、何かがあるわけでしょう。そのことをどうもプラトンはよく知っている。はじめに読んでたとき、なんでこういうことを言うのかと思ったけど、いまにして思えば、やっぱりすごい。

よく言われることだけど、救済の宗教と讃美の宗教というのがある。苦しいから救ってください、足が痛いから救ってくださいという宗教と、痛かろうが何だろうがいい、とにかくあなたがこういうふうになすっていることを、わたしは讃美しますというう宗教。結局これが本当だと思うんだ。讃美の宗教というのは、こっちから要求しないわけだから。

田中 御心《みこころ》のままにだから。

井上 しかもそれが暗くないんだ、明るいんだよ。きみの「なやまない」じゃないけど、真理はどこに基準があるかといったら、明るいかどうかの一点だと思う。屁理屈を百万べん並べられても、その人が暗い魂をしていたら、あるいはその人が暗かったら何の意味もない。要するに、われわれが出会っている通り、その通りですと肯定することによってわれわれが本当に明るくなれば、それでいいんじゃないか。ぼくはそれ以外にないと思う。

田中 明るいからといって、明るいのがいいのだという言葉を使わないほうがいいね。

おれ、本当にわからないんだ。親父と一緒に住んでてもわからない。だけど今度「文藝」に書いたよ(『アメン父』)。親父のことというのは親父の伝記は書けないからね。ただ、いろいろのことは、変わったということ。変わったというのは、人間が成長したとか何が変わったとかじゃなくて、自分で変わったという変わり方じゃないんだ。これだから言えないんだよね。

(いのうえ・ただし　哲学者)

底本・初出一覧

『カント節』福武書店、一九八五年七月刊
ジョーシキ　「海燕」一九八三年六月号
あそんでる　「海燕」一九八三年十月号
洞窟の比喩　「海燕」一九八四年六月号
カント節　「海燕」一九八四年九月号
I・Dカード　「海燕」一九八四年十二月号
地獄でアメン　「海燕」一九八五年三月号

『モナドは窓がない』筑摩書房、一九八六年二月刊
全篇書き下ろし

巻末資料
「文学者」を疑え　「日本読書新聞」一九七九年十一月五日号／『柄谷行人発言集　対話篇』読書人、二〇二〇年
文学的ポロポロ　「早稲田文学」一九八〇年四月号
宗教──その「根拠」を問い直す　「仏教」一九八八年十月号

装丁　細野綾子

田中小実昌

1925年、東京生まれ。小説家・翻訳家。東京大学文学部哲学科中退。79年、「浪曲師朝日丸の話」「ミミのこと」で直木賞を、『ポロポロ』で谷崎潤一郎賞を受賞。2000年没。主な著書に『香具師の旅』『アメン父』『上陸』『自動巻時計の一日』『くりかえすけど』、訳書にレイモンド・チャンドラー『湖中の女』、ダシール・ハメット『血の収穫』などがある。

田《た》中《なか》小《こ》実《み》昌《まさ》哲学《てつがく》小説《しょうせつ》集成《しゅうせい》 Ⅰ《いち》

2025年1月25日 初版発行

著 者 田《た》中《なか》小《こ》実《み》昌《まさ》

発行者 安部 順一

発行所 中央公論新社

〒100-8152 東京都千代田区大手町1-7-1
電話 販売 03-5299-1730 編集 03-5299-1740
URL https://www.chuko.co.jp/

DTP ハンズ・ミケ
印 刷 大日本印刷
製 本 小泉製本

Published by CHUOKORON-SHINSHA, INC.
Printed in Japan ISBN978-4-12-005879-0 C0093